한국 추리 스릴러 단편선 4

KB192122

한국
추리 스릴러
단편선
4

황금가지

차례

악마의 증명

도진기

2010년 『선택』으로 한국 추리 작가 협회 미스터리 신인상을 수상하며 데뷔. 작품으로는 변호사 고진이 등장하는 『붉은 집 살인사건』, 『라 트라비아타의 초상』, 『정신자살』, 진구를 주인공으로 한 『순서의 문제』, 『나를 아는 남자』가 있다. 한국 추리 작가 협회 및 한국 미스터리 작가 모임 회원이다.

I. 박철의 수기

의정부는 오랜만이었다. 서울 남쪽 끄트머리 봉천동 일대에
서 주로 생활하는 나로서는 친구를 만나러 북 서울 경계선을 넘
어 의정부까지 나선 것은 작은 여행이라 할 만했다. 오랜만에 낯
선 동네에서 늘어지게 마시고 싶었다. 의정부하면 역시 부대찌개
다. 존슨탕 대짜를 시켜 놓고 한참 소주를 걸치는데, 친구 녀석의
휴대전화가 부르르 울렸고, 녀석은 급한 일이 있다며 일어서 버렸
다. 나와의 만남보다 급하지 않은 일이란 많지 않을 테니 굳이 묻
지는 않았다. 대신 미안해하는 녀석에게 택시비가 없다며 3만 원
을 빌려 바지 주머니에 구겨 넣었다. 아마 당분간은 안 보게 될
것 같다.

알딸딸해진 상태로 거리를 걷다가 서울 택시를 발견하고 잡아 탔다. 택시가 지나는 길가에는 '의정부 부대찌개'라고 떡 하니 써 붙여 놓은 간판이 곳곳에 산재해 있었다. 큼지막한 글씨 앞에는 저마다 원조, 참맛, 손맛 따위의 문구를 갖다 붙여 놓았다. 의정 부 부대찌개라는 포기할 수 없는 브랜드를 저마다 내세우다 보니 나머지 식당 상호만으로는 헷갈려서 이 집이나 저 집이나 다 비 슷해 보였다. 그럼에도 하필 '그' 식당이 눈에 띈 것은 마침 앞쪽 에서 교통사고가 나서 택시가 잠시 정차했다는 우연 때문이었다. 답답한 마음에 차창 밖을 내다보았더니, 황량한 도로 가에 부대 찌개 식당 하나가 눈에 띄었다. 도로에서 안쪽으로 조금 들어간 곳에 식당 건물 한 채가 달랑 서 있었는데, 어둠 속에 홀로 불이 켜진 간판이 마치 허공에 매달려 있는 것 같았다.

때마침 간판 불이 꺼졌고, 그게 시선을 더 끌었다. 이어 식당 홀의 불도 차례로 꺼졌다. 누군가 불을 끄면서 나오는 모양이었 다. 잠시 후 가게 문이 열리면서 50대로 보이는 여자가 모습을 드 러냈다. 오른손에는 자그마한 손가방이 들려 있었다. 여자는 품에 서 주섬주섬 열쇠를 꺼내더니 식당 문을 잠갔다.

돈 냄새가 확 풍겼다.

여자는 식당 주인일 터였다. 영업을 마치고 종업원을 내보낸 다 음 남아서 문단속을 하고는 매상이 든 돈 가방을 들고 귀가하는 길이리라. 장사가 잘되는 식당은 가끔 현찰을 선불로 받거나 카드 를 받지 않기도 한다. 저 식당도 그중의 하나일지 모른다. 그래서 저렇게 현찰 가방이 두둑한 것이다.

식당 문을 잠근 여자는 식당 옆 공터로 걸어가 카렌스에 올라

탔다. 가로등 불빛에 검게 빛나던 카렌스는 잠깐 그르렁대더니 어디론가 사라져 버렸다. 종업원이 혼자 카렌스로 출퇴근할 리는 없다. 역시 여자는 주인이 틀림없다.

이건 쉽다.

한눈에 알아보았다. 나름대로 범죄의 관록이라면 관록이 붙은 나였다. 식당 건물은 꽤 컸고, 하루치 매상도 상당할 터였다. 그건 무엇보다 불룩한 돈 가방이 확실히 말해 주고 있었다. 주인 여자는 혼자 남아 문단속을 한 다음 그날 매상이 고스란히 들어 있는 돈 가방을 들고 귀가한다. 부대찌개 집에서 수표가 오갈 리 없다. 따라서 그 가방에는 꼬리표 달린 수표가 아닌 알토란 같은 지폐 다발만이 한가득이다. 시계를 보았다. 10시 30분. 인적은 없었다. 이날과 같은 우발적인 교통사고만 아니라면 원래 이 시간대에 막히는 도로는 아닌 듯했고, 여자가 잠그고 나온 식당 문은 길 안쪽으로 들어가 있어 차를 정차해 주의 깊게 보지 않으면 지나칠 수밖에 없는 사각지대 안이었다.

교통사고 처리가 마무리되었는지 정체가 풀렸다. 택시는 주행을 시작했지만 내 머리는 이미 돈 가방 탈취 계획으로 분주해져 있었다.

내 인생의 화두는 늘 돈이었다. 부모도 기억나지 않는 어린 시절부터 형과 나는 엘리시움 보육원(예전엔 고아원이라고 했지만)에서 자랐다. 원래 고등학교를 졸업할 때까지는 시설에 있을 수 있지만, 내가 고등학교에 들어가면서부터는 형과 같이 보육원을 나와서 고학을 했다. 아르바이트와 학업을 병행하는 건 힘들었지만 그게 더 마음이 편했다. 여기서 아르바이트란 불법적인 것도 포함된다. 유흥업소의 웨이터라든지 하는 정도가 아니라 내 나이에 어울리지 않는 절도와 사기 같은 것에도 발을 담갔고, 그것에 익숙해질수록 생활비와 월세 조달은 쉬워졌다. 고등학교를 졸업하면서 내친 김에 대학까지 입학해 버렸다. 그럭저럭 학교 성적은 좋았다.

대학에 와서는 잠깐 생각이 흔들렸다. 단지 손쉽다는 이유로 어두운 길을 전전하며 잘못 살아 온 건 아닐까?

추상적인 도덕이 반복 주입되는 곳이 대학이었다. 책, 강의, 친구 모두 '이타'를 이야기했다. 정의란 무엇인가, 올바른 사회, 더불어 사는 길 따위를 주제로. 그런데 뭔가 이상하다. 길가 돌멩이보다 숱하던 그 약삭빠른 인간들은 다 어디 간 거지? 내가 모르는 새 다른 사회로 워프한 건가? 아니면 내가 대학에 진학할 즈음 인간종이 전격 개량되기라도 한 건가? 그럴 리는 없다. 거룩한 '말씀'에 잠깐 현혹되었지만 난 이내 깨달았다. 그들은 사라진 게 아니었다. 세련되어진 것일 뿐이었다. 탐욕스런 이빨을 드러내는 대신 '올바른 척'을 하면서 평판을 유지하는 쪽이 잇속을 챙기기에 훨씬 효과적이라는 사실을 체득한 것이었다. 그들의 도덕은 자신의 다짐이 아니라 타인을 향한 희망이었다. '남이 바르게(혹은 어수룩하게) 살아 주면 내 인생이 편하겠다'는 바람의 집합체에 불과했다. 그들은 내심이야 어떻든 훌륭한 말씀만 코끝에 내걸면 그 비슷한 사람으로 인정받는 세상 이치를 뒷길에서 굴러먹은 나보다도 훨씬 빨리 깨우치고 있었다.

유복한, 아니 하다못해 평균적인 인생에서는 그것이 맞는 답일지도 모른다. 하지만 부모도 세상도 버린 내가 왜 도덕을 지켜야 하는지, 왜 그래야 '사회'가 아닌 '내'가 행복한 것인지 알 수 없었다. 왜 '모두가' 아니라 '내가' 도덕을 지켜야 하는가. 답을 찾을 수 없다면 질문이 틀린 것이다. 결론이 정해진 답을 억지로 만들려 해서는 안 되었다. 형이상학의 구덩이에서 나는 기어나왔다. 남의 장단에 춤추는 덩달이가 될 뻔했다. 나는 어울리지 않는 방황을 뒤로 하고 다시금 '나'만의 인생을 위해 내 안의 '악'을 단련시키기 시작했다.

부대찌개 식당과 돈 가방과 50대 여자의 생각을 하다 보니 어느새 택시는 봉천동 내 집에 도착해 있었다. 방 하나, 부엌 하나의 월세집. 이곳이 형과 내가 사는 공간이다. 연립 주택의 반지하여서 월세가 쌌다. 어학에 재능이 있는 형은 일문학과에 진학했다가 휴학하고, 집에서 주로 번역 아르바이트를 하며 지내고 있다. 둘이서 끊임없이 아르바이트를 해야 겨우 학비와 월세를 감당할 수 있었다.

나는 형 몰래 주방 싱크대 서랍에서 날이 잘 선 과도를 골라 신문지에 싸 놓았다. 실제로 사용할 필요는 없다. 신문지에 싼 칼날 끝만 살짝 보여 줘도 그 아줌마는 굵은 다리를 후들후들 떨다가 철퍼덕 주저앉아 있는 돈 없는 돈 다 털어 줄 것이다.

다음 날 오후 9시쯤 준비한 과도를 가을용 긴 외투 안에 집어넣고 집을 나섰다. 그때까지도 형은 번역 원고를 배 밑에 깔고 TV를 보면서 빈둥거리고 있었다. 저러다 라면을 끓여 먹고 일찍 잠들겠지. 형의 습성은 내가 잘 안다.

예의 그 식당까지 거슬러 찾아가는 길은 전날보다 멀게 느껴졌다. 전철로 도봉산역까지 간 다음 택시를 탔다. 도로 가에 덩그러니 있는 식당이라 지표가 없어 택시 기사에게 위치를 설명하기 어려웠다. 기억을 더듬어 주먹구구로 설명할 수밖에 없었는데, 근처의 R사거리를 기억해 내고 그 서쪽으로 500미터쯤 더 가자고 주문한 다음에야 겨우 익숙한 간판을 발견 해낼 수 있었다. '의정부 부대찌개'라는 큼직한 글씨가 있고 '의정부'와 '부대찌개' 사이로 삐친 듯한 V자 위에 '원조'라고 쓰여 있었다.

도착하니 오후 10시가 조금 넘어 있었다. 식당에는 드문드문 손님이 남아 있었다. 사람들 눈에 띄지 않게 부근 후미진 곳에서 식당을 주시했다. 식당 손님이 하나둘 줄어들더니 영업이 끝나고 마침내 종업원들이 나갔다. 그 다음에야 불이 하나둘 꺼지기 시작했다. 여주인은 직접 문단속을 해야 안심이 되는 모양이었다. 어지간히 종업원을 못 믿는군. 덕분에 나는 오늘 돈을 벌고 당신은 경을 치는 거다.

10시 40분이 막 넘어설 무렵 드디어 여자가 문 밖으로 모습을 드러냈다. 역시나 손에는 돈 가방을 든 채였다. 전날 밤 여러 차례 머릿속으로 시뮬레이션을 해 본 결과로는 식당 문을 잠그고 주차장까지 걸어가기 전의 짧은 시간이 범행 기회였다. 그중에서도 가게 문을 잠그려 문 앞에 서서 잠시 지체하는 순간이 최적의 순간이다. 눈치 채지 못하게 옆으로 조용히 다가갔다.

"조용히 해."

나지막한 내 말에 여자가 돌아보았다. 넙데데하고 기가 세 보이는 얼굴이었고, 체격 또한 건장하다는 표현이 어울릴 정도였다. 온갖 궂은 일로 억척스러워진 50대 여자의 몸매. 힘만으로 따진다면 연일 라면으로 끼니를 때우느라 곯아 있는 나를 훨씬 웃돌아 보였다. 여자는 일순 놀란 표정을 지었다. 예상대로 일이 진행된 건 딱 여기까지였다. 공포에 질려 다리를 후들거릴 줄 알았던 여자는 다음 순간 확 불쾌한 표정을 지었는데 겁에 질린 얼굴과는 거리가 멀었다. 나는 약간 기죽은 목소리로 말했다.

"가방만 내놔. 그럼 안 다쳐."

그 말에 여자는 얼굴을 험악하게 찌푸렸다. 미간에 깊은 주름이 지고 눈초리가 올라간 그 얼굴은 분명 몹시 성난 표정이었다. 난 움찔해 버렸다. 그것이 실수였다. 원래 나약한 인상의 내 얼굴은 위협에 적합하지 못하다. 그런 데다가 겁에 질려 벌벌 떨 줄 알았던 여자의 예상치 못한 사나운 반응에 나도 모르게 움츠러든 것이 잘못이었다. 칼을 먼저 보여 주었어야 했는데, 칼은 신문지에 싼 채 허리춤에 늘어뜨리고 있어서 여자가 제대로 보지 못한 것 같았다. 제일 큰 패착이었다. 산전수전 다 겪은 여자의 눈에는 내가 애송이로 보였을 것임에 틀림없다.

"어린 노무 자식이!"

여자는 버럭 소리를 지르면서 나무 등걸 같은 팔뚝으로 나를 확 밀쳤다. 내 몸은 종잇장이 펄럭이듯 휘청하며 뒤로 한 발자국 밀려났다. 여자는 벌레를 보는 듯한 눈길을 쏘아 보내고는 주차장 쪽으로 뛰어갔다. 뛰면서 가방 안에 손을 집어넣었다. 휴대폰을 꺼내들려는 모양이었다. 경찰에 신고를? 다급하기도 했지만 무엇보다 화가 울컥 치밀었다. 나는 여자를 따라잡았다. 뛰어가는 여자의 옆구리에 신문지에 싼 칼끝을 찔러 넣었다. 여자는 "흡" 하는 신음 소리를 허공에 남기고 조금 전의 씩씩함이 거짓말이었던 것처럼 맥없이 쓰러졌다. 그 모습에 왠지 한 번 더 울컥했다.

이제는 다리가 좀 후들거리는 모양이지? 이왕이면 좀 더 빨리 자빠졌으면 어때? 아줌마까지 날 장기판의 졸로 취급했어? 나는 이 순간 당신의 운명을 거머쥔 존재란 말이다!

일을 저질러 버렸다는 느낌보다는 분풀이를 했다는 후련한 생각이 앞섰다.

옷을 살폈다. 다행히 피가 적게 튀었다. 튄 피도 대부분 칼을 싼 신문지에 묻었다.

불현듯 누군가 나를 내려다보는 느낌이 얼핏 들었다. 고개를 들어 올려다보았다.

이런! 주차장 입구 위쪽에 CCTV가 설치되어 있었다. 나를 내려다보고 있던 CCTV 카메라 렌즈와 정면으로 눈이 마주치고 말았다. 낭패였다. 첫날에 주변을 꼼꼼하게 살피지 않은 것이 화근이었다.

식은땀이 솟았지만 난 그 와중에도 목표물을 잊지 않았다. 여자가 떨어뜨린 돈 가방을 주워들고 주위를 둘러보았다. 아무도 없었다. 도로에는 차가 드문드문 있었지만 어차피 달리면서 길 안쪽 사각지대인 이쪽을 본 사람이 있을 리 없다. 제길, 그놈의 CCTV 카메라만 아니었다면. 나는 준비해 온 여분의 신문지에 과도를 싸서 외투 안주머니에 넣고 자리를 떴다.

길가로 뛰어나가 택시를 잡아탔다. "봉천동이요."라고 해 놓고는 뒷좌석에 몸을 파묻었다. 극심한 피로가 몰려왔다. 돈 가방을 슬쩍 열어 보았다. 대충 300만 원 정도일 것 같았다. 강도질이야 해볼 만하지만 사람을 죽이는 위험을 감수하면서까지 노릴 만한 돈은 아니다. 살인은 애당초 내 계획에 없었던 일이다. 일이 계획대로 진행되지 않고 예기치 못한 위험을 감수해야 되었기에 기분이 안 좋아졌다.

자정이 넘어 집에 도착했고, 형은 잠들어 있었다. 신문지 뭉치에 싼 과도와 돈 가방을 부엌 싱크대 아래 배수관 뒤쪽에 던져넣고 싱크대 문을 닫았다.

다음 날 아침 형에게 모든 사실을 털어놓았다. CCTV 카메라에 찍혀 버렸으니 경찰이 곧 나를 체포하러 올 것 같다, 며칠간 피해 있으라 하는 말에 형은 놀라면서도 순순히 여행 채비를 하고 집을 나갔다. 사람을 찔러 가면서까지 얻은 돈을 경찰에 압수당하는 것은 억울했다. 돈 가방은 집을 나서는 형에게 건네주었다.

다음 날 의정부 부대찌개집 식당 주인 50대 여성 김 모 씨가 퇴갓길에 식당 앞에서 피살되었다는 보도가 조그맣게 기사로 실린 것을 인터넷에서 확인했다.

그로부터 사흘 뒤 저녁.

집에 혼자 있을 때 형사 두 명이 찾아왔다. 문을 열어 주자, 그들은 내 얼굴을 유심히 들여다보더니 기분 나쁜 웃음을 지었다.

나는 즉시 연행되었고, 월셋집 수색도 진행되었다. 여자를 찌른 칼과 범행 당시에 입었던 옷가지가 증거물로 압수되었다.

경찰은 역시 CCTV 화면에 찍힌 내 얼굴을 맨 먼저 확보한 것이었다. 그 화면에서 출력한 사진을 택시 회사에 돌리면서 여자가 피살된 시간에 근처에서 택시를 잡아탄 남자를 수배했고, 신고 정신이 투철한 그 택시 기사가 나를 봉천동 집 앞까지 태워다 준 것을 경찰에 알려 금세 형사가 들이닥쳤던 것이다.

경찰은 CCTV 영상과 함께 범행에 사용된 칼과 옷을 내게 들이밀었다. 나는 자백했다. 생활고에 시달리다 못해 범행을 마음먹었고, 돈 가방만 탈취할 생각이었는데 여자가 도망치면서 경찰에 신고할 것 같아 나도 모르게 찌르고 말았다며 용서를 빌었다. 돈 가방은 강에 버렸고 돈은 다 써 버렸다고 했다.

"그냥 찔렀어요, 나도 모르게 정신없이…… 찔러 놓고 보니 정신이 들었습니다."

나는 울먹였다. 칼을 준비해서 가게까지 찾아갔으니 우발적인 살인하고는 격이 다르다. 하지만, 내 성장 과정과 생활고에 동정을 했는지 횡설수설인 진술에도 경찰들은 수긍을 하는 눈치였고, 현장 검증할 때의 사건 재연도 성의 없이 대충 했지만 무리 없이 마무리 지어졌다. 사건은 곧 검찰로 송치되었다.

서울북부지검으로 송치된 후에도 사건 수사는 일사천리였다. 무엇보다 본인이 자백하고 있고, 결정적으로 CCTV 화면에 칼로 찌른 후 카메라를 힐끗 쳐다보는 무표정한 내 얼굴이 뚜렷하게 나와 있다. 해상도가 높지 않고 조명도 약했지만, 나임을 확인하기에는 충분했다. 내 지문이 검출된 칼과 여자의 피가 묻은 범행 당시의 옷도 움직일 수 없는 증거물이었다.

강도살인이라는 중대 사건 치고는 피의자가 순순히 자백해 수사가 쉽게 진행되자 검사는 내게 우호적으로 대해 주었다. 담당 검사는 호연정이라는 이름의 서른 정도 되어 보이는 여자였는데, 늘씬한 몸매에 긴 팔다리를 소유한 미인이었다. 눈이 살짝 작긴 했으나 그것도 까무잡잡한 피부와 갸름한 얼굴에 잘 어울렸다.

"처음부터 죽일 작정이었던 것 같지는 않네요. 유흥비 때문이 아니라 생활고 때문이었던 동기도 참작될 거고. 사람을 죽여 놓고도 부인하는 뻔뻔한 자들이 대부분인데 처음부터 순순히 자백했다는 점도 있고. 어떻게 보면 당신은 좀 순진한 사람인 것 같네요. 내가 현직 검사 입장에서 공식적으로 말하기는 그렇지만 구형할 때 참작해 줄게요."

호연정 검사는 곱상한 외모와 달리 털털하고 시원시원한 성격이었다. 아무리 우발적인 행위라고는 하나 살인을 저지른 나를 동생처럼 토닥거려 주었다.

사건은 검찰 송치 2주일 만에 기소되었다. 국선변호인이 선임되었고, 변호사 김기욱이 접견을 위해 구치소로 나를 찾아왔다. 김기욱 변호사는 무테 안경을 쓰고 머리를 짧게 정리해 올백으로 넘긴 차가운 인상이었지만 의욕은 있었다. 나는 그에게 짤막하게 몇 가지만을 부탁한 다음 금방 돌려보냈다.

그로부터 다시 2주일 후 서울북부지방법원 제101호 법정에서 공판기일이 열렸다. 큰 법정이었는데도 사건에 대한 관심 때문에 방청석은 가득 차 있었다.

먼저 호연정 검사의 모두(冒頭)진술이 있었다. 강도살인이라는 사건의 중대성을 감안해서 수사 검사인 호연정 검사가 이례적으로 공판도 담당키로 한 모양이었다.

"피고인 박철은 현재 22세의 대학 3년생인 자로서, 201X년 11월 4일 오후 10시 40분경 의정부시 T동 63번지 소재 '의정부 부대찌개' 식당 앞에서 일을 마치고 귀가하던 식당 주인 53세의 여성인 피해자 김정자를 칼로 찔러 살해하고 현금 300만 원이 든 돈 가방을 가져가 강취하였습니다."

호연정 검사는 그녀의 성격처럼 군더더기 없이 간략하게 마무리하였다.

곧이어 재판장의 인부 질문이 있었다.

"피고인은 공소사실을 모두 인정합니까?"

내가 경찰에서부터 쭉 자백을 했고 완벽한 증거가 갖추어져 있는 사건이어서 그런지 법정에는 살인 사건에 걸맞은 긴장감은 없었다. 내가 다음의 말을 하기 전까지는.

"인정하지 않습니다. 제가 하지 않았습니다."

재판장과 배석판사는 선잠을 깬 듯한 표정을 지었다. 방청객들도 웅성거리기 시작했다.

특히 불의의 일격을 맞은 호연정 검사의 표정은 볼 만했다. 얼굴이 확 붉어져서는 검사가 끼어들 순서가 아닌데도 끼어들었다.

"피고인, 검찰에서 다 자백하지 않았습니까?"

"그렇습니다. 하지만 제가 하지 않았습니다."

재판장은 안경을 추켜올리며 국선변호사에게 다시 확인했다.

"피고인은 범행을 부인하는 것입니까?"

"네, 수사 기관에서 자백은 했지만 그건 본의 아니게 거짓말한 것입니다. 피고인의 범행이 아닙니다. 피고인은 당일 사건 현장에 가지도 않았습니다. 외출하지 않고 집에서 일찍 잤다고 합니다."

김기욱 변호사는 확신에 찬 태도로 대답했다. 호연정 검사는 어이없다는 표정을 한 채 김기욱 변호사를 쏘아보았다. 자백하는 피고인을 변호사가 꼬드겨 범행을 부인하도록 부추겼다고 생각한 듯했다. 증거가 완벽한데 괜히 시간을 낭비케 하고 피고인인 내 양형에도 오히려 불리하게 되었다는 무언의 나무람이 담겨 있었다.

재판장은 생각지도 못하게 재판이 번거롭게 되었네, 하는 표정을 잠시 지어 보였다가 도리 없다는 듯 말했다.

"그렇다면 검찰 측에서 입증 계획을 밝혀 주시죠"

호연정 검사는 화가 났는지 일사천리로 모든 증거를 공개했다.

"우선 피고인은 경찰과 검찰에서 자신의 범행을 자백했습니다. 범행 현장에서 피고인의 얼굴이 찍힌 CCTV 화면, 그리고 피고인의 지문이 묻어 있는 칼과 범행 당시 입었던 것으로 피해자의 피가 묻어 있는 옷을 증거로 제출하겠습니다. 칼과 옷은 모두 피고인의 집에서 압수되었습니다."

김기욱 변호사는 아무런 이의도 않고 듣고만 있을 뿐이었다.

"변호인은 증거를 인정하는지 여부를 밝혀 주십시오."

"피고인의 경찰과 검찰에서의 진술을 모두 인정하지 않겠습니다. 다른 증거물들은 피고인의 범행과 관련이 없습니다."

경찰과 검찰에서의 내 자백 조서가 휴지 조각으로 변하는 순간이다. 피고인이 법정에서 부인하면 수사 기관에서의 진술은 증거로서의 가치가 없게 된다.

힐끔 보았더니 호연정 검사의 얼굴빛이 다시금 붉어지고 있었다. 하지만, 피고인이 자백을 뒤집어 봤자 다른 증거들이 워낙 탄탄하다는 믿음 때문인지 크게 동요하지 않고 있는 듯했다.

김기욱 변호사는 내친 김에 몰아붙였다.

"피고인 측에서는 피고인의 형 박성 씨를 증인으로 신청하겠습니다."

"피고인의 형이 관계가 있나요?"

재판장은 의아한 듯 물었다.

"분명히 사건의 진상과 큰 관련이 있습니다. 증인으로 채택해 주시면 신문 과정에서 모든 것을 밝히겠습니다."

"좋습니다, 증인 채택하겠습니다. 다음 기일은……."

"재판장님."

"왜 그러시죠?"

"사실은 피고인의 형인 박성 씨가 지금 법정 밖에 와 있습니다. 지금 증인신문을 하도록 허락해 주십시오."

"그건 곤란합니다. 검찰의 반대신문 준비가 안 되어 있지 않습니까? 무엇을 위한 증인인지도 불명확한 상태고."

"피고인은 지금 강도살인죄로 구속되어 구금 생활을 하고 있습니다. 만약 무죄라면 하루라도 빨리 나가야 마땅합니다. 형의 증언은 피고인의 유무죄를 가릴 수 있는 중요한 내용임을 말씀드립니다. 형은 사건 이후 모습을 감추었다가 이제야 법정에 나온 것입니다. 만약 오늘 못한다면 다음에 꼭 증언을 들을 수 있다는 보장도 없습니다. 검사님만 양해해 주시면 되지 않을까요."

김기욱 변호사는 재판장에게서 시선을 돌려 결정을 촉구하듯 호연정 검사를 쳐다보았다. 호연정 검사는 더할 나위 없이 명백한 증거가 있는데도 도대체 피고인이 무슨 뚝심으로 범행을 부인하는지 궁금하던 차에 변호사의 얘기를 듣고는 호기심이 폭발해 버린 모양이었다.

"좋습니다. 재판장님. 검찰은 지금 당장 증인을 신문해도 이의가 없습니다."

소송 전략상 즉석에서 증인신문을 하는 것은 거부함이 마땅하겠건만 검사는 호기심과 더불어 호승심이 발동한 탓인지 쾌히 수

락했다. 그만큼 증거에 충분한 자신이 있다는 것이리라.

"그럼 재정증인으로 신문토록 하겠습니다. 증인을 부르세요."

김기욱 변호사는 법정 뒤에 앉아 있던 자신의 직원에게 손짓을 했고, 직원은 내 형 박성을 데리러 법정 뒷문을 나갔다. 잠시 후 법정 뒷문이 빼꼼히 열리더니 형이 들어왔다.

방청객이 수군거리기 시작했다. 재판장도 흘깃 내 형을 보더니 얼이 빠져서 내 얼굴을 한번 보고는 다시 내 형을 쳐다보았다. 그리고는 형이 증언대 앞으로 오기까지 눈을 떼지 못했다. 호연정 검사의 표정은 더욱 볼 만해졌다. 안 그래도 까무잡잡한 얼굴이 흙빛으로 변했다.

그럴 수밖에 없다. 피고인과 똑같이 생긴 사람이 또 한 명 법정으로 들어오고 있었으니까. 나는 오랜만에 내 쌍둥이 형을 보니 반가웠다. 하지만 증언대에 선 형을 곁눈질로 흘긋 보았을 뿐 인사를 하지는 않았다.

법정의 혼란이 다소 정리되기를 기다려 재판장은 절차를 속개했다. 형에게 위증의 벌을 알리고 증인 선서를 시키는 동안 호연정 검사는 앞으로의 전개를 예감한 듯 역력히 낭패의 기색을 띄우고 있었다. 김기욱 변호사는 곧장 증인신문에 돌입했다.

"증인과 피고인의 관계는 어떠합니까?"

"제가 증인의 형입니다."

"쌍둥이입니까?"

"네, 일란성입니다."

"증인의 직업은?"

"대학 휴학 중이고, 아르바이트로 번역 일을 가져다 주로 집에서 일하고 있습니다."

"피해자 김정자 씨를 아십니까?"

"전혀 알지 못합니다."

"사건이 있었던 당일, 그러니까 11월 4일 저녁에는 무엇을 하셨습니까?"

"집에서 번역 일을 좀 하다가 저녁부터 일찍 잠이 들었습니다."

"단도직입적으로 묻겠습니다. 증인이 피해자를 죽인 것은 아닌가요?"

방청석이 이번에는 크게 술렁거리기 시작했다. 재판장은 완전히 증인에게 몰두해 버린 듯 소란을 제지하지 않았다.

"아닙니다."

김기욱 변호사는 형에게 CCTV 사진을 보여 주면서 물었다.

"현재 검찰의 가장 중요한 증거인 CCTV 사진에 당신의 얼굴이 찍혀 있습니다. 당신이 찌른 거 아닙니까?"

"아닙니다. 그렇게 따지면 동생도 저와 얼굴이 같지 않습니까."

"그러면 동생이 했나요?"

"그건 알 수 없습니다."

"동생이 사건 당일 어딜 갔다 왔는지 모르십니까?"

"저녁부터 일찍 잠이 들어서 잘 모릅니다. 나갔다 왔는지조차 알 수 없습니다."

"이 화면에 찍힌 옷은 누구의 것입니까?"

"그 옷은 저와 동생이 같이 번갈아 입는 것입니다. 쌍둥이라서 체형이 같으니까요. 옷을 각자 사서 입을 형편도 안 되고요."

김기욱 변호사는 범행에 사용된 과도의 사진을 보여 주었다.

"이 칼은 범행에 쓰인 흉기입니다. 이 칼에 대해서 아십니까?"

"저희 집에서 과일 깎을 때 쓰는 칼입니다."

"이 칼에서 당신의 지문이 나왔습니다."

"당연하지요. 저희 형제가 집에서 늘 쓰던 거니까요. 동생의 지문도 있을 겁니다."

"증인의 동생은 자신이 하지 않았다고 합니다. 그렇다면 증인이 살해한 것 아닙니까?"

"아닙니다. 동생이 한 건지 아닌지는 저도 모르겠지만 저는 절대로 하지 않았습니다."

"마지막으로 묻겠습니다. 이 CCTV에 찍힌 사람이 동생인지 증인인지 구별할 수 있겠습니까?"

"글쎄요, 실제로 주위 친한 사람들조차 저희 형제를 헷갈려 하는데, 저 정도 화면만 가지고 구별할 수는 없겠지요."

"수고하셨습니다. 증인신문을 마치겠습니다."

호연정 검사는 즉시 반대신문에 나섰지만, 형에게서는 같은 대답이 반복될 뿐이었다.

내가 하지 않았습니다. 사진에 찍힌 것은 내가 아닙니다. 옷과 칼은 동생과 내가 공유하는 것입니다. 사건 당일에는 일찍 잠들었고, 동생이 그날 나갔다 왔는지는 알 수 없습니다…….

호연정 검사는 무기력하게 자리에 앉았고, 대조적으로 김기욱 변호사는 의기양양하게 변론에 나섰다.

"피고인은 자신이 하지 않았다고 하고 있습니다. 피고인은 그날 외출하지 않고 집에서 일찍 잠들었습니다. 증인으로 나온 피고인 형인 박성 씨도 피고인과 똑같이 그날 외출을 않고 집에서 일찍 잠들었다고 주장하고 있습니다. 결국 알리바이가 없는 것은 두 사람 다 같습니다. CCTV에 나온 사진이나 옷, 범행에 쓰인 칼을 보면 둘 중의 하나가 범인인 것 같습니다. 하지만 둘 중 누구입니까? 검찰이 제출한 증거만으로 구분해 낼 수 있습니까? 박철과 박성 두 사람에게 놓인 혐의의 양과 질은 똑같습니다. 칼에는 두 사람의 지문이 모두 있습니다. 옷은 형제가 번갈아 입는 것입니다. CCTV에 범인의 얼굴이 찍혔지만, 그 사람은 피고인일 수도 있고 피고인의 형일 수도 있습니다. 즉 살인은, 피고인이 했을 수도 있지만 아닐 수도 있다는 것입니다. 형인 박성 씨가 했을 수도 있지만 그 역시 아닐 수도 있습니다. 수학적으로만 말하면 확률은 반반입니다. 50퍼센트의 확률입니다. 피고인이 유죄일 확률은 50퍼센트이지만 무죄일 확률 또한 50퍼센트입니다. 절반의 확률, 절반의 증명으로 피고인을 유죄로 인정하여 살인죄로 처단할 수는 없습니다. 재판은 제비뽑기가 아니니까요. 만약 피고인의 형이 진범이라면 지금 구금되어 있는 피고인은 또 한 명의 피해자가 되는 것입니다."

호연정 검사가 마침내 벌떡 일어서서 항의조로 말했다.

"하지만 피고인은 경찰과 검찰에서 다 자백했지 않습니까?"

"그것은 형이 범행을 했을지 모른다고 생각하고 형을 보호하기 위해 죄를 뒤집어 쓴 것입니다. 재판 과정에서 겁이 났고, 뒤늦게 진실을 밝히기로 한 것입니다. 지금 피고인은 법정에서 검찰 자백을 부인했습니다. 따라서 그 자백은 이제 증거 능력이 없어졌습니다."

호연정 검사는 허탈한 표정으로 망연히 서 있다가 곧 정신을 차리고 입증을 하겠다며 재판의 속행을 요청했고, 다음 공판은 3주 뒤로 잡혔다.

하지만 이미 게임은 끝났다.

나는 바로 다음 날 재판부의 직권보석 결정으로 석방되었고, 불구속으로 재판을 받게 되었다. 당연한 수순이다.

형사 재판에서 유죄로 하려면 '합리적 의심 없는 증명'이 필요하다. 무죄일 수 있지 않을까 하는 의심이 들고, 그 의심에 합리성이 있다면 유죄로 할 수 없다. 말하자면 '피고인이 유죄라는 점에 상식적으로 의심이 있을 수 없다'라는 수준까지 충분한 증거가 갖추어졌을 때에 비로소 유죄로 결정할 수 있는 것이다. 굳이 수치로 표현한다면 90퍼센트 이상? 그런데 내 사건의 경우에는 합리적인 의심을 잠재울 만큼의 입증이 절대 불가능하다.

CCTV 화면, 흉기, 옷가지는 형과 나 둘 중의 하나가 범행을 했다는 증거로는 충분하다. 그런데 그중 누구인지는 말해 줄 수 없다.

형과 나의 범행 당일 알리바이는 둘 다 불분명하다. 그 시간에 우리 둘 중 누구 한 명을 다른 곳에서 보았다는 증언이 결코 나올 수 없는 날짜와 시간이었다. 옷은 번갈아 입는 것이었고, 흉기에는 두 사람의 지문이 다 찍혀 있었다. 결정적으로 형과 나는 얼굴을 공유하고 있다. CCTV는 얼굴을 비춰 줌으로써 범행의 강력한 증거가 되기보다는 오히려 강력한 의심의 증거가 되어 주었다. 이 모든 증거를 모아 봤댔자 기껏해야 범인은 형과 나 둘 중의 하나라는, 50퍼센트 확률의 입증에 불과하다.

검찰이 형과 나를 공범으로 기소하는 것도 불가능했다. CCTV에 실제 실행자는 남자 1인인 것이 분명하게 드러나 있다. 집에 있던 나머지 한 명을 억지 공범으로 만들어 기소할 수는 없는 일이다. 형을 위증으로 기소하려고 해도 마찬가지이다. 둘 중 누가 범행을 실행했는지 특정할 수 없기에 위증도 입증할 수 없다. 더구나 형은 내 범행을 사전에 알지 못했기에 사실 위증도 아니다.

돈만 훔치려던 거였다. 하지만 예기치 못하게 여자를 칼로 찔러 살해한 데다가 CCTV에 얼굴까지 찍혀 버렸다. 체포는 시간문제였다. 그날 밤 고민하던 나는 내가 가진 조건, 즉 쌍둥이 형이 존재한다는 것에 생각이 미쳤고 이것을 이용하기로 했다. 다음 날 형에게 모든 사정을 이야기하고, 잠시 몸을 숨겼다가 나중에 법정에 나와서 증언하도록 시켰다. 구치소로 찾아온 국선변호사에게는 범행을 부인할 것과 쌍둥이 형을 증인으로 부를 것 두 가지만 얘기해 놓으면 충분했다.

나는 경찰에서 자백하면서도 구체적인 진술을 최대한 피했다. 현장 검증 시에도 응하는 척 시늉만 하면서 실제 범행과는 살짝 어긋나도록 했다. 즉, '범인만이 알 수 있는 요소'를 절대로 드러내지 않도록 주의했다.

내가 일치감치 자백했던 것도 수사를 부실하게 만들기 위한 안배였다. 완벽한 증거물에 피고인의 자백까지 있으니, 수사 기관은 방심하게 된다. 사실 더 수사했더라도 나올 것은 없다고 자신했지만, 매사에 틈을 보여서는 안 된다. 만약 처음부터 쌍둥이 형의 존재를 수사 기관에 알리면서 내가 하지 않았다고 범행을 부인하였다면, 검찰은 둘 중 누가 범행했는지를 밝혀내려 온갖 방법을 동원했을 거다. 하지만 내 자백으로 그 기회를 완전히 놓쳐 버리고 말았다. 그 자백조차도 법정에서 부인하였기에 고마운 형사소송법의 은혜로 아무런 증거 가치가 없게 되었다.

보석으로 석방된 후, 검찰은 내 유죄를 입증하는 증거를 추가로 수집하기 위해 애를 쓰는 듯했다. 하지만 한 차례 더 진행된 공판에서 별다른 증거가 나올 수 없었고, 나는 줄곧 '내가 범행을 하지 않았다. 그날은 외출하지 않고 집에서 잠을 잤다.'는 진술만 하면 되었다. 검찰은 최후에 거짓말 탐지기 조사를 요구했지만 우리는 단호히 거부했다.

기소 후 두 달 만에 결국 나는 무죄판결을 받았다. 검찰은 승산이 없다고 생각했는지 이례적으로 항소하지 않았고, 그로써 무죄판결은 확정되었다.

그제야 나는 홀로 자축의 술잔을 들었다. 이제는 진실을 기록하여도 괜찮은 때가 되었다. 일사부재리 원칙 덕분이다. 범죄 행위에 대하여 한 번 재판을 하였으면 결과가 옳든 그르든 사건은 종결되고, 두 번 다시 재판할 수 없다. 내가 설사 범행을 만천하에 고백한다 해도 더 이상 이 사건으로 절대 재판도 처벌도 받지 않는 면죄부를 가지게 되었다. 이제는 남은 대학 시절 전공인 법학 공부에 충실해 무사히 졸업하는 일이 남았을 뿐이다.

II. 재판 이후

박철이 무죄판결을 선고받은 다음 날 오전 9시.

호연정은 검사실 문을 벌컥 열고 들어오자마자 가라앉은 검사실 분위기를 깨뜨리듯 "송 계장니임" 하며 낭랑한 목소리로 송 수사관을 불렀다.

"네. 검사님. 말씀하세요."

연정의 책상 건너편에 T자로 놓인 책상에 앉아 열심히 조서 정리를 하고 있던 송용호 수사관은 미처 고개를 돌리지 못한 채 대답했다.

"경찰을 붙여서 박철, 박성 두 사람을 철저히 감시해 주세요."

엉뚱한 주문이었다. 송용호 수사관은 비로소 고개를 돌려 의아한 얼굴로 반문했다.

"박성이면, 박철이 형 박성이요?"

"네."

"어떤 걸 감시하라는……?"

"돈 가방의 소재를 찾는 것이 목표예요. 박철이 피해자로부터 강탈한 돈 가방 말이에요. 박철을 체포할 때 돈 가방이 발견되지 않았잖아요? 그렇다면 범행 후 사라진 박철의 형 박성이 돈 가방을 갖고 있다고 보는 것이 맞겠죠. 하지만 두 형제는 박철에 대한 재판이 진행되는 동안에는 증거가 될 돈 가방을 찾는 섣부른 행동은 하지 않았을 거예요. 그런데 이제 무죄판결도 받았고, 우리가 항소도 포기했으니까 완전히 안전을 보장받았어요. 아마 지금쯤 돈 가방을 찾을 겁니다."

"그렇긴 한데요. 검사님, 그런 거 이제 와서 찾아 봤자 박철이 재판도 다 끝났고, 아무 소용없습니다. 새 증거가 발견되었다 쳐도 일사부재리 때문에 처벌 못 합니다."

"그렇긴 하죠……."

연정은 별다른 말 없이 의자에 깊숙이 몸을 파묻고 검지손가락으로 책상을 톡톡 두드렸다.

송용호 수사관은 이런 심드렁한 표정을 지을 때의 연정으로부터는 말을 끌어낼 수 없다는 것을 잘 알고 있었다. 선뜻 납득은 안 되었지만 검찰 수사관 경력만 15년의 베테랑인 송용호 수사관은 일단 맡은 일에는 철저한 사람이었다.

그날부터 박철, 박성 형제의 일거수일투족을 감시하는 경찰관들의 끈질긴 잠복이 시작되었다. 양재동 모 공공도서관에 비치된 장기 보관 사물함에서 박성이 돈 가방을 찾는 현장을 덮친 것은 그로부터 5일 후였다. 보고를 받은 연정은 "우리한테도 약간의 행운은 있네요." 하고는 오랜만에 미소를 지으며 다시금 긴 손가락으로 책상을 톡톡 두드리는 것이었다.

연정은 다음 날 박성을 강도살인으로 기소했다.

피고인의 이름만 박철에서 형인 박성으로 바뀌었을 뿐 박철 때와 똑같은 내용의 기소였다. 증거물 역시 동일했다. 다만 박성이 돈 가방을 찾았다는 사실과 그 현장에서 압수된 사물함 키, 돈 가방 같은 물증 몇 가지만이 추가되었다.

"박철이 범인이 아니라면 박성이라는 건가. 사실로서야 맞지. 하지만 법률상으로는 그게 성립이 안 된다는 걸 호 검사도 잘 알잖아. 증거도 달라진 것 없고. 박성이가 유죄판결을 받을 가능성은 없어."

주위의 검사들은 무리한 기소를 했다고 한마디씩 하며 혀를 찼다. 돈 가방을 찾기 위한 잠복근무까지는 협조적이었던 송용호 수사관까지도 말렸다.

"호 검사님. 열정은 이해하는데, 박철 사건 때하고 기본적으로 똑같지 않습니까? 둘 중 누가 했는지 어차피 입증할 수 없는 일이고⋯⋯. 박성이 돈 가방을 찾았다고 해도 그것만으로 살인했다는 점에 대한 입증이 되는 것도 아니잖습니까. 피해자의 돈 가방에는 박철, 박성의 지문 둘 다 찍혀 있어요. 무죄가 뻔합니다. 괜히 기소해서 또 웃음거리 되느니 그냥 잊어버리시죠."

"무죄가 될 건 알아요."

연정은 입을 닫아 버렸다. 연정의 기소를 저지할 수 있는 사람은 없었다. '호연정'이라는 이름을 빗대 양산박을 연환기병으로 깨뜨리던 '호연작'이라는 별명이 붙을 만큼 한번 달리면 폭풍열차처럼 아무도 저지할 수 없는 그녀였다. 차장검사와 검사장이 연정을 설득하려 방으로 불렀으나 두 손을 든 모양이었다.

박성은 불구속 상태로 재판을 받게 되었다. 당연한 일이었다. 똑같은 조건과 증거로 동생 박철이 이미 무죄판결을 받았기 때문이다. 마찬가지로 무죄가 예상되는 박성에 대해 법원에서 구속 영장을 발부해 줄 리가 만무했다. 사물함 키와 돈 가방이 물증으로 추가되고, 박성이 그 사물함 키로 돈 가방을 찾으려다 발각되었다는 사실이 드러났지만, 박철이 아니라 박성이 살인을 저질렀다는 결정적인 증거는 될 수 없었다.

박성의 공판은 박철 때와 같이 서울북부지방법원 제101호 법정에서 열렸다.

연정은 지난번 박철 사건과 같은 기소 내용을 낭독했다. 피고인의 이름이 박철에서 박성으로 바뀌었을 뿐이다. 박성에게도 역시 국선변호사 김기욱이 선임되었다. 박성이 개인적으로 변호사를 선임하지 않은 것은 이번에도 당연히 무죄판결을 받을 거라는 확신 때문일 것이다.

연정은 박성을 공격하는 논고를 펼쳤으나 그것은 법의 논리보다는 사실의 논리에 가까웠다.

"박성과 박철 두 사람 중 한 명의 범행인 것은 확실합니다. 그런데, 법원은 지난번 박철을 무죄라고 판단했습니다. 그렇다면 범인은 박성인 것입니다. 둘 중 하나가 사람을 죽인 것이 확실한데 둘 다 무죄라고 한다면 국민은 어떻게 납득하고 법원을 믿을 수 있겠습니까?"

김기욱 변호사가 이에 맞서서 변론했다.

"그건 형사소송법상 어쩔 수 없는 일입니다. 두 사람 중 한 명이 범행을 한 것은 사실일지 모릅니다. 하지만 두 사람 다 확실한 입증이 안 된 상태에서는 두 사람 다 처벌할 수 없습니다. 절반의 혐의가 있지만 나머지 절반만큼은 무고한 것이니까요. 두 사람 다를 처벌할 수 없다 하더라도 그것은 우리 법률상 어쩔 수 없습니다. 실제와 맞지 않는다 하더라도 그것이 법률의 관점에서 본 진실입니다.

박철은 무죄를 받았습니다. 하지만, 그래서 박성이 유죄인 것이 아니라, 그래서 박성도 무죄인 것입니다. 박철 사건에서와 증거가 동일하기 때문입니다."

김기욱 변호사의 목소리에는 자신감이 넘쳤다. 법리상으로야 변호사의 말이 맞다는 것을 연정도 잘 알고 있을 것이다. 그런데도 연정은 굴하지 않고 재차 공격에 나섰다. 차분한 어조로 박성으로부터 압수한 사물함 열쇠, 그리고 거기서 찾은 돈을 물고 늘어졌다.

"박성에게는 박철 사건에서 없었던 증거가 있습니다. 박성은 피해자를 살해하고 돈 가방을 훔쳐 도주했습니다. 훔친 돈 가방을 사물함에 넣어 두었다가 동생 박철의 재판이 끝나자마자 그 가방을 찾으러 갔다가 발각되었습니다. 박성으로부터 사물함 키가 압수되었고, 그 사물함에서는 피해자의 돈 가방과 현금이 발견되었습니다. 박성이 살인을 저질렀음을 보여 주는 증거입니다."

연정은 쉽게 물러서지 않았다. 김기욱 변호사와 박성은 당혹스러운 표정을 지었다. 처음에는 박철이가 무죄를 받자 홧김에 형인 박성을 기소했으려니 하고 안이하게 생각했다가, 의외로 끈질긴 검찰의 태도에 위기감을 느낀 모양이었다. 김기욱 변호사는 머뭇거리다가 박성과 잠시 작은 목소리로 얘기를 나눈 후 할 수 없다는 듯 재차 반박에 나섰다.

"그것은 피고인의 동생 박철이 돈 가방을 주면서 잠시 피해 있으라고 해서 할 수 없이 돈 가방을 갖고 나갔던 것입니다."

방청석이 웅성이기 시작했다.

"그건 박성의 주장일 뿐입니다. 동생 박철의 말을 들어 보기 전까진 확인할 수 없습니다."

연정은 변호사의 변론이 끝나자마자 단호하게 요구했다. 오랜만에 치기 좋은 공이 와서 잽싸게 강 드라이브를 거는 탁구 선수 같은 표정이었다. 연정은 피고인석에 불안한 표정으로 앉아 있는 박성의 표정을 힐끔 보았다. 무고한 자신이 피고인석에 앉게 될 줄은 꿈에도 몰랐을 것이다. 게다가 동생 박철이 무죄를 받았으니 자신은 아무 일 없을 줄 알았는데 하필이면 피해자의 돈 가방을 찾는 현장을 들켜 버렸다. 그것 때문에 검찰에서는 피해자를 살해한 것이 박성 자신이 아니냐고 강력하게 추궁을 당하는 판이다. 동생 대신 하지도 않은 범죄를 뒤집어쓰게 될지 모른다는 두려움이 닥쳐올 것이다. 동생은 내 증언의 도움으로 이미 무죄를 받았고 일사부재리인가 뭔가 하는 것으로 이제 다시는 처벌받지 않게 되었다. 그러면 이제 동생이 사실을 증언해서 나를 구해 줄 차례이지 않은가. 이런 생각이 들 수밖에 없다. 자, 박성. 어떻게 할 것인가.

박성은 불안과 불만에 찬 표정으로 김기욱 변호사에게 뭔가를 소곤거렸다. 변호사는 알았다는 듯이 고개를 살짝 끄덕이고는 일어섰다.

"알겠습니다. 재판장님, 피고인 박성의 무고함을 증명하기 위해서 동생인 박철을 증인으로 신청하겠습니다."

재판장은 박철을 증인으로 채택했다.

3주 후의 공판 기일.

말끔하게 신사복을 차려입은 박철이 증언을 하기 위해 법정에 들어섰다.

연정은 박철의 얼굴을 노려보았다. 살인자의 저 여유로운 표정은 이미 무죄판결을 받아 낸 자의 자신감에서 나오는 것이리라. 따뜻한 커피숍에 앉아 눈보라 치는 거리를 내다보는 마음이겠지?

박철이 자리에 앉았다. 김기욱 변호사의 질문은 트집을 잡히지 않으려는 듯 간단했다.

"증인의 이름과 피고인과의 관계를 밝혀 주십시오."

"이름은 박철이고 피고인의 쌍둥이 동생입니다."

"증인은 201X년 11월 5일 그러니까 살인이 있던 다음 날 형에게 돈 가방을 건네주었죠?"

"네. 맞습니다. 제가 형에게 건네준 것입니다."

"왜 주었나요?"

"경찰이 곧 올 것 같으니 잠시 피해 있으라고 하고 돈 가방도 건네준 것입니다."

"형이 돈 가방을 찾으러 갔다가 들키는 바람에 지금 살인 혐의까지 받고 있는데, 그건 어찌된 건가요?"

"제 재판이 끝난 후 형에게 이제 돈을 찾아오라고 시킨 것이었습니다."

"이상입니다."

김기욱 변호사는 여기서 질문을 마쳤다. 박성의 변호인로서는 박성이 피해자를 죽이고 돈 가방을 손에 넣은 것이 아니라 박철로부터 건네받았다는 것만 입증하면 그만이다. 박철에게 돈 가방의 출처, 즉 박철이 진범인지 따위는 묻지 않았다. 박성의 변호사로서는 그 이상의 질문이 전혀 필요 없다.

연정이 반대신문을 위해 일어서자, 박철은 무표정하게 연정을 쳐다보았다. 연정이 자리에서 일어나 긴 다리를 뻗어 박철의 증인석 가까이로 성큼성큼 다가섰다. 박철의 표정이 서서히 굳어 갔다. 연정의 얼굴을 보지 않으려 시선을 피하고 있었다. 연정은 잠시 뜸을 들인 다음 물었다.

"증인은 지금 형인 박성이 살인 혐의를 받고 있다는 것을 알고 있지요?"

"예."

"범행 현장의 CCTV에 얼굴이 찍혔지만 증인 형제가 쌍둥이여서 둘 중 누구인지를 알 수 없습니다. 그래서 지난 번 증인도 범인으로 기소되었다가 무죄를 받았지요?"

"예."

"그런데 증인의 형은 피해자로부터 뺏은 돈 가방을 가지고 있었습니다. 그래서 증인의 형이 지금 의심을 받고 있는 것입니다. 그 사실도 알고 있지요?"

"네."

"그런데 증인의 증언은 그 돈 가방은 형이 살인을 하고 뺏은 것이 아니라 증인이 건네주었다는 내용 아닙니까?"

"그렇습니다."

"돈 가방을 증인이 형한테 주었다는 것은 결국, 사람을 죽이고 돈 가방을 빼앗은 사람은 증인의 형인 박성이 아니라 증인 자신이라는 이야기입니까?"

피할 수 없는 질문이었다. 박철의 입매가 굳어졌다. 이미 무죄 판결을 받아 안전지대로 도피해 있기 때문에 법적으로는 거리낌이 없을 터지만, 자신의 살인을 털어놓는다는 것이 부담스러울 것임은 분명했다. 하지만 어차피 각오한 질문일 터였다. 이 재판에 증인으로 나왔다는 건 자신이 범인이라는 증언을 해서 형을 구하기로 결심했다는 것을 의미했다. 잠시 생각하는 듯했지만 단호한 표정으로 대답했다.

"네."

방청석이 술렁였다.

"다시 묻겠습니다. 그렇다면 증인이 201X년 11월 4일 밤 10시

30분경 R사거리에서 서쪽으로 500여 미터 떨어진 도로가 옆 '의정부 부대찌개' 앞에서 귀가하던 50대 여자를 살해하고 돈 가방을 뺏은 것이 사실입니까?"

연정은 사실 관계를 구체화시켜서 재차 또박또박 확인하였다.

"맞습니다. 제가 한 것입니다."

박철은 다시금 단호하게 대답했다.

법정 안의 분위기는 터질 듯 팽팽해졌다. 모든 사람은 연정의 다음 신문을 기다렸다. 박철이 무죄를 받은 판에 검찰이 형인 박성을 다시 같은 범죄로 기소한 것만 보면 무모한 화풀이일 수도 있겠지만, 박철까지 다시 증인석으로 부른 것은 나름대로 이유가, 입증의 비책이 있을 것이라고 다들 생각했던 것이다.

돈 가방이 증거로 추가되었지만 살인의 직접 증거는 될 수 없다. 또한 그마저 박철이 증언대에 나와서 자신이 범행 후 형에게 돈 가방을 건네주었다고 말해 버렸으니 증거로서의 값어치는 없게 되어 버렸다. 그렇다면 이제 검찰이 준비한 다음 수는 무엇일까. 그것이 모두의 궁금증이었다.

하지만, 연정은 사람들의 기대를 여지없이 배반했다. "신문을 마치겠습니다." 하고는 조용히 자리에 들어가 버린 것이다.

팽팽했던 분위기가 김빠진 맥주처럼 식어 버렸다. 연정을 제외하고 법정 안의 모든 사람이 어이없다는 표정을 지었다.

박철의 대담한 증언으로 박성의 범행 입증이 허사가 되어 버렸다. 아무리 그렇다 해도 주위의 반대를 무릅쓰고 박성을 야심차게 기소했던 검사가 저렇게 맥없이 신문을 중단하고 들어가 버리다니. 완전히 의욕을 잃고 자포자기한 것일까? 박성에 대한 기소는 처음부터 박철의 증언 한마디에 무너질 사상누각이었단 말인가? 박철이 자백했지만 일사부재리 원칙 탓에 이제 와서 박철을 처벌할 수도 없다. 호연정 검사는 단지 법정에서 박철이 자신의 범행을 자백하는 진술 한마디를 듣고 위안을 삼고 싶었던 것일까? 법정에 있던 몇몇에게는 이런 생각마저 들었다.

검찰의 형식적 구형 절차를 거친 후 재판장은 연정이 딱하다는 듯이 입을 한 번 오므렸다가는 변론을 종결한다는 선언을 하였다.

박성의 재판은 그걸로 끝이었다.

다음 기일, 박성은 무죄를 선고받았다.

송용호 수사관은 두 번째의 무죄판결이 내려진 다음 날 오후 늦게 검사실로 출근했다. 오전에 외근 업무가 있었기도 했지만 연이은 무죄판결로 둘 중 하나는 살인범이 분명한 형제를 다 놓쳐 버리고 내부와 외부의 비난에 직면해 좌절하고 있을 호연정 검사의 얼굴을 차마 보기 어려웠던 탓이다.

박철, 박성 형제에 대한 잇단 기소와 무죄판결.

검사로서는 큰 타격이었고 불명예임에 틀림없었다. 북부 지검 내부에서조차 무죄가 불 보듯 뻔한 상황에서 박성을 기소하여 웃음거리가 되었다며 연정을 비난하는 검사들이 있었다. 박철에 대하여 무죄를 받은 것은 어쩔 수 없다고 수긍하면서도 뒤이은 박성에 대한 기소는 지나치게 무리한 것이었다는 게 중론이었다. 연정이 아직 젊어서 그렇다는 둥, 사건에 대한 집착이 검찰을 망쳤다는 둥 뒤에서 말들이 많았다.

하지만 연정의 면전에서는 심정을 헤아려 주느라 그랬는지 안

색을 살피며 위로의 말을 건넸다.

"박철이 자식 말이야, 일사부재리로 처벌 안 받는다고 이젠 아주 당당하게 법정에서 지가 범행했다고 증언했다면서. 형제간에 우애 하나는 알아줄 만하네. 참 교활한 놈이야. 신호 위반 하나만이라도 걸려 봐. 내가 완전히 주물러 놓을 테니까."

송용호 수사관이 막 호연정 검사실로 들어섰을 때 연정과 동기인 옆방 검사가 찾아와 위로의 말을 건네고 있었다. 송용호 수사관은 의자에 앉아 있는 연정의 표정을 힐끔 살펴보았다. 의외로 평온하고 담담한 표정으로 이야기를 듣고 있었다. 오히려 빨리 가 주었으면 하는 눈치가 역력했다. 연정에겐 위로가 필요 없는 것처럼 보였다.

방문객이 멋쩍게 돌아가자, 연정은 송용호 수사관에게 고개를 돌려 말했다.

"송 계장님, 기다리고 있었어요."

"아, 네. 지난 건 지난 거고 새로운 마음으로 다시 일해야죠. 호 검사님, 박철 형제 사건은 인제 털어 버리고……."

"계장님, 제가 기다린 건 그 건 때문인데요."

연정은 긴 팔을 책상위에 올린 채 몸을 앞으로 숙이고는 빙긋 웃으며 말했다. 송용호 수사관은 오싹해졌다. 아직도 포기 안 했단 말인가. 여기서 멈춰야 한다. 호연정 검사의 저 집착은 도대체…….

"검사님, 어쩔 작정이신지?"

"다시 박철을 기소해야지요. 강도살인으로."

송용호 수사관의 입이 떡 벌어졌다.

* * *

체포되어 검사실로 압송되어 온 박철의 표정은 경악 그 자체였다. 연정의 책상 앞 의자에 제대로 앉지도 않은 채 거칠게 항의했다.

"검사님, 도대체 이게 무슨 짓입니까? 법을 집행하는 검찰이 이런 위법 행위를 해도 되는 겁니까? 일사부재리 모릅니까? 나는 이미 재판을 받아 무죄판결까지 받은 사람이에요! 어떻게 나를 체포할 수 있습니까? 이건 명백히 불법적인 체포입니다!"

박철의 흥분은 연정이 불법적으로 자신을 체포하였다는 확신으로 이어졌다.

연정은 책상 건너편의 박철에게 나직한 목소리로 물었다.

"불법 체포라면 법원에서 어떻게 체포 영장이 나왔게요?"

"예?"

박철의 표정이 일순 일그러졌다. 뭔가 잘못되었다는 걸 드디어 깨달은 듯했다.

"일사부재리. 같은 범죄로 두 번 처벌받지 않는다. 그렇지요?"

"당연하죠. 그걸 아시면서 날 체포했습니까?"

연정은 박철의 얼굴을 똑바로 들여다보며 말했다.

"그렇죠. 어디까지나 같은 범죄라면 말이죠."

"뭐라고요?"

연정은 멍해져 있는 박철 앞에 두 장의 종이를 내밀었다.

"하나는 지난 번 공소장이고, 또 하나는 이번 공소장이에요. 줄 그은 부분을 잘 보세요.

지난번 박철 씨에 대한 기소는, '201X년 11월 4일 오후 10시

40분경 의정부시 T동 63번지 소재 의정부 부대찌개 식당 앞에서 일을 마치고 귀가하던 식당 주인 53세의 여성인 피해자 김정자를 칼로 찔러 살해하고 현금 300만 원이 든 돈 가방을 가져가 강취하였다.'는 것이죠?

그런데 이번 기소는, '201X년 11월 4일 오후 10시 40분경 서울시 노원구 S동 12번지 소재 의정부 부대찌개 식당 앞에서 일을 마치고 귀가하던 식당 주인 52세 피해자 김라희를 칼로 찔러 살해하고 현금 300만 원이 든 돈 가방을 가져가 강취하였다.'는 것이에요.

지난번은 의정부, 이번은 서울이니 범행 장소가 다르고, 피해자도 다른 사람이에요. 두 개가 같은 범죄라고 볼 수는 없겠죠?"

박철은 얼굴이 새하얗게 질렸다. 목소리가 부들부들 떨려 나왔다.

"뭔가 착오가……. 이럴 리가 없어요. 그 식당은 분명히 의정부에 있는……."

연정은 빙긋이 웃고만 있었다. 박철이 깨닫기를 기다리면서.

"아, 설마!"

박철은 연정을 죽일 듯이 노려보았다.

"당신이 나를 속였군!"

박철은 얼굴이 벌겋게 되어 수갑을 찬 손을 번쩍 들었으나 주위에 대기하고 있던 경찰들에 의해 곧 제압되었다. 하지만 박철이 계속 히스테릭하게 소리를 지르면서 난동을 부렸기 때문에 잠잠해지기까지는 상당한 시간이 필요했다. 이윽고 기력을 쇠진하고 축 늘어져 버린 박철을 향해 연정은 차갑게 말했다.

"속인 건 박철 씨가 먼저겠지. 나는 그 연극을 부수기 위해 승부를 한 것뿐이고."

박철은 여전히 고개를 숙이고 말이 없었다. 어깨가 떨리고 있었다. 연정은 담담하게 말을 이었다.

"박철 씨에 대한 처음의 기소는 내가 만들어 낸 엉터리였어요. 당신의 실제 범행과는 장소도, 피해자도 다른 내용으로. 그러니까 당신의 진짜 범행에 대한 재판은 없었단 얘기가 돼요. 그러니까 일사부재리도 적용될 여지가 없죠.

범행 장소의 주소와 피해자를 바꿔치기 했어요. 실제 범행은 **서울시 노원구 S동 소재 의정부 부대찌개집, 피해자는 52세 김라희,** 하지만 기소는 **의정부시 T동 소재 의정부 부대찌개집, 피해자는 53세 김정자**로 했던 거에요. 시각만 같을 뿐 두 사건은 분명히 다른 사건이죠. 뒤의 것은 사실 사건 자체가 존재하지 않아요. 김정자 씨는 의정부시 T동 63번지에 엄연히 살아 계시거든요."

박철은 아직도 완전히 납득이 안 된다는 듯이 힘없는 목소리로 물었다.

"그럼 그 의정부 부대찌개집이 사실은 서울……?"

"그래요. 당신의 선입견을 이용한 거였어요. 의정부 근처에서 '의정부 부대찌개'란 상호를 달고 있었기 때문에 당신은 그 식당의 주소도 당연히 의정부 어디일 거라고 믿었던 거죠. 더군다나 서울 남쪽 봉천동에 사는 당신은 그게 잘못된 주소란 걸 알 수 없었을 거예요.

범행 장소인 '의정부 부대찌개'집 앞 도로는 서울과 의정부를 가르는 경계 도로였어요. 도로 하나를 사이에 두고 건너편은 의정부, 이쪽은 서울이었죠. 당신이 살인을 저지른 그 '의정부 부대찌개'집은 사실은 행정 구역상 서울 소재였고. 정확히는 이번 공소장에 기재한 대로 서울 노원구 S동 12번지예요. 또 자신이 죽인 사람의 이름 따윈 몰랐을 거니까 피해자 이름을 바꿔치기 하는 건 더 간단했죠. 신문에는 피해자는 50대 여성 김 모 씨라고 익명으로 보도되었을 뿐이니까. 인근의 50대 김 씨 성 가진 여자분을 찾아 그분의 양해를 구하고 바꿔 넣은 거예요.

박성 씨 재판 때 증인으로 나온 당신에게 법정에서 내가 물었죠. 분명히 '201X년 11월 4일 밤 10시 30분경 R사거리에서 서쪽으로 500여 미터 떨어진 도로가 옆 의정부 부대찌개에서 귀가하던 50대 여자를 살해한 것이 사실입니까?'라고. 'R사거리에서 서쪽으로 500여 미터 떨어진 도로가 옆'이 바로 '서울 노원구 S동 12번지'이고 그 '의정부 부대찌개'가 있는 곳이에요. 당신이 범행을 저지른 장소죠. 그곳에서 그 시간에 '귀가하던 50대 여자'는 그 식당 주인이던 52세의 김라희 씨예요. 당신이 진짜로 살해한 바로 그 여자분이죠. 물론 당신은 진짜 이름을 몰랐겠지만. 결국 당신은 진정한 범죄에 대해서 형의 재판에 증인으로 나와 법정에서 깨끗이 자백해 버린 겁니다."

가만히 듣고만 있던 박철은 한참 후 고개를 들고 멍한 눈초리로 말했다.

"……하지만 이번에도 내가 다시 법정에서 부인한다면?"

연정은 왠지 측은한 눈길로 박철을 바라보았다.

"박철 씨의 희망을 망가뜨려서 미안하지만."

연정은 미안한 듯 말을 이었다.

"검찰까지의 진술은 법정에서 부인하면 얼마든지 휴지 조각으로 만들 수 있어요. 하지만 법정에서의 진술은 나중에 부인하더라도 증거로 된다는 걸 똑똑한 법대생인 당신이 모르진 않겠죠? 당신 형의 재판에서 증인으로서 한 진술이라도 마찬가지예요. 그건 법정 진술로서 늘 증거 능력이 있지요. 그 재판에서 당신이 자백한 법정 진술이 기재된 조서에 대해서 등본 발급 신청을 해 놓았어요. 그것만 도착하면 이번 사건의 증거는 완벽해지는 거죠.

난 일부러 처음에 가공의 범죄 사실로 기소를 해서 무죄를 받은 다음에, 다시 당신 형인 박성 씨를 동일한 범죄로 기소했어요. 물론 박성 씨에 대한 기소는 페이크였지요. 당신을 증언대로 끌어내 범행을 자백하게끔 하기 위한 무대였을 뿐. 박성 씨가 돈 가방을 찾으려다가 발각된 건 우리에게 작은 행운이었지만 어차피 그게 없더라도 박성 씨를 철저하게 공격해서 안전지대에 있는 당신을 끌어낼 작정이었어요. 돈 가방 때문에 코너에 몰린 박성 씨 때문에 그게 좀 더 쉬워졌다고는 생각하지만요. 쌍둥이 형인 박성 씨의 증언 덕분에 법망에서 벗어난 당신이니까, 박성이 기소되어 살인으로 추궁당하게 된 판국에는 반드시 당신이 법정에서 자신의 범행을 진술하여 형을 구할 거라고 믿었어요.

또, 그런 도리 따위가 아니더라도, 생리적으로도 그렇게 되지 않을까 생각했어요. 일란성 쌍둥이는 성격과 행동 패턴도 거의 흡사하죠. 박성 씨가 당신 재판에서 위험한 증언으로 동생을 구해 내는 대담한 짓을 저질렀다면, 당신 또한 형이 재판을 받는 유사한 상황에서 같은 행동을 하리라 예측했어요.

아니나 다를까, 이미 무죄를 받은 당신은 당신 형에 대한 살인 혐의를 벗기기 위해 형의 재판에 증인으로 출석하여 당당하게 사실은 자신이 범행했다고 털어놓았죠. 자신은 일사부재리로 절대로 처벌받지 않는다는 믿음 아래 말이죠.

하지만 첫 번째 기소는 가공의 범죄 사실에 대한 거였고, 따라서 당신의 범죄에 대해 재판은 존재하지 않았던 거예요. 그러니까 일사부재리도 적용될 여지가 없죠. 이어진 당신의 형 재판에서 당신이 한 자백 덕분에 흉기와 지문, CCTV 화면이 생생한 증거 능력을 갖고 부활했어요. 살인을 한 사람이 박성이 아니라 박철임을 알리는, 더 이상 완벽할 수 없는 증거물로요. 이제 드디어 제대로 기소할 수 있게 된 거지요."

박철은 다시금 힘없이 고개를 떨어뜨렸다.

"처음부터 다 알고 계셨던 거군요……."

박철은 말을 잇지 못했다. 연정은 오히려 박철을 다독이듯 말을 이었다.

"박철 씨가 검찰로 송치되어 검사실에 와서 순순히 범행을 자백했을 때까지는 아무런 문제가 없는 듯 보였어요. 생활고에 찌든 한 대학생이 어설픈 강도짓을 하려다가 우발적으로 사람을 죽인 흔한 사건으로만 치부했죠. 심지어는 박철 씨가 측은하게 보여서 토닥여 주기까지 했어요. 그런데 송 수사관님이 당신 주변 조사를 한 후 당신에게 쌍둥이 형이 있다고, 그 형은 사건 이후 사라져서 행방이 묘연하다고 그러더군요. 쌍둥이라……. 그 말을 들은 순간 아찔했어요.

나는 멍해져서 머릿속으로 증거물을 하나하나 세어 보았어요. 우리가 가진 주요 증거는 흉기인 과도, 피해자의 피가 묻은 옷 그리고 CCTV 화면이었어요. 증거물로 보면 쌍둥이 중 하나가 살인을 한 것은 분명했지요. 그런데 아무리 봐도 둘 중 누구인지는 알 수 없는 것들이었어요. 범인을 특정하기는커녕 오히려 혼란만 야기하는 증거들이었죠.

처음에는 박철 씨가 정말 진범인 걸까? 의심도 해 봤어요. 하지만 곧 형을 대신해 체포된 건 분명히 아니라고 확신했어요. 아무리 증거가 미흡하다 해도 살인자로 처벌받을 위험을 처음부터 뒤집어쓸 사람은 없을 테니까요.

기댈 수 있는 건 박철 씨의 자백뿐이었어요. 박철 씨는 자신이 했다고 순순히 자백하고 있었죠. 적어도 그때까지는. 박철 씨가 법정에서 자백을 유지한다면 흉기와 옷, CCTV 영상 모두 보강 증거로써 힘을 얻고 유죄판결을 받아내는데 전혀 문제가 없어요. 하지만 만약 박철 씨가 법정에서 자백을 뒤집는다면……? 꼼짝없이 당할 수밖에 없다는 걸 깨달았어요. 박철 씨는 검찰에 와서도 경찰에서와 같이 자백을 하고는 있었지만, 법정에서 '아니다'라고 한 마디만 해 버리면 우리 형사소송법 하에서는 증거로서의 가치가 없게 되니까요.

박철은 어떻게 나올까? 박철 씨는 순진해 보였어요. 갸름한 얼굴에 유약해 보이는 인상이죠. 그래서 아마 피해자가 당신을 쉽게 보고 대응하다가 목숨을 잃은 건지도 모르죠. 검사실에서 순순히 인정하는 태도를 보면 법정에서 뒤집을 것 같지는 않았지만, 그런 낙관에만 기대기에는 사건이 너무나 중대했어요.

당신은 울면서 후회한다고 했지만 300만 원이나 되는 돈을 사흘 만에 다 쓰고 돈이 든 가방은 버렸다고 했어요. 박철 씨의 그 자백에서 느껴지는 위화감이 크더군요. 300만 원을 학생인 박철 씨가 생계비로 사흘 만에 썼다고 생각하긴 어려웠어요. 유흥비로 썼거나 돈을 어딘가에 은닉했다고 보는 것이 상식에 맞죠. 그런 거짓말을 하고 있는 거라면 생계가 어려워 일순간 잘못된 생각을 했다는 변명도 자기 반성의 결과라고 볼 수는 없지 않을까. 어쩌면 박철의 자백은 추후의 반전을 위한 밑밥이지 않을까.

당신은 법대 3년생이며, 머리가 비상한 사람이에요. 자신이 검찰에서 자백해도 법정에서 부인하면 그 자백은 증거가 안 된다는 것 정도는 알고 있겠지요. 그리고 하필 박철 씨의 쌍둥이 형은 어딘가로 사라져 행방이 묘연한 상태였고요.

'박철은 법정에서 뒤집을 작정이다.'

나는 그런 결론을 내렸어요. 박철은 쌍둥이 형의 존재를 내세워 범행을 부인할 것이다. 쌍둥이 형이 법정에 증인으로 나오기로 되어 있을 것이다. 그것이 당신의 시나리오라고 단정했어요.

하지만 당신의 계획을 눈치 챘다고 해도 그것을 뒤집거나 막을 방법이 없더군요. 거짓말 탐지기 검사도 생각해 봤지만 그건 피의자가 거부하면 실시할 수 없어요. 또 검사를 했다 해도 결과가 불리하면 법정에서 증거 동의를 안 하면 그만이죠. 영악한 당신이 거짓말 탐지기 수사에 걸려들 것을 기대할 수는 없었어요. 박철 씨의 시나리오를 부술 갖가지 방법을 생각해 봤지만 결국 당신이 자백하지 않는 한 두 사람 중 누가 범행을 했는지 입증할 수 없다는 걸 인정할 수밖에 없더군요. 그건 불가능한 악마의 증명이었어요. 그래서 고심 끝에 처음의 페이크 기소와 박성에 대한 두 번째 기소라는 덫을 놓았던 거예요."

박철은 초점이 풀린 눈으로 힘없이 말했다.

"법정에서 당황했던 건 모두 연기였군요."

"재판은 예상대로던 걸요? 당신은 법정에서 범행을 부인했고, 당신 형 박성은 극적으로 증언했고. 나는 불의의 공격에 화난 모습을 연기했지만 마음속으로는 웃고 있었죠."

박철의 얼굴이 일그러졌다. 연정은 박철의 말을 기다렸지만 그는 고개를 떨구고 더 이상 말이 없었다.

그곳에 누군가 있었다

송시우

중학생 시절 애거서 크리스티 작품에 빠져들며 추리소설가가 되기로 결심했다. 2008
년 《계간 미스터리》 신인상에 단편 「좋은 친구」가 당선되어 작품 활동을 시작했다. 범인
찾기보다는 범죄의 동기에 더 관심이 많고, 사회파 추리소설을 추구한다. 데뷔작 「좋은
친구」가 일본 미스터리 매거진에 번역 소개되기도 했다. 단편 「사랑합니다, 고객님」, 「아
이의 뼈」, 「5층 여자」 등을 발표했다. 한국 추리 작가 협회와 한국 미스터리 작가 모임에
서 활동 중이다.

1

　그는 노동조합 마크가 붙은 점퍼를 입었다. 시간을 정확히 지
켰다. 키가 작았고 얼굴빛이 검었으며 두꺼운 금테 안경을 꼈다.
동행한 사람은 없었다. 편이 되어 주는 사람이 없거나 아니면 자
신만만한 것일 터였다. 성희롱 가해자는 보통 수행원을 한둘씩 달
고 오곤 했다. 한 직급 하는 사람일수록 따라붙는 사람도 많았다.
　한윤서 조사관은 그를 조사실로 안내하고 마주앉았다. 물을
한 컵 따라 내밀고 노트북 자판 위에 손을 올렸다.
　소속과 직책을 말씀해 주세요.
　저는 오성자동차 노동조합 정책국장 이은율입니다.
　노조 문화국 소속 소지혜 씨를 알고 계십니까.

잘 알고 있습니다.

소지혜 씨가 귀하에게 성희롱을 당했다는 진정을 국가인권위원회에 제기한 사실을 알고 있나요.

그래서 제가 여기 온 거 아닙니까?

마지막 말에 짜증이 섞였다. 금테 안경 너머 노기 띤 눈빛이 스쳐 지나갔다.

이은율은 혐의를 부인할 준비를 마친 듯했다. 일이 예상대로 흘러가고 있었다.

"한윤서 조사관, 또 한 건 해야겠어."

며칠 전, 등 뒤에서 김현숙 과장의 목소리를 듣고 한윤서는 보고 있던 인터넷 창을 황급히 닫았다. '스뎅을 사랑하는 사람들의 모임' 카페에 회원가입을 하는 중이었다. 봄이 오니 아토피 발진이 더 심해져, 스테인리스 프라이팬을 다루는 미묘한 기술을 배울 참이었다. 법랑 프라이팬과 환경 호르몬의 관계에 대한 경계심이 커져 가고 있을 때였다.

김현숙 과장이 사건 기록을 건넸다. 표지에 붙은 노란 포스트잇과 그 위에 적힌 붉은 글씨. '언론보도. 중요사건. 긴급조사 요망.'

"기세를 몰아 또 한 작품 만들어 봐. 법률 검토 유의하고."

김 과장이 윤서의 어깨를 토닥이며 말했다. 윤서는 얼결에 고개를 끄덕였다.

진정인 소지혜. 피진정인 이은율.

진정인 측에서 언론에 진정 사실을 알린 모양이었다. 오성자동차 노조 간부가 조합원을 성희롱했다는 보도가 인터넷에 쫙 깔려 있었다. '또 하이에나가 꼬였군.' 한숨이 나왔다. 윤서는 여론에 휘청거리며, 그 과정에 수반되는 잡스러운 일을 처리하는 걸 괴롭게 느꼈다.

보수 언론은 귀족 노조의 도덕적 타락을 개탄했다. 국내 자동차업계 연매출 1위 기업이자 근로자 평균 임금 상승폭도 1위인 오성자동차의 노동조합 간부 L씨가 노조 행사를 마친 뒤 행사장 인근 건물 계단참에서 여자 조합원의 치마 속에 손을 넣어 더듬고, 여자 조합원이 이를 거부하자 머리채를 잡아 흔들었다고 했다. 오성자동차 노조는 현재 사측과 파업을 예고한 단체 협상을 진행하고 있었다. 노조의 입지를 위협하고 있는 사안이 지금 윤서의 손에 들어온 것이다. 예나 지금이나 성적인 파문처럼 도덕성에 직격탄을 날리는 건 없을 것이다. 선정적이고, 눈길을 끌고, 싸잡아 비난하기 좋았다.

국가인권위원회. 인권 침해와 차별 행위에 대한 진정을 접수하고 조사하여 구제 조치를 권고하는 국가 기관. 성희롱 사건은 인권위가 하는 수많은 업무 중 하나에 속했다. 하지만 현재 세상의 관심은 성희롱에 쏠려 있었다.

윤서는 진술 조서의 문항을 타자로 치며 물었다.

"5월 7일 노조에서 외부 행사가 있었죠?"

"행사라니…… 듣기 거북한데요." 이은율이 눈을 치켜떴다. "정치 검찰의 손에 맞아 죽은 동지의 장례식에 참석했습니다. 그걸 행사라고 합니까?"

"다시 말하죠." 한윤서는 사건 기록으로 눈을 돌렸다. "5월 7일, 명예훼손 혐의로 수사를 받던 중 자살한 강윤오 조합원의 장례식이 있던 날, 노조 차원에서 참석하셨지요?"

"네. 한 50명쯤이요."

"장례식 도중에 소지혜 씨를 차에 태우고 자리를 떴습니까?"

"걔가 데리고 나가 달라고 했어요."

소지혜는 장례식 내내 불안해 보였다고 했다. 그녀는 평소 자주 울고, 아무 때나 비탄에 잠겨 있곤 했다. 죽은 강윤오가 석 달 전 노조 전임자를 사퇴하고 송도에 있는 공장으로 내려갈 때부터 시작된 증상이었다.

이은율과 소지혜는 대학 선후배 관계였다. 그들은 오성자동차 입사 전부터 서로 알고 지냈다고 했다. 은율은 후배를 챙겨 준다는 순수한 마음으로 그동안 소지혜에 대한 상담자 역할을 자처해 왔다. 소지혜도 최근엔 매일같이 은율을 찾아와 심정을 털어놓을 만큼 은율을 의지했다.

강윤오의 장례식장에서 소지혜는 동료들과 술을 마시고 있는 은율에게 다가와 '감정을 추스르지 못하겠으니 자기를 데리고 이곳을 나가 달라'고 요청했다. 은율은 소주를 반 병 정도 마신 상태였지만 지혜의 말을 들어 주는 게 좋겠다고 생각했다. 승용차 조수석에 지혜를 태우고 국도변을 따라 달리다가 아무 곳으로 빠져 시내를 달렸다. 어딘지는 기억에 없다고 했다. 술에 취해 있었고 흥분된 상태였다. 30분 정도 내키는 대로 달렸다. 지혜가 갑자기 구역질이 난다며 세워 달라고 했다. 눈앞에 보이는 오피스 빌딩 앞에 차를 세우고 따라 들어갔다.

"소지혜 씨가 그 건물 화장실에서 나오자 소지혜 씨의 팔을 끌고 비상구를 통해 지하 1층 계단참으로 간 사실이 있습니까?"

밀리언셀러 클럽

2012

밀리언셀러 클럽 소개 책자는 매번 업데이트됩니다.

미스터리, 스릴러, 호러, 로맨스……
밤새 손에 땀을 쥐고 읽어 나갈 수 있는 소설들만을 한데 모았습니다.
'밀리언셀러'는 백만인이 만끽하는 독서의 즐거움을,
'클럽'은 독자들이 서로 이야기하며 소통하는 기쁨을 상징합니다.

네이버 카페 http://cafe.naver.com/mscbook

MILLIONSELLER CLUB

＊색깔 구분	7 사회파, 사회 문제를 다룸	20 가독성 좋음
A 정통추리	8 좀비 등장	
B 추리스릴러하드보일드	9 뱀파이어 등장	＊스타일 구분
C 판타지오컬트	10 악마나 유령 등장	역사물 History
D 공포스릴러	11 파워풀한 주인공	SF SF
	12 능력자 등장	단편집 Short
＊특징 구분	13 두뇌를 활용해야 함	장편＋단편집 LS
1 세기말적 세계관	14 문학상 수상작	시리즈물 Series
2 음모론	15 여성들에게 인기	
3 살인마 등장	16 영화화 작품	편집자 추천 ✓
4 탐정 등장	17 해외 인기 작품	인기 작품 BEST
5 경찰 등장	18 유명 작가의 작품	
6 스파이 등장	19 문학성 높음	

"제가 끌고 갔답니까?" 이은율은 코웃음을 쳤다. "자기가 갔어요. 화장실에서 나와 일언반구 말도 없이 비상문으로 가기에 전그냥 따라갔을 뿐이죠."

"지하 1층 계단참에 소지혜 씨와 단 둘이 있었던 건 맞죠?"

"그렇죠. 그럼 그 시간에 거기 누가 더 있었겠습니까."

"그곳에서 오른팔로는 소지혜 씨의 어깨를 돌려 감싼 상태에서, 왼팔을 소지혜 씨의 치마 속으로 넣어, 팬티스타킹의 밴드가 있는 부분까지 더듬어 만진 사실이 있습니까?"

"미쳤습니까?"

한윤서는 가슴께로 자꾸만 손이 가려고 하는 것을 억지로 참았다. 가슴 부위에 돋은 아토피 발진이 화끈거렸다. 통증에 가까운 가려움이 느껴졌다. 집중해야 했다.

"그런 사실이 없다는 뜻입니까?"

이은율은 자라처럼 고개를 길게 빼 들이밀었다. 동시에 손가락을 관자놀이에 대고 빙빙 돌렸다.

"조사관님은 제가 정신병자로 보입니까?"

"그런 사실이 있다, 없다만 말씀해 주세요." 한윤서는 최대한 싸늘한 표정을 지어 보이고, 사건 기록을 한 장 넘겼다. "소지혜 씨가 손길을 거부하자, 오른팔로 소지혜 씨의 머리채를 잡아 쥐고, 얼굴을 가까이 마주 댄 사실이 있습니까?"

"걔가 한 말만 일방적으로 믿고 완전 미친 사람 취급을 하시는군요. 없습니다."

"소지혜 씨와 얼굴을 밀착한 상태로 서서……." 윤서는 무의식적으로 침을 삼켰다. 한편, 피진정인의 표정을 살펴야 한다는 생각에 고개를 들고 이은율을 응시했다. "……밀착한 상태로 서서, '왜 강윤오에겐 척척 잘 대주고 나에게는 한 번도 안 주냐?'라고 말한 적 있습니까?"

이은율의 입술에 경련이 일었다. 하지만 이내 비웃음 어린 표정을 지었다.

"짐작하셨겠지만 죽은 강윤오 동지와 소지혜는 내연 관계였습니다. 아니, 소지혜가 일방적으로 따라다녔죠. 자기보다 열다섯 살이나 많은 이혼남을 말예요. 강윤오가 송도 공장으로 전출한 후에도 송도 사택에 문턱이 닳도록 드나들었어요. 그런 여자예요."

"그런 여자란 게 무슨 뜻이죠?"

블라우스가 가슴팍에 배어 나온 끈끈한 액체에 달라붙었다. 섬찟한 느낌에 윤서는 빈주먹을 꽉 쥐었다.

"말 그대롭니다."

은율은 고개를 돌렸다. 귀뿌리까지 벌겋게 달아올라 있었다. 그는 소지혜가 오히려 자기에게 달려들었다고 했다. 계단참으로 따라 들어가자마자 양팔로 목을 껴안고 입을 맞추려 했다는 게 은율의 주장이었다.

"그랬는데 제가 안 받아 주고 가 버리자 화가 난 거죠."

은율은 웃었다. 벌어진 입술 끝으로 비릿한 웃음을 흘리며 야비하게 웃었다. 자신이 지을 수 있는 가장 비열한 표정을 지으려 노력하는 것 같았다. 그는 그대로 소지혜를 계단참에 남겨 둔 채 차를 몰고 떠났다고 했다.

"그 오피스 빌딩은 어디에 있는 무슨 건물입니까?"

"몰라요. 걔도 모른데요?"

"어떤 건물인지 조금이라도 떠오르는 거 없습니까?"

은율은 고개를 저었다. 기억을 떠올리려고 애쓰는 척도 하지 않았다. 소지혜도 성희롱을 당한 장소에 대해서는 아무 기억이 나지 않는다고 했다. 몰라요. 그 사람이 끌고 가는 대로 갔을 뿐이니 그 사람에게 물어보세요. 왜 저에게 다 기억하라고 하는 거죠? 성희롱을 당한 세부 정황을 묘사한 뒤였다. 은율의 손이 자신의 몸 어디에 닿았고 무슨 말을 지분거렸는지를 모조리 말한 다음이었다. 소지혜는 예민하게 소리치더니 그 자리에서 울어 버렸다. 한바탕 울고 난 뒤에는 정신없이 사과의 말을 늘어놓았다. 화내다가 울다가 사과하다가 온통 자기 마음대로였다.

"한윤서 조사관님이라고 하셨나요?" 자리에서 일어서며 이은율이 물었다. 네, 윤서가 답했다. "그분이시네요. 얼마 전 시장이 여비서 성희롱한 사건 하셨죠? 신문에 나온 얼굴 봤어요. 맞죠?"

윤서는 대답을 하지 않았다. 은율이 한쪽 입술을 씰룩이며 말했다.

"대한민국이 다 아는 명조사관이시니 공정하시리라 믿습니다. 없었던 일을 있었던 일로 만들진 마세요."

은율이 손을 내밀어 악수를 청했다. 뜨겁게 땀이 찬 손이었다.

"물론…… 있었던 일을 없었던 일로 만들지도 않겠죠?"

2

윤서는 화장실 칸에 들어가 윗옷을 모두 벗었다. 가슴팍에 손바닥 크기의 붉은 수포가 잡혀 있었다. 표면에서 뿜어져 나오는 열기에 등까지 후끈거렸다. 진물이 다 흐르고 딱지가 앉은 뒤 수포는 검은 흉터로 변할 것이었다. 윤서는 맨가슴에 연고를 바르며어서 상처가 흉터로 변하기를 바랐다.

지난번 사건, 상대는 경기도의 한 시장이었다. 선출직 공무원이자 여당 측 정치인이었고 지역의 실세였다. 여당은 비호하려 했고 야당은 물어뜯으려 했다. 기자들이 호시탐탐 윤서의 주위를 기웃거렸다. 시장은 정치 공세라고 일축하며 억울함을 호소했다. 증거는 없었다. 어떤 언론은 인권위가 감히 '그분'을 건드릴 수 있겠냐며 비아냥거렸다.

시장은 취임하자마자 이제 막 공무원에 임용된 스물네 살의 여직원을 찍어 자기 비서로 앉혔다. 눈에 띄게 늘씬하고 예쁜 여자였다. 시장이 직접 사진이 첨부된 인사 서류를 뒤져 본 뒤 점찍었다는 소문이 시청 내에 돌았다. 시장은 외부 일정이 있을 때 종종 자기 여비서와 관용차 뒷좌석에 나란히 앉아 이동하기를 즐겼다. 남자 수행 비서는 다른 차를 타고 뒤따라오게 했다. 시장은 이동하는 차 안에서 한 시간이고 두 시간이고 자신이 겪는 고뇌를 털어놓으며 새까맣게 어린 여비서에게 위로를 구했다. 정당에서의 암투와 직원들의 게으름과 주변인들의 비열함과 가족들의 무심함을 칭얼칭얼 호소했다. 감정이 무르익으면 여비서의 어깨도 만지고 무릎도 만지며 추임새를 요구했다. 그러다가도 비록 자신이 예순이 넘었지만 얼마나 건강하고 남자로서의 능력이 뛰어난지를 자랑했고 자신을 따르는 여자들과의 일화를 나열했다. 시장의 말에 따르면 그녀들은 하나같이 지고지순하고 우매했다. 그러나 목적지에 도착하여 차 밖을 나서면 시장은 언제 그랬냐는 듯 다시 권력을 가진 근엄하고 점잖은 노인으로 돌아왔다. 여비서는 신경쇠약을 앓다가 사직했다. 시장은 위로금으로 1000만 원을 주었다. 여비서는 위로금을 돌려주고 인권위에 진정을 제기했다.

시장은 수행원들을 줄줄이 달고 인권위 소위원회에 출석했다. 전직 여비서를 명예훼손으로 고소한 뒤였다. 그러나 두 시간 뒤 시장은 일그러진 얼굴로 인권위 문을 나섰다. 같은 날 명예훼손 고소를 취하했고, 이튿날에 성희롱 사실을 인정하고 시장직을 사퇴했다.

사람들은 그날 인권위에서 무슨 일이 있었는지를 궁금해했다. 담당 조사관인 한윤서 조사관에게 언론의 관심이 집중되었다. 윤서는 몰려드는 인터뷰 요청을 모두 거절하고 입을 닫았다. 그럴수록 윤서에게 무언가 비범한 능력이 있다고 사람들은 믿었다. 윤서는 자신의 이미지가 부풀려지는 걸 용인했다. 달리 방법이 없었다.

"인권위에서 아직까지 성희롱 사건이 벌어진 장소도 파악하지 못하고 있다는 게 사실입니까?"

"조사 중인 사건에 대해서는 말씀드릴 수 없습니다."

"잠깐요! 조사를 받으러 온 피진정인을 정신병자라고 몰아붙였다던데, 거기에 대해선 답변을 해 주셔야 할 것 같은데요?"

"답변 안 하겠습니다. 끊습니다."

윤서는 전화 수화기를 소리 나게 내려놓았다. 다시 벨이 울리기 전에 일어나 복도로 나갔다. 이은율이 조사를 받고 간 다음 날, 연이은 전화에 시달리느라 일을 하지 못하고 있었다.

「억대 연봉 오성자동차 노조, 성희롱 파문!」

「女조합원 치마 들추고, 머리채 잡고…… 월급 올려 달라?」

「인권위, 오성자동차 노조 성희롱 편파조사 논란 ─ 피진정인 이 씨, "정신병자 취급당해"」

「오성자동차 노조 성추행, 가해자 이 씨 "소송하겠다" ─ 피해자 소 씨 "맞소송으로 대응"」

오성자동차 노조 성희롱 사건이 신문 표제를 뒤덮었다. 온 나라가 한동안 이 얘기만 할 판이었다. 당사자들마저 조사 과정에서 있었던 일을 왜곡해서 나불거리니 정작 실체적 진실을 밝히는 데 써야 할 힘을 엉뚱한 데 쓰고 있었다. 편파 조사 어쩌고 하는 대목을 처음 봤을 땐 윤서도 너무 화가 난 나머지 이은율에게 전화하여 따질 심산으로 수화기를 잡았다. 옆에 있던 조사관이 말려서 참았다. 그건 일을 더 키우면 키웠지 문제 해결엔 도움이 되지 않는 행동이었다.

윤서는 흥분을 가라앉히고 오성자동차 노동조합을 방문할 채비를 했다.

성희롱은 이은율과 소지혜 단 둘만 있는 공간에서 벌어졌다. 그곳이 도대체 어디인지는 모르겠지만 단 둘이 있었다는 것은 확실하다. 그곳에서 소지혜는 성희롱을 당했다고 주장하고, 이은율은 소지혜가 오히려 스킨십을 시도했는데 자신이 거절했다고 주장한다. 성희롱 사건은 많은 부분 진술의 맥락에 의존하는 진실 게임이다. 성(性)을 매개로 권력의 잉여를 누리려는 자의 시도는 은밀하게 이루어진다. 직접 증거가 있기는 어차피 힘들다. 누구의

말이 더 합리적이고 더 구체적이며 더 그럴듯한지를 주변부에서
부터 알아 나가야 한다.

3

금속노조 오성자동차 지부 김을민 지부장은 별 걸 다 물어본
다는 표정으로 마지못해 대답했다.

"조합원들의 사생활을 제가 어찌 압니까? 이은율 국장과 소지
혜 씨, 강윤오 씨 셋이 가까운 사이였다는 건 대충 압니다. 근데
누가 누굴 좋아했는지까지는 모르죠."

그는 퉁명스러웠다. 노동조합을 나타내는 푸른 조끼를 입고
'임금 7퍼센트 인상 사수'라는 글귀가 적힌 노란 머리띠를 질끈
묶고 있었다. 너부죽한 얼굴에 입술이 두꺼웠다.

지부장으로서 노조 내부에서 일어난 불미스러운 문제에 대해
진술을 한다는 게 불편한 모양이었다. 이해는 갔다. 단체 협상 시
기, 한창 노조의 기세를 올려야 할 때 이런 일이 터진 게 달가울
리 없었다.

"조합원들이 강윤오 씨와 소지혜 씨는 사귀는 사이였다고 하던
데요."

윤서가 말했다. 윤서는 김을민 지부장을 만나기 전, 이미 노조
전임자 네 명을 만나 진술을 들었다. 한 명 더 만나려고 했는데
김 지부장이 지금밖에 시간이 되지 않는다고 하여 마지막 참고인
면담은 뒤로 미뤄 두었다.

강윤오와 소지혜의 관계는 당사자들이 대놓고 드러내진 않았

어도 모두 아는 것 같았다. 소지혜 쪽이 더 열을 올렸다고 했다. 열다섯 살 연상의 이혼남이 뭐가 좋다고 한창 나이인 처녀가 따라다녔는지 사람들은 이해할 수 없다는 속내를 조금씩 비쳤다. 통상적으로 집단 내에서 흐뭇하게 환영받는 커플은 아닌 것 같았다.

김을민 지부장은 양손을 들어 올린 채 어깨를 으쓱했다.

"소문은 있었죠. 근데 제가 당사자들에게 확인한 적은 없으니까요. 그럴 필요도 없었고요."

"그럼 강윤오 씨와 이은율 국장은 어떤 관계였는지 아십니까?"

"둘이 노조 전임하기 전에 본사에서 같이 일했을 겁니다. 이은율 국장이 서너 살 아래인데 강윤오 씨를 형처럼 생각하는 것 같더군요."

"그래서인가…… 이은율 국장이 강윤오 씨가 명예훼손으로 고발당했을 때요, 노조에서 적극적으로 나서야 한다고 강하게 건의했다면서요?"

강윤오는 컴퓨터를 잘 다뤘다고 했다. 조용한 성격이었지만 한편 익살맞은 구석이 있어 종종 자신이 만든 동영상을 노조 게시판에 올렸다. 그걸 보고 재밌어하는 사람들의 반응을 즐겼다. 그러던 중 강윤오는 플래시로 만든 한 게임 동영상을 오성자동차 노조 게시판과 자기 개인 블로그에 올렸다. '쥐잡기 게임'이라는 제목이었다.

게임의 룰은 단순했다. 쥐 한 마리가 화면을 빠르게 돌아다닌다. 화면 위쪽에서 치즈가 무차별적으로 떨어진다. 치즈 위엔 글자가 적혀 있다. '비정규직 철폐', '빈부격차 완화', '표현의 자유 보장' 등이 적힌 치즈에 쥐는 도통 관심을 보이지 않는다. '부자세금

철폐', '환경파괴 개발', '주가 조작' 등이 적힌 치즈가 떨어지면 빠르게 달려든다. 이때 마우스로 쥐를 찍으면 쥐가 '찍' 하는 소리를 내며 몸이 터져 죽고, 순간 아주 잠깐 현직 대통령의 찡그린 얼굴이 해체된 쥐의 몸체 위로 나타난다.

수많은 사람이 퍼 나르면서 쥐잡기 게임은 인터넷에 급속도로 퍼졌다. 강윤오가 게임을 게시하고 이틀 뒤 보수 기독교 단체에서 강윤오를 대통령 명예훼손 혐의로 검찰에 고발했다. 그 단체는 대통령을 비방하는 게시물을 올린 사람을 찾아내 고발하는 걸 업무로 삼고 있었다.

"강윤오 씨 일은 추이를 지켜보자고 하는데도 이은율 국장이 감정이 앞서서 무리한 주장을 했죠." 김을민 지부장이 말했다. "노조로서는 적극 대응하기 어려운 점이 있었어요. 그 게임을 노조에서 만든 것도 아니었고, 강윤오 씨가 노조의 허락을 받고 올린 것도 아니었거든요?"

윤서는 아까 전 소지혜가 소속된 문화국의 국장도 만났다. 문화국장도 이은율이 자기주장을 지나치게 해서 지도부를 곤란하게 만들었다고 했다.

강윤오 씨가 수사를 받는 압박감을 이기지 못해서 망상에 빠졌던 것 같아요, 문화국장은 30대 초반으로 보였는데 노조 간부들 중 젊은 축에 속해 보였다. 무슨 뜻인지 윤서가 되묻자 그는 안타까운 표정을 지었다. 이은율 국장의 주장이라고 하는 게 결국 소지혜 씨가 강윤오 씨에게 듣고 온 얘기를 또 전해 들은 걸텐데요. 하나도 거르지 않고 그걸 바탕으로 지부장에게 따지니까 말예요. 경찰이 강윤오 씨를 미행하고 감시하고 있다나요. 강윤오 씨 사택 내부에 감시 카메라가 있는 것 같다고도 했고, 하튼 믿지 못할 소리였어요. 까놓고 말해서 강윤오 씨는 노조 핵심 간부도 아니었고, 수사를 받고 있다고는 하지만 그 혐의도 사실 별 거 아니잖아요. 근데 왜 그런 일이 벌어지겠어요. 그런데 이은율 국장은 강윤오 씨가 그런 상황인데 노조에선 나 몰라라 한다고 지부장과 멱살잡이 한 적도 있었어요. 문화국장은 이은율과 소지혜의 관계에 대한 자기 의견도 말했다. 제 생각을 묻는다면 전 이은율 국장이 소지혜 씨에게 평소 마음이 있었을 거라고 생각해요. 그런데 소지혜는 강윤오에게만 집착했죠. 이은율 국장도 사람이고 남자고 멀쩡한 총각인데 좋았겠습니까.

"고발 사건이 나고 바로 노조 전임자를 사퇴한 건 강윤오 씨 본인 생각이었나요?"

"그렇죠. 저에게 직접 말했어요. 원래 좀 심약한 친구라…… 쉴 필요가 있었죠."

"그날 얘길 해 주세요. 5월 7일, 강윤오 씨 장례식 날."

김을민 지부장은 의자 등받이에 상체를 기대며 팔짱을 꼈다. 벽시계를 슬쩍 바라보더니 말을 이었다.

"그날이 장례 마지막 날로 오전 11시 발인을 앞두고 있었죠. 저도 장례식 내내 상주한 건 아니니까 잘 모르고 조합원들 말로는요. 이은율 국장과 소지혜 씨도 계속 자리를 지키진 않았고 둘이 같이 사라졌다가 들어왔다가 한 명씩 없어졌다가…… 그랬다더군요. 그날 아침 8시경에 이은율 국장이 들어왔고 그때부터 한자리 차지하고 앉아 소주를 마셨어요. 다른 사람은 말도 못 붙일 정도로 무거운 표정을 하고 말이죠. 근데 10시쯤 소지혜 씨가 나타나 주위를 휘휘 둘러보더니 이은율에게 다가와 뭐라고 속삭였죠. 그건 저도 봤어요. 그러다가 둘이 훌쩍 나가 버리더군요. 그게 다예요."

다른 사람들의 주장과 다르지 않았다. 가까이서 소지혜가 이은율에게 하는 말의 일부를 들은 여자 조합원이 있었다.

지혜는 은율을 발견하고 순간 안도하는 표정을 짓더니 은율에게 다가와 말했다. 같이 나가요. 여긴 믿을 사람이 없어요, 표정이나 목소리가 매우 다급해 보였다고 했다. 은율은 상당히 취해 있었지만 두말 않고 나갔다. 그리고 마치 불구덩이를 피하려는 듯 급박하게 음주 상태에서 운전을 하여 그곳을 빠져나갔다.

소지혜와 이은율. 둘은 조합원들 사이에서 고립되어 있었다. 오직 둘만이 서로를 의지할 수 있는, 둘만의 관계가 있었다. 그때까지는 그랬다. 하지만 30분 뒤, 둘은 서로가 서로를 필사적으로 물어뜯는 사이가 되었다. 아마 다시 돌이킬 수 없을 것이다. 누구의 잘못일까. 진실은 두 사람의 상반된 진술 중 어느 근처에 자리하고 있을까.

윤서와 김을민 지부장이 면담을 하고 있는 노동조합 회의실 안으로 어떤 남자가 불쑥 들어왔다. 김 지부장과 같은 조끼와 머리띠를 하고 있었다. 그는 윤서에겐 눈길도 주지 않고 김 지부장에게 다가가 전갈을 전했다.

"죄송합니다만, 일정이 있어서……."

김 지부장이 자리에서 일어났다. 시간을 많이 내줄 수 없다고 앞서 말해 두긴 했었다.

진술 조서 말미에 바삐 서명을 한 뒤 김을민 지부장은 별다른 인사도 없이 회의실을 떠났다.

혼자 남은 윤서는 비닐 파일을 집어 들어 얼굴에 대고 부채질을 했다. 바람이 잘 통하지 않는지 실내가 후덥지근했다. 윤서는 블라우스 앞섶을 들춰 살살 바람을 흘려 넣었다. 순간 깜짝 놀라 행동을 멈추고 주위를 둘러보았다. 어딘가에 감시 카메라가 있을지도 모른다는 생각이 별안간 든 것이었다.

나도 망상에 빠지는 건가, 윤서는 고개를 흔들었다. 몹시 피곤했지만 약속된 면담이 하나 더 있었다. 탁자에 있는 낡은 전화기의 수화기를 들었다.

"인권위 한윤서 조사관입니다. 정책국 김지안 씨 회의실로 오시라고 해 주세요."

4

총천연색 물방울무늬 튜닝을 한 모닝 승용차가 시 외곽 도로를 달리고 있었다. 일요일 오전 시간의 도로는 한산했다. 맞은편에서 오는 차 운전자들은 요상한 색깔의 경차를 고개를 빼고 바라보았다.

"어차피 보고 들은 사람도 없는데, 성희롱 당한 장소를 찾을 필요가 뭐가 있냐? 찾으면 뭐 할 건데?"

세리 장이 손바닥으로 핸들을 돌리며 말했다. 정맥이 굵게 돋은 손등 끝으로 보라색 매니큐어를 칠한 손톱이 길게 뻗어 있었다.

"CCTV가 있을지도 몰라."

조수석에 앉은 한윤서가 웅얼거렸다.

"미치겠네. 지지배. 건물 비상계단에는 CCTV 없어야. 그리고 생각을 해 봐라. 이렇게 무작정 달린다고 거길 찾겠니? 출구가 한두 개냐? 건물이 한둘이야? 나 참…… 이번엔 여기로 나가 볼까?"

세리 장이 투덜거리면서도 스스로 길을 찾아 오른쪽 출구로 핸들을 꺾었다. 윤서는 부루퉁한 얼굴을 하고 생각에 잠겨 있었다.

"그놈도 멍청하다야. 나 같으면 시침 뚝 떼고 아무 일도 없었다고 할 텐데. 건물 비상계단 따위 간 적도 없다고 하면 되잖아? 그럼 아예 논쟁거리도 없을 거 아니냐."

세리가 말했다. 굵고 검은 턱수염 사이로 분홍색 립스틱을 바른 입술이 번들거렸다.

세리는 윤서의 십년지기 친구였다. 사람을 많이 가리는 세리가 윤서와 친구가 될 수 있었던 건 윤서가 세리의 이러한 오묘한 외모를 전혀 신경 쓰지 않기 때문이었다. 굵은 다리에 레깅스를 껴입고 그 위에 미니스커트를 입든, 정장 슈트 밑에 방울이 달린 부츠를 신든 아무 반응이 없었다. 세리는 다른 사람의 외양에 이렇게까지 관심이 없는 윤서 같은 사람을 처음 본지라 신선한 충격을 받았다.

"무조건 들이대는 작전이 이번에도 성공할 거라 생각한다면, 좀 오산이다, 얘."

윤서는 스스로도 인정한다는 듯 자신 없는 표정으로 고개를 끄덕였다.

윤서는 시장 성희롱 사건을 떠올렸다. 관용차 안에서 벌어진 성희롱을 증언할 수 있는 사람은 시장의 운전기사뿐이었다. 하지만 운전기사에게 진실을 기대하긴 어려웠다. 지방 자치 단체장급 고위 공무원은 자신의 재임 기간 동안 수행 비서와 운전기사를 자기의 사람으로 임명할 수 있다. 운전기사에게 시장은 '현재 모시는 사람'일 뿐 아니라 퇴임 후에도 자신의 생활을 책임져 줄, 자기의 생사여탈권을 쥔 사람이었다. 운전기사의 임무 중 하나는 시장을 지척에서 수행하면서 무언가 들어도 못 들은 척, 보아도 못 본 척하는 것이었다.

운전기사는 역시나 시장의 성희롱 혐의를 전면 부인했다. 덩치가 크고 동글동글한 얼굴에 선해 보이는 인상이었는데 주뼛거리고 주저하는 폼이 다소 여지가 있어 보였다. 여러 각도로 질문을 던졌지만 난처한 표정만 지을 뿐 도움이 되는 진술은 하나도 해 주지 않았다.

"전 언제라도 그만둘 생각입니다. 아직 시장님에게 말씀드리진 않았지만…… 이미 다른 자리 알아본 곳도 있고요." 진술을 마치고 떠나기 전 운전기사는 여담처럼 덧붙였다. "그러니까 제가 한 말씀, 믿으셔도 됩니다."

눈길을 바닥으로 내리꽂고 수심 깊은 목소리로 그는 말했다.

"뻔하네."

운전기사의 마지막 말이 마음에 걸려 세리를 만나 한강변에서 맥주에 오징어를 씹으며 얘기를 나누던 중이었다. 세리가 한심하다는 표정으로 말했다.

"너는 그 의도를 모르는 게냐?"

"그게 뭔데?"

"이런 모자란 중생. 그 사람은 사실을 말할 준비가 되어 있다는 거야. 하지만 자기가 적극적으로 말할 순 없는 거지. 양심 선언자가 되고 싶진 않은 거야."

"……."

"얘. 너 모르지? 이런 거 입고 싶어 하는 사람 되게 많다?"

세리는 검은색 융 드레스의 현란한 장식과 어이없을 정도로 넓은 밀짚모자의 챙을 매만지며 말했다. 융 드레스 밑으로는 꽉 끼는 청바지를 입고 있었다. 윤서는 눈만 끔뻑끔뻑했다.

"근데 못 입어. 왜? '이런 옷을 입는 사람'으로 알려지고 싶지 않은 거지. 그런 사람들이 혼자 집에서는 이런 거 입고 막 거울 보고 좋아한다?"

세리가 들먹인 예는 적절하지 않았지만 시사점은 있었다. 다음 날 윤서는 시청 청사 인근으로 가서 운전기사를 불러냈다. 마침 시장은 행사 참석을 빙자하여 해외에 나가 있었다. 피해 있으며 시간을 벌어 보자는 심산이라는 게 뻔히 보였으나 인권위가 수사기관이 아닌 이상 출국 금지를 요청할 수도 없어 지켜보고 있는 중이었다. 시장이 해외에 나가 있는 동안 운전기사는 청사 내 기사 대기실에서 시간을 보내고 있을 거라 생각했다.

연락을 받고 나오긴 했으나 불편한 기색을 숨기지 않고 있는 운전기사 앞에 윤서는 종이 한 장을 척 올려놓고 일필휘지로 적어 내려갔다. 각서. 본인 한윤서 조사관은 모 시장 운전기사 모모 씨의 동의 없이 모모 씨의 진술을 진정 사건 조사의 근거 자료로 사용하지 않을 것이며, 이를 어길시 공무원의 공무상 비밀 유지 조항을 어긴 것으로 스스로 인정하고 어떠한 처벌이라도 달게 받겠습니다. 얼마나 효력이 있을지 모르는 임의의 문서였지만 진심이 전해지기만 하면 되었다.

운전기사는 휘둥그레진 눈으로 윤서가 내민 종이 쪽지를 한참 동안 바라보았다. 그리고 피식 웃었다. 자조를 떨쳐 내는 후련함이 담긴 웃음이었다. 이윽고 운전기사는 여비서의 말이 처음부터 끝까지 옳음을 증언해 주었다. 말하는 사이사이 시장에 대한 신랄함과 멸시도 감추지 않았다. 어쩌면 시장은 여비서를 희롱할 기회를 잡기 위해 외부 출장을 많이 다녔던 것 같다고도 했다. 그러한 상황을 못 본 척 해야 하는 운전기사의 고통도 적지 않았다. 뒷좌석에서 벌어지고 있는 일에 신경이 팔려 주차해 놓은 차와 접촉 사고를 낸 적도 있다고 했다. 당시 황급히 뛰어나가 확인해 보니 다행히 양 차 모두 손상된 부분은 없어 보였다. 그러나 떳떳하지 못한 욕구의 발산을 방해받은 시장이 불같이 화를 내는 바람에 재빠른 조치를 해야 했다. 휴대전화 카메라로 차의 상태를 찍은 뒤 상대 차 와이퍼에 자기 명함을 꽂아 두고 왔다. 명함 위에는 가벼운 접촉 사고가 있었다는 메모를 갈겨 썼다. 그러고도 혹시 몰라 사고 당시의 블랙박스 녹화 화면을 찾아 따로 저장해 두었다. 잘못하여 뺑소니로 추궁 받으면 매우 곤란해지기 때문이었다. 그 뒤 별다른 연락은 오지 않아 무사히 넘어갔지만 운전기사로서는 몹시 신경 쓰였던 사건이었다.

"블랙박스 녹화 파일은 아직도 가지고 있습니까?"

고개를 주억거리며 운전기사의 말을 수용적으로 듣고 있던 윤서가 순간 눈을 번뜩이며 물었다. 얘기하는 동안 긴장이 많이 풀렸는지 운전기사가 커피숍 소파에 양 팔을 두르며 말했다.

"아, 그거요? 벌써 한 이삼 개월 전 일이지만…… 제 집 컴퓨터에 잘 저장해 놨지요."

"화면 길이는 어느 정도?"

"사고 앞뒤 10분 정도 저장해 놨으니까는 한 20분에서 25분 될까요."

질문의 의도를 아직 파악하지 못한 운전기사가 고개를 갸웃거리며 대답했다.

"블랙박스는 화면만 녹화됩니까? 아니면 음성도 녹음됩니까?"

"이래뵈도 시장 관용찬데 싸구려 쓰겠습니까? 24시간 상시 녹화에 소리까지 다 녹음되는…… 엇."

뭔가를 알아차린 운전기사의 얼굴이 바짝 긴장되었다. 우직해 보이는 커다란 머릿속으로 생각이 빠르게 지나가고 있는 게 느껴졌다.

"시장이 여비서에게 치근덕거리는 게 신경 쓰여 사고를 냈다고 하셨죠?"

운전기사는 입을 떡 벌리고 고개를 저었다. 방금 알아차린 사실이 가져올 엄청난 결과에 미루어 자신이 한 말을 주워 담고 싶은 나약함이 보이는 몸짓이었다. 윤서는 틈을 주지 않고 몰아붙였다.

"만약에 말예요. 접촉 사고를 당한 상대 차 주인이 사고로 차가 손상되었다고 주장하면서 연락을 해 왔다면…… 기사님은 어떻게 했을까요?"

"연락 안 왔어요. 아주 살짝 쿵하고 부딪힌 거라 흔적도 없었고요. 제가 확인했다니깐요."

"그러니까 만약에 말예요. 만약에 그랬다면?"

"그랬다면…… 그때 제 핸드폰으로 찍은 사진하고 블랙박스 녹화 파일을 보여 줬겠죠. 사고 당시엔 아무 이상이 없었다고."

"그런 사항을 시장님께도 보고를 드렸을까요?"

운전기사는 짧은 머리를 긁적거렸다.

"글쎄요. 시장님이 그런 것까지 관여하기는…… 일단은 제 선에서 끝내려고 했겠죠. 아마도."

윤서는 빙그레 웃었다. 순간적인 기지와, 약간의 악의가 담긴 웃음이었다.

"좋아요. 이렇게 해요. 기사님은 그 상대편 차주의 전화를 받은 거예요. 상대 차주는 시장의 차가 자기 차를 받아 놓고 뺑소니를 쳤다며 난리를 치죠. 기사님이 명함을 꽂아 놓고 갔다면서요? 가해 차량이 시장의 차라는 걸 알고는 억지를 써 본 거죠. 그래서 기사님은 그럴 경우를 대비해서 마련해 둔 블랙박스 녹화 파일을 그 사람에게 보내 줘요. 상대편 차주는 물증이 있으니 더 떼를 못 쓰고 잠잠해지죠. 그런데 몇 개월 지나서 그 시장이 차 안에서 여비서를 상습적으로 성희롱했다는 사건이 신문에 나요. 그래서 상대편 차주는 자기가 갖고 있는 블랙박스 파일을 인권위에 익명으로 보내 주죠."

"그런 사람은…… 없잖아요?"

"네. 가상의 인물이죠. 그 가상의 인물이 누군지 저는 안 밝힐 거고요."

인권위에 접수되는 성희롱 사건은 일차적으로 인권위원 열한 명 중 세 명이 만장일치로 결정하는 '소위원회'에 회부된다. 소위원회는 필요한 경우 당사자를 회의에 출석시켜 의견 진술의 기회를 준다. 시장이 소위원회에 출석한 자리에서 윤서는 '예전에 시장 차와 접촉 사고를 당해 사실 다툼을 하는 과정에서 시장 차의 블랙박스 녹화 화면을 입수하게 된 익명의 제보자가 보내 온 자료'를 틀었다. 기고만장했던 시장의 얼굴은 순식간에 일그러졌다. 녹화 화면에는 시장이 뒷좌석에 나란히 앉은 여비서에게 자신의 하룻밤 성관계 횟수에 대해 허풍을 떠는 음성이 녹음되어 있었다. 동시에 시장이 여비서의 무릎을 손으로 주물거리는 모습이 백미러를 통해 여실히 비춰졌다.

5

"재미없어. 하여튼 재미없어. 한윤서."

윤서와 세리 장은 무모한 드라이브를 그만두고 순댓국집 식탁에 마주앉았다. 세리가 보라색 손톱을 매만지며 윤서를 힐난했다. 일요일 아침부터 불려나와 지금까지 나 뭐한 거니, 세리는 비음 가득한 목소리로 불만을 표시하며 뜨거운 김이 펄펄 올라오는 순댓국에 양념장을 넣어 휘휘 저었다.

"이번 사건은 참 석연치 않은 점이 많아……."

윤서가 밥을 먹는 둥 마는 둥 하며 말했다. 뭐야. 읊어 봐, 세리가 국물을 후루룩 마시며 물었다.

첫째, 소지혜가 노동조합의 힘을 전혀 빌리지 않고 단독으로 진정을 제기한 점. 성희롱 사건 중 많은 수가 노동조합의 이름으로 제기된다. 단체의 대표성과 집단의 지지를 빌리는 것이다. 성희롱은 피해자 혼자 싸우기엔 버거운 이슈다. 그러나 소지혜는 그 자신이 노동조합 전임자임에도 단독으로 진정을 제기했고 그 과정에서 노동조합과 어떤 상의나 논의도 거친 것 같지 않다.

둘째, 성희롱 전후의 맥락이 없는 점이다. 성희롱은 그것이 발생할 수 있는 조건과 관계가 갖춰진 상태에서 경미한 수준에서부터 점차 수위를 높이며 반복되는 경우가 많다. 가벼운 성적 농담이 노골적인 음담패설로 발전하고, 언어적 성희롱이 육체적인 접촉으로 나아가는 식이다. 피해자가 성희롱을 인식하고 문제 제기를 하기로 마음먹은 뒤에도 흔히 반복되는 패턴이 있다. 피해자는 신뢰 관계에 있는 사람, 주로 친구나 직장 동료에게 성희롱의 고통을 호소하거나 여성 단체에 상담을 요청한다. 피해자의 상담을 들어 준 자의 전언(傳言)도 비록 간접 증거이지만 일관성과 구체성이 있을 경우 성희롱의 증거로 삼을 수 있다. 성희롱 가해자도 가만히 있지 않는다. 간혹 성희롱 사실을 급히 인정하여 무마하고자 하는 사람도 있다. 하지만 그보다 더 많은 수가 성희롱을 전면적으로 부인하고, 피해자에 대해 분노의 감정을 드러낸다. 자신을 지지하는 세력을 규합하고 피해자를 비난하기 시작한다. 피해자가 성적으로 평소 얼마나 문란했는지를 꼬집어 피해자가 마치 성희롱 피해를 유도한 것처럼 몰고 가는 것이 전형적인 경우다. 성희롱 피해자는 수치심과 자존감 저하로 의해 종종 정신적으로 불균형한 상태에 빠지기 쉽고, 업무적으로도 문제를 일으키곤 한다. 이런 것들이 피해자의 진정성을 공격하는 요인이 되어 피해자에게 돌아온다. 시간이 갈수록 성희롱은 당사자를 떠나 주변 관계에 악영향을 미치며 번지기 시작한다. 대립되는 집단 간의 문제로 퍼져 집단끼리 부딪히는 상황으로 이어지는 경우도 빈번하다.

그러나 이번 사건은 이러한 일련의 과정이 모두 빠져 있다. 이 사건 이전에 소지혜는 이은율로부터 성희롱을 당한 경험이 없다. 오히려 사건 발생 30분 전까지 둘은 강한 신뢰 관계로 얽혀 있었다. 성희롱 사건 이후 소지혜는 주변인에게 성희롱에 대한 고통을 알리거나 노동조합 또는 회사에 알려 자체적인 해결을 시도한 사실이 없다. 이은율 역시 인권위 조사 과정에서 피해자에 대한 분노를 표현하긴 했지만 자신의 주변 관계를 이용한 적은 없다. 마치 앞뒤 순서와 무관하게 필요한 부분만을 먼저 찍은 영화의 한 장면처럼 성희롱만이 홀로 뚝 떨어진 시공간에 존재하고 있다.

소지혜와 이은율은 일반적 패턴을 벗어나 독특한 전략을 취했다. 그들은 언론을 통해 상대방을 공격한다. 사실의 규명보다 서로를 공격하는 것에 더 집중하고 있는 모양새다. 서로를 공격하고 원망하는 게 어쩌면 그들의 목적이 아닐까? 그러나 그들이 그래야 할 이유는 뭘까?

셋째, 소지혜와 이은율의 은밀하고 복잡한 관계다. 그 관계의 중심엔 죽은 강윤오가 있다.

소지혜는 강윤오와 연인 관계였다. 강윤오는 어려움에 처해 있었다. 이은율은 강윤오가 겪고 있는 문제를 노동조합이 떠안고 나서지 않는다고 분개했다. 이은율과 소지혜는 이 점에서 크게 서로를 믿고 신뢰한 것으로 보인다. 소지혜는 이은율을 사랑했을까? 아니면 이은율이 소지혜를 사랑하고, 죽은 사람에 대한 시기와 질투심에 괴로워했을까? 둘 사이 관계의 유추를 통해 성희롱의 실마리를 잡아 보려던 윤서의 시도는 실패로 돌아갔다. 어떤 경우의 수도 가능했다.

"강윤오의 주변이 좀 미심쩍어."

강윤오가 개입된 관계의 역학에 생각이 미치자 윤서는 오성자동차 노동조합을 방문했을 때 들은 참고인의 진술을 떠올렸다. 뭔데? 세리가 심드렁하게 물었다.

마지막 참고인 김지안은 30대 중반의 여성 노조 전임자였다. 이은율이 국장으로 있는 정책국에서 일하고 있었다. 곱상하고 착하게 생긴 인상이었다. 김지안은 자신의 상사인 이은율이 처한 상황에 안타까움을 표현했다.

"그래도 소지혜 씨 말고는 유일하게 강윤오 씨를 위해서 목소리를 내주던 사람인데…… 가끔 욱하는 게 있어서 그렇지 성정은 착한 분이세요. 아무도 못 나서는 일을 앞장서 나서는 용기도 있으시고……."

김지안은 다른 참고인들과 다르게 강윤오의 편을 든 이은율의 행동을 긍정적으로 평가하고 있었다. 다른 사람들은 모두 이은율이 무모한 주장으로 노조 지도부를 곤란하게 만들었다고 했다.

"강윤오 씨가 그렇게 도움이 필요한 상황이었나요?"

"그렇죠. 경찰이 자기를 따라다닌다느니, 사택에 감시 카메라가 있다느니, 휴대전화가 도청되는 것 같다느니…… 이런 말들을 했대요. 사람들은 쉽게 망상으로 치부하고 저 사람이 왜 저러나 했지만요. 그 상황이 되면 누구라도 그렇게 과민해질 수 있지 않을까요?" 김지안은 이 부분에서 살짝 목소리를 낮췄다. "사실 경찰이 은근히 강윤오 씨 주위를 조사한 건 맞거든요."

"그랬어요?"

윤서는 별것 아니라는 듯 되물었다. 너무 정색을 하고 물으면 새로운 주장은 지레 겁을 먹고 자취를 감출 수 있었다.

"네에. 저희 육촌 오빠 중에 경감이 한 분 계세요. 말이 그렇지 육촌이면 가까운 사이는 아니잖아요? 근데 한두 달 전인가…… 갑자기 오빠가 저에게 전화해서는 강윤오 씨에 대해서 묻는 거예요. 강윤오 씨는 이미 송도 현장으로 간 뒤였는데 말이죠."

"뭘 묻던가요?"

"그냥. 그분 평소 어떤 사람이냐, 친한 사람은 누구냐, 문제 일으킨 적은 없냐…… 그런 거. 왜 묻냐고 물어도 그건 대답을 안하고. 하여튼 좀 이상했어요. 오빠는 여기 관할도 아닌데 말예요."

"육촌 오빠께선 어디서 근무하시는데요?"

"지금 경찰서에서 일하고 있지도 않아요. 작년에 어디 국무총리실인가? 거기로 파견 나갔다고 들었는데……."

윤서는 고개를 갸우뚱했다. 국무총리실에서 파견 근무를 하고 있는 경찰관이 자신의 개인적 인맥을 이용해서 강윤오를 탐문했다? 강윤오가 관할을 떠나 전 경찰이 관심을 가질 만큼 중요 인물이었나?

"야. 대통령 좀 비꼬는 게임 하나 만들었다고 그걸 명예훼손으로 고발하고, 그걸 또 수사하는 것부터가 미친 거 아니냐?" 식사를 마친 세리가 핸드백 속에서 앙증맞은 손거울을 꺼내 얼굴을 요리조리 들여다보며 말했다. "북한이냐? 게슈타포냐? 나라 꼴이 어떻게 돌아가는 건지 원……."

맞다. 납득되지 않는 건 그 지점부터다. 명예훼손은 형법상 반의사불벌죄(反意思不罰罪)다. 피해자가 처벌을 원하지 않으면 명예훼손의 정도가 아무리 커도 처벌할 수 없다. 검찰은 강윤오의 '쥐잡기 게임'을 대통령 명예훼손죄로 수사하면서 대통령에게 강윤오의 처벌을 원하는지 여부를 물어봤을까? 강윤오 외에도 많은 사람이 보수 단체에 의해 고발당했다. 한 나라의 대통령이 무수한 개인들이 받고 있는 명예훼손 혐의에 대해 일일이 처벌을 원하는지 여부를 말해 주고 있을까? 대한민국 최고 권력자의 명예를 보호해 주기 위해 수사 기관과 행정 기관이 관할을 초월해 일심으로 단결하여 개개인의 잘못을 추궁하고, 그것도 모자라 사생활의 영역까지 침범하여 압박하고 있는 것일까?

"얘. 내가 재밌는 얘기 하나 해 줄게."

세리가 윤서의 생각을 끊고 말했다.

"읊어 봐."

"내 친구 중에, 공무원인데, 고양이를 미친 듯이 좋아하는 애가 하나 있다?"

세리의 친구라면 어지간히 범상한 인물은 아닐 것이다. 윤서는 계속 얘기하라는 뜻으로 고개를 끄덕였다. 세리는 신이 나서 떠들어 댔다.

"근데 걔가 집고양이는 좋아하지 않고. 왜 있잖아. 야생의 모습을 간직한 사납고 무시무시한 것들. 흉포하게 생겨 가지고 색깔도 더럽게 얼룩덜룩한 것들. 그런 애들 사진만 사무실 자기 자리에 덕지덕지 붙여 놓은 거야. 그런데 어느 날 거기 장관이 사무실 시찰한다고 둘러보러 왔다가 걔 자리만 유심히 살펴보더니 헛기침을 흠, 흠 하고는 고개를 살래살래 흔들고 나갔대. 그날 과장이 갑자기 전체 과원들을 불러다 놓고 사무실 환경 정리를 하라고 해. 그래서 걔는 고양이 사진을 예쁘게 일렬종대로 붙여 놨지. 근데 다음 날, 과장이 오더니 고양이 사진 왜 안 치웠냐고, 저 고양이가 무슨 의미냐고, 공무원의 정치적 중립을 지키라고 지랄발광을 하더라는 거야. 이거 진짜 있었던 얘기다?"

윤서는 웃었다. 재미있어서 웃고 허탈해서 웃었다. 세리는 한술 더 떠서 권력이 어떻게 움직이는지에 대한 재밌는 이야기를 하나 더 해 주겠다고 했다.

한여름에 대통령과 국무총리가 같이 밥을 먹는 거야. 대통령이 갑자기 못마땅한 표정으로 말하지. 에어컨 바람이 너무 세군. 이러니까 나라의 전력이 낭비되는 거야. 비서관. 온도를 조금 높이게, 국무총리는 생각해. '아, 각하는 에어컨을 세게 트는 걸 싫어하시는구나!' 다음 날 국무총리는 각부 장관들을 만나서 말해. 기온이 30도가 넘어가지 않는 한 사무실에서 에어컨을 틀지 마시오, 장관들은 생각하지. '아, 각하는 30도 이하에서 에어컨을 트는 걸 싫어하시는구나!' 그럼 장관들은 간부들을 불러 놓고 말할 거 아니야? 앞으로 폭염주의보가 내려지지 않는 한 에어컨을 틀지 마라, 간부들은 어떻게 생각하겠어? '아, 각하는 에어컨이란 걸 싫어하시는구나!' A국장은 직원들에게 말해. 사무실의 에어컨이란 에어컨은 모조리 버리고, 정 더워 죽겠거든 선풍기를 틀어라, 그러면 A국장에게 지고 싶지 않은 B국장은 이렇게 말해. 선풍기도 두 명에 한 대씩만 틀어라, 이렇게 되면 직원들은 냉방 기계를 사용하지 않는 걸 방침으로 받아들이지. 복지시설 지원 물품에서 에어컨이나 선풍기를 삭제하고, 냉방 기계 생산업체를 세무조

사하고, 부채 디자인 공모를 실시하고, 냉방 기계에 특별소비세와
전기 누진세를 붙이는 거야. 결과는? 공장 노동자들은 이렇게 된
영문도 모른 채 더운 여름에 팥죽 같은 땀을 뚝뚝 흘리며 곤죽이
되어 일하고, 부채를 부칠 기운조차 없는 노인네들은 복지시설에
서 더위에 씩씩거리다가 하나둘씩 쓰러져 죽지. 문제가 되면 가장
말단 공무원들만 잡혀 가. 아무도 그러라고 시킨 적이 없거든.

　권력을 조금이라도 가지고 있는 집단에서 윗선의 의중을 미루
어 짐작하는 동안, 권력은 눈덩이처럼 커져 어이없는 짓도 서슴지
않게 되지. 권력을 많이 가진 사람은 권력의 이러한 속성을 잘 알
고 있어서 아주 작은 몸짓 하나로도 수백만 수천만을 통제하는
데 유용하게 이용하는 거야.

　몽롱해진 윤서를 앞에 두고 말을 마친 세리 장이 껄껄 웃었다.
몹시 유쾌한 나머지 방심했는지 걸걸한 아저씨 웃음소리로 목울
대를 아래위로 흔들면서 웃었다.

　"그래서 오성자동차 노동조합 성희롱 사건에 대한 한윤서 조
사관의 조치 의견은? 빨리 처리해야 한다며?"

　윤서의 얼굴에 단호함이 어렸다. 어쩔 수 없는 것이라면 미련
은 빨리 접어야했다.

　"증거가 없어. 기각."

　세리가 손바닥으로 식탁을 탕, 탕, 탕 세 번 내리쳤다.

　"오케이. 판결 끝! 기각! 파르페 먹으러 가자!"

6

소지혜는 얼굴선과 눈매가 가느다란 여자였다. 얼굴은 화장기 없이 수수했다. 얇은 봄 니트에 무릎까지 오는 갈색 스커트 차림이었다. 스물일곱 살이라는 실제 나이보다 어려 보였다. 윤서도 비록 저 나이를 지나온 지 얼마 되지 않았지만 20대 여자가 남의 눈엔 얼마나 어리고 위태로워 보이는지를 새삼 느꼈다.

"연락도 없이 갑자기 와서 죄송해요."

지혜가 앞니로 입술을 잘근잘근 씹으며 말했다. 별 감정이 담겨 있지 않은 형식적인 말이었다.

세리를 만나고 난 다음 날, 윤서는 아침부터 오성 자동자 노조 성희롱 사건의 보고서를 작성하기 시작했다. 한참 집중하여 키보드 자판을 두드리다가 문득 이상한 느낌이 들어 고개를 돌렸다. 소지혜가 서 있었다. 창문을 등지고 서서 윤서에게 작은 그림자를 드리우고 있었다.

"증거를 가져왔거든요. 조사관님이 원하는 증거를."

소지혜가 말했다. 비아냥대는 말투였다.

지난번 진정인 조사를 할 때 소지혜는 증거를 확인하는 윤서의 질문에 민감하게 굴었다. 지혜는 어떤 증거도 갖고 있지 않았고, 증거를 찾을 단초도 제공해 주지 않으면서 윤서에게 왜 피해자에게 그런 증거를 요구하는지 신경질적으로 따져 물었다. 믿었던 사람에게 언제 어느 때 어떤 성희롱을 당할지 모르니 일거수일투족 증거를 남기고 다니라는 말이에요, 지금? 말이 돼요? 도대체 어떤 증거를 원하는 거예요? 뭘 내놓으라는 거죠?

어떤 식으로든 성희롱 행위가 있었다는 걸 인정하는 가해자의 이메일이나 전화 통화 녹취도 증거가 될 수 있습니다, 당시 윤서는 지혜의 질문을 받고 분명 그런 말을 했었다.

지혜는 휴대전화를 꺼내 조사실 탁자 위에 올려놓았다.

"어쨌든, 피해자가 입증하지 않으면 조사관님은 아무것도 못하는 거잖아요? 그 인간과 통화하며 녹음했어요. 들어 보시든가요."

불손한 태도였다. 그러나 휴대전화를 내밀고 돌아 앉는 지혜의 굳은 옆얼굴을 보고 윤서는 지혜의 심정을 순간적으로 이해했다. 이은율과 통화하는 게 고통스러웠을 것이다. 증거를 만들기 위해 억지로 은율에게 전화를 걸어 통화 내용을 녹음하기까지 겪었던 힘든 감정에 대한 원망을 조사관에게 돌리고 있는 것이었다.

윤서는 휴대전화에 녹음된 소지혜와 이은율의 통화 내용을 들었다. 통화는 10분가량 이어졌는데 핵심이 될 만한 건 몇 문장 되지 않았다.

"지금이라도 솔직해지시면 이만 끝낼 수도 있어요…… 제가 원하는 건 진심 어린 사과니까요." 소지혜는 통화 속에서 울먹이고 있었다.

"젠장. XX. 뭘 솔직해지라는 거지?" 날이 선 이은율의 목소리.

"몰라서 물어? 몰라서 묻는 거야! 선배가! 선배가 그날! 다른 날도 아니고 윤오 씨를 보내던 그날! 치마 속에 손을 넣고…… 뭐? 강윤오에겐 주고 왜 나에겐 안 주냐고? 어떻게 그럴 수 있어요! 나한테 어떻게 그럴 수 있죠? 계단에서…… 어떻게…… 선배! 우리 그냥 다 떠나서 얘기하자…… 제발…… 내 맘속에서 이 문제가 해결될 수 있게 해 줘. 무슨 생각이었어요? 네?"

소지혜는 울었다. 녹음 내용은 한동안 지혜의 울음소리로 채워졌다.

"*제기랄. 끝까지 가기나 했나? 하다 만 거 가지고 말이야……*"

이은율의 말을 끝으로 통화는 끊어졌다.

"……"

윤서는 당장 무슨 말을 해야 하는지 몰라 머뭇거렸다.

"됐나요?"

지혜가 물었다. 가느다란 얼굴이 붉게 달아오른 채 일그러져 있었다.

"……일단, 알겠습니다."

기각할 수밖에 없다고 생각하고 보고서를 작성하고 있었지만 일말의 미심쩍음이나 죄책감이 없었던 건 아니었다. 지금 지혜가 내민 증거는 분명 성희롱을 인정하는 하나의 단서가 될 수 있었다.

"하나 묻고 싶은 게 있습니다. 힘드시겠지만……" 윤서는 수치심 때문인지 몸을 떨고 있는 지혜의 눈치를 보면서 질문을 던졌다. "조사를 하면서 들은 게 있는데요. 강윤오 씨가 당했던 일에 대해서……"

순간 지혜가 자리에서 벌떡 일어났다.

그녀는 터져 나오는 울음을 막으려는 듯 입을 가리고 윤서가 들고 있는 휴대전화를 낚아챘다.

"녹음 파일은 메일로 보내 드릴게요."

지혜가 조사실을 뛰쳐나갔다. 휴대전화와 핸드백을 챙겨 드는 손등 위로 눈물이 툭툭 떨어졌다.

윤서가 복도까지 따라 나갔을 때 지혜는 마침 도착한 엘리베이터를 잡아타고 닫힘 버튼을 누르고 있었다. 입을 가린 채 몸을 구부리고 흐느끼는 지혜의 모습이 엘리베이터 문 사이로 사라졌다.

7

소위원회는 설전 끝에 마무리되었다.

3명의 소위원회 위원들은 소지혜가 제출한 전화 통화 녹취록만으로 성희롱을 인정할 수 있을지 여부를 확신하지 못했다. 녹취록은 무시할 수 없는 증거였으나 이 사건의 흐릿한 정황을 모두 뒤집고 명확한 심증을 굳힐 만큼의 위력은 없었다. 위원들은 합의에 이르지 못했고 사건을 다음 주에 개최되는 전원위원회에 회부하기로 결정했다. 전원위원회는 인권위원 열한 명이 모두 참석하는 국가인권위원회의 최고 의사 결정 기구였다. 소위원회가 판사 3인의 합의부 재판에 해당한다고 치면, 전원위원회는 대법원에 비유할 수 있을 터였다.

아울러 위원들은 소지혜와 이은율을 전원위원회에 출석시키라고 지시했다. 위원들이 직접 당사자들에게 질문을 하고 진술과 의견을 듣겠다는 거였다. 관례대로 회의는 비공개로 진행될 예정이었다.

전원위원회는 안건을 공개와 비공개로 나누었다. 공개 안건은 기자나 인권 단체 활동가 등에게 방청을 허가하는 안건이었다. 그러나 진정 사건, 그중에서도 성희롱 사건과 같이 당사자들의 주장이 첨예하게 대립하고 개인의 명예와 관련된 민감한 진술이 오가는 안건은 비공개였다.

"한 조사관. 수고했어."

김현숙 과장이 윤서의 자리까지 와서 말했다. 윤서는 소위원
회를 마치고 내려와 의자에 비스듬히 몸을 부려 놓고 있었다. 중
요한 사건의 보고를 끝내고 자리에 돌아오면 긴장이 풀리며 몸에
힘이 쭉 빠졌다. 하지만 마냥 쉴 수는 없었다. 당사자들에게 전원
위원회에 출석하라는 통보를 해야 했다.

소지혜는 기다리고 있었다는 듯 신호음이 울리자마자 바로 전
화를 받았다. 결정된 사항을 전달하고, 다음 주에 출석할 수 있겠
냐고 조심스럽게 묻자 지혜는 뜻밖의 질문으로 윤서의 말을 튕겨
냈다.

"비공개라고요? 왜죠? 저는 부끄러운 짓을 한 적이 없는데요."

팽팽한 고무공. 윤서는 지혜가 바람이 가득 들어찬 형광색의
질긴 고무공 같다는 생각을 했다.

"성희롱 사건은 원칙적으로 비공개로 하고 있습니다."

어이가 없어 윤서는 목소리를 낮추고 딱딱하게 설명했다. 여직
까지 이런 진정인은 처음이었다. 성희롱 진정인들은 보통 자신이
성희롱 피해자라는 사실이 행여 외부에 알려질까 두려워했고 공
식적인 자리에서 진술하는 걸 극도로 꺼리기 마련이었다.

"그건 누가 정하는 건데요?" 지혜가 흥분이 가득 담긴 목소리
로 소리쳤다. "그 인간의 본모습은 전 국민이 알아야 해요. 기자
들 앞에서 진술하겠어요. 밀실에서 쉬쉬하며 말하고 끝나는 자
리엔 안 가겠다고요. 기자들 불러요! 다 불러요! 안 그러면 안 가
요! 안 가겠다고요!"

윤서는 인권위 조사관을 하며 별의별 사람을 다 만나 봤다고

생각해 왔다. 하지만 아직 그런 말을 하기엔 멀었다는 걸 깨달았다. 여러모로 설득해 봤지만 지혜는 한 발짝도 물러나지 않았다.

"물론 진정인의 감정적인 의견에 휘둘려서 비공개로 한 안건을 공개로 바꿀 필요는 없겠지…… 그런데 한편 생각해 보면 말야……." 지혜의 반응에 대한 윤서의 보고를 들은 김현숙 과장이 잠시 고심하더니 말했다. "안건 비공개는 기본적으로 당사자를 보호하기 위한 건데, 당사자가 괜찮다면 그 뜻에 따라 줄 필요도 있지 않은가 말이지. 하지만 당사자는 진정인뿐 아니라 피진정인도 해당된단 말야? 피진정인에게 진정인이 안건 공개를 원한다는 말을 전하고, 동의하냐고 물어봐. 십중팔구 안 된다고 하겠지. 그러면 진정인에게도 그렇게 전해. 성희롱 결정이 나기 전에는 피진정인도 보호받을 권리가 있는 것이고, 피진정인이 동의하지 않으니 안건 공개는 어렵다고. 오케이?"

나름 합리적인 판단이었다. 윤서는 고개를 끄덕이며 자기 자리로 돌아와 전화 수화기를 들었다.

이 사건은 여러모로 성희롱 전문 조사관인 윤서의 예상을 보기 좋게 뒤집어 버리는 특성이 있었다. 전화기 너머에서 이은율이 비웃음 섞인 웃음을 앞에 깔고 말했다.

"그러라고 하죠 뭐. 저도 적극 찬성입니다. 기자들 앞에서 소지혜란 여자의 실체를 다 까발리겠습니다. 괘씸한 것…… 이렇게 나오면 저도 끝까지 갑니다. 저도 기자들 앞이 아니면 진술하지 않겠습니다!"

뭐야 이 사람들? 둘이 짰나? 무슨 상품 홍보해? 윤서는 화가 치밀어 수화기를 꽝 소리 나게 내려놓았다. 눈에 보이지 않는 여러 마리의 벌레가 한꺼번에 꿈틀대는 듯, 가슴팍이 맹렬하게 간지러웠다.

8

「오성자동차 노조 성희롱, 오늘 진실 밝힌다 —— 인권위, 전원위에서 이례적인 공개 심의」

「오성자동차 노조 진정인 소 씨, "정책국장이 성희롱 인정한 녹취록 있다"」

「"우리가 끝까지 가기나 했냐?" 오성자동차 노조 성희롱 가해자 통화 녹취록, 오늘 공개되나?」

윤서는 정장 재킷의 매무새를 가다듬으며 인터넷에 속속 올라오는 기사를 남의 일인 듯 물끄러미 바라보았다. 전원위원회는 오후 2시에 개최될 예정이었다. 평소 잘 입지 않는 정장 차림이라 온몸이 죄이는 듯 불편했다. 전원위에서 보고할 내용을 정리하고 머릿속에서 보고 장면을 시연하느라 어젯밤엔 거의 잠을 자지 못했다.

통화 녹취록이 성희롱을 뒷받침하는 증거로 채택되기를 기대한다면 녹취록의 존재 여부는 비밀에 부치는 게 좋았다. 전원위원회 회의는 내부 격론 끝에 공개하기로 했다. 그렇다면 회의 자리에서 녹취록을 갑자기 꺼내 놓는 게 더 극적인 효과를 가져올 수 있을 터였다. 그러나 이번에도 소지혜가 앞서 녹취록의 존재와 내용을 언론에 흘려 버렸다. 자기에게 유리한 게 어떤 건지도 모르고 철없이 날뛰는 지혜의 행동을 윤서는 제어할 수 없었다. 어차피 오늘 모든 것이 끝날 것이었다. 이미 벌어진 일은 신경 쓰지 말고 오늘 감당해야 할 일에 집중해야 했다.

오른쪽 팔뚝의 살갗이 붉게 부풀어 오르고 있었다. 어제부터 생긴 증상이었다. 아토피 발진이 번지고 있었다.

"네. 오늘 2시입니다. 사진 촬영이요? 하세요. 네에. 하시라고요."

재킷 소매를 걷어 올리고 팔뚝에 연고를 바르며 윤서는 연신 걸려 오는 기자들의 전원위원회 방청 문의에 심드렁하게 대응했다. 당사자가 원하는 데 뭐, 될 대로 되라지. 언론이 파괴하는 자기 이미지에 대하여 후회하는 건 어차피 각자의 몫으로 남을 테니까.

이어서 전화벨이 울렸다. 또 방청을 문의하는 기자일 거라 예상하고 수화기를 든 윤서는 일순 긴장하여 자리에 고쳐 앉았다. 이은율이었다.

"오늘 출석할 준비는 마치셨습니까? 오후 2시인 거 알고 계시죠?"

윤서가 물었다. 안 그래도 오전 중에 확인 전화를 할 생각이었다.

"잘 알고 있습니다."

이은율이 바닥에 착 깔린 목소리로 대답했다.

"조사관님께서 급히 확인해 주셔야 할 사항이 있어 전화 드렸습니다."

"확인이요?"

"제가 지혜에게 성희롱을 한 사실을 스스로 인정하는 것 같은…… 통화 녹취록이 있다고요?"

이미 신문에 다 나온 사실이었다. 굳이 숨겨야 할 이유가 없어 그렇다고 말했다. 은율이 한숨을 쉬었다.

"그건 불쾌한 통화를 빨리 끝내기 위해 얼버무린 말입니다. 유도하는 질문에 넘어갔고, 그걸 교묘하게 편집한 거죠."

이은율의 목소리에는 그동안 보여 줬던 비웃음이나 분노, 비열함이 모두 빠져나가 있었다. 윤서는 마치 다른 사람과 통화하는 것 같은 느낌을 받았다.

"그 부분은 위원님들께서 판단하실 겁니다."

"어쨌든 이대로 가면 녹취록의 내용만을 믿고 제가 성희롱을 했다는 결정이 나겠죠. 사실은…… 그날 지혜와 갔던 건물이 어딘지 생각났습니다."

"네?"

은율은 천천히 또박또박 어떤 주소를 부르고 나서 말했다.

"그 빌딩 지하 1층으로 내려가는 비상계단입니다. 어제 제가 가 봤고…… 목격자가 있는 걸 확인했습니다."

"뭐라고요?"

"지금이 오전 10시군요. 지금 출발하시면 11시쯤 도착하겠죠. 그 시간이면 지하 1층 비상계단 밑에 목격자가 있을 겁니다. 박만심 씨라고…… 가서 진술 들어 보세요. 모든 게 바뀔 겁니다. 제가 지금 핸드폰 배터리가 별로 없어서 언제 끊어질지 몰라요. 주소, 적으셨죠?"

"이은율 씨. 지금……."

이게 무슨 소린가. 그렇게 기억해 내라고 할 때는 모르쇠더니 갑자기 뭐가 달라진 걸까. 그러나 길게 생각할 시간이 없었다. 당장 네 시간 후에 회의가 시작된다. 여기서 가는 데만 한 시간이 걸리는 그 빌딩까지 가서 참고인 진술을 듣고 다시 돌아오기에는 시간이 빠듯했고, 무엇보다 일이 이렇게 돌아가는 사정을 이해할 수 없었다. 이 사건은 처음부터 끝까지 소지혜와 이은율의 수상한 의도에 휘둘리고 있다는 의심이 윤서의 내면에 강하게 일어났다. 윤서는 박만심이라는 사람의 전화번호를 물었다.

"전화번호는 몰라요. 가서 들으셔야 합니다. 조사관님이 조사하지 않은 중요한 내용을 제가 위원들과 기자들 앞에서 말하면 조사관님이 곤란하지 않겠……."

뚜뚜뚜.

은율의 말허리를 자르고 전화는 끊어졌다. 윤서는 수화기를 한 번 놓았다 들고 급히 은율의 휴대전화 번호를 눌렀다. 전원이 꺼져 있다는 안내음이 나왔다.

"과장님!"

윤서가 소리쳤다. 옆 자리에 앉은 조사관이 깜짝 놀라 말했다. 간부 회의 가셨잖아요. 윤서도 알고 있었다. 간부 회의에 들어갈 동안 전원위 회의 준비를 철저히 하라고 당부하고 갔었다. 윤서는 시계를 보았다. 빨리 판단해야 했다.

윤서는 자동차 열쇠를 챙겨 뛰어 나갔다.

9

세리 장과 막연한 탐방을 할 때 한 번쯤 지나갔을 법한 자리에 오피스 빌딩이 있었다. 윤서는 운전을 하면서 114를 통해 빌딩 대표 전화번호를 알아낸 뒤 전화를 걸어 박만심이라는 사람이 그 빌딩 내에 근무하는지를 물었다. 전화가 여러 차례 돌아갔다. 모두들 윤서의 급한 사정은 아랑곳없이 자기들끼리 한가한 대화를 주고받더니 빌딩에 입주한 사무실 직원 중에 그런 이름의 사람은 없다고 했다.

5층짜리 낡은 빌딩이었다. 1층 안내데스크에는 경비업체 제복을 입은 핼쑥한 인상의 청년이 앉아 있었다.

"여기 지하 1층에 박만심 씨라는 분, 정말 없습니까?"

빌딩 앞에 아무렇게나 차를 세워 두고 달려 들어간 윤서가 대뜸 물었다.

"지하 1층에는 사무실이 없어요. 식당밖에 없는데요……."

놀라서 더 핼쑥해진 청년이 기어들어 가는 목소리로 대꾸했다.

윤서는 엘리베이터로 지하 1층으로 갔다. 분식집, 굴국밥집, 매생이탕집, 해물순두부집을 일일이 들어가 박만심 씨 여기 없냐고 소리를 쳤다. 점심 장사를 준비하던 식당 업주들이 그런 사람 없는데 도대체 아가씨는 누구냐고 따져 물었다.

윤서는 비상계단으로 향하는 지하 1층 철문을 열었다.

사람 한 명이 겨우 지나갈 만한 좁은 계단참에는 아무도 없었다.

속았다.

이은율의 기만에 홀딱 넘어가 숨이 턱에 닿도록 달려온 것이다. 윤서는 얼룩진 벽 사이로 좁게 길을 내주고 있는 계단과, 계단참 벽에 난 조그만 창문과, 계단 밑을 철판으로 막아 마련한 허름한 창고 벽을 둘러보았다. 창문은 뻑뻑해서 잘 열리지 않을 것 같았다. 천장을 모서리마다 살폈지만 CCTV는 없었다. 성희롱이 이곳에서 벌어졌구나, 하는 감회는 오래가지 않았다. 여기까지 쫓아와서 알아낸 건 그것뿐이었고 그건 아무 쓸모도 없었다.

윤서는 계단 밑 창고 앞에 털썩 주저앉았다. 동시에 휴대전화가 울렸다.

"한윤서 조사관! 말도 없이 어디 간 거야?"

불안과 화가 뒤섞인 김현숙 과장의 목소리가 팽팽한 탄성을 갖추고 튕겨 나왔다. 윤서는 기어들어 가는 목소리로 상황을 설명했다. 김 과장 목소리의 압력은 점점 더 커져 계단통을 왕왕 울렸다.

"지금 몇 시야? 정신이 있어, 없어? 전원위 2시인 거 알아, 몰라?"

김현숙 과장이 악을 썼다. 욕설이 나오려는 걸 억지로 참는 듯했다. 거의 모든 매체에서 사상 초유의 성희롱 사건 심의 과정을 취재하겠다고 일찍부터 나와 회의실을 선점하고 있는 판에, 담당 조사관은 얼이 빠져서 어디서 뭘 하고 있는 거야. 당장 돌아와!

"아아악!"

과장과의 통화를 마치고, 윤서는 머리를 싸쥐고 소리를 질렀다. 머리를 앞뒤로 흔들면서 양 손바닥으로 관자놀이 부근을 철썩철썩 때렸다.

"에라이. 미친 년! 죽어야 돼! 이런 바보 같은…… 나 같은 거

살면 뭐해. 살면 뭐하지?"

윤서는 계단에 앉은 채 숫제 방아질 치듯 상체를 앞뒤로 흔들며 제 머리를 마구 때렸다. 손바닥에 점점 힘이 들어가 제동이 걸리지 않았다. 멍청이. 쭈꾸미 같은 년. 자학 행동에 약간의 희열마저 느낄 때였다.

"대체 누구요? 시끄러워 잠을 못 자겠네!"

순간 눈앞에 어떤 검은 형체가 불쑥 튀어나와 사람의 말을 내뱉었다.

"으허허허헉……."

윤서는 너무 놀라 바람 빠지는 소리를 냈다. 벌떡 일어나 뒷걸음질 치며 본능적으로 무기가 될 만한 게 없나 양 옆을 살폈다.

무기는 상대가 갖고 있었다. 아주머니와 할머니의 중간쯤 되어 보이는 투실투실한 여자가 자루가 긴 빗자루를 지팡이 삼아 짚고 서 있었다. 창고인 줄 알았던 계단 밑 간이 구조물의 문이 열려있었다. 문과 대략 크기가 비슷한 여자는 마치 그 문이 순간적으로 물었다가 뱉어 놓는 것처럼 갑자기 튀어나왔다.

"별꼴 다 보겠네. 혼잣말 하려면 나가서 하소!"

여자가 손가락으로 비상계단 문을 가리켰다. 넓적한 얼굴이 땀으로 번들거렸다. 여자가 나온 문 안으로 청소 도구와 접이식 침대가 보였다. 침대 옆에는 여자의 얼굴보다도 작은 탁상용 선풍기가 맹렬히 돌아가고 있었다. 여자는 품이 커다랗고 두꺼운 주황색 티셔츠와 푸른색 바지를 입었다. 티셔츠 가슴께에는 청소 용역 업체의 상호와 이름이 새겨져 있었다.

회색 실로 새겨진 여자의 이름은 박만심이었다.

새벽 5시에 출근해서 이 건물 지하 1층부터 2층까지 혼자 청소해. 직원들 출근하는 8시 전까지 곧 죽어도 마쳐야 되거든. 사람들 출근하기 시작하면 걸리적거리지 말고 안 보이는 데 가서 쉬라고 만들어 놓은 게 이거야. 새벽 4시에 일어나 청소 한 바퀴 마치면 어찌나 고된지 이런 곳에라도 죽은 듯이 자게 돼.

그런데 사람들은 여기에 아무도 없는 줄 알거든? 그러다 보니 한 명씩 들어와서 전화도 하고, 자기들끼리 무슨 비밀 얘기도 하고, 가끔 치고 박고 싸우는 놈들도 있어. 하지만 어떡해. 웬만하면 없는 척 못들은 척 하긴 하는데, 아무렴 나도 사람인데 너무 심할 때는 못 참지. 안 되겠다 싶어서 나오면 지금 아가씨마냥 다들 깜짝 놀라서 난리를 쳐. 뭐, 귀신이라도 봤나.

뭐라고? 뭔 조사를 해? 아, 오늘 누가 찾아올 수도 있다고 그러더니만 아가씨였수? 난 국가에서 사람이 나온다고 해서 남자가 올 줄 알았지.

맞어. 은율인가 금율인가 하는 사람이 그랬어. 나같이 쪼맨한 데 강단 있게 생겼지 왜. 나 보고 증인 서 달라고 몇 번을 다짐을 하던지 참. 꼭 기억하고 계시라고 얼마나 당부를 놓는지 내 날짜도 안 잊어버려. 5월 7일이야. 그날도 일 마치고 잠이 스르르 들었는데 몇 명인가가 계단통으로 들어오는 거야. 말하는 걸 들어보니까 남자 둘 하고 젊은 아가씨 한 명인 거 같애. 잉. 맞어. 아가씨 이름은 소지혜라고 하데.

뭔 소리여. 남자 둘이었다니깐. 셋이 나 있는 데 바로 문 앞에까지 와서 얘기를 하는데 말이야. 듣고 싶지 않아도 귀가 뚫려 있는데 안 들을 수가 있어야지. 남자 하나 이름은 몰라. 듣기엔 담배를 얼마나 피워 댔는지 말할 때 뚝배기 끓는 소리를 냈어. 하여튼 그 뚝배기 남자가 둘을 끌고 들어온 모양이던데. 둘에게 자꾸 행동을 조심하는 게 좋겠다고 하데. 뭘 조심하라는 건지는 모르겠어. 그러니까 소지혜라는 아가씨가 언제부터 자기들을 따라다녔냐고 대체 어디서 일하는 누구냐고 뚝배기에게 막 따져 대는 거야. 뚝배기는 허허허 웃어. 총리실에서 나왔다고. 그건 하나 알아들었네. 그거 왜 김종필이가 했던 게 총리 맞지? 그 사람 요새 안 보이데. 그게 대통령 다음 자리 아녀? 어쨌든 뚝배기 남자가 그딴 식으로 말하면서 더 깊이 알면 안 좋다고 하던데. 또 그 아가씨에게 애인한테 받은 걸 내놓으라고 해. 아가씨 애인이 죽었나 봐. 죽으면서 아가씨에게 뭘 준 것 같은데 그걸 언제까지 자기에게 달라고. 안 그러면 뭐 둘이 일하는 회사에 세무 조사를 들어 갈 수도 있고 뭘로 고발할 수도 있고, 아무튼 다 할 수 있는데 자기가 안 하고 있는 거라면서. 그리고 그 뚝배기는 먼저 갔어.

그 뒤에 아가씨가 어찌나 시끄럽게 울던지. 언제 그칠까 하고 참고 있는데 안 그쳐. 그래서 나가서 소리를 빽 질렀지. 처울려거든 나가서 울라고. 그때 두 사람은 지금 아가씨보다 더 놀랐어. 벽에 딱 붙어 가지고 입을 떡 벌리고는.

뭐라고? 웬 뚱딴지같은 소리여. 이은율이란 사람이 소지혜의 치마 속에 손을 넣고 뭐? 머리를 잡아? 내 말 뭘로 들은겨. 아가씨는 악을 쓰며 처울고 그걸 은율이라는 사람이 살살 달래고 있었다니겐. 둘이 그런 짓 하고 있을 분위기가 아니었어. 아무렴. 가끔씩 여기서 그런 짓거리 하는 년놈들이 있기는 한데 그 사람들은 안 그랬다니깐.

어쨌든 둘이 뭐 눈 세 개 달린 사람 보듯이 화들짝 놀라 가지고 나를 한참 보더니만, 아, 맞다. 소지혜란 아가씨가 먼저 내 손을 잡고 증인을 서 달라는 거야. 무슨 증인을 서냐고 내가 그러니까는 딱 오늘 들었던 내용만 잊지 말고 꼭 기억하고 있어 달래. 자기들은 자동차 회사에 다니는데 거기 노조하는 사람들이라고. 그게 다야. 아유. 이제 증인 섰으니 끝난 거지? 노조하는 사람들은 복잡해서 싫어. 그래도 둘은 사람이 좋아 보여서 내가 부탁 들어준 거야. 근데 둘이 뭐 잘못했수? 내가 말한 게 두 사람한테 도움이 되긴 되는겨?

10

박만심의 얘기가 끝난 시각이 오후 1시 15분이었다.

차를 빼서 도로에 진입하자마자 휴대전화 벨이 울렸다.

"한윤서 너! 어디야!"

김현숙 과장이 다짜고짜 소리를 질렀다.

"간다고요! 운전 중이에요!"

외마디 대답을 하고 한윤서는 일방적으로 전화를 끊었다. 한 손으로는 핸들을 잡고, 다른 한 손으로는 휴대전화를 스피커폰으로 켜놓고 전화를 걸었다. 한산한 도로는 신호를 무시하고 달렸다. 평정심을 잃은 윤서는 공중도덕을 지킬 마음이 없었다.

"박만심 씨를 만났군요. 진짜 가실지는 반신반의했는데요."

이은율의 휴대전화는 다시 켜져 있었다. 은율이 차분한 목소리로 응대했다.

"무슨 일인지 설명하세요. 빨리!"

교차로에서 급정거를 하느라 덜컹거리는 몸을 가다듬고 윤서가 말했다. 분해서 눈물이 나올 지경이었다.

"저희는 지금 인권위 근처에서 출석 대기 중입니다. 저보단 옆에 계시는 소지혜 씨가 말씀드리는 게 나을 것 같습니다."

뭐야 이 사람들? 같이 있어?

"젠장! 똑똑히 말하세요. 성희롱은 있었습니까, 없었습니까?"

"안녕하세요. 한윤서 조사관님." 전화를 넘겨받은 소지혜가 대답했다. "네. 저는 이은율 씨에게 성희롱을 당한 적이 없습니다. 성희롱은 애초에 없었어요."

"기가 막혀서……당신들……."

"미안해요. 조사관님껜 백번 죄송합니다. 나중에라도 찾아가 무릎을 꿇고 사죄드릴게요. 지금은 제 얘길 들어 주세요."

회의에 늦으면 큰일이었다. 언론 취재까지 허락한 중요한 사건에 담당 조사관이 보고를 하지 않는 것도 말이 안 되고, 일이 이렇게 된 이상 바로잡는 조치를 하지 않고 기존에 조사한 결과대로 흘러가게 하는 건 더 말이 되지 않는 일이었다. 윤서는 경적을 울리고 가속 페달을 밟아 댔다. 스피커폰에서 소지혜가 오랫동안 준비한 듯한 말을 쏟아 냈다.

죄송합니다. 정말 죄송해요. 하지만 제 말을 다 들으시면, 최소한 우리 입장에서 이럴 수밖에 없었던 이유는 이해하실 거예요.

조사관님도 일부 얘기를 들으셨으리라 생각합니다. 강윤오 씨와 저는 연인 관계였어요. 윤오 씨는 5년 전에 이혼을 했고 저보다 나이가 열다섯 살 위였죠. 열등감이 많은 사람이라 저를 편하게 받아 주지는 못했어요. 하지만 전 그런 점도 상관없을 만큼 윤오 씨를 사랑했어요. 그러나 이런 얘길 조사관님께 자세하게 할 필요는 없겠죠.

윤오 씨는 자기가 만든 쥐잡기 게임을 노조 게시판과 본인 블로그에 올렸어요. 그게 인터넷에서 화제가 되니까 아이처럼 좋아했던 생각이 나네요. 하지만 이틀 뒤 보수 단체에서 윤오 씨를 대통령 명예훼손 혐의로 고발했죠. 그때까지만 해도 공안 정국에서 일어나는 어이없는 해프닝 정도로 생각하고 씁쓸하게 웃어 넘겼어요. 말이 안 되는 일이었거든요. 수사도 할 것 없이 종결할 거라고 생각했어요.

그런데 고발이 있고 다음 날, 김을민 지부장이 윤오 씨를 불러 노조 전임자를 사퇴하는 게 좋겠다고 했다지 뭐예요. 윤오 씨가 스스로 노조 전임자를 그만둔 걸로 사람들은 알고 있지만 그게 아니에요. 지부장이 먼저 윤오 씨 일 관련해서 여러 곳에서 전화를 받았다고 하면서, 윤오 씨가 노조 일을 하고 있으면 더 표적이 될 염려가 있으니 잠시 쉬는 게 어떻겠냐고 했어요.

그땐 몰랐지만 지금은 지부장이 왜 그랬는지 알 것 같아요. 윤오 씨를 노조 전임자에서 내쫓지 않으면 노조 사무국의 횡령과 배임 혐의에 대해 수사를 하겠다는 압박을 받았고, 그 지점에서 지부장은 찔리는 게 있었던 거지요. 윤오 씨 전보 부서도 지부장이 회사 측과 알아서 다 협의한 뒤 정해 줬어요. 일사천리더군요. 본래 본사 사무직으로 일했던 윤오 씨를 송도에 있는 생산 공장 중간 관리자로 보내 버렸어요. 아는 사람 하나 없는 곳에.

이은율 국장님이 강윤오 씨 일을 노조에서 대응해야 한다고 몇 번을 주장했지만 소용없었다는 얘기 들으셨지요? 어쩌면 다 하나같이 윤오 씨가 당하는 일을 개인의 문제로 정리해 버리더군요. 위에서부터 윤오 씨 일에는 끼어들면 안 된다는 기류가 흐르고 있었던 거예요. 그래요. 그것은 기류예요. 눈에는 보이지 않는 공기의 압박.

윤오 씨는 경찰과 검찰에서 무려 여섯 차례 출석 조사를 받았어요. 처음에는 쥐잡기 게임을 누구의 사주와 지원을 받고 만들었냐고 캐묻더래요. 혼자 만들었다고 아무리 말해도 듣는 척을 안 하더니, 갈 때마다 대여섯 시간씩 사람을 잡아 놓고 윤오 씨 앞에 사람 명단을 쫙 늘어놓더래요. 윤오 씨 직장 동료, 학교 동창, 고향 친구, 친척뿐 아니라 어쩌다 잠깐 만나 한두 마디 섞었던 사람도 있었고 전혀 모르겠는 사람도 있었답니다. 이 사람이 사주했냐. 아니면 이 사람이 돈을 줬냐. 하나하나 짚어 가면서 묻고 또 물었다네요.

제가 송도에 갈 때마다 윤오 씨는 괜찮다고 했어요. 말로는 그러면서 숟가락질하는 손이 덜덜 떨려 밥을 먹지 못했지요. 사택에는 술병이 가득 쌓여 있었고요. 나중에는 제가 무슨 말을 해도 못 알아들었어요. 찾아오지 말라고 내 옆에 오지 말라고 고래고래 소리를 쳤어요. 그 사람은 미쳐 가고 있었죠.

언젠가는 전화를 하니까 윤오 씨가 잔뜩 겁먹은 목소리로 당신 누구냐고 버럭 화를 내더니 전화를 끊어요. 걱정되어 그날 밤에 찾아가 왜 그랬냐고 물었어요. 윤오 씨는 입술을 떨면서 울고 있었죠. 휴대전화가 도청되고 있다고 했어요. 도청되는 소리가 난다는 거예요. 무슨 소린가 싶어 그 자리에서 제가 윤오 씨 휴대 전화로 전화를 해서 받아 봤지요. 통화 버튼을 누르자 지잉, 하는 잡음이 울렸어요. 예전에 모뎀으로 인터넷에 접속할 때 났던 것 같은 연결음도 들리는 것 같았고요.

믿어지지 않죠? 그들은 그런 식이에요. 전화가 도청되고 있다는 사실을 상대가 알게끔 일부러 표시를 내요. 그들의 목적은 감시 대상에게 감시 사실을 알게 하는 거에 있을지 몰라요. 최근에 어떤 사람이 윤오 씨를 찾아왔었다는군요. 정부 감찰 기관에서 나왔다고 하면서 쓸데없는 말 몇 마디를 툭 던지고 갔대요. 그 사람이 그랬대요. "형님은 잘 지내시죠?"

윤오 씨에겐 고향에서 사업을 하는 형님이 한 분 계세요. 윤오 씨와는 엄마가 다른 형님인데 그래서 그런지 거의 왕래가 없어요. 그런데 며칠 전에 5년 만인가 6년 만에 형님을 뵙고 왔다는군요. 그런 상황에서 정부에서 나왔다는 사람에게 그 말을 들었을 때 윤오 씨의 기분이 어땠을까요? 그 사람은 윤오 씨가 몇 년 만에 형님을 만나고 온 사실을 어떻게 알았을까요?

그들이 누구냐고요? 국무총리실에 소위 반정부 인사들을 감찰하는 부서가 있어요. 그 부서 소속 공무원이거나 파견 나가 있는 경찰들이죠. 그들이 경찰과 검찰도 움직여요. 고작 게임 영상 하나 올린 거 가지고 윤오 씨의 일상을 그렇게 파괴했던 걸 보면, 그들이 윤오 씨 말고도 얼마나 많은 사람들에게 감시의 손길을 뻗치고 있는지는 알 수 없어요.

윤오 씨가 자살하고 이틀 후 저에게 우편물이 하나 왔어요. 죽은 윤오 씨가 보낸 거죠. 그 안엔 윤오 씨가 그동안 어떤 일을 겪

있는지 상세하게 적은 일기장과 명예훼손 혐의에 대한 수사 기록
의 사본이 담겨 있었어요. 그 외에는 아무런 메시지도 없었죠. 그
자체가 저에게 보내는 메시지였어요. 당시 윤오 씨는 명예훼손으
로 기소당해 재판을 앞두고 있었죠. 사건이 재판으로 넘어가 법
원으로부터 수사 기록 사본을 받을 수 있었던 거예요.

수사 기록 사본에 뭐가 있었는지 아세요? 국무총리실에서 윤
오 씨에 대해 경찰서에 수사를 지시한 공문이 있었어요. 수사의
방향을 일일이 정해 주었더군요. 윤오 씨 주변 인물에 대한 명단
을 보낸 것도 국무총리실이었어요. 그중에 게임의 제작을 사주한
사람을 밝혀내라는 지시가 있더군요. 중간 중간 윤오 씨의 동태
보고도 껴 있었는데, 도청이나 미행을 하지 않으면 도저히 알 수
없었을 사실이었어요. 저와 이은율 국장님도 많이 언급되더군요.

전 집에 있다가 우편물을 받고 이은율 국장님께 전화를 걸었
어요. 통화가 연결되자마자 위잉, 하는 소리가 나더군요. 이전에
윤오 씨 휴대전화에서 들었던 바로 그 소리. 미치게 겁이 났어요.
윤오 씨 장례식장을 찾아가 이은율 국장님을 빼 왔어요. 믿을 수
있는 사람은 국장님밖에 없었으니까요. 국장님은 술에 취해 있었
지만 제가 무슨 말을 하는지 빨리 알아들으셨어요. 우리는 달리
는 차 안에서 얘기를 나눴죠.

엄청난 말을 쏟아 놓고 나니 구역질이 났어요. 방금 조사관님
이 다녀간 그 빌딩 앞에 차를 세웠고 화장실에 뛰어갔죠.

화장실에서 나오자 빌딩 로비에 어떤 남자가 서 있는 걸 보았
어요. 그 남자가 우리에게 다가왔어요. 저희의 이름을 확인하더군
요. 순간적으로 어떤 사람인지 감이 왔어요. 이 국장님도 마찬가

지였고요. 무릎 아래가 덜덜 떨리더군요. 그 사람이 조용한 곳에서 잠시 얘기를 하자며 비상계단 쪽으로 걸어갔어요.

참 바보 같았어요. 우리는. 바보 같이 그 사람이 이끄는 데로 따라갔어요. 너무 무서웠거든요. 따라가지 않을 수도 있다는 생각은 하지도 못했어요. 그 뒤에 있었던 일은 조사관님이 박만심 씨에게 들은 그대로예요. 윤오 씨가 내게 보낸 자료를 내놓으라고 하더군요.

그 사람이 먼저 자리를 뜨고 공황 상태에서 울고 있는데 갑자기 박만심 씨가 계단 밑에서 불쑥 튀어나왔을 때, 얼마나 놀랐는지요. 거기에 사람이 있을 거라는 생각은 하지 못했어요. 그런데 그 경황이 없는 중에도 이런 생각이 들더군요. 그건 방금 우리를 협박하고 떠난 사람도 마찬가지일 거라고. 그곳에 아무도 없을 줄 알았을 거라고요.

인권위에 허위 진정을 내자고 먼저 제안한 건 저였어요.

우리의 말을 아무도 믿어 줄 것 같지 않았어요. 우리는 이미 우리가 몸담고 있는 노조에서 그런 상황을 충분히 경험했어요. 정상적인 절차로 윤오 씨가 당했던 일을 알리려고 하다 보면, 그 과정에서 저와 이은율 국장님은 윤오 씨가 겪었던 일을 똑같이 겪게 되었겠죠.

그때 시장 성희롱 사건에 대한 보도를 봤어요. 고위 공직자의 성희롱 사건을 해결한 인권위의 활약에 온 언론이 관련 기사를 도배했더군요.

바로 이거다.

우리를 먼저 먹잇감으로 내놓고 우리의 입 앞에 카메라와 마이크를 끌어다 놓은 뒤 윤오 씨가 당한 일을 폭로하자. 우리를 보호해 달라는 말은 아무도 듣지 않지만, 우리를 공격거리로 제공하면 카메라와 마이크를 가진 사람들이 먼저 우리를 찾아올 것이다.

이은율 국장님은 처음에 이 계획을 반대했어요. 자신이 성희롱범으로 몰리는 건 아무 문제가 안 되지만, 저를 걱정하신 거지요. 제가 국장님을 설득했어요. 허위 진정으로 책임을 져야 할 일이 있다면 그건 제 몫이에요.

시간이 다 되었네요. 이제 우리는 인권위로 들어갑니다.

바로 오늘, 우리는 준비한 말을 할 거예요.

11

시계가 오후 2시 12분을 가리켰을 때, 한윤서 조사관은 인권위 정문으로 뛰어 들어갔다. 땀범벅이 된 얼굴로 거친 숨소리를 내며 뛰어가는 윤서를 본 사람들이 모두 길을 내주었다.

2시 13분, 윤서는 전원위원회 회의실을 향해 달음질쳤다.

회의실 문이 열려 있고, 열린 문 밖에까지 카메라와 수첩을 든 기자들이 줄지어 서 있는 게 보였다.

회의실 옆에 있는 출석자 대기실의 문이 조금 열려 있었다. 복도를 뛰어가다가 윤서는 출석자 대기실에 앉아 있는 이은율의 모습을 얼핏 보았다. 이은율은 윤서를 보지 않았다. 출석자 대기실은 나란히 두 개가 있었다. 이은율이 있는 곳 옆 대기실의 문은 닫혀 있었다. 그 안에 소지혜가 앉아 있을 터였다.

전원위원회 회의실로 뛰어 들어가자 모두의 시선이 윤서에게 집중되었다.

검고 묵직한 회의 탁자에 둘러앉은 인권위원 열한 명이 일제히 윤서를 쳐다보았다. 순간 고요했다. 윤서의 가쁜 숨소리만이 넓은 회의실을 채웠다. 보고석에 김현숙 과장이 앉아 있었다. 김현숙 과장은 안심과 힐난이 뒤섞인 눈으로 윤서에게 빨리 앉으라고 턱짓을 했다.

카메라 플래시 터지는 소리가 사방에서 들렸다.

그때 윤서는 깨달았다. 무슨 말을 해야 할지 전혀 준비되어 있지 않다는 것을. 시간을 맞춰 오는 것에 급급해서 아무것도 결정하지 못했다.

"한윤서 조사관. 자리에 앉으세요."

회의를 주재하는 위원장이 윤서를 쏘아보며 말했다.

카메라 기자 몇이 다가와 윤서의 얼굴 앞에서 플래시를 터트렸다. 인권위원들이 누군가는 불쾌한 표정으로 누군가는 의아한 표정으로 윤서의 얼굴을 주시했다. 옆에 앉은 김현숙 과장이 윤서의 팔꿈치를 한 번 잡았다 놓았다. 진정해. 왜 이래?

회의 진행을 담당한 직원이 윤서의 앞에 놓인 마이크 버튼을 눌러 주었다. 약 1분가량 윤서의 불안한 숨소리가 마이크를 통해 울렸다.

"조사관. 사건의 개요를 보고하세요."

위원장이 재촉했다.

소지혜와 이은율은 옆방에서 각각 출석을 대기하고 있었다.

회의를 중지하는 방법도 있었다. 급변한 사정이 있다고 설명하고, 기자들을 물리고, 위원장에게 오늘 있었던 일을 보고하는 것

이다. 모두들 처음에는 불쾌해하고 당황해하고 화를 내겠지만, 종
내 이해할 것이다. 사건은 다시 비공개로 전환되어 기각으로 종결
될 것이다. 그렇게 하는 게 지금 이 상황에선 가장 합리적이다.

"조사관. 위원님들께서 기다리고 계십니다. 정신 차리세요."

위원장이 역정을 내며 말했다.

한윤서는 고개를 끄덕이고, 마이크를 입 앞에 오도록 조정했
다. 약간의 시간이 더 흘렀다.

"사건번호 **진정* * ***, 오성자동차 노동조합 성희롱 사건을
보고 드리겠습니다. 저는 진정 사건의 조사를 맡은 한윤서 조사
관입니다……."

빈집

김유철

1971년 출생. 2002년 장편소설 『오시리스의 반지』로 제1회 한국인터넷 문학상 대상을
수상하였고, 2007년 중편소설 『국선변호사 — 그해 여름1』로 한국 추리 작가 협회에서
주관하는 제1회 황금펜 상을 수상하였다. 2009년 부산일보 신춘문예 중편소설 부문
에 『위대한 유산』으로 당선하고 2010년에는 『사라다 햄버튼의 겨울』로 제15회 문학동
네 작가상을 수상했다. 현재 부산에 거주하며 여러 편의 장편과 중편소설을 집필하고
있다. 한국 미스터리 작가 모임에서 활동 중이다.

사랑을 잃고 나는 쓰네

잘있거라 짧았던 밤들아
아무것도 모르던 촛불들아 잘있거라
공포를 기다리던 흰 종이들아
망설임을 대신하던 눈물들아
잘있거라, 더이상 내것이 아닌 열망들아

장님처럼 나이제 더듬거리며 문을 잠그네
가엾은 내사랑 빈집에 갇혔네.

— **기형도** 「**빈집**」

1

수화기 속 목소리가 생생하게 귓가에 맴돈다. 나는 천천히 안
방으로 걸어간다. 아내는 네 살과 갓 돌이 지난 딸아이들과 함께
침대 위에서 잠을 자고 있었다. 아내의 얼굴을 내려다본다. 입술
이 가늘게 떨렸다. 애써 자제심을 가지려 하지만 되지 않는다. 아
내의 어깨를 흔드는 손에 자꾸만 힘이 들어간다. 아내가 눈을 뜨
며 나를 살며시 올려다본다.

"이야기 좀 하자."

아내가 조용히 자리에서 일어난다. 아내의 품에서 깊이 잠들
어 있던 둘째 딸이 길게 숨을 내쉬며 몸을 뒤척인다. 거실로 나오

면서 출근할 때의 아내 얼굴을 떠올린다. '일찍 들어오세요.' 뺨에 키스를 하면서 아내는 행복한 미소를 지었다.

"왜 그래요?"

아내의 목소리다. 나는 테이블 위에 놓여 있는 담배를 집어 든다. '왜 그랬을까? 아니 어쩌면 장난 전화일 수도 있다. 보이스 피싱은 상대를 가리지 않으니까.' 라이터를 켜는 오른손의 감각이 무뎌진다. 담배 연기를 깊게 들이마시면서 흥분을 가라앉히려 노력한다. 아내가 나를 물끄러미 바라보고 있다. 그러고 보니 아내의 얼굴에서 좀체 생기라는 걸 찾아볼 수 없다. 처음 아내와 데이트를 하던 날, 아내는 사슴 같은 맑은 눈으로 말했다. '정말 뚱딴지 같은 사람이야.' 휴대폰으로 내가 경찰서에 잡혀 있다는 장난 전화를 했을 때 아내는 눈을 흘기며 다시는 그런 장난을 하지 말라는 표정을 지었다. 나는 용기를 낸다. 그때처럼 아내가 내게 눈을 흘겨 주기를 원할 뿐이다.

침착하게 조금 전에 걸려 왔던 전화의 내용에 대해 묻는다. 그러나 아내는 나의 기대와는 달리 눈을 흘기지 않는다. 문득 불안감이 발아래에서부터 소용돌이를 치면서 올라온다. 아내의 얼굴이 창백해지기 시작한다. 오랫동안 아내는 침묵을 지킨다.

"집이 경매에 들어간다는 말이 무슨 말이냐니까!"

목소리가 커진다. 아내는 거실 바닥을 내려다보며 어깨를 들썩인다. 가슴이 답답하다. 목구멍 속으로 알싸한 무언가가 꾸역꾸역 올라오는 느낌이다. 나는 아내의 양어깨를 잡고 흔든다. '왜 말이 없는 거야?' 아내의 몸이 힘없이 가라앉는다. 거실 바닥에 주저앉은 그녀의 목덜미 위로 네 번째 결혼기념일 날 선물했던 목걸이가 반짝인다. 고개를 숙인 아내가 흐느끼면서 죄송하다는 말만 되풀이한다. 거실 바닥 위로 투명한 액체가 떨어지는 걸 나는 멍하니 바라본다.

장모는 말이 없다. 그녀는 이미 모든 사실을 알고 있었을 것이다. 장모는 창가에 앉아 연신 담배만 피워 대고 있다. '김 서방……' 말을 하다 말고 재떨이 속으로 담뱃재를 털어 넣는다.

"김 서방. 내가 자네에게 무슨 볼 낯이 있겠나?"

서른다섯에 얻은 막내딸이니 오죽 어여뻐 여겼을까, 장모는 처음부터 나를 탐탁하게 생각하지 않았다. 아내와 함께 인사차 들렀을 때 그녀는 방문을 걸어 잠근 채 나오지 않았다. '일개 군무원에게 시집보내려고 널 외국거정 유학 보낸 줄 아니. 좋은 혼사다 놓치고 기껏 연애한다는 남자가……' 그때도 아마 지금처럼 담배를 피워 물었을 것이다. 나는 주먹을 불끈 쥔다. 새삼스레 해묵은 감정이 솟구쳐 올라온다.

"어떻게 집을 인수하거나 돈을 빌릴 수는 없겠습니까? 큰처형에게 부탁을 해 볼까 합니다. 그 정도 여유는 있지 않겠습니까?"

장모는 알 것이다. 내가 왜 집을 남에게 넘겨주길 원하지 않는지. 벽돌 하나에서 화단에 심은 풀 한 포기까지 내 손길이 닿지 않은 곳이 없다. 그런 애정만큼 집을 빼앗기고 싶지 않은 마음 또한 간절하다. 외가의 누군가가 인수해 준다면 나중에라도 다시 집을 되찾을 수 있을 거라는 막연한 기대를 가질 순 있다. 장모는 말없이 고개를 끄덕인다.

"하지만, 김 서방은 나서지 말게. 내가 알아서 의논할 테니."

장모가 천천히 나를 바라본다.

"에미는 어떤가?"

"집에 있습니다."

"큰아이 기관지가 안 좋다며……?"

하다 말고 길게 한숨을 내쉰다. '업보다, 업보야.' 장모는 나무관세음보살을 연신 되씹으면서 나에게 말한다.

"김 서방은 건넛방에서 잠이나 좀 자 두지 그래. 피곤해 보여. 조금 있으면 큰사위도 온다고 그랬으니까, 그때 의논해 봄세."

건넛방은 결혼 전 아내가 지내던 곳이다. 지금은 처가에서 친척들이 오면 자고 가거나 쉬는 사랑방이 되었다. 아내가 출가하고부터 장모는 줄곧 혼자서 이 집을 지키고 있다. 나는 방바닥에 누워 아내가 직장 생활을 하면서 사용하던 책상을 올려다본다. 장모가 늘 청소를 하는지 책상 위는 깨끗하게 정돈되어 있다. 천천히 아내의 손길이 묻어 있는 책들을 바라본다. 그곳엔 내가 아내에게 선물했던 시집도 있다. 그때의 아내는 책과 영화를 좋아했다. 영화관에서 그녀의 지갑을 우연히 발견했을 때 나는 지갑 속의 아내 사진을 보고 첫눈에 반했다. 보조개가 유난히 예뻐 보이던 아내가 친구와 함께 유원지에서 찍은 사진이었다. 영화가 시작되기 전이라 극장 안은 사람들의 발걸음으로 혼잡했다. 자리에서 일어나 상영관 입구에 있는 안내데스크로 걸어갔다. 거기서 나는 허둥지둥 데스크로 뛰어오는 아내를 만날 수 있었다.

몸을 새우처럼 오므리고 옆으로 눕는다. '왜 아내는 나에게 한마디 말도 하지 않은 것일까?' 집을 지으면서 생긴 빚과 네 사람의 생활비를 나의 월급으로 꾸려 나가기는 힘들었을 것이다. 그렇다고 남편 몰래 1억이 넘는 큰돈을, 그것도 사채로 빌릴 만큼 급박한 일이 있을 리는 만무하다. 나는 아내 스스로 그 이유에 대해 말해 주길 기다리고 있다. 내가 묻기엔 뭔지 모를 두려움이 앞선다.

"그러게 애초에 무리해서 집을 지은 게 잘못이라니까, 김 서방 월급이 몇 푼이나 된다고……. 거기다 시리도 잘못이지. 직장 생활할 때 버릇이 남아서 손 크게 논 것도 말이야."

잠시 눈을 붙인 사이에 동서가 왔나 보다. 목소리를 들으니 처가댁 식구들이 모두 모여 있는 것 같다. 거실에선 계속해서 처가 식구의 목소리가 들려온다.

"내가 좀 더 완고하게 결혼을 반대했어야 했다."

"엄만, 새삼 그 말은 왜 꺼내우. 이미 엎질러진 물이지."

자리에서 일어나 양반 다리로 앉는다. 선잠이지만 깨고 보니 머리가 제법 가벼워진 것 같다. 호주머니에서 담배를 꺼내 입에 문다. 언제부터 있었는지 큰처형이 의자에서 일어나 나의 곁으로 다가온다. 엉거주춤 일어서려는데 그가 만류를 한다. 빈 물 잔을 바닥에 내려놓으며 마주앉은 처형이 담배 하나를 달라고 한다. 우리는 말없이 담배를 피운다.

"거실에서 떠드는 소린 귀 밖으로 듣게."

얼굴색을 봤는지 처형이 말한다. 나는 말없이 미소를 짓는다.

"장모에게 이야길 들었네."

큰 처형이 다시 입을 연다. 그는 중국에서 사업을 하는 사람이다. 계산이 빠르고 냉정하다. 그는 나의 속마음까지 파악을 했는지 절대 돈을 빌려 줄 수는 없다고 먼저 못을 박는다. 집을 넘기고 나중에 돈 벌어서 찾아가라는 식이다. 얼마에 담보가 잡혀 있는지 원금에 이자는 얼마나 불었는지 실 평수는 얼마나 되는지 꼼꼼하게 따져 묻는다. 담배 두 개비를 피우는 동안 나는 차근차근 그의 말에 대답한다. 명치끝에서부터 둔직한 무게감이 느껴진다. 입술이 떨리고 손바닥에 식은땀이 맺힌다. 이런 걸 사람들은 화병(火病)이라고 하는가 보다.

"그런데, 처제는 무엇 때문에 사채를 빌렸나?"

처형의 얼굴이 다시 사업가에서 인자한 아내의 형부로 돌아온다. 실은 나도 아내에게 묻고 싶은 말이다. 나는 대답을 하지 못하고 방바닥만 바라본다. 처형은 나의 태도가, 아니 아내의 행동이 어리석게만 느껴졌을 것이다.

"자네와 아이들이 불쌍하게 되었네. 장모의 얼굴이란…… 아직도 앙금이 가시지 않았나 보지."

"그게…… 무슨 말입니까?"

처형의 눈이 잠시 나와 마주친다. 그러다 실언이라도 한 것처럼 담배를 빈 물 잔 속으로 급히 던져 버린다. 피식 하는 소리와 함께 꽁초는 물 잔 속을 떠돈다. 내 마음이 꼭 저 모양으로 망가져 가는 것 같아 덜컥 겁이 난다.

2

초췌하고 깡마른 얼굴로 직장 동료나 상사를 대하기가 쑥스럽다. 집들이한다고 은근히 자랑을 늘어놓던 것이 불과 1년 전 일이다. 옆자리에 있는 최 형의 호탕한 웃음소리도 웬지 거북스럽다. 오전은 하루 동안에 밀린 서류 정리 때문에 눈코 뜰 사이가 없다. 결재 서류, 보고 서류, 정리 서류……. 서류 속에 묻혀 시간을 보낸다. 하지만 끈질기게 밀려오는 잡념에 오타가 생기고 마음은 초조하다. 점심 시간에 맞춰서 전화가 걸려 온다. 아내에게 사채를 빌려 준 사람과 소개자와 법무 사무소 사무장과의 약속이 그제야 생각난다. 전화를 건 사람은 무뚝뚝한 목소리로 '거기서 기다리지요.' 하고 말한다. 전화를 끊고 자리에서 일어난다. 동료들은 모두 점심 식사를 하러 나간 뒤라 사무실은 텅 비어 있다. 사무실 창가로 설익은 햇볕이 내리쬔다. 창 바로 앞 난간에 나란히 놓여 있는 화초는 기지개를 켜듯이 반듯하게 서서 햇살을 받고 있다. 작은형이 큰 누님 집에서 수선화를 가지고 온 것이 작년 이맘때쯤이다. 새집을 지었으면 마땅히 기념이 될 만한 것이 있어야 한다며 작은형이 직접 마당 귀퉁이에 있는 화원에 심어 주었다. 며칠 전 아내는 수선화 싹이 2센티미터 정도 돋았다며 좋아했다. 와이셔츠를 받아 들면서 수선화처럼 가녀리고 아름다운 미소를 지었다. '음식물 찌꺼기를 거름으로 줘서 그런가 봐요. 작년보다 빨리 싹이 났어요.' 아내는 유난히 수선화를 좋아했다.

"이해는 합니다만, 그럼 22일쯤 사무실에서 다시 만나기로 합시다."

깡마르고 무테 안경을 쓴 사무장이 말한다. 아내에게 직접 돈을 빌려 준 사내의 미간에 주름이 인다. 그의 검붉은 얼굴엔 개기름이 번들거려서 오븐 속에 들어 있는 통닭을 연상시킨다. 나는 그들에게 줄곧 세 가지 제안을 요구했다. 집을 채권자가 인수하는 방법과 공동 명의로 집이 팔릴 때까지 이자를 무효화하는 방법, 특정한 기일까지 이자 없이 보류하는 방법 등이다. 그런 억측을 늘어놓기 위해서 나는 아내가 내 인감을 도용했던 사실을 걸고 넘어져야만 했다. 아내를 내 입으로 그렇게 모질게 다루어야 한다는 사실이 서글펐다. 하지만 금쪽같은 딸아이들을 거리에 나앉힐 수는 없었다.

이야기를 주섬주섬 듣던 개기름이 '나의 과실도 있는 만큼 도의적으로 해결해 봅시다'라는 단서만을 내어 놓는다. 그리고는 사무장과 같이 자리에서 일어선다. 카운터로 가서 점심값을 선심을 쓰듯 치루고 검정색 소나타가 있는 주차장으로 걸어간다. 점심시간이 20분 정도 지난 뒤라 나도 서둘러 식당 문을 나선다.

"이봐요. 김 선생!"

개기름이 차문을 열다 말고 소리를 지른다. 나는 뒤돌아서서 그를 바라본다. 그가 능글맞은 미소를 지으면서 다가온다.

"당신 아내와 같이 왔던 남자가 있었소. 이 말을 해야 하나 말아야 하나 고민을 했었소만, 김 선생도 알고 있어야 할 것 같아서 말이오."

개기름이 담배를 권한다. 나는 괜찮다며 손을 내젓는다. 그는 붉은 담뱃갑에서 말보로를 꺼내 입에 문다.

"그 남자가 난 김 선생인 줄로만 알았소. 내가 참견할 일은 아니지만……."

"알고 있습니다."

급히 말을 가로막는다. 개기름은 한동안 내 얼굴을 빤히 쳐다보더니 '뭐, 그렇다면' 하는 표정으로 눈인사를 한다. 하지만 돌아서는 그의 얼굴에는 야유하는 듯한 미소가 인다. '병신 같은 자식!'이라고 말하는 것처럼. 그가 탄 소나타가 멀리 시야에서 사라질 때까지 나는 한 발자국도 움직일 수가 없다. '왜 그런 거짓말을 했을까? 알량한 자존심 때문일까?' 내딛는 발걸음이 무겁다. 무엇보다 아내가 바람을 피웠다고는 도저히 생각할 수가 없다. 텔레비전 연속극에나 나오는 저급한 일은 더구나 상상조차 하기 싫다.

퇴근길에 선술집에 들러 소주 한 병을 마신다. 곧장 집으로 들어갈 마음이 생기지 않는다. 불과 이틀 만에 천국에서 지옥으로 떨어진 느낌이다. 아내와 마주할 용기가 나지 않는다. 아니 아내의 목을 조르고 싶은 충동을 억제할 자신이 없기 때문이다. 그런 생각을 할 때마다 나는 소스라치게 놀란다. 술잔을 입으로 가져가 들어붓는다. 아직도 나는 아내를 사랑하고 있다. 그 말만을 되씹는다.

거실은 캄캄하다. 부엌에 들어가 냉장고 문을 연다. 아내는 항상 결명자를 넣고 물을 끓인다. 반투명의 플라스틱 물통 안에 붉은 빛깔이 흐른다. 어둠과 적막만이 집 안에 흐른다. 갈증을 해소한 나는 탁자에 걸터앉아 어둠 속을 응시한다. 어둠 속에 익숙해지기까지는 오랜 시간이 걸리지 않는다. 어둠에 익숙해지기 시작하면 어둠이 가진 깊이를 느낄 수 있다. 마음이 차분히 가라앉는다. 줄곧 나의 가슴을 짓누르던 무게가 가벼워지는 느낌이다. 조심스럽게 안방으로 걸어간다. 그러나 방 안엔 인기척이 없다. 불을 켜고 텅 빈 방을 둘러본다. 침대 위의 이불은 깨끗하게 정돈되어 있다. 곤한 얼굴로 잠들어 있는 아이들도, 술 마시고 늦게 들어왔다며 핀잔을 주는 아내도 없다. 외투를 침대에 던지고 나가려다가 문득 화장대 위에 놓여 있는 메모지를 발견한다. 아내의 필체다. '어머님과 아이들 큰고모가 불러서 갑니다. 혹 늦어지면 작은언니 집에서 자고 들어갈 거예요. 아침에 먹을 국과 반찬은 냉장고 안에 넣어 두었어요.' 거실로 나가 수화기를 든다. 큰누님에게서 전화가 걸려 온 것이 어제 오후였다. 이 집을 지으면서 나는 누님에게 3000만 원을 빌렸다. 물론, 나는 집이 경매에 들어간다는 소리를 한 적이 없다. 하지만 눈치 빠른 누님은 내 목소리에서 무언가 나쁜 낌새를 챘는지도 모른다.

"지지리 복도 없는 놈! 박사 학위 가진 여편네라고 자랑할 때부터 알아봤다. 이혼 도장 찍고 돌려보냈으니까 이참에 깨끗이 헤어져."

수화기 속에서 아이들의 울음소리가 흘러나온다. 엄마를 찾는 큰애의 목소리가 너무나 가냘프다. 누님은 아내만 매몰차게 보낸 것이다. 나는 수화기를 바꿔 잡으며 힘들게 입을 연다.

"아이들은요?"

"내일 데려가. 이 어린 놈들을 그런 년한테 맡길 수가 있어야지. 아이쿠, 불쌍한 내 조카들……. 그래도 지 어미라고 울고불고 난리를 친다. 이 불쌍한 녀석들이!"

어느덧 누님의 목소리도 떨리기 시작한다. 눈물이 많고 감정의 기복이 심한 큰누님이다. 나는 수화기를 내려놓고 창밖을 바라본다. 현관 옆에 심어진 수선화의 줄기가 힘없이 아래로 향해 있다. 한숨밖에 나오지 않는다. 이혼이라는 말을 나는 한 번도 생각한 적이 없었다. 아내와 헤어진다는 생각은 한 번도 가진 적이 없었다. 그런데 이상하게 이혼이라는 단어가 낯설지 않다. 나는 다시 수화기를 든다. 아내가 있을 곳은 이제 한 군데밖에는 없다.

택시 안에서도 아내는 말이 없다. 머리는 헝클어져 있고 눈은 부어 있다. 목덜미며 볼이 붉게 물든 걸 보니 어머니와 누님이 아내에게 손찌검을 한 것 같다. 내가 작은 처형네를 찾아갔을 때 아내는 조카들 방에 웅크리고 누워 울고 있었다.

집에 도착하자마자 나는 거칠게 아내를 안방으로 데리고 들어간다. 그녀의 손에 쥐어진 이혼 서류를 보는 순간 이상하게 욕정이 끓어올랐기 때문이다. 아내를 침대 위에 눕히고 옷을 벗긴다. 아내는 손등을 얼굴에 가져간 채 꿈쩍도 하지 않는다. 무표정한 얼굴로 천장을 바라볼 뿐이다. 나는 그녀의 스커트 밑으로 손을 집어넣는다. 팬티를 벗기고 그녀의 그곳을 거칠게 애무한다. 단단하게 발기한 페니스를 그녀의 건조한 몸속으로 밀어 넣는다. 아내의 입에서 짧은 신음이 터져 나온다. 하지만 나는 아랑곳하지 않는다. 거칠게 몸을 움직이기 시작하자 아내의 고통스러운 신음 소리도 커진다.

'몇 시나 되었을까?'

천장을 올려다본다. 베이지색 벽지 위로 달빛이 스머들면서 바위를 덮은 이끼처럼 푸르스름한 기운이 감돈다. 옆자리에 누워 있는 아내는 숨소리조차 내지 않은 채 비스듬히 누워 있다. 나는 잠시 아내의 뒷모습을 흘깃거린다. 저 어깨 너머에 숨어 있는 비밀들. 표정 하나 변하지 않은 모습으로 내 인감을 도용하고 나를 대신할 남자를 데리고 사채업자를 찾아가는 그녀를 떠올리기란 불가능하다. 도대체 몇 년을 같이한 아내인가……. 그러나 지금의 나는 아내에 대해 아무것도 확신할 수가 없다. 말이 적고 차분한 성격에 존 치버의 소설과 제인 캠피온의 영화를 좋아하는 그녀는, 마치 지금 옆에 누워 있는 아내가 아니었던 것처럼.

나는 천천히 상체를 일으켜 거실로 나간다. 찬장 어딘가에 조니 워커 블랙이 남아 있을 것이다. 식탁 위에 술병과 스트리트 잔을 찾아 올려놓고 나는 다시금 개기름의 말을 떠올린다. '당신 아내와 같이 왔던 남자가 있었소. 이 말을 해야 하나 말아야 하나 고민을 했었소만, 김 선생도 알고 있어야 할 것 같아서 말이오.' 잔에 위스키를 따라 마신다. 알싸한 맛과 함께 열기가 느껴진다. 두 잔째 위스키를 마실 때쯤 현관문에서 종이 쓸리는 소리가 난다. 조간신문이 들어올 시간. 나는 그제야 날이 밝아오고 있다는 사실을 깨닫는다.

3

스삭. 스삭.

빠르게 지나가는 소리. 그러다 잠시 침묵. 다시 움직이기 시작하는 소리. 냉동육이 잘려 나갈 때마다 거대한 몸집의 남자는 무표정한 얼굴로 잘려 나간 토막 육을 쟁반 위에 쓸어 담는다. 정육점 안은 온통 붉은색이다. 재래시장 깊숙이 자리 잡은 가게 안에는 그와 나 단 두 사람뿐이다. 아내는 내가 3일 동안 병가를 낸 사실을 모르고 있다. 언제나처럼 7시에 집을 나온 나는 곧장 친구 K를 찾아갔다. 강력계 형사 생활만 15년이 되는 K는 아내를 고소할 생각이냐고 물었고 나는 고개를 좌우로 흔들었다.

"아이들 엄마를 범죄자로 만들 순 없어."

대신 나는 그에게 사람을 소개시켜 달라고 부탁했다.

"나를 사칭한 남자가 있소. 아내는 그 남자를 나라고 속이고 사채업자와 계약을 한 거요."

담배를 피우던 K의 미간에 주름이 일었다.

"글쎄······."

스르릉.

돌아가던 회전 칼날이 멈춰 선다. 남자가 플라스틱으로 만든 간이 의자를 들고 내 앞에 와 앉는다. 그의 몸에선 비릿한 피 냄새가 나는 것 같다. 그가 내게 담배를 내민다. 나는 고개를 좌우로 흔든다. 대신 신문지에 만 돈뭉치를 그에게 건넨다. 남자는 무표정한 얼굴로 금액을 확인한다.

"단서가 없어서 힘들겠는데······."

나는 말없이 사채업자의 명함을 그에게 건네준다.

"그 사람이 얼굴을 알고 있소."

"음."

남자가 고개를 끄덕인다.

"내가 부탁한 건 어떻소?"

나는 아내의 주민등록번호와 인터넷에서 사용하는 아이디, 휴대폰 번호, 자동차 넘버가 적힌 메모지, 계좌번호를 그에게 내민다. 남자는 '끙' 하는 소리를 내며 천천히 메모지를 받아 들고 자리에서 일어난다. 잘려 나간 토막 육을 냉장실 안에 밀어 넣고 남은 덩어리와 돈뭉치는 냉동실 안으로 가져간다.

"보이는 것이, 진실은 아닐 때도 많소."

내 앞으로 되돌아온 남자가 말한다. 나는 아무 대꾸도 하지 않는다.

"후회하지 않을 자신이 있소?"

'빌어먹을 자식! 그런 쓰레기 같은 말은 필요 없어!'라고 소리치고 싶은 걸 간신히 억누른다. 대신 의자에서 일어나 그에게 손을 내민다.

"잘 좀 부탁합니다."

남자는 여전히 무표정한 얼굴로 나를 바라보면서 고개를 끄덕인다.

법무 사무소에서 만든 고소장을 이혼 서류와 함께 장모 앞에 내민다. 장모의 얼굴이 창백하게 변하기 시작한다.

"이게 뭔가?"

"장모님과 처형들이 해결해 주지 않으면 이혼한 후 아내를 사기죄로 고소할 생각입니다."

장모는 입을 반쯤 벌린 채 나를 올려다본다. 나는 장모의 얼굴을 똑바로 쳐다보면서 말을 잇는다.

"내 인감을 도용해 계약을 했어요. 그건 충분히 이혼 사유가 되는 겁니다. 형사 고발이 되면 아이들 양육권까지도 모두 내게……."

"이보게 김 서방……."

"집이 경매에 넘어가는 순간 아내 역시 교도소로 가야 하는 겁니다."

"어떻게……."

장모는 말을 잇지 못한다. 그녀의 안절부절못하는 모습을 보면서 이상하게 희열 같은 게 꿈틀거린다. '이런 쾌감을 그동안 원하고 있었던 건 아니었을까?' 하는 의구심이 들 정도로. 나는 고소장을 장모 앞에 내밀며 그 기분을 계속해서 이어간다. 장모는 고소장에 써진 고소인과 피고소인의 이름을 확인하면서 몸을 부르르 떤다. "어떻게, 자네가 어떻게……." 하지만 나는 장모에게 냉소 섞인 말투로 "빠르면 빠를수록 좋겠습니다."라는 말을 남기고 자리에서 일어난다. 장모는 내가 현관 앞까지 걸어 나갈 동안 꼼짝하지 않은 채 고소장를 내려다볼 뿐이다.

신호음과 함께 현관문이 닫힌다. 나는 아파트 복도를 걸어 나가면서 하늘을 올려다본다. 짙은 먹구름이 가득하다. '곧 장마가 시작되겠지.' 나는 복도 앞에 잠시 멈춰 서서 길게 한숨을 내쉰다. 12층에서 바라보는 세상은 모든 게 위태롭게만 보인다. 까마득히 내려다보이는 사람들과 자동차가 그렇고, 내 뺨을 스쳐가는 바람이 그렇고, 후덥지근한 열기가 그렇다. 엘리베이터 앞으로 걸어가 층수 버튼을 누른다. 엘리베이터가 12층으로 내려와 멈출 때까지 나는 장모의 난처해하는 얼굴을 떠올린다.

누님 집에서 아이들을 데리고 나올 때쯤 비가 내리기 시작한다. 큰아이는 아내와 나 사이에 어떤 문제가 있다는 사실을 눈치 챘는지, 아니면 누님이 하는 하소연을 듣고서 분위기를 짐작했는지 침울한 얼굴로 내 뒤를 따른다. 가슴에 안긴 둘째는 맹한 눈으로 나를 올려다보고 있다. "엄마한테 가는 거지?" 하고 첫째가 묻는다. 나는 첫째의 얼굴을 쓰다듬으면서 "엄마에게는 지금 휴식이 필요하단다. 그러니까 우리 공주님들은 내일까지 아빠랑 여행을 떠나는 거야."라고 말한다.

"언제까지 엄마는 쉬어야 돼? 지금 떠나는 거야?"

호기심이 많은 첫째가 계속해서 질문을 던진다. 나는 아이에게 '엄마는 내일이면 좋아질 거야. 그동안 아빠와 함께 동해안으로 가는 건 어떨까?' 하고 묻는다.

"회사는 어떻게 하고."

첫째가 퉁명스럽게 대꾸한다.

"휴가를 냈어. 아빠도 내일까지 회사에 나가지 않아도 된단다."

아이들을 경비실에 맡기고 주차장으로 뛰어가 차를 가지고 나온다. 경비실 앞에서 경적을 울리자 60대의 경비원이 아이들을 데리고 빗속을 뛰어온다. 뒷좌석으로 들어오는 아이들의 모습을 백미러로 바라본다. 경비원이 인사를 하고는 문을 닫는다. 기어를 넣고 액셀러레이터를 밟는다. 와이퍼가 움직일 때마다 뻑뻑거리는 소리가 난다.

만난 지 한 달 만에 아내와 나는 경포대로 여행을 떠났다. 1박 2일 동안 우리는 주문진과 강릉을 돌아다니고 밤에는 서로를 탐했다. 아침이 밝아 올 때까지 나는 몇 번이고 아내의 몸에 사정을 했다. 아내의 그곳은 언제나 촉촉하고 부드러웠다.

둘째가 소변을 눴는지 칭얼대기 시작한다. 마침 2킬로미터 앞에 횡성 휴게소가 있다는 푯말이 보인다. 나는 휴게소에 들러 둘째의 기저귀를 갈고 식당 안으로 들어간다. 첫째에게는 햄버거와 우유를 사 주고 나는 아메리카노를 마신다. 비는 멈출 기미가 보이지 않는다. 유리창으로 빗줄기가 후두둑거리며 쏟아진다. 나는 멍하니 휴게소 주변의 정경을 바라본다. 첫째가 내게 "엄마에게 연락 안 해도 돼?"하고 걱정스럽게 묻는다. 나는 고개를 흔들며 말한다.

"오기 전에 말해 두었으니까……. 배 안 고프니?"

첫째는 햄버거에 입을 대지 않는다. 우유만 찔끔거리며 마시고 있을 뿐이다. 둘째에게 젖병을 물리면서 "입맛이 없어?"하고 묻는다. 첫째는 말없이 고개를 끄덕인다. 그때 휴대폰이 울린다. 액정화면 아래의 발신 번호에 장모의 휴대폰 번호가 뜬다. 폴더를 여는 순간 장모의 목소리가 흘러나온다.

"이 집을 팔기로 했네. 난 큰딸네에 들어가기로 했으니……. 이제 만족을 하나?"

나는 대답 대신 아이들이 외할머니를 보고 싶어 한다고 말한다. 그리고 둘째의 얼굴에 휴대폰을 가져간다. 둘째가 천진스러운 표정으로 장모에게 애교를 부린다. 그사이 나는 아메리카노를 입으로 가져간다. 쓸쓸한 맛이 혀끝에 맴돈다. 휴대폰은 어느덧 첫째의 손에 들어가 있다. 일단의 사람들이 휴게소 안으로 몰려온다. 전세 버스가 들어온 모양이다. 나는 아이들 앞에 서서 말한다.

"통화가 끝났으면 그만 일어날까?"

첫째가 휴대폰을 건네주며 내게 묻는다.

"그런데 외할머니는 왜 우시는 거야?"

나는 무릎을 꿇고 앉아 아이의 옷매무새를 만지며 대답한다.

"엄마 걱정 때문에 그럴 거야."

4

3일 동안 아내는 단 한 번도 외출을 하지 않은 것 같았다. 아이들은 아내가 집에 있다는 사실만으로 안도하는 모양새다. 여느 때처럼 아이들과 함께 식탁에서 저녁을 먹고 커피를 마시며 텔레비전을 본다. 아이들 방에 들어가 동화책을 읽어 주다가 안방으로 돌아간다. 아내는 헤르타 뮐러의 소설에 빠져 있다. 옷을 벗고 안방 화장실에 들어가 샤워를 한다. 수도 밸브가 냉수에 맞춰져 있어도 샤워기 속에서는 미지근한 물만 나올 뿐이다.

큰 덩치의 남자는 반팔 러닝 차림에 앞치마를 두르고 있었다. 내가 다시 찾아갔을 때 그는 찌개용 돼지고기를 썰고 있었다. 손님이 돌아가고 나자 그는 가게 안으로 난 긴 통로 끝으로 걸어갔다 나오더니 작은 종이 상자를 내밀었다. 내가 상자를 받아들자 그는 눈인사를 건네고는 아무 말 없이 다시 통로 쪽으로 사라져 버렸다.

차 안에서 종이 상자를 열고 내용물을 확인했다. 나를 사칭했던 남자에 대한 사진과 신상 명세서와 함께 아내의 휴대폰 통화 내역까지. 남자의 사진을 멍하니 바라봤다. 아내보다 5년은 젊어 보이는 남자는 이목구비가 뚜렷하고 미남형이다. 굳은살이라고는 보이지 않는 부드러운 손은 골프채를 쥐고 있었다. 길고 하얀 남자의 손가락이 아내의 가슴을 움켜쥐고 거친 음모를 쓰다듬는 상상을 했다. 그러다 입술을 질근 깨물었다. 나는 길게 심호흡을 하고 나서 남자에 대해 꼼꼼하게 읽기 시작했다. 일산에 살고 검은색 에쿠스를 몰고 다니며 직업은 바리스타. 하지만 에쿠스를 몰고 다니는 바리스타의 모습이 쉽게 떠오르지 않았다. 마지막으로 상자 안에서 보이스레코더를 끄집어냈다. 볼펜처럼 길쭉하게 생긴 보이스레코더의 전원을 켰다. 잡음과 함께 누군가와 통화를 하고 있는 사내의 목소리가 흘러나왔다. 자세히 들어보니 아내에 대한 너저분한 이야기들로 가득했다.

"……하여튼 얼마나 질질 싸든지. 크크크. 그년한테 돈 좀 우려냈지 뭐야. 갈보 같은 년이 집을 담보로 순순히 돈을 빌려 주는 거야…… 아니 병신 같은 남편 새끼는 암것도 모르지. 마누라 하나 만족 못 시키는 놈인데 뻔한 거 아냐……."

운전대를 잡은 손에 힘이 들어갔다. 몇 번이고 호흡을 들이마시고 내쉬면서 마음을 진정시켜야만 했다. 어차피 예상했던 일이었으니까. 하지만 집으로 돌아오는 길에 나는 몇 번이나 차를 들이박고 싶은 충동을 간신히 억눌러야만 했다.

화장실에서 나올 때까지 아내는 책을 읽는 데 열중한다. 나는 속옷을 갈아입고 나서 침대에 들어간다. 아내가 "불 끌까요?" 하고 묻는다. 대답 대신 고개를 좌우로 흔든다.

"이번 주말에 팀장과 등산을 가기로 했어. 신발하고 장비 좀 챙겨 줘요."

이번에는 아내가 고개를 끄덕인다. 나는 아내에게 등을 보인 채 옆으로 누워 눈을 감는다.

"장모님은?"

말이 없다. 그녀도 알고 있을 것이다. 집은 더 이상 걱정하지 않아도 된다는 사실을. 그리고 대신 장모의 아파트를 팔기로 했다는 사실까지도. 침묵이 이어지는 동안 나는 보이스레코더의 목소리가 다시 귓가에 들려오는 것만 같아 기분이 우울해진다. 아내의 손목을 잡아끈다. 그녀의 가슴을 부드럽게 움켜쥔다. 아내가 책을 덮고 이불 속으로 들어온다. 나는 천천히, 아주 천천히 그녀의 가슴과 유두에 입술을 가져간다. 아내의 몸에선 언제나 체리 향이 나는 것 같다.

5

여느 때처럼 현관에서 아내와 가벼운 키스를 나눈다. 대문을 나와 버스 정류장으로 향한다. 새벽부터 끼기 시작한 안개가 도시 전체를 뒤덮고 있었다. 헤드라이트를 켠 차들이 조심스럽게 도로를 지나간다. 정류장 가는 길에 방치된 건물 안으로 사람들의 눈을 피해 조심스럽게 들어간다. 건설 회사가 부도가 나면서 이 7층짜리 건물은 1년 동안 공사가 중단된 채 방치되어 있었다. 그곳에서 나는 옷을 갈아입는다. 야구 모자와 선글라스를 눌러 쓴다. 양복과 구두는 배낭에 넣어 건축 자재 사이에 숨겨 둔다. 그리고 정류장에서 회사가 아닌 일산으로 가는 버스를 탄다.

안개주의보를 알리는 표지판이 번쩍인다. 나는 길게 심호흡을 하고 호수공원의 트랙으로 들어선다. 녀석은 몸매 관리를 위해 매일 호수공원의 트랙을 세 바퀴씩 돈다고 했다. 그러고 나서 가까운 사우나에 들어가 몸을 씻고 그곳에서 바로 출근을 한다. 나는 휴대폰으로 시간을 확인한다. 이곳 일산구청과 가까운 주제광장에서부터 녀석은 가볍게 스트레칭을 하고 조깅을 한다고 덩치는 알려 주었다. 나는 호주머니 속에 들어 있는 유리병을 만지작거리며 녀석이 나타나길 담담하게 기다린다.

그러고 보니 아내도 내게 운동을 하라고 보채곤 했다. 사십이 넘어서면서 나오기 시작한 뱃살을 어루만지며 "이젠 아저씨가 다 되었잖아요." 하고 핀잔을 주던 모습까지도 스멀거리며 떠올랐다. 그녀는 그즈음부터 헬스장을 다니고 있었다. 그때부터였을까. 그때부터 아내는 바리스타를 만나고 다닌 것일까.

하얀색 운동복을 입은 녀석이 모습을 나타낸다. 귀에 이어폰을 꽂은 채 녀석은 몸 풀기 운동을 하고 트랙을 돌 준비를 한다. 나 역시 그와 거리를 두고 뛰기 시작한다. 그러나 10분도 지나기 전에 호흡이 가팔라지면서 입에서 단내가 난다. 녀석의 뒤를 쫓아가기가 점점 더 힘들어진다. 그때 "마누라 하나 만족시키지 못하는 놈인데 뻔한 거 아냐."라고 말하던 녀석의 목소리가 귓가에 맴돈다.

'빌어먹을 자식!'

나는 마지막 힘을 다해 녀석을 추월한다. 50미터 이상 앞선 뒤에 나는 뒤돌아선다. 숨이 턱 아래까지 차올라 헉헉거리면서도 나는 호주머니 속에 있는 병의 뚜껑을 열어 본다. 강한 염산 냄새가 코를 자극한다. 나는 다시 뚜껑을 잠그고 호흡을 가다듬는다. 안개 때문에 1미터 앞을 분간하기가 힘들다. 나는 거칠게 숨을 내쉬면서 왔던 길을 되돌아 걷는다. 어디선가 나스의 음악이 들려온다. 메시지. 녀석의 이어폰에서 흘러나오던 음악이다. 나는 고개를 숙인 채 걸음을 빨리한다. 녀석의 거친 호흡 소리가 뒤이어 흘러나온다. 병의 뚜껑을 다시 따고…… 하나, 둘, 셋…… 나는 녀석의 얼굴을 향해 병에 든 염산을 잽싸게 뿌린다. 반대편으로 뛰어가던 녀석이 '헉' 하는 소리를 지르며 걸음을 멈춘다. 병 속에 남아 있던 염산이 손등에도 묻었는지 알싸한 열기가 인다. 뒤이어 녀석의 비명 소리가 터져 나온다. 나는 있는 힘껏 트랙을 벗어난다. 주차장을 지나 일산역으로 빠르게 걸음을 옮긴다. 모자와 선글라스를 벗으며 지하철역으로 들어간다.

얼굴은 땀으로 범벅이 되어 있다. 전동차에 오른 뒤에야 일렁이던 가슴이 차분해진다. 나는 허물이 벗겨진 오른손을 움켜쥐며 주위를 두리번거린다. 출근을 하는 사람들의 얼굴에서는 표정을 읽을 수 없다. 무료한 일상, 습관적인 삶. 그리고 또 무엇이 있을까…… 그래, 바람난 아내와 사채업자? 자조 섞인 미소가 자연스럽게 삐져나온다.

'긴장할 필요 없어. 저들처럼 나도 출근을 하는 중이니까.'

지하철역 구내에 있는 보관함에서 이틀 전에 준비해 두었던 쇼핑백을 꺼낸다. 화장실 부스에 들어가 다시 양복과 구두로 갈아 신는다. 세면대 위에서 오른손을 씻고 세수를 한다. 거울 속에 비친 모습을 보는 순간 연민 같은 것이 밀려온다. 마치 딴 세상에 살아가는 인물처럼 낯설게만 느껴지기도 한다. 볼품없는 중년 사내. 이런 게 인생이란 것일까? 가정을 꾸리고 아이를 가지면서 행복하다고 믿고 있었다. 성실한 가장으로 의무를 다했고 꿈에 그리던 집을 장만할 수 있었다. 그런데도 아내는 뭐가 부족했던 것일까? 정말, 그런 녀석과의 잠자리가 나보다, 아이들보다, 10년 동안 저축해서 정성스럽게 가꾸어 왔던 우리들의 보금자리보다도 소중했던 것일까? 가슴 속에서부터 분노가 일기 시작한다.

'용서할 수 없어.'

나는 휴대폰으로 아내에게 음성 메시지를 보낸다. 녀석이 주절거리던 아내에 대한 너저분한 이야기들을 하나도 빠트리지 않은 채.

결재 서류를 넘기는데 팀장이 묻는다.
"손은 왜 그래?"
나는 오른손을 바라보면서 대답한다.
"뜨거운 물에 데었어요. 둘째 우유병 소독하다가……."
"병원에 안 가도 되겠어?"
"괜찮습니다."
자리로 돌아온 나는 껍질이 벗겨진 시커멓게 변한 오른 손등을 말없이 내려다본다. 녀석의 얼굴도 이처럼 일그러졌을까? 그래서 더 이상, 사진 속의, 발그레하게 미소 짓던 녀석을 떠올리지 않아도 되는 것일까? 그때 휴대폰이 울린다. 영등포 수난 구조대라고 자신의 신분을 밝히는 남자의 목소리가 매우 사무적이다. 목소리는 곧 아내의 이름을 대면서 남편이 맞느냐고 묻는다.
"네. 맞습니다."
"아내 되시는 분이 가양대교 근처에서 투신을 했습니다. 지금 한강성신병원 응급실에서 치료를 받고 있어요."
"목숨에는 지장이 없나요?"
"네. 다행히…… 하지만 아직 의식을 회복하지 못하고 있습니다."
전화를 끊고 나서 나는 한동안 의자에 앉아 창밖을 바라본다. 앞마당 정원에 있는 커다란 버드나무의 가지와 잎사귀들이 바람에 흔들리고 있다. 군인 몇 명이 족구를 하는 모습도 보인다. 한 가로운 오후. 퇴근 시간이 다가오는데도 아직 밖은 대낮처럼 환하다. 나는 천천히 의자에서 일어나 책상 귀퉁이에 놓여 있는 분무기를 들고 창가 난간으로 걸어간다. 난간에 줄지어 선 화초 앞에 분무기의 주둥이를 가져간다. 분무기에 달린 레벨을 당길 때마다 찍찍거리는 소리와 함께 물이 뿜어져 나온다. 가느다란 물방울들이 사방으로 흩어져 내린다. 물기를 머금은 화초의 잎사귀가 선명한 색을 띤다. 문득 기형도의 「빈집」이 생각난다. 아내가 좋아하는 시인이기도 했다. 극장 안에서 젊은 나이에 요절한 시인. 아내가 그의 시에 대해 말해 주었을 때 나는 이상하게 죽음을 떠올렸다. 마치 자살을 앞둔 한 사내의 심정을 담은 듯한 느낌 때문이었다. 나는 분무기의 레벨을 계속해서 잡아당긴다. 그리고 천천히, 아주 천천히 기형도의 빈집을 읊조린다.

"사랑을 잃고 나는 쓰네. 잘 있거라, 짧았던 밤들아……."

시장의 살인

정명섭

1973년 서울에서 태어났다. 2006년 역사추리소설 『적패』를 출간했다. 한국 추리 스릴러 단편선 1권부터 4권까지 문달과 설천을 주인공으로 하는 '살인 시리즈'를 계속 수록하고 있다. 2009년 네이버 오늘의 문학 코너에 단편 「바람의 살인」을 발표했으며, 다음해 『오늘의 장르문학』에 실렸다. 2011년에는 다음에 SF 장편소설 『그들이 세상을 지배할 때』를 연재했다. 2012년에는 『김옥균을 죽여라』와 『폐쇄구역 서울』을 발표했다. 한국 미스터리 작가 모임 소속으로 활동 중이다.

1

숨이 턱까지 차올랐지만 멈출 수가 없었다. 땀에 젖은 몸이 지칠 대로 지칠 무렵 멀리 골목 끝이 보였고, 지나가는 사람들도 눈에 잡혔다. 살았다는 안도감에 마지막 힘을 내며 달리는 순간 불쑥 나타난 그림자가 눈앞을 가로막았다. 그림자가 치켜든 구부러진 빛이 떨어지는 것을 봤지만 피할 틈이 없었다. 섬광이 사라지고 고통이 엄습해 왔다. 가물거리던 시선에 무명 저고리를 입은 가슴을 파고든 갈고리와 주변으로 번져 가는 피가 보였다. 그러다가 골목길 바닥에 쓰러진 그를 내려다보던 시선과 마주쳤다. 간신히 고개를 든 그는 햇빛을 등진 그림자를 올려다보면서 중얼거렸다.

"애…… 애꾸!"

시신을 덮은 거적을 걷자 기다렸다는 듯 악취들이 달려들었다. 쇠도 녹일 것 같은 무더위 속에 방치된 시신은 이틀 만에 구더기들이 들끓었다. 시신을 지키던 시부(市部)의 노비들이 코를 감싸 쥐고 돌아섰다. 하지만 소매를 걷은 설천은 악취에도 아랑곳하지 않고 시신을 살펴봤다. 그렇게 한참 시신을 들여다보던 그는 고개를 들고 문달에게 말했다.

"가슴에 갈고리를 찔리고 뒤로 넘어지면서 뒤통수가 깨졌습니다. 둘 다 치명상입니다."

붉은 천을 덧댄 얇은 무명 저고리에 은테가 둘러진 노란색 절풍을 쓴 문달이 고개를 끄덕거렸다.

"몇 발자국만 더 벗어나면 큰길이었는데 원통했겠군. 다른 상처는?"

"검안을 해 봐야겠지만 다른 외상은 없어 보입니다. 근데 여기 햇빛이 어떻게 쬐입니까?"

"어디보자. 저쪽에서 떠서 머리 위를 지나는군. 그건 왜?"

무릎을 펴고 일어난 설천이 해의 방향과 시신을 번갈아 바라보면서 말했다.

"시신의 허리 위쪽과 아래쪽 피가 말라붙은 색깔이 틀립니다. 분명 햇살이 쬐인 쪽은 빨리 말라붙으면서 갈색으로 변했을 것이고, 그렇지 않는 쪽은 붉은 기가 감도는 피 색깔을 보여야 하죠. 그런데 이 시신은 발이 길 쪽으로 나와 있으니까 아래쪽이 햇빛을 쬐어서 피가 빨리 말랐어야 했는데 오히려 머리 쪽의 피가 더 빨리 말라 버렸습니다."

"누가 시신을 움직였단 말인가?"

문달의 물음에 설천이 고개를 갸우뚱거렸다.

"어디서 죽었는지 모르지만 사람들 눈에 잘 띄는 곳에 옮겨 놓을 이유가 있을까요?"

두 사람이 말을 주고받는 사이 몇 발자국 떨어진 지켜보던 시부의 책임자인 제형(諸兄 : 고구려의 관등 중 하나) 송시덕이 말했다.

"날이 더워서 시신이 빨리 썩어 갑니다. 다 살펴보셨으면 시신을 치워도 되겠습니까?"

"사람이 죽은 건 별 문제가 아니고 시신에서 냄새가 나는 건 못 견디겠다는 말이냐?"

제법 신경 써서 주름을 잡은 붉은색 두루마기에 검은색 깃털을 꽂은 조우관을 쓴 송시덕이 먼발치서 지켜보는 상인들을 바라보며 얘기했다.

"상인들이 냄새 때문에 장사를 못 한다고 아우성입니다. 누초(婁肖 : 고구려 후기의 지방관으로 소형 이상의 관등을 가진 자가 임명되었다.) 어르신께서 그냥 놔두라는 말만 없었어도 당장 치웠을 겁니다."

"그나저나 목격자는?"

"아무도 못 봤답니다."

"사람들로 들끓는 시장 한복판에서 그것도 대낮에 사람이 죽었는데 본 사람이 없다니, 어이가 없군."

문달이 상인들을 쳐다보며 말했다. 문달의 시선과 부딪친 상인들은 다들 고개를 돌리거나 딴청을 피웠다.

"귀찮은 일에는 절대 나서지 않는 시장 상인들 생리를 잘 아시잖습니까?"

송시덕의 대꾸에 문달이 뭐라고 한마디 하려고 했지만 곁에 있던 설천이 참으라는 듯 팔을 잡았다. *끄응* 하는 신음 소리를 내뱉은 문달이 송시덕에게 말했다.

"치우게. 단 매장은 허락지 않으니 검안을 준비하게. 오늘 오후에 내가 직접 참관하겠네."

"시신이 너무 상해서 검안해도 나올 게 없을 것 같습니다만……."

"그게 명색이 고구려의 한성(漢城 : 고구려의 삼경 중 하나로 황해도 재령 지방에 위치했다.)의 시장을 관리하는 시부의 책임자가 할 소린가?"

문달의 으름장에 송시덕도 지지 않고 대꾸했다.

"호패도 없는 걸인 하나가 죽은 걸 가지고 너무 호들갑을 떨 필요도 없잖습니까. 거기다 누가 범인인지도 밝혀진 마당에 다 썩은 시신을 굳이 검안할 이유도 없고 말입니다. 누초 어르신과 문객이 신묘한 재능으로 아무도 못 푸는 사건들을 해결한다는 얘기는 들었지만 이 사건은 범인이 명백합니다."

"누가 범인이란 말이냐?"

"누구긴요. 저 갈고리 주인인 애꾸죠."

송시덕은 시신의 가슴팍에 꽂혀 있는 갈고리를 가리키며 말했다.

"아까는 목격자가 없다고 하지 않았느냐?"

"저 갈고리 손잡이에 짚으로 감아 놓은 거 보이시죠? 저건 시장의 걸인들을 이끄는 애꾸 소유라는 표식입니다. 시장의 상인들이라면 누구나 다 아는 사실이죠."

송시덕의 말에 상인들 몇 몇이 고개를 끄덕거렸다. 기운을 얻었는지 송시덕이 덧붙였다.

"거기다 죽은 환득이는 애꾸 바로 밑이었는데 며칠 전부터 둘이 심심찮게 다투는 걸 본 사람은 많습니다. 시신이 발견되기 전날 감쪽같이 사라졌으니 범인으로 봐도 무리가 없습니다."

"때 맞춰 사라졌다고 범인으로 볼 수는 없는 노릇일세."

문달의 말에 송시덕이 고개를 저었다.

"그것뿐만이 아닙니다. 애꾸의 거처로 가시죠. 보여 드릴 게 있습니다."

앞장선 송시덕의 뒤를 따라간 두 사람은 우물가 근처 소나무 아래 거적으로 만든 움막으로 갔다. 창을 들고 지키고 있던 병사가 한 손으로 입구를 젖혔다. 한쪽 무릎을 꿇고 안을 들여다본 송시덕이 말했다.

"시신이 발견되고 맨 처음 애꾸를 찾았는데 이렇게 종적을 감췄습니다."

움막 안을 살펴본 문달이 중얼거렸다.

"살림살이가 그대로군."

"네, 이상해서 안을 살펴보다가 저걸 발견했습니다."

송시덕이 입구 쪽에 놓인 가죽 주머니를 펼쳤다. 내용물을 살펴보던 문달의 이마가 찡그려졌다.

"부싯돌과 기름이군. 처소 안에 있는 등잔을 밝히기에는 너무 많은데."

"거기다 얼마 전부터 시장 곳곳에서 이상한 행동을 하고 다녔답니다."

"어떤 행동?"

"목간을 하나 펼쳐들고 시장을 쏘다녔답니다. 부싯돌과 기름도 엄청 모았고 말입니다. 요즘 들어 시장을 불태워 버리겠다는 말을 자주 하고 다녀서 시부에서도 예의주시하고 있었습니다."

"그럼 애꾸가 시장에 불을 지를 준비를 하다가 죽은 걸인이 그 사실을 알아차리자 죽이고 도망쳤다는 말인가? 애꾸는 어릴 때부터 시장에서 지냈다네. 작년에도 10여 년 전에 시장에 불을 질렀던 장사치의 자식이 시장을 불바다로 만들려는 걸 막았단 말일세."

"알고 있습니다. 제 전임자도 그때 죽었으니까요. 하지만 이번 일은 애꾸 소행이라는 게 명백합니다."

"작년까지는 불이 나는 걸 막다가 올해부터 갑자기 불을 지르기로 결심했단 말인가? 거기다 이렇게 허술하게 물증을 남기면서 말인가?"

"어쨌든 잡아서 심문을 하면 전모가 밝혀질 겁니다."

송시덕의 말에 문달은 아무 대꾸도 하지 못하고 일어섰다. 그리고 시신이 발견된 곳으로 돌아가면서 털어놨다.

"애꾸는 지금 내가 관할하는 현곡홀의 감옥에 갇혀 있다네. 날 찾아왔을 때 손과 옷에 피가 묻어 있었지. 그리고 이걸 들고 왔네."

문달이 송시덕에게 소매 안에 넣어 둔 목간을 건네줬다. 송시덕이 얇은 소가죽으로 긴 나무쪽들을 엮은 목간을 펼치자 담장으로 둘러싸인 시장의 상점들 위에 붉은 먹으로 칠한 흔적이 보였다.

"이건 뭡니까?"

"여기 오기 전에 몇 군데 확인해 봤더니 잘 모르겠어. 공통점이라고는 자기네 우물이 있거나 수로를 내서 물을 풍족하게 쓰는 정도지."

"애꾸를 압송해서 심문을 하면 자백을 할 겁니다."

"맞아. 지금 한성의 관리가 가서 압송 중이네. 하지만 그동안 이 살인 사건에 대해서 조사를 해도 된다는 욕살(褥薩 : 고구려 후기의 지방관으로 위두대형 이상의 관등을 가진 자가 임명되었다.) 어르신의 허락을 받았네. 그래서 자네한테 사람을 보내서 시신을 치우지 말라고 했고 말이야."

"그럼 애꾸 말고 진범이 따로 있다는 말씀이십니까?"

"아직 확실한 건 없네. 목격자도 없고 물증도 없으니 힘들긴 하겠군."

"알겠습니다. 그럼 소인은 시신을 치우겠습니다."

"알겠네. 대신 검안은 내가 직접 참관할 것이니 준비를 해 두게."

송시덕이 손짓을 하자 노비들이 달려와서 시신을 거적에 둘둘 싸서 달구지에 올려놨다. 그 광경을 지켜보던 문달이 송시덕에게 물었다.

"참, 삼현성이라는 얘기 들어 봤나?"

"네? 누가 그런 얘기를 했습니까?"

"애꾸가, 현곡홀로 날 찾아왔을 때 충격에 빠져서 말을 잃은 상태였는데 그 말만 하더군."

문달의 설명을 들은 송시덕이 고개를 갸웃거렸다.

"처음 듣는 얘기입니다. 그럼 이만 물러가겠습니다."

시신을 실은 달구지가 사라지자 상인들도 하나둘씩 흩어졌다. 그 광경을 지켜보던 문달이 중얼거렸다.

"내가 어디 머무는지 묻지 않았어."

"그게 무슨 뜻입니까?"

설천의 물음에 문달이 한숨을 쉬면서 대답했다.

"이럴 때는 상급자가 어디 머무는지 물어보고 다른 사실이 밝혀지면 알려 주겠다고 얘기하는 게 보통일세. 하지만 저 친구는 묻지도 않고 가 버리는군."

"일을 해결하기가 어렵겠습니다."

"아무래도, 시간이 얼마나 남았지?"

"지금쯤 형부의 관리들이 현곡홀에 도착했을 겁니다. 최대한 붙잡아 두라고 얘기하긴 했지만 그래 봤자 이틀이면 한성에 돌아올 수 있습니다."

"서둘러야겠군. 일단 애꾸가 이끌던 걸인들부터 탐문해 보지. 걸인들이 머무는 곳이 서쪽 문 앞 공터라고 했던가?"

2

서문 앞 공터에는 여름 햇살을 쬐며 옷을 벗고 이를 잡던 걸인들이 무리지어 있는 것이 보였다. 그쪽으로 걷는 두 사람 앞에 덩치 큰 걸인 하나가 길을 가로막았다. 솔기가 다 뜯어진 무명 저고리를 걸친 덩치 큰 걸인은 짚으로 맨 허리띠에 꽂아 둔 갈고리를 만지작거리며 앞을 가로막았다. 문달이 관리임을 나타내는 녹색

호패를 보이며 말했다.

"애꾸 일 때문에 왔다."

"애꾸는 사라졌소이다. 가시오."

"알고 있다. 몇 가지 물어볼 게 있어서 왔다. 네 이름이 무엇이냐?"

"소사구라고 하외다. 할 얘기 없수."

"너희 우두머리가 살인죄를 쓰고 도망쳤는데도 궁금하지도 않느냐?"

문달의 말에 덩치 큰 걸인은 바닥에 침을 뱉었다.

"동료를 죽인 놈은 더 이상 동료가 아니오. 설사 우두머리였다고 해도 말이요."

"갈고리들을 하나씩 가지고 다니는구나. 각자 표시를 해 두느냐?"

"애꾸는 자기 것에는 전부 표시를 해 두었수. 나머진 그냥 눈에 띄는 거 가져다 썼고 말이요."

"환득이와 애꾸가 자주 다퉜다는 얘기를 들었다. 무슨 일로 다툰 것이냐?"

"모르겠수. 돌아가지 않으면 좋지 않은 꼴을 볼 거요."

"감히 관리한테 못하는 소리가 없구나. 여기서 쫓겨나고 싶으냐?"

문달의 호통에 덩치 큰 걸인은 코웃음을 치면서 등을 돌렸다. 조용히 지켜보던 설천이 문달의 팔을 잡았다.

"뭔가 믿는 구석이 있는 것 같습니다. 일단 돌아가시지요."

우연찮게도 두 사람이 자리를 잡은 술집은 10여 년 전 두 사람이 처음 만났던 바로 그 장소였다. 숯불에 구운 맥적(貊炙 : 고구려의 전통요리로 불고기의 기원)과 양념을 한 부추가 담긴 접시를 앞에 두고도 두 사람은 젓가락을 들지 못했다.

"아까 보셨습니까?"

"뭘?"

설천의 물음에 문달이 대꾸했다.

"걸인들이 가지고 있던 그릇 말입니다. 흙을 묻혀서 일부러 지저분하게 만들긴 했지만 분명 도자기였습니다. 그것도 유약을 발라서 두 번 구운 값비싼 도자기가 분명합니다."

"상인들도 나무를 깎아서 만든 그릇을 쓰는 판국인데 걸인들이 무슨 재주로 그런 도자기를 쓴단 말인가?"

"그런데 아까 애꾸의 거처에 있던 물건들은 나무 그릇에 허름한 물건들뿐이었습니다. 그뿐만이 아닙니다. 아까 탐문했을 때 상인들 역시 걸인들을 두려워하는 눈치였습니다. 원래는 서로 돕고지내는 사이 아니었습니까?"

"그러고 보니 애꾸만 혼자 우물가 근처에 머물렀지. 선을 그으려고 했던 것 같은데 대체 무슨 일이 벌어졌던 걸까?"

"아무래도 걸인 사이에 심상치 않은 일이 벌어진 모양입니다. 애꾸가 만약 누명을 썼다면 그 일 때문인 것 같습니다."

"아무리 시장판 안에서 위세를 떨친다고 해도 호적도 없는 걸인들이 관리한테까지 이러는 건 이해가 가지 않아. 분명 다른 게 있어."

젓가락을 들던 문달은 술집 안으로 들어서는 남자를 보고는 눈살을 찌푸렸다. 두 사람이 앉은 자리로 온 남자는 공손하게 인사를 했다.

"오랜만입니다. 오시면 연락이라도 주시지 그러셨습니까?"

"나는 새도 떨어뜨린다는 중리주활(中裏主活 : 중리부로 추정되는 관부의 관직이지만 정확한 성격은 밝혀지지 않았다.) 고문창이 여기 웬일인가?"

"지난번 욕살의 자살 사건 이후로 계속 한성에 머물고 있습니다. 저도 사람인데 먹고 마시기는 해야 하지 않겠습니까?"

가시 돋친 문달의 말을 재치 있게 받아 넘긴 고문창이 빈 의자를 가져다가 자리에 앉았다.

"동쪽 시장에서 벌어진 사건을 조사한다고 들었습니다."

"벌써 소문이 거기까지 돌았나? 역시 빠르군."

"결론부터 말씀드리죠. 손 떼십시오."

문달은 고문창에게 좁쌀로 만든 술을 따라 준 후 물었다.

"이유는?"

"계속 파고들면 감당할 수 없는 일이 벌어지니까요."

"고작 거지 하나 죽은 것 가지고 중리부까지 나서다니 요즘 할 일이 그리 없는 건가?"

"세상은 보이는 부분과 보이지 않는 부분이 있습니다. 대부분의 사람들은 보이는 부분만 보고 살아가죠. 하지만 세상을 움직이는 것은 보이지 않는 부분입니다. 웬만하면 엮이지 않고 보지 않는 게 최선입니다. 어떻게 들릴지 모르겠지만 전 누초 어르신을 생각해서 말씀드리는 겁니다. 이건 거렁뱅이들의 패싸움 끝에 벌어진 살인 사건이 아닙니다."

"이걸로 한 가지는 확실하군."

양념을 한 부추에 맥적을 싸서 삼킨 문달이 우물거리며 대답
했다.

"애꾸가 살인자가 아니라는 것 말일세."

"누초 어르신의 재능은 앞으로 고구려에 중요하게 쓰일 겁니
다."

"의지할 데 없는 거지 하나도 못 지켜 주면서 어찌 나라를 위
해 힘쓸 수가 있겠나? 애꾸가 압송될 때 까지는 사건을 조사해도
된다는 욕살의 명령이 있었으니 방해하지 말게."

고문창은 문달의 말이 떨어지기가 무섭게 주먹으로 탁자를 쾅하
고 내리쳤다. 그 바람에 술이 가득 찬 잔이 옆으로 넘어져 버렸다.

"할 수 없군요. 밤길 조심하시기 바랍니다."

벌떡 일어난 고문창이 술집 밖으로 사라졌다. 싸늘해진 술집
분위기를 둘러본 문달이 고개를 절레절레 저었다.

"걸인들은 그렇다 쳐도 중리부까지 나서다니 쉽지 않겠군."

설천은 대답 대신 고문창이 앉아 있던 빈자리를 가리켰다. 나
무로 짜 맞춘 의자의 등받이에 작게 접은 쪽지가 보였다. 쪽지를
깨알같이 적은 글씨가 보였다.

3

술집에서 나온 두 사람은 곧장 우물가로 가서 왕치 할아범을
찾았다. 젊은 시절부터 상인으로 시장에서 살았던 그는 문달이
건네준 은덩어리의 무게를 가늠하고는 입을 열었다.

"삼현성은 10년 전부터 나타나서 이 시장 바닥을 꽉 잡은 상점 입지요. 지금은 사실상 시장의 주인 노릇을 하고 있습죠."

"나라의 허가를 받은 점포 외에는 다른 점포는 소유하지 못할 텐데 시장의 주인이라니? 무슨 가당찮은 말인가."

문달의 질책에 왕치 할아범은 혀를 차면서 대답했다.

"뭘 모르시는군요. 삼현성은 점포를 사들이는 게 아니라 돈을 풀어서 주인들을 사들인 겁니다. 그러니까 급전이 필요한 점포에 돈을 빌려 주고 나중에는 점포를 담보로 잡는 식으로 말이죠. 이 자가 비싼 데다가 그걸 견디지 못해서 상점을 내놔도 사는 사람이 없으니 할 수 없이 그냥 문을 여는 것입니다요. 그렇게 상점을 차지하면 자기들이 만든 물건만 팔게 하는 겁니다. 그럼 원래 그 상점에 물건을 대던 곳도 곧 문을 닫게 되죠. 그러면 그것도 사들이는 겁니다. 그런 식으로 상점과 물건 대 주는 곳을 장악한 것입죠. 그러고 끝까지 버티는 쪽은 거기서 파는 물건을 싸게 내놔서 장사를 못하게 하거나 점원들을 비싼 몸값을 주고 빼돌리는 식으로 훼방을 놉니다. 벌써 시장 상점의 절반 이상이 삼현성 손에 넘어갔습죠."

"일이 그 지경이 될 때까지 시부에서는 아무 조치도 안 취한 것이냐?"

"어이구, 애초에 삼현성이 클 수 있었던 게 시부에서 뒤를 봐줘서 그런 것입죠. 재작년인가 참다못한 상인들 몇 몇이 시부에 청원을 넣었지만 오히려 함부로 상점을 넓히고 허가받지 않은 물건을 팔았다는 식으로 처벌을 받았습니다. 들리는 소문에는 시부와는 비교할 수 없을 정도로 힘 센 곳에서 뒤를 봐준다고 합니다요."

왕치 할아범의 말에 두 사람은 할 말을 잊고 서로를 쳐다봤다. 어느덧 해가 저물 기미를 보였다. 얘기를 끝낸 왕치 할아범은 비밀을 지켜 달라고 신신당부하며 사라졌다. 텅 빈 우물가의 돌에 걸터앉은 문달은 고개를 갸웃거리며 설천에게 말했다.

"관부를 마음대로 움직이는 장사치라니, 도무지 이해가 안 가는군."

"위쪽에 선을 댄 모양입니다. 권력을 새로 쥔 쪽에서 자금을 구하기 위해 특정 상인을 밀어 주는 일은 종종 있지 않습니까?"

"그것과는 차이가 좀 나는 것 같지 않아? 보통은 물건을 매점매석하거나 나라에 필요한 물건을 그쪽에서 사들이는 것으로 자금을 모으잖아. 이건 영원히 시장을 장악하겠다는 의도로 보여. 누가 권력을 잡든 말이야."

"아무리 상인의 힘이 세진다고 한들 권력을 쥔 쪽을 이길 수 있겠습니까?"

"좀 두고 보지. 일단 시신을 검안해 보고 주변을 더 탐문해 봐야겠어. 지금쯤 준비를 끝냈겠지?"

시장 동문 앞에 있는 시부의 관사를 찾아간 문달은 송시덕을 찾았지만 아무도 그의 행방을 몰랐다. 이상한 낌새를 챈 문달이 초병에게 오늘 들어온 시신이 어디 있느냐고 물었다. 초병은 방금 전에 다시 실려 나갔다고 대답했다. 놀란 문달이 입구를 지키던 초병을 다그쳤다.

"내가 분명 검안을 준비하라고 일렀거늘 어찌 허락도 받지 않고 시신을 빼돌린 것이냐!"

"쇤네가 뭘 알겠습니까? 제형 어르신께서 시신을 가지고 나가서 그냥 그런가 보다 했습죠."

"제형은 지금 어디 있느냐?"

"잘 모르겠습니다요."

모르겠다는 말만 되풀이하는 초병에게 화를 내던 문달이 돌아서서 설천에게 말했다.

"뒤에서 봐주지 않는 한 불가능한 짓이야."

"시신이 없어졌다면 현장도 그대로 남아 있지 않겠는데요?"

설천의 말에 퍼득 정신을 차린 문달이 시신이 발견되었던 곳으로 뛰어갔다. 예상대로 시부의 노비들이 시신이 발견된 곳 주변을 모두 파헤친 상태였다. 일을 감독하던 하급 관리 한 명을 발견한 문달이 물었다.

"뭘 하고 있는 것이냐?"

"잘 모르겠습니다. 장마철이 되기 전에 길을 보수하라고 갑자기 명령이 떨어졌습니다요."

"송시덕이 시켰느냐?"

"욕살 어르신의 관인이 찍힌 명령서가 직접 내려왔습니다. 전엔 이런 적이 없었는데 말이죠."

하급 관리가 내민 명령서를 읽어 본 문달이 낭패스러운 표정으로 돌아섰다.

"첩첩산중이군."

"시신도 없어졌고, 현장도 이렇게 다 파헤쳐 놨으니 이제 어쩝니까?"

걱정스러워하는 설천의 말에 문달이 대답했다.

"아까 고문창이 삼현성 아래 더 써 놓은 글씨가 있었지?"

밤이 깊어지자 북적거렸던 한성의 거리도 인적이 끊겼다. 중급 관리들과 시장에 상점을 낼 정도로 부유한 상인들이 사는 견평방은 마차 두 대가 지나갈 수 있을 정도로 넓은 길에 나무판자로 만든 배수로까지 만들어졌다. 등불을 들고 종을 울리는 야경꾼의 그림자가 녹색 기와를 얹은 담장을 길게 긁고 지나갔다. 야경꾼의 종소리가 멀어지기를 기다리던 문달은 어둠이 가득한 길을 가로질러 갔다. 담장 아래 몸을 숨긴 문달이 주변을 살펴보고는 손짓을 하자 설천이 뒤따라왔다. 헐떡거린 숨을 고른 설천이 문달에게 말했다.

"무리하시는 거 아닙니까?"

"할 수 없잖아. 중리부라면 분명 이 일에 대한 단서를 가지고 있을 거야."

"그러면 성 안에 있는 중리부 관청 쪽을 살펴봐야 하는 것 아닙니까?"

"거긴 공식적인 거처라서 깨끗해. 하지만 여긴……"

문달은 잘 다듬은 돌은 쌓아서 만든 담장을 툭툭 치면서 덧붙였다.

"중리부에서 시장이나 거리의 동태를 살펴보는 곳이야. 아까 고문창이 준 쪽지에도 여기에 사건과 관련된 자료들이 보관되어 있다고 했잖아."

"그런데 생각보다 경계가 삼엄하지 않군요."

"이런 곳에 초병을 세워 두면 오히려 더 눈에 띄겠지. 일단 넘

152

어가세."

기와가 덮인 담장을 살짝 넘어간 두 사람은 꽃나무 아래 웅크린 채 잠깐 동태를 살폈다. 담장 안쪽의 구조는 안채를 중심으로 양쪽에 전각 몇 개가 보였고, 담장 쪽으로는 부엌간과 곡식을 넣어두는 다락창고들이 자리 잡았다. 숨을 고른 문달이 말했다.

"고문창이 얘기한 문서고가 저쪽이지?"

군데군데 화톳불이 피워져 있긴 했지만 경계를 서는 사람은 없었다. 점찍은 창고 역시 자물쇠가 채워지지 않았다. 문을 닫고 안으로 들어간 문달이 부싯돌을 꺼내 작은 등불에 불을 붙였다. 작은 기와집 모양의 등불이 환하게 빛을 발하자 창고 안의 어둠이 조금 물러났다. 나무로 만든 서고에는 두루마리들이 차곡차곡 쌓여 있는 중이었다.

"시간이 없으니까 자네는 저쪽부터 찾게. 난 이쪽부터 뒤져 보겠네."

문달의 말대로 흩어져서 두루마기들을 뒤지던 설천은 뒤쪽에서 들려온 문달의 짧은 비명 소리를 듣고 돌아섰다. 주저앉은 채 엉금엉금 기어 나온 문달은 피에 젖은 손으로 서고 안쪽을 가리켰다. 조심스럽게 등불을 내민 설천은 믿을 수 없다는 듯 중얼거렸다.

"죽었습니다. 중리부 무사 같은데요?"

"누구 소행일까?"

피에 젖은 손을 바닥에 비빈 문달이 물었다.

"나는 새도 떨어뜨린다는 중리부를 건드릴 수 있는 세력은 별로 없습니다."

"일단 나가는 게 좋겠군."

등불을 끄고 밖으로 나가려던 문달은 조심스럽게 문을 미는 순간 기다렸다는 듯 날아든 화살이 박혔다. 거의 동시에 불이 환하게 밝혀지면서 침입자라는 외침이 들려왔다. 대들보에 난 광창으로 날아든 화살들이 두루마기들을 맞췄다. 허리를 숙인 문달이 소리쳤다.

"서고를 넘어뜨려."

힘을 합한 두 사람이 넘어뜨린 서고가 문을 막아 버렸다. 문을 발로 걷어차는 소리와 함께 환하게 밝혀진 불빛들이 광창 밖에서 너울거렸다.

"함정에 빠졌습니다. 누군가 우리가 올 줄 알고 있었던 모양입니다."

소매로 이마의 땀을 훔친 설천이 말했다. 문을 쾅쾅거리며 두들기던 소리가 잠잠해졌다. 손가락으로 조용하라는 신호를 보낸 문달이 위를 쳐다봤다. 바스락거리며 기왓장을 밟는 소리가 들려왔다. 낭패스러운 표정을 지은 설천에게 문달이 속삭였다.

"바닥을 뒤져 봐. 쪽지에 비밀 통로가 있다고 했어."

두 사람이 바닥을 더듬는 사이 지붕에서 기왓장이 깨지는 소리가 들리면서 용마루 쪽 천정이 들썩거렸다.

필사적으로 바닥을 더듬던 설천은 딱딱한 손잡이와 스쳤다. 손으로 흙을 파헤치자 자그마한 쇠고리가 잡혔다.

"여기 뭐가 있습니다."

설천이 외치자 다른 곳을 찾고 있던 문달까지 합세해서 쇠고리를 잡아당겼다. 쇠고리와 연결된 바닥의 나무문이 열리고 눅눅한 바람이 밀려왔다. 이제 용마루 쪽 지붕은 창날 같은 게 삐죽 튀어나와서 구멍을 넓히는 중이었다. 힘겹게 나무문을 열어젖힌 두 사람이 어두컴컴한 구멍 아래로 몸을 날리자마자 위에서 날아든 화살이 어둠 속으로 떨어졌다.

비밀 통로는 저택 뒤쪽의 배수로와 연결되어 있었다. 나무판자를 발로 걷어찬 문달이 먼저 빠져나오자 피투성이가 된 어깨를 움켜잡은 설천이 뒤를 따랐다.

"괜찮은가?"

"움직일 만합니다."

설천을 부축한 문달은 큰 길을 피해 골목으로 몸을 숨겼다. 하지만 횃불을 든 추격자들의 발걸음은 점점 가까워졌다. 굽은 골목 안으로 몸을 숨기려던 두 사람은 앞을 가로막은 그림자를 보고 깜짝 놀랐다. 칼자루 끝에 둥근 고리가 달린 환두대도를 뽑아든 그림자는 두 사람 곁을 스쳐 지나가서는 골목길 앞을 가로막았다.

"저쪽으로 간 것 같다. 어서 뒤쫓아라."

코앞까지 다가온 추격자들이 멀리 사라지는 것을 보고 안도의 한숨을 내쉰 두 사람에게 돌아온 고문창이 말했다.

"혹시나 했는데 이렇게 무모한 짓을 벌일 줄은 꿈에도 몰랐습니다. 이번에는 봐드렸지만 다음번에는 그냥 못 넘어갑니다."

"고맙네."

고개를 숙여 인사를 하고 옆을 지나가려고 하던 문달은 갑자기 고문창의 다리를 걸어 넘어뜨렸다. 그리고는 옆에 떨어진 환두대도를 집어 들고 목을 눌렀다.

"시신이 있었네. 우리가 나가려니까 화살이 날아왔고 말이야. 누군가 우리가 간다는 사실을 알고 준비했던 거야."

"그게 지금 제 소행이라는 말씀이십니까?"

"일부러 삼현성에 대해서 흘려서 조사하게 만든 건 자네잖아."

문달은 환두대도를 깊이 누르며 윽박질렀다.

"내일 낮에 오늘 그 술집에서 뵙죠. 전모를 알려 드리겠습니다."

"시간 끌 수작하지 말고, 내일이면 애꾸가 한성으로 압송될 거야."

"애꾸는 영원히 한성으로 돌아오지 못할 겁니다."

차갑게 웃은 고문창의 말에 문달이 환두대도를 높이 치켜들었다. 설천이 멀쩡한 한쪽 팔로 그를 뜯어 말렸다.

"누구 짓인지 말해."

"누군지 알고 계셨으니까 여기 온 것 아닙니까?"

"삼현성이 그들을 이용해서 시장을 지배하려고 한다는 건 이미 알고 있어. 애꾸는 그걸 막으려고 했고, 그래서 누명을 쓰게된 거잖아."

문달의 말에 고문창은 낄낄거렸다.

"정말 그것뿐일까요? 삼현성은 지금까지의 상인과는 다릅니다. 권력에 지배받는 대신 재물을 긁어모으는 게 아니라 권력을 사서 재물을 모으죠. 아무도 그들을 막을 수 없습니다. 대막리지, 아니 태왕이라고 해도 말입니다."

고문창의 말에 충격을 받은 문달의 손에서 힘이 빠졌다. 그 틈을 노린 고문창이 문달을 밀쳐 버리고 몸을 일으켰다.

"이건 고구려를 장악하겠다는 거대한 계획의 일부입니다."

"고구려를 장악한다고? 그런 말도 안 되는 소리는 집어치우게."

"시간이 없으니까 짧게 말씀드리죠. 삼현성은 상인 집단이자 권력의 중추에 발을 들여놓은 집단입니다. 그들이 쓴 뇌물을 받지 않은 관리들은 한성은 물론 평양에서도 손에 꼽을 겁니다. 지난번 욕살의 자살 사건의 배후에도 이들이 있었습니다."

"온주혁 욕살의 자살에도 관여를 했다고?"

"맞습니다. 평양성의 관료들에게 뇌물을 주고 압력을 넣은 것은 물론이고 욕살의 약점을 잡기 위해 뒷조사를 했다는 물증을 잡았죠. 하지만 그뿐이었습니다. 위에 아무리 보고를 해도 그냥 무시당했습니다."

"중리부도 그들에게 장악당했다는 얘긴가?"

문달의 물음에 고문창이 답답하다는 듯 고개를 저었다.

"돈뿐만이 아닙니다. 그들은 수단 방법을 가리지 않아요. 유력한 귀족들의 자녀들과 혼례를 올려서 인맥을 쌓고, 그렇게 만들어 낸 인맥을 이용해서 세력을 넓히는 겁니다."

"돈과 권력의 결합이군."

"평양에서는 태왕폐하께서 내일 해가 뜨지 말라고 명령한다고 해도 해는 뜰 거다. 하지만 그들이 해에게 떠오르지 말라고 명령한다면 정말 해가 뜨지 않을 거라는 우스갯소리가 돌고 있습니다."

"맙소사. 그런 힘을 가진 집단이 왜 걸인 하나한테 이렇게 목을 매는 건가?"

"아까 말씀드렸잖습니까? 이건 단순한 화재나 살인 사건이 아니라고 말입니다. 현곡홀로 돌아가서 모른 척하고 지내십시오."

"그럼 애꾸는?"

"살아서 끌고 오지 말라는 지시가 내려졌다고 들었습니다. 호송관들이 중간에 처리했을 겁니다."

충격을 받은 문달이 그대로 주저앉았다. 환두대도를 챙긴 고문창이 바닥에 떨어진 조우관을 썼다. 문달을 부축한 설천이 물었다.

"안에서 죽은 중리부 무사는 누구입니까?"

"내가 유일하게 신임하던 부하일세. 이제 나도 손발이 다 잘린 신세지."

"그자가 왜 거기서 죽어 있던 겁니까?"

"항상 거기서 둘이 얘기를 주고받았거든. 다른 놈들 몰래 말이야. 그자를 죽여서 나한테 경고를 한 것이야."

허탈하게 웃은 고문창이 어둠 속으로 사라졌다.

4

숙소로 돌아가지 못한 두 사람은 시장 근처의 허름한 객잔의 뒷방으로 숨어들었다. 그리고 가지고 다니던 비상용 약초로 화살에 맞은 상처를 치료했다. 설천은 화살촉을 뽑아낸 상처에 잘게 빻은 약초를 붙이고 깨끗한 천으로 조심스럽게 붙인 다음에야 신음 소리를 토해 냈다.

"어떤가?"

"견딜 만합니다. 이제 누초 어르신의 안위도 위험에 빠질 수 있겠습니다."

"중리부조차 좌지우지할 정도로 힘이 센 자들이 고작 걸인 하나 처치하려고 이렇게 힘을 쓴다는 게 이해가 가지 않아."

고래 기름으로 적신 심지가 빠지직거리며 타들어 갔다. 조심스럽게 저고리를 입은 설천에게 문달이 말했다.

"애꾸가 알아냈던 게 뭘까?"

"이번 일과 연관이 있는 게 틀림없습니다. 중리주활의 말대로 여기서 발을 빼는 게 좋겠습니다."

"욕살의 자살에도 관여할 정도로 강력한 세력이 힘을 키우고 있어. 그냥 놔뒀다가는 아무 죄도 없는 사람들이 걸림돌이 된다는 이유만으로 죽음을 맞을 걸세."

"중리부도 힘을 못 쓰는 판국에 진실을 밝혀낸다고 해도 방법이 없잖습니까?"

"일단 찾아봐야지. 나머진 그 다음에 생각하세."

두 사람의 대화를 끊은 것은 밖에서 들려온 헛기침 소리였다. 놀란 두 사람이 서로를 쳐다보는 사이 바깥에서 목소리가 들려왔다.

"송시덕입니다. 잠깐 들어가 봐도 괜찮겠습니까?"

"들어오게."

문달이 애써 침착하게 대꾸했다. 잠시 후 송시덕이 휘장을 걷고 방 안으로 들어섰다. 방 안을 슬쩍 살펴본 송시덕은 입구 옆에 있는 쪽구들 위에 걸터앉았다.

"넓은 숙소를 놔두고 이런 허름한 곳에는 어인 일이십니까?"

"자네야말로 말도 없이 어디로 사라졌던 것인가?"

송시덕의 말을 문달이 날카롭게 받아쳤다.

"윗분들의 말을 전해 주러 왔습니다. 지금이라도 곱게 임지로 돌아가면 없던 일로 해 주겠답니다."

"명색이 관리란 자가 일개 장사치의 심부름꾼 노릇이나 하다니, 부끄럽지도 않은가?"

"어차피 저만 그러는 건 아니니까 창피하거나 부끄럽지는 않습니다."

"짐작은 했네."

"새벽에 한성에서 파발꾼이 한 명 출발했습니다. 압송 중인 애꾸를 데려오지 말고 중간에 처형하라는 명령서를 들고 말입니다."

문달이 벼락같은 고함 소리를 내며 송시덕의 멱살을 움켜잡았다. 회칠한 벽에 뒤통수를 세게 부딪친 송시덕은 신음 소리를 삼키고는 나머지 말을 했다.

"파발꾼은 용경역에서 대기하고 있을 겁니다. 만약 어르신께서 한성을 떠나는 걸 확인하면 그 명령을 취소할 명령서를 가진 파발꾼이 출발할 겁니다. 하지만 그렇지 않다면 애꾸는 그곳에서 죽을 것이고 목은 시장의 공터에 매달릴 겁니다."

"누구 맘대로?"

"중리주활 고문창은 오늘 새벽에 평양으로부터 급한 호출을 받고 올라갔습니다. 아마 신성이나 구련성 같은 먼 북쪽에서 파견을 갈 겁니다. 말씀은 다 전해 드렸으니 이만 물러가겠습니다. 밖에 수하들을 대기시켜 놨으니 허튼짓은 안 하시는 게 좋을 겁니다."

멱살을 잡고 있던 문달의 손목을 비틀어서 풀어낸 송시덕이 휘장을 걷고 밖으로 나갔다. 허탈하게 문가를 쳐다보던 문달에게 설천이 다가왔다.

"이만 현곡홀로 돌아가시죠. 할 만큼은 했습니다."

문달은 참았던 울음을 터트렸다.

해가 뜨고 객잔 밖으로 나온 두 사람은 숙소로 돌아가 짐을 정리했다. 송시덕이 보낸 것 같은 시부의 병사 두 명이 멀리서 두 사람을 지켜봤다. 짐을 챙기고 말에 올라타려던 설천이 갑자기 어깨를 움켜쥐고 주저앉았다. 놀란 문달이 부축했지만 의식을 잃었는지 축 늘어지고 말았다. 문달이 시부의 병사들에게 소리쳤다.

"의원을 부르게. 화살에 독이 묻었던 모양이야."

"일단 현곡홀로 돌아가셔서 치료하시지요."

"의식이 없는 사람을 데려가다가 길에서 장례라도 치루라는 말인가?"

문달의 호통에 관리 한 명이 다른 한 명에게 말했다.

"가서 의원을 데려와."

한 명이 그렇게 사라지고 남은 한 명은 호기심에 못 이겨 쓰러진 설천 곁으로 다가왔다. 그 순간 눈을 번쩍 뜬 설천이 병사의 목을 움켜잡았다. 그 사이 문달이 소매에 숨겨 뒀던 짧은 쇠몽둥이로 꼼짝 못하는 병사의 뒷덜미를 내려쳤다. 의식을 잃고 쓰러진 병사를 내려다보던 문달이 설천에게 물었다.

"정말 괜찮겠나?"

"이 방법이 최선입니다."

"알겠네. 몸조심하게."

거추장스러운 관복을 벗어던진 문달이 환두대도 한 자루를 챙겨들고는 사라졌다.

"놈이 사라졌습니다."

송시덕의 말에 상대방은 여전히 침묵을 지켰다. 바짝 탄 입술을 혀로 적신 송시덕이 덧붙였다.

"시부의 관리들은 물론 걸인들까지 풀어서 행방을 찾고 있습니다. 오늘 중에 반드시 찾아내겠습니다."

탑상(榻牀 : 평상) 안에 앉아 있던 상대방은 석상처럼 꼼짝도 하지 않았다. 녹색으로 칠한 네 기둥으로부터 휘장처럼 드리워진 신라산 능라(綾羅 : 비단의 한 종류)와 고깔 모양의 장식 때문에 상대방의 표정이 보이지 않는다는 점이 더더욱 그를 두렵게 만들었다.

"괜히 소란 떨 것 없다. 어차피 그자 혼자서는 아무것도 못할 테니까 말이다."

송시덕이 침묵을 지키고 있는 가운데 탑상에 앉아 있던 상대방이 말했다. 송시덕이 고개를 조아리는 가운데 남자가 다시 얘기했다.

"나머지 준비들은 차질 없이 진행되고 있겠지?"

"여부가 있겠습니까? 신호가 떨어지면 걸인들이 시장 곳곳에 불을 놓을 겁니다. 제가 시부의 노비들을 통제하고 출입문을 막아 놓으면 상인들이 아무리 애쓴다고 해도 불길을 잡진 못할 겁니다."

송시덕이 자신만만하게 말하자 탑상에 앉은 남자가 낮은 목소리로 웃었다.

"그런데 시장의 화재를 막아야 할 시부의 책임자가 그런 행동을 하면 다들 의심하지 않겠느냐? 다른 방법을 찾는 게 좋겠다."

갑작스러운 남자의 질문에 송시덕이 우물쭈물했다.

"거기다 내가 그렇게 앞에 나서지 말라고 했거늘 문달에게 직접 찾아갔지."

"소인은 그저 경고를……."

"문달 같은 자라면 네놈의 말만 듣고도 사건의 전모를 짐작하고도 남았을 거야. 못난 놈."

혀를 차는 소리와 함께 미닫이문이 열리고 환두대도를 찬 무사들이 들어왔다. 놀란 송시덕이 바닥에 납작 엎드렸다.

"제발 목숨만! 목숨만 살려 주십시오."

무사들은 두 손을 싹싹 빌어 대는 송시덕을 뒤뜰로 끌고 나왔다. 한 명이 발로 목을 누르는 사이 다른 한 명이 천천히 환두대도를 뽑아들었다. 번쩍거리는 칼날 위로 빛이 굴러갔다. 송시덕이 눈을 질끈 감는 사이 무사가 기합 소리와 함께 칼을 내리쳤다. 하지만 칼날은 목덜미 바로 위에서 거짓말처럼 멈췄다. 여전히 눈을 뜨지 못한 송시덕을 내려다보며 낄낄거리던 무사들이 말했다.

"뒷문 열려 있소."

겨우 눈을 뜬 송시덕은 바지에 오줌을 지린 줄도 모른 채 저택 밖으로 나왔다. 한 걸음에 시부로 달려간 그에게 집에서 온 노비가 울면서 어머니의 죽음을 고했다.

"안채에서 아무 기척이 없어서 들어가 봤더니 온몸이 칼로 난자당하셨습니다."

비로소 휘장 뒤의 남자가 했던 얘기가 무슨 의미인지 깨달은 송시덕은 온몸을 부르르 떨었다.

동문의 북소리와 함께 시장의 문이 열리자 일찌감치 와서 기다리고 있던 장사치들과 손님들이 쏟아져 들어왔다. 소달구지와 마차까지 합세하면서 입구는 금방 혼잡스러워졌다. 손님들과 상인들로 가득 찬 시장 안에 시부의 병사들이 여기저기 돌아다녔다. 걸인들도 여기저기 흩어져서 시장 안을 감시했다. 몇몇 부하들과 함께 서문 옆 공터에 남아서 누워 있던 소사구에게 왕치 할아범이 어슬렁거리며 다가왔다.

"이보게. 그 문달인가 하는 관리를 찾으면 상금을 준다는 말이 사실인가?"

"그런데요. 왜요?"

"그자를 봤으니 상금을 줘."

"어디서요?"

"애꾸가 살던 움막에서."

소사구가 부하들에게 어서 가라고 손짓을 하고는 일어나서 뒤따라가려고 했지만 왕치 할아범에게 붙잡혔다.

"상금을 줘."

"망할 영감탱이 같으니라고, 가서 술이나 처먹어."

왕치 할아범을 확 밀쳐 버린 소사구는 급히 몸을 돌리다가 누군가와 마주쳤다. 놀란 그가 입을 열려는 찰나 문달이 휘두른 쇠몽둥이에 맞고 쓰러지고 말았다. 쇠몽둥이를 허리띠에 꽂은 문달이 왕치 할아범과 함께 한쪽 다리씩 잡고 움막 안으로 질질 끌고 갔다. 허리띠와 두건을 벗겨서 소사구의 손과 발을 묶고 재갈을 물린 문달이 왕치 할아범에게 말했다.

"여긴 내가 알아서 할 테니 자넨 며칠 동안 멀리 떠나 있게."

"알겠습니다요."

왕치 할아범이 움막 밖으로 나가자 문달은 나무 물통을 들어서 누워 있던 소사구에게 쏟았다. 의식을 차린 소사구가 물을 뱉어 내며 꿈틀대자 한쪽 무릎을 꿇은 문달이 꽁꽁 묶은 그의 손에 갈고리 날을 갖다 댔다.

"아마 자네가 힘이 제일 셌기 때문에 우두머리가 됐겠지? 하지만 손이 없으면 힘을 제대로 못 쓸 거야. 안 그래?"

그렇게 말한 문달이 손목에 대고 갈고리를 꾹 누르자 소사구가 몸부림을 쳤다. 미소를 띤 문달이 다시 얘기했다.

"하지만 내가 알고 싶은 걸 얘기해 주면 손목을 자르는 걸 다시 생각해 보겠네. 어때?"

소사구가 미친 듯이 고개를 끄덕거리자 한쪽 손으로 입을 막고 있던 재갈을 벗겨 냈다.

"우선, 환득이를 죽인 게 누구냐?"

"애, 애꾸가 죽였습니다. 틀림없는 사실입니다요. 저 말고도 다른 동료들이 많이 봤습니다."

문달이 다시 손목에 갈고리를 갖다 댔지만 소사구는 같은 말만 되풀이했다. 이마에서 흐르는 땀을 손끝으로 훔쳐 낸 문달이 다시 물었다.

"그럼 애꾸가 환득이를 왜 죽인 것이냐?"

"올 봄부터 시부에서 이것저것 많이 챙겨 줬습니다. 하지만 애꾸는 다른 의도가 있는 게 분명하다면서 싫어했죠. 그러자 시부에서 환득이를 밀어 줬습죠. 애꾸를 두목 자리에서 밀어내려고 말입니다. 환득이는 시부에서 받은 물건들로 동료들의 환심을 샀고 결국 반기를 일으켰죠. 그래서 애꾸가 형식상의 두목 노릇을 계속하되 거처를 따로 정해서 살기로 했습니다."

"애꾸가 환득이를 죽이는 순간을 직접 봤느냐?"

"네, 그날 애꾸가 소천이를 보내서 환득이를 잠깐 보자고 데려 갔는데 한참이 지나도 오지 않지 뭡니까? 이상하다 싶어서 애들을 데리고 찾아 나섰는데 애꾸가 쓰러진 환득이를 쳐다보고 있는 모습을 봤습니다. 그래서 소리를 지르니까 뒤도 안 돌아보고 도망치지 뭡니까?"

"죽인 순간을 본 건 아니군."

"그렇긴 합니다만 애꾸가 살인자인 건 분명합니다."

"시신이 발견된 장소가 뒷골목이 끝나는 지점이 맞느냐?"

"네. 소천이가 뛰어와서 애꾸와 환득이가 싸운다고 해서 뛰어 갔더니 정말로 애꾸가 쓰러진 환득이를 보다가 우릴 보더니 도망 쳤지 뭡니까. 그래서 시부에 냅다 달려가서 일러 줬더니 일단 시신을 건드리지 말라고 해서 그대로 놔뒀습니다요."

"좋아. 시부에서 너희들에게 잘해 준 이유는 분명 원하는 게 있었기 때문이겠지?"

"잘 모르겠습니다. 쇤네도 그게 궁금해서 몇 번 물어봤는데 그냥 나중에 중히 쓰일 때가 있을 거라는 말만 했습니다."

"가만있어 보자. 손목보다는 발목이 없는 게 더 불편하겠지."

소사구를 내려다보던 문달이 발목을 쳐다보며 말했다.

"어이구, 대놓고 얘기하지는 않았지만 짐작 가는 것은 있었습니다."

"뭔데?"

"망루의 종이 울리면 상인들이 우물가를 막고 물을 못 뜨게 만들라고 했습니다요."

"망루의 종이라면 불이 날 때 내는 신호 아니냐?"

"맞습니다."

"시부의 송시덕 말고 이 일에 누가 관여했는지 아느냐?"

"저 같은 놈들한테 높은 관리들이 직접 얼굴을 보일 리가 있겠습니까?"

"너희들은 동료를 죽인 자를 어떻게 처벌하느냐?"

"돌로 때려서 죽입니다."

"잘됐군. 내가 진짜 범인을 찾아 주겠네. 대신 애꾸가 돌아오면 다시 두목 자리를 양보하겠나?"

"범인이 따로 있다는 말씀입니까?"

"방금 자네가 나한테 알려 줬잖아. 한 가지만 도와주면 되네."

문달은 어리둥절해하는 소사구의 결박을 풀어 주면서 말했다.

잠시 후 공터로 돌아온 걸인들은 소사구와 나란히 서 있는 문달을 보고는 어리둥절한 표정을 지었다. 문달이 눈짓을 하자 소사구가 외쳤다.

"소천이는 앞으로 나와라."

지목을 당한 걸인은 떨떠름한 표정으로 두 사람 앞에 섰다.

"환득이가 죽은 날 네가 애꾸의 심부름을 했다고 들었다. 맞느냐?"

문달의 물음에 소천은 짧게 대답했다.

"네, 그렇습니다."

"약속 장소가 어디였느냐?"

"그거야 환득이가 죽은 뒷골목이었죠."

"두 사람이 만나는 걸 봤느냐?"

"네, 만나자마자 싸움질부터 해서 바로 돌아왔습니다요."

"그리고 돌아와서 둘이 만난다고 동료들에게 말했고?"

"네."

"그런데 이상하구나. 시신이 누워 있던 방향은 아래쪽에 해가 드리워져서 그쪽이 피가 빨리 말랐어야 했는데 머리 쪽이 더 빨리 말랐다. 그 얘긴 환득이가 다른 곳에서 죽은 상태에서 그곳으로 옮겨졌다는 얘기다. 그런데 이미 죽은 환득이가 애꾸와 싸우고 있었다고?"

문달의 호통에 걸인들이 웅성거렸다. 고개를 숙인 채 뭐라고 대꾸하려고 했던 소천이는 갑자기 동료들 틈을 비집고 도망치려다가 붙잡히고 말았다. 소사구 앞에 끌려온 소천이가 악을 썼다.

"난 잘못한 거 없어요. 그냥 시키는 대로 했을 뿐이라고요."

"누가 시켰느냐?"

문달의 물음에 소천은 파랗게 질린 얼굴로 고개를 저었다.

"말하면 전 죽어요."

"이놈, 동료를 죽이고도 살기를 바라다니. 뭣들 해. 어서 매를 놓지 않고."

소사구의 말에 걸인들이 달려들어서 쓰러진 소천을 마구 짓밟았다. 살려 달라는 처절한 비명 소리 속에서 문달은 소사구에게 말했다.

"왜 애꾸가 호의를 받아들이지 않았는지 알겠지?"

"이젠 알겠습니다. 이제 시부 쪽 얘기는 듣지 않겠습니다."

"잘 생각했네. 시장이 타격을 받으면 자네들도 힘들어진다는 점을 명심하게."

"알겠습니다."

"이제 일을 마무리해야 하는데 나 좀 도와주겠나?"

5

소사구가 온몸이 꽁꽁 묶인 문달을 끌고 지붕 양쪽에 뿔 모양의 치미(鴟尾 : 용마루 양쪽 끝에 세운 장식물)가 올려진 대문을 열고 들어섰다. 검은색 두건을 쓴 채 마당을 쓸던 중년의 노비가 하던 일을 멈추고 쳐다봤다.

"놈을 잡아 왔으니, 어르신한테 알려 주시구려."

"네놈이 미쳤구나. 그자를 여기로 끌고 와서 어쩌자고?"

중년의 노비가 싸리비를 내려놓고 호통을 쳤다.

"그럼, 명색이 관리란 자를 내 손으로 처리하란 얘기요? 어서 안채에 계신 어른한테 가서 속히 고하시오. 안 그럼 여기 버려 두고 갈 거요."

소천의 말에 중년의 노비는 한참을 생각하다가 짧게 휘파람을 불었다. 그러자 대문 옆에 수레와 마차를 놓아둔 차고에서 나온 노비가 안채 쪽으로 사라졌다. 노비가 사라진 방향을 주의 깊게 쳐다본 문달이 몸을 뒤틀었다. 느슨하게 묶은 결박이 풀어져 버리자 놀란 노비가 허리에 찬 장도를 뽑아들었다. 하지만 담벼락에 올라선 거지들이 던진 돌에 맞고 쓰러졌다. 결박을 푼 문달은 소사구가 던진 환두대도를 받아들고 차고에서 나온 노비가 들어간 작은 문 안으로 뛰어 들어갔다. 바닥돌이 깔려 있는 안채 주변에는 경계를 서고 있던 무사들이 일제히 칼을 뽑아들었다. 무사들의 칼날을 피한 문달은 곧장 안채로 뛰어들었다. 문을 닫고 환두대도의 칼집으로 빗장을 걸어 버렸다. 문을 부수는 소리를 뒤로한 채 안채를 뒤졌다. 녹색 단청이 칠해진 기둥 사이에 걸린 휘장을 칼날로 벗기자 숨어 있던 복면의 남자가 덤벼들었다. 목을 노리고 찔러 온 칼날을 피한 문달은 남자의 목덜미를 후려쳤다. 몸을 비튼 복면의 사내를 비켜 간 문달의 환두대도가 휘장을 길게 찢어 버렸다. 안으로 몸을 피한 복면의 사내가 벽에 걸린 가지창을 집어 들려는 모습을 본 문달은 칼끝에 걸린 휘장을 던졌다. 휘장에 눈이 가려진 남자가 머뭇거리는 사이 한걸음에 달려간 문달이 목에 칼끝을 겨눴다. 거의 동시에 문을 부수고 들어온 무사들이 안으로 쏟아져 들어왔다. 벽을 등진 문달이 무사들에게 말했다.

"한 발짝이라도 움직이면 이자의 목을 잘라 버리겠다."

"여기까지 찾아오다니 용기가 가상하군."

복면의 사내가 나지막한 목소리로 얘기했다.

"바보 같은 아랫사람을 탓하게. 송시덕이 여기로 쪼르르 달려오는 걸 보고 눈치 챘으니까."

환두대도를 짧게 잡은 문달이 목에 바짝 칼을 갖다 대며 말했다.

"왜 찾아왔는지는 모르겠지만 살아서 돌아가긴 힘들 것이다."

"난 피를 보러 온 게 아니고 협상을 하러 온 거야."

"협상? 뭘 가지고?"

"진실이지. 애꾸가 왜 누명을 쓰게 된 이유 말이야."

"진실 같은 건 돈과 권력 앞에서는 아무 쓸모도 없어. 겪어 보고도 모르겠나?"

"환득이를 죽인 진짜 살인자가 자백을 했어."

"하지만 별 상관없는 문제야. 다른 놈을 세우면 그만이니까."

"누명을 벗은 애꾸가 돌아오면 얘기가 틀려지지."

문달의 말에 탑상 안의 남자가 코웃음을 쳤다.

"그자는 살아서 돌아오지 못할 것이다."

"중간에 처형하라는 파발꾼을 보냈다는 얘기는 들었어. 하지만 내 동료가 먼저 가서 애꾸를 빼돌려서 한성으로 돌아오는 중이야. 어쩌면 도착했을지도 모르겠군."

"그렇다고 쳐도 우리가 입을 타격은 없어. 돈과 권력이라면 걸인들을 장악하는 건 시간문제야."

"나도 그게 의아했지. 그렇게 강력한 집단이 고작 걸인들의 세력 다툼에 끼어들어서 누명이라는 수단까지 써야만 했는지 말이야. 결론은 삼현성이 시장의 방화 사건과 아무 연관이 없어야 한다는 계획을 가지고 있다는 쪽으로 내려졌네. 시부의 노비들을 동원하면 단번에 삼현성이 의심을 살 테니까 말이야."

"우리가 왜 시장에 불을 지를 것이라고 생각하나? 거기 절반이 우리 것인데."

"맞아. 그런데 말이야. 만약 불이 삼현성이 소유한 상점을 피해간다면 어떨까? 다른 상점들만 불타고 끝난다면 삼현성은 큰돈을 벌 수 있잖아."

"불길이란 게 사람 마음대로 조종되는 것도 아니고 어찌 그럴 수 있겠느냐?"

문달이 소매에서 목간을 꺼냈다.

"애꾸가 가져온 목간이야. 아마 너희들한테 매수된 환득이가 가지고 있던 것이겠지. 여기 붉은 점으로 표시된 상점들은 모두 수로를 냈거나 자기 우물이 있는 곳이다. 걸인들을 시켜서 우물을 막고 이곳에 있는 물까지 손에 넣는다면 삼현성의 상점은 지켜 낼 수 있을 거라고 생각했겠지. 애꾸가 집요하게 파고드니까 소천이라는 다른 하수인을 시켜서 환득이를 죽이고 누명을 씌운 거야. 안 그래?"

복면의 남자는 짧은 침묵 후에 웃음을 터트렸다.

"너무 많은 사실을 알아냈구나. 날 죽인다고 해도 넌 살아남지 못한다."

"여기서 날 죽이면 네 조직도 파멸이다."

문달은 상대방이 움찔하는 모습을 보고는 계속 쏘아붙였다.

"날 풀어 주지 않으면 그들이 이 사실을 세상에 알릴 것이다."

"설천과 애꾸 말인가? 그들 말에 누가 귀를 기울일 것 같으냐?"

"상인들."

문달의 짧은 대꾸에 복면의 남자가 움찔했다.

"설천이 사건의 전말이 담긴 벽보를 써서 붙이고 애꾸가 걸인들을 이끌고 이 사실을 상인들에게 알릴 거야. 그러면 어떤 일이 벌어질까? 상인들이 폭동이라도 일으키면 그냥 넘어가기는 힘들 거야. 불을 질러서 돈을 쓸어 담겠다는 계획은 물거품이 되고 조직의 정체도 탄로 나겠지."

문달의 말에 복면의 남자가 짧은 한숨과 함께 대답했다.

"결국 이렇게 훼방을 놓는군. 서고에서 없애 버렸어야 했는데……"

"고문창에게 은근슬쩍 정보를 흘려서 우릴 끌어들였지? 그곳이라면 우리 둘이 죽어도 이상할 게 없으니까 말이야. 하지만 고문창은 혹시나 해서 비밀 통로 위치까지 같이 알려 줘서 빠져나올 수 있었어."

문달은 복면의 남자에게 쏘아붙였다.

"어떻게 할지 선택해."

"이번에는 우리가 졌으니 깨끗하게 물러나지. 하지만 다시 만난 날이 있을 것이다."

복면의 남자가 손짓하자 무사들이 물러났다. 문달은 남자의 목에 환두대도를 갖다 댄 채 밖으로 나왔다. 대문 앞까지 나온 문달은 복면의 사내를 발로 걷어차고 밖으로 나왔다. 당장이라도 쫓아 나올 것 같던 무사들은 조용히 대문을 닫아 걸었다. 잔뜩 달아오른 햇살이 세상 위로 고요하게 흘러가는 중이었다. 한숨을 쉰 문달은 허탈하게 웃으며 발걸음을 옮겼다.

유실물

한이

장르를 넘나들며 만여 권의 책을 읽고서야, 자신이 아는 것이 없다는 것을 깨달은 둔재(鈍才). 살아야 하는 이유를 찾기 위해 근근이 살아가고 있다. 현재 한국 미스터리 작가 모임에서 지독하게 게으른 회원으로 서식 중.

내가 어머니의 유실물에 대한 전화를 받은 것은 그녀가 돌아가신 지 1년이 지났을 때였다. 나는 전화기를 통해 낯선 사내가 또박또박 불러 주는 어머니의 주민등록번호를 그저 멍하니 듣고 있었다.

"맞아요?"

채근하는 사내의 목소리에는 은근한 짜증이 담겨 있었다.

"네, 저희 어머니 지갑이 맞는 것 같습니다."

솔직히 어머니의 주민등록번호는 기억도 나지 않았다. 그저 얼핏 사내가 불러 대는 숫자에 담긴 생일이 익숙해서 대답했을 뿐이었다.

"그런데 언제 찾아가시겠습니까?"

"찾아요?"

"그럼 안 찾아가실 건가요?"

되묻는 사내의 음성에 노골적인 짜증이 묻어 나왔다.

"아닙니다. 찾으러 가야죠. 어디로 가면 될까요?"

"정 오시기 싫으시면 착불로 부쳐 드릴게요."

나는 남자의 제안에 잠시 망설이며 눈앞에 있는 노트북 모니터를 들여다보았다. 모니터에는 '폭주 노인'이라는 제목만이 흐릿하게 떠올라 있었다. 나는 깜박거리는 커서를 보다가 충동적으로 대답했다.

"지금 찾으러 가겠습니다."

"그러시면 남한산성 입구에 있는 관리 사무소로 오세요. 차로 오실 건가요?"

"대중교통으로 갑니다."

"그러시면 지하철 8호선 '남한산성입구' 역에서 하차하신 다음 2번 출구 방향으로 나와서 버스로 환승하세요. 마을버스를 제외하고는 거의 모든 버스가 남한산성까지 오니까 아무거나 편하게 이용하시면 됩니다."

"전철역에서 남한산성까지의 거리는 얼마나 되나요?"

"걸어서 30분 정도면 충분합니다. 이제 됐죠? 오후 5시 30분이면 업무가 종료되니까 그 전에 오세요."

"한 가지만 더 여쭤 볼게요."

"뭡니까?"

남자가 퉁명스럽게 물었다.

"지갑을 어디에서 주웠는지 알 수 있을까요?"

"그게 중요합니까?"

"좀 궁금한 점이 있어서."

"주운 사람이 매일 공원에 나오니까 만나서 물어 보시구려."

그 말을 끝으로 사내는 전화를 끊었다.

통화를 마치자마자 저장해 두었던 휴대전화 알람이 울렸다. 어떤 이유로 저장했는지 기억도 나지 않는 알람이었다. 나는 시끄럽게 울리는 알람을 내버려 둔 채 대충 세수를 하고 간편한 외출복으로 갈아입었다.

식탁에 있는 열쇠를 주머니에 넣고 냉장고 문을 열고 생수병을 꺼냈다. 빈 병이었다.

설거지대에서 물에 잠겨 있는 유리컵을 꺼냈다. 컵은 물속에 오래 잠겨 있었던 탓인지 미끄러웠다. 흐르는 개숫물에 컵을 대충 헹궈 수돗물을 받아 마셨다. 한 컵을 다 마셨는데도 갈증이 가시지 않아 연거푸 몇 번을 마시고서야 컵을 식탁에 내려놓았다.

잡동사니들로 가득한 식탁 서랍을 열어 '살로탄'과 '레니원'을 한 알씩 먹었다. 소화제와 진통제 사이에 언제부터 있었는지도 모를 영양제가 눈에 띄자, 그것도 몇 알 뜯어서 물과 함께 삼켰다. 영양제가 한 덩어리로 뭉쳐서 잘 내려가지 않았다. 물을 마시고 고개를 뒤로 젖혀 넘기려고 해 보았지만 식도에 걸려 움직이지 않았다.

나는 결국 뭉친 영양제를 설거지대에 토해 내고서야 숨을 몰아쉴 수 있었다.

눈알에 벌겋게 핏발이 서 있었다.

천호에서 8호선으로 갈아타자 등산복 차림의 남녀들이 보였다. 대부분 서로를 알고 있는 듯 반갑게 큰 소리로 인사를 건넸다.

나는 열리고 닫히는 자동문에 시선을 고정한 채 멍하니 그들의 대화를 귓등으로 흘렸다. 갖추고 있는 장비만으로는 에베레스트라도 오를 것처럼 보였지만, 대화 내용으로 볼 때 그들의 목적은 적당한 곳에 자리를 잡고 앉아서 시원한 얼음 막걸리로 목을 축이고 내려오는 것이 전부인 것 같았다.

등산객 중 하나가 배낭에서 오이를 꺼내어 몇 조각으로 뚝 부러뜨리더니 사양하는 일행의 손에 쥐어 주었다.

신선한 오이 냄새가 코끝을 어지럽혔다.

공복에 마신 믹스커피 두 잔이 전부인 뱃속이 요동쳤다.

나는 혹시라도 옆 사람에게 들릴까 공연히 헛기침을 하면서 전철에서 주운 신문을 펼쳤다. 별다른 내용은 없었다. K-Pop이 유럽에서 큰 인기를 끌어 소속사의 주식 가치가 몇 천 억에 이른다는 내용, 전 세계적인 금융 위기가 고조되고 있다는 기사 등등이 몇 면에 걸쳐서 이어지고 있었다.

제목만 훑다가 짐칸 위로 던져 버렸다.

선글라스를 끼고 새빨간 립스틱을 입술선 위까지 덧바른 여자가 아삭거리며 오이를 씹어 대고 있었다. 옆에 앉은 남자가 뭐라고 말하자 여자가 입을 크게 벌리고 웃어 댔다. 입안에 아직 덜 씹힌 새파란 오이 조각들이 보였다.

불현듯, 어릴 적 어머니와의 기억이 떠올랐다.

내가 초등학교에 들어간 직후 어머니와 나는 홍성교도소 옆의 허름한 집에서 살고 있었다.

아버지는 없었다.

나중에 알게 된 사실이지만 우리가 홍성교도소 옆에 살게 된 이유는 아버지의 부재 때문이었다. 아버지는 별 시답지 않은 일로 홍성교도소에 수감되어 있었고 어머니는 옥바라지를 위해 아예 그 근처로 이사를 한 것이었다.

　맑은 날이면 어머니는 집 앞 빈터에서 시멘트 부대를 털었고, 나는 밑단의 흰색 실을 뜯는 일을 했다. 꼬투리를 잘 잡아서 잡아당기면 부대 아랫단을 촘촘히 묶고 있던 실이 주르륵 한 번에 뜯어졌다.

　내가 밑단을 뜯으면 어머니는 여러 장으로 분리된 부대를 바람에 잘 털어서 균일한 크기로 잘라 붙여 좀 더 작은 크기의 종이 봉투를 만들었다. 가끔 내가 쌀을 팔러 가면 되로 담아 주곤 했던 봉투였다. 그것이 어머니와 나, 집에 없는 아버지의 생계 수단이었다.

　집 뒤편은 텃밭이었다.

　어머니는 그곳에 콩, 옥수수, 토마토, 가지, 고추, 오이 등을 심었다.

　학교를 마치고 홍성 다리를 건너 긴 교도소 담장을 지나면 개천 옆에 우리 집이 보였다. 집이 보일 때쯤이면 나는 책가방을 덜렁거리며 둑길을 달음질해 내려가고는 했다. 특히 시험에서 좋은 점수를 받았을 때라든지, 구구단을 몇 개 더 외울 수 있게 되었을 때는 거의 구르다시피 둑길을 미끄러져 내려갔다.

　큰 소리로 어머니를 부르며 집으로 달려 들어갔을 때, 그가 보이지 않으면 갑자기 기온이 몇 도는 내려간 것 같았다. 집 안 구석의 어둠은 더 깊어지고 낡은 판잣집은 몇 배는 더 커 보였다.

책가방을 집어던지고 텃밭으로 달려가면 밝은 햇살 아래 수건으로 머리를 묶고 쪼그려 앉아 밭일을 하고 있는 어머니가 보였다.

어머니는 달려온 내게 밭에서 바로 딴 오이를 내밀곤 했었다.

나는 오이에 묻은 흙을 대충 털어 내고 어떤 안도감과 함께 야금거리며 먹어 치웠다.

환승역인 가락시장, 복정을 지나자 지하철 탑승객이 눈에 띄게 줄어들었다.

갑자기 지하철이 터널을 빠져 나와 밝은 빛 속으로 돌진했다. 중학교 운동장 옆에 산을 뚫고 새로 건설 중인 도로가 있었고, 도로를 따라 오리구이나 추어탕, 보리밥 등의 음식점이 스트립 몰처럼 죽 이어져 차창 밖으로 스쳐 갔다.

짧은 바깥 구간은 지하철이 다음 역으로 진입하면서 끝났다.

오이를 나눠 먹던 등산객들은 순환 도로를 올라가는 버스로 환승을 한다면서 묵직해 보이는 배낭을 짊어지고 부산스럽게 내렸다. 나는 손바닥으로 얼굴을 비벼 마른세수를 하며 그들이 만들어 내는 소음을 듣고 있었다.

유난히 길게 느껴지는 터널 구간이 끝나고 남한산성입구역에 도착했다.

지하철 역사는 에스컬레이터 공사로 어수선했다. 계단 절반은 칸막이로 막아 놓았고 유료 보관함 앞은 중장비 기계처럼 보이는 에스컬레이터 부품이 점령하고 있었다. 제자리에 멈춰 있는 에스컬레이터는 거대한 탱크의 캐터필러처럼 보였다.

계단을 오르자 야채 가게가 있었고, 건장한 사내 몇이 목소리를 높이며 등산객들이나 장바구니를 든 부인들과 흥정을 하고 있었다.

충동적으로 오이 세 개를 샀다.

오이가 담긴 검은 비닐봉지를 덜렁거리며 등산복을 입은 사람들의 뒤를 따라 걸었다.

내가 사는 곳과 다르지 않은 풍경이 이어졌다.

왕복 10차선 도로는 불법 주차된 차들 때문에 좁아져 있었고, 인도 옆에는 사바사바치킨, 파리 바게뜨, GS25, 파스쿠찌, 탑마트, 삼성디지털대리점 등이 죽 연결되어 있었다.

어디를 가나 비슷비슷한 풍경이었다. 부산, 경산, 서울, 홍성, 어디를 가든 기시감을 느낄 정도로 똑같은 간판들이 이어졌다. 심지어는 '걷고 싶은 거리'라는 명칭까지 같았다.

'걷고 싶은 거리' 군데군데 놓인 벤치에는 음료수 캔, 먹다 남긴 면이 붙어 있는 컵라면, 아이스크림 봉지 따위가 쌓여 있었다.

'을지대학교'로 주인이 바뀐 '서울보건전문대' 정문을 지나자 200미터쯤 위로 남한산성 입구가 보였다. 대학교 주변은 유원지에서 흔히 볼 수 있는 삼겹살, 곱창, 해장국 등을 주로 하는 술집들이 점령하고 있었고, 대학교도 술집도 서로에게 큰 불만은 없어 보였다.

고가다리 밑의 횡단보도를 지나 남한산성 유원지 안으로 들어갔다. 바닥에는 군데군데 한무, 송해 등 코미디언들의 핸드 프린트가 코멘트와 함께 박혀 있었다. 알 것 같은 사람도 있었고, 전혀 모르는 사람도 있었다. 살아 있는 사람도 있었고, 죽은 사람도 있었다.

정면으로 분수대가 있는 광장이 있었고, 오른쪽으로 주차장, 왼쪽으로 관리 사무소가 있었다.

관리 사무소는 편의점과 붙어 있었다.

나는 먼저 편의점에 들렀다. 가게 안은 아이스크림을 사려는 아이들과 담배를 사는 어른들로 북적거리고 있었다. 나는 냉장고에서 박카스 한 박스를 꺼내 계산대 위에 놓았다. 화장이 짙은 여자가 고개도 들지 않고 다른 곳보다 이삼십 퍼센트는 비싼 가격을 불렀다. 나는 말없이 셈을 치렀다.

쭈뼛거리며 관리 사무소 안으로 들어갔다.

몇 개의 책상이 덧대어 있는 사무실 안에는 아무도 없었다.

밖으로 나와 직원으로 보이는 사람을 찾았다. 관리 사무소 건물 모퉁이에서 한 남자가 알록달록한 알로하셔츠를 입고 하얀 비닐봉지를 손에 들고 허리를 굽혀 나무젓가락으로 담배꽁초를 줍고 있었다.

"아까 지갑 때문에 통화했던 사람입니다."

내가 청년에게 말했다.

청년은 내 말을 듣지 못한 듯 계속해서 담배꽁초를 줍고 있었다.

"무슨 일이십니까?"

전화기에서 들렸던 음성이 등 뒤에서 들려왔다. 1미터 50센티미터를 간신히 넘겼을 것 같은 50대 남자가 담배를 물고 서 있었다.

"아까 유실물 때문에 통화하셨던 분이신가요?"

내가 물었다.

"아, 생각보다 일찍 오셨네, 사무실로 들어갑시다."

남자가 담배 끝을 손끝으로 털어 불똥을 날려 보내며 말했다. 남자가 불이 꺼진 꽁초를 바닥에 버리자, 알로하셔츠가 잽싸게 다가와서 냉큼 비닐봉지에 집어넣었다.

"잘했어."

남자가 말하자 알로하셔츠는 까맣게 그을린 얼굴 가득 주름을 만들며 자랑스럽게 웃었다. 내가 청년이라고 생각했던 그는 생각보다 나이가 더 들어 보였고, 최소한 마흔은 넘어 보였다. 칭찬을 받고 웃는 남자는 어딘지 모르게 집에서 기르는 애완견을 연상케 하는 부분이 있었다. 그는 아이스크림 포장지를 벗겨 내는 초등학생을 발견하고는 비닐봉지를 벌린 채 달려갔다.

"여기 시원한 드링크라도 좀 드시죠."

사무실로 들어간 내가 박카스가 들어 있는 봉지를 내밀자 남자가 의례적인 너스레를 떨면서 받았다. 그는 부산스럽게 책상 서랍을 뒤지더니 원래는 황금색이었던 누렇게 바랜 지갑을 찾아 내밀었다.

"여기 있습니다."

여기저기 귀퉁이가 닳아 있는 닥스 상표의 장지갑이었다.

나는 열어 보지 않아도 어머니의 지갑이라는 것을 알 수 있었다. 명절 때면 어머니는 아내 모르게 그 지갑을 열어 몇 만 원을 꺼내 떠나는 내 주머니에 찔러 넣어 주고는 했다.

"확인해 보시죠."

"맞습니다."

나는 잠금장치가 고장 난 지갑을 펼쳐 건성으로 뒤적거리며 말했다.

"누가 주운 것인가요?"

내가 물었다.

"아까 사무실 앞에서 보셨던 녀석이 갖고 왔소."

그가 이마를 움찔거리며 대답했다. 어딘지 모르게 어색한 그의 머리가 부자연스럽게 움직였다.

"담배꽁초를 줍던 친구 말인가요?"

"그렇소. 어제 저녁에 퇴근하려는데 갖고 왔습디다."

"어디서 주웠다고 하던가요?"

"산 어디라고 하던데. 뭐 없어진 거라도 있소?"

"아닙니다. 그냥 궁금해서요. 직접 물어봐도 될까요?"

"그거야 댁 마음대로 하시구려. 허나 대화가 될지는 모르겠소."

대답하는 그의 입가에 비웃음 같은 것이 스치고 지나갔다.

나는 남자에게 고맙다고 말하며 사무실을 나왔다. 알로하셔츠는 금세 어디로 갔는지 보이지 않았다.

중앙 광장의 분수대 밑에서 몇몇 꼬마들이 낙하하는 물줄기에 흠뻑 몸을 적신 채 깔깔거리고 있었고, 무료해 보이는 노인들 몇이 벤치에 앉아 막걸리를 마시고 있었다. 노인들 옆으로 비둘기 몇 마리가 무엇인가를 쪼아 대며 종종거리고 있었다.

나는 다시 사무실 문을 열었다.

거울 앞에서 가발을 고쳐 쓰고 있던 남자가 화들짝 놀라며 나를 맞았다.

"또 무슨 일이오?"

남자가 퉁명스럽게 물었다.

"그 사람이 보이지 않는데요."

"저녁 6시까지는 비가 오나 눈이 오나 여기서 쓰레기를 줍고 있으니 잠깐만 기다려 보시오. 화장실이라도 간 게지."

"여기 직원인가요?"

"직원은 무슨. 그냥 덜 떨어진 녀석인데 매일 나와서 쓰레기를 줍는 게 일이오. 직원은 휴무라도 있지, 저 녀석은 1년에 하루도 빼놓지 않는다오. 가끔가다 사람들이 커피도 사 주고 용돈도 주고 하니까 그 재미로 나오는 모양이오. 댁도 뭐 물어보려면 옆 가게에서 김밥이라도 하나 사 주면서 물어보시오."

"알겠습니다."

나는 전시대에 전열되어 있는 등산로 팸플릿을 슬쩍 집어 들고 문을 닫았다. 여전히 알로하셔츠는 보이지 않았다.

편의점 앞에 붙어 있는 김밥집은 가게라고 부르기에도 민망한 규모였다. 하지만 김밥, 번데기, 옥수수, 감자떡, 핫바, 돼지머리고기 등이 오밀조밀 진열되어 있었다. 빨간 배낭을 메고 있는 화장기 없는 여자가 노점상 아주머니의 김밥 싸는 모습을 '김연아의 아이스쇼'라도 되는 것처럼 계속해서 지켜보고 있었다.

주차장으로 들어가는 입구에 흰색 홍보 트럭이 멈춰 섰다.

트럭 옆에 붙은 대형 화면에서는 시립 병원 건립과 관련된 동영상이 자극적인 문구와 함께 나오고 있었다. 운전사가 내리고 몇 가지 조작을 마치자 차량과 연결된 스피커에서 카랑카랑한 소리가 터져 나왔다. 시장, 추진위원회 위원, 시민들이 출연해서 시립 병원 건립의 당위성에 대해서 목청을 높이고 있었다.

2분 남짓의 동영상을 몇 번이고 보고 있는 사이 귀가 아파 오기 시작했다. 알로하셔츠는 어디로 사라졌는지 아직도 보이지 않왔다. 나는 화장실에서 오이를 씻은 다음 산을 오르기 시작했다.

등산로는 시멘트로 포장이 되어 있었고, 계곡 물은 말라 있었다. 그래도 사람들은 계곡 옆에 삼삼오오 모여 앉아서 도시락을 먹거나 술을 마시고 있었다. 누군가 질펀한 농담이라도 했는지 아줌마 몇이 목청을 높여 웃어 댔다.

뒤에서 경적이 울렸다.

검은색 신형 SUV 한 대가 타이어 마찰음을 내면서 속도를 높여 등산로를 올라오고 있었다. 사람들이 황급히 길 양옆으로 몸을 피했다. 회색 승복(僧服)을 입은 남자가 운전석에 앉아 있었다. SUV는 물살을 가르는 상어처럼 인파를 가르며 산을 향해 올라갔다.

나는 갈림길에서 오른쪽으로 방향을 틀었다.

시멘트 길이 끝나고 소음도 잦아들었다.

흙을 밟으며 걷다보니 능선을 오르는 가파른 길이 나타났다. 나무 계단을 중간쯤 오르자 등이 축축하게 젖어 왔다. 헉헉거리며 능선에 올라 적당한 곳에 자리를 잡고 앉았다.

능선을 타고 불어오는 바람이 시원했다.

이름도 모르는 새가 보이지 않는 곳에서 알아들을 수 없는 노래를 불렀다. 올해 들어 처음으로 듣는 새소리였다.

공원 입구에서 유턴해 내려가는 노선버스들이 보였다.

입구가 종점이었다.

인도에는 과일이며 칡즙 같은 좌판을 늘어놓고 있는 사람들, 생계를 위한 간판들, 등산용품을 팔려는 호객꾼들로 번잡스러웠다.

오이를 하나 꺼내 베어 물었다.

향긋하지도 아삭거리지도 않았다. 손님을 유혹하기 위해 유리창 안쪽에 진열해 놓은 음식 모형을 맛보는 것 같았다. 몇 번 씹다가 삼켜 버리고, 비닐봉지에 오이와 함께 넣어 둔 어머니의 지갑을 꺼냈다.

지갑은 내가 선물한 것이었다. 패션 감각이 없는 내가 보기에도 지나치게 화려하고 번쩍거렸다.

지갑을 펼치자 어머니의 주민등록증이 제일 먼저 보였다.

영정 사진 이후 처음으로 보는 어머니의 얼굴이었다. 시선을 카메라보다 약간 높게 잡았는지 무엇인가 깊은 생각에 잠긴 것처럼 보였다.

푸석거리는 오이를 한 입 더 베어 물고 씹었다.

아무런 맛도 느낄 수 없었다.

걸신들린 사람처럼 우적우적 오이를 씹어 먹었다. 주린 배를 채우려는 사람처럼 베어 물고, 씹고, 삼켰다. 다시 검은 비닐봉지에 손을 넣었을 때에는 아무것도 잡히는 것이 없었다. 때마침 불어온 바람에 비닐봉지가 허공으로 떠올랐다.

나는 잡지 않았다.

검은 비닐봉지는 바람을 따라 이리저리 흔들리다 나뭇가지에 걸려 만장(挽章)처럼 펄럭거렸다.

어머니는 아버지처럼 집에서 돌아가셨다. 아버지가 죽었을 때에는 어머니와 내가 있었지만, 그녀는 지하 전세방에서 홀로 죽었다. 어머니의 죽음을 경찰에게 전해 듣고 나서야, 돋보기를 쓰고 꾹꾹 눌러 보내던 오자투성이 문자가 끊어진 지 한참이 되었다는 사실을 깨달았다.

"교회 친구분이 연락이 닿지 않아 집으로 찾아갔다가 발견하셨습니다."

소식을 전하는 경찰의 목소리가 아득하게 들렸다. 나는 낮에 반주 삼아 마신 소주 두 병의 취기로 곤죽이 된 뇌에, 귀를 통해 전달되는 말의 의미를 새기기 위해 안간힘을 쓰고 있었다.

"일단 사고사의 가능성이 높지만 병원에서 돌아가신 것이 아니기 때문에 경찰서에 한번 오셔야 합니다."

나는 어물거리며 어디로 찾아가야 하는지를 물었다.

경찰이 불러 주는 장소를 볼펜으로 꾹꾹 눌러 라면 국물이 말라붙어 있는 신문지에 적었다. 그리고 어눌한 목소리로 물었다.

"혹 고통은……."

"일찍 발견하셨으면 사실 수도 있었답니다."

경찰의 목소리에는 희미한 비난이 담겨 있었다.

나는 전화를 끊자마자 화장실로 달려갔다. 매운 라면 국물과 소주가 식도를 역류해 코와 입으로 넘어왔다. 눈알이 빠질 것처럼 팽창되었고 콧구멍이 타는 것처럼 쓰라렸다. 나는 채 소화되지 않은 면발과 소주를 게워내고 또 게워냈다.

어머니는 넘어지면서 탁자에 머리를 부딪혀 사망한 것으로 결론이 났다.

지갑 안에 돈은 없었다. 꼼꼼하게 적어 놓은 교회 친구들 연락처와 전화 카드, 교통 카드로 사용되는 현금 카드, 단골 미용실의 종이 쿠폰이 있었다. 네 번째 '파마' 칸에 도장이 찍힌 쿠폰에는 8/19라고 볼펜으로 써 있었다. 어머니의 마지막 문자가 온 날짜였

다. 그리고 언제 찍었는지 기억도 나지 않는 내 증명사진이 있었
다. 증명사진 속의 나는 지나친 포토샵과 지나간 시간 때문에 허
옇게 바랜 얼굴을 하고 있었다.

어느새 나뭇가지에 걸려 펄럭거리던 비닐봉지는 사라지고 없
었다.

나는 나무 계단을 밟으며 능선을 내려왔다.

광장이 가까워 오자 흰색 와이셔츠에 검은색 넥타이를 매고
있는 청년이 꾸벅 인사를 하더니 천국에 가는 길을 알려 주는 전
단지를 전해 주었다. 나는 청년이 준 종이를 주머니에 쑤셔 넣으
며 잰 걸음을 놀렸다.

광장은 더 소란스러워져 있었다.

시립 병원 홍보 차량은 여전히 똑같은 동영상을 내보내고 있
었고, 대학교 교직원들로 보이는 사람들이 늘어나 있었다. 그들은
번갈아 가면서 마이크를 붙잡고 새로 부임한 재단 이사장이 몇
십 년 된 대학교의 명칭 자체를 바꾸려 하는 것이 얼마나 부당한
일인지에 대해서 열변을 토하고 있었다.

가발을 쓴 관리 사무소 직원은 차단기 앞에서 막걸리 배달 트
럭과 실랑이를 벌이고 있었다. 배달 직원은 차단기 안으로 들어가
서 편의점 바로 앞에서 물건을 내리게 해 달라고 부탁하고 있었
고, 직원은 담뱃재를 흩뿌리면서 규칙 위반이라서 안 된다고 우기
고 있었다.

관리 사무소 옆 창고 근처에 알로하셔츠가 있었다.

그는 바닥에 쪼그리고 앉아 천원 지폐 몇 장을 부채처럼 펼쳐

지나가는 사람들에게 이리저리 흔들어 대고 있었다.

"돈 많네. 누가 줬어요?"

내가 물었다.

알로하셔츠는 나를 힐끗 쳐다보더니 얼른 지폐를 셔츠 주머니에 쑤셔 넣었다.

"내가 묻는 말에 제대로 대답하면 그거 더 줄게요."

"하, 하나?"

알로하셔츠가 새카맣게 탄 얼굴에 미소를 지으며 물었다.

"잘 대답하면 더 많이."

"마, 많이?"

"많이."

"이, 이렇게?"

그가 손에 쥐고 있던 나무젓가락을 떨어뜨리며 손가락 다섯 개를 쫙 펴 보였다. 나는 고개를 끄덕였다.

"이거 어디서 주웠어요?"

내가 어머니의 지갑을 보여 주었다. 알로하셔츠는 어머니의 지갑을 보더니 고개를 흔들었다.

"모, 몰라. 나 아니야."

"관리 사무소에서 이거 아저씨가 주워 왔다는데?"

"나 아니야."

그는 고개를 완강하게 흔들어 댔다.

나는 알로하셔츠 앞에 쪼그리고 앉아 고개를 숙였다.

"아저씨가 이 지갑에서 돈 꺼냈어요?"

"아, 아니야."

그의 눈동자가 흔들리더니 자리에서 벌떡 일어나서 도망가려고 했다. 나는 얼른 남자의 셔츠를 잡아챘다. 남자가 털퍼덕 땅바닥에 주저앉았다.

나는 주머니에서 지폐 몇 장을 꺼냈다.

"아저씨가 지갑에서 돈을 꺼냈든 그렇지 않든 상관없어요. 지갑을 어디에서 주웠는지만 말해 줘요. 그럼 이것도 줄게요."

알로하셔츠의 눈에 갈등의 빛이 어렸다.

내 말이 과연 진실인지 아닌지 판단하는 눈치였다. 나는 지폐를 그의 눈앞에서 흔들어 댔다.

"정말 줄 거야?"

내가 고개를 끄덕였다.

"산이야. 산에서 주웠어."

남자가 산 위쪽을 손가락으로 가리켰다.

"산 어디요?"

"그냥 산."

"어딘지 다시 갈 수 있어요?"

"몰라."

남자가 고개를 저었다. 알로하셔츠의 눈을 들여다보았다. 나는 한숨을 내쉬었다. 그에게서 더 이상의 정보를 알아낸다는 것은 어려울 것 같았다.

나는 그냥 손에 쥐고 있던 지폐를 남자의 손에 넘겨주고 일어섰다.

남자는 셔츠 주머니에 넣었던 지폐에 내가 준 지폐까지 합쳐서 펄럭거리며 흔들어 댔다. 나는 지갑을 손에 들고 버스 종점으로 발걸음을 옮겼다.

"그런데 어떤 사람이 버리는 거 봤어."

남자가 내 등에 대고 말했다.

나는 황급히 그에게로 되돌아갔다.

"누구예요? 누가 버렸어요?"

"저 여자."

남자의 손끝에는 빨간색 배낭을 메고 있는 한 여자가 걸려 있었다. 김밥 싸는 것을 장승처럼 서서 지켜보던 화장기 없는 여자였다.

나는 여자의 뒤를 따랐다.

여자는 배낭끈을 양손으로 잡고 천천히 내리막길을 내려가고 있었다. 여자가 유원지 입구에서 오른쪽으로 방향을 틀었다. 오른쪽에는 임시 버스 정류장이 있었고 9번 버스를 타고 성 안까지 올라가려는 등산객들 서넛이 줄을 서 있었다.

고가도로 밑으로 걷던 여자가 횡단보도도 없는 곳에서 길을 건넜다.

여자는 맞은편에서 달려오는 차는 거들떠보지도 않은 채 묵묵히 걸음을 옮겼다. 혹시라도 뒤를 쫓는 나를 발견하지 않을까 염려했지만 여자의 시선은 길에 고정되어 있었다.

갓길을 오르다가 왼쪽으로 꺾자 주차되어 있는 대형차들이 있었다. 한참을 헉헉거리며 길을 올라 육교가 보일 즈음 길 반대편에 조성되어 있는 공원이 보였다. 소풍을 온 어린이집에서 풍선을 걸어 놓고 운동회를 하고 있었다. 여자는 잠시 그들을 바라보다가 계속해서 걸음을 옮겼다.

테니스장을 지나자 U자형의 반대편 언덕 위에 닭죽집들이 아파트형 공장처럼 모여 있는 것이 보였다. 예전에 유원지 입구에 있던 것을 강제 철거하고 한곳으로 모아 놓은 것이었다.

고등학교와 중학교 사이로 급경사의 내리막길이 있었다. 소형차 한 대가 단번에 올라오느라 엔진 소리를 높이고 있었다.

익숙한 풍경이었다.

중학교 담이 끝나는 지점부터는 명칭만 다를 뿐, 모양은 거의 비슷한 빌라들이 모여 있었다. 여자는 앞 두 글자는 떨어져 나가고 '3차'라는 것만 알아볼 수 있는 빌라 안으로 들어갔다. 빌라 입구를 막고 있는 유리문은 한쪽이 떨어져 나가고 없었다. 나는 벽에 기대어 여자를 지켜보았다.

여자는 계단을 내려가 'B02'라고 쓰여 있는 문 앞에서 우두커니 서 있었다.

그 문은 나에게도 익숙했다.

어머니가 죽은 집으로 들어가는 문이었다.

물끄러미 군데군데 녹색 칠이 벗겨진 문을 바라보고 있던 여자가 초인종을 눌렀다. 안에서 초인종 소리가 메아리쳤다.

반응이 없었다.

잠시 기다리던 여자가 다시 벨을 눌렀다. 적막한 공간에 벨소리만 공허하게 부딪히고 있었다. 여자가 벨을 누를 때마다 센서로 작동하는 전등이 켜졌다가 꺼졌다.

갑자기 철컥거리며 잠금장치를 푸는 소리가 들렸다.

머릿속을 날카로운 송곳이 헤집는 것 같은 통증이 스치고 지나갔다. 당장 자리를 박차고 싶은 충동이 일었다. 현관문이 열리면 죽은 어머니의 얼굴이 보일 것 같은 비이성적인 생각이 나를 휘감고 있었다.

문이 열리고 날카로운 하관을 가진 30대 여자가 얼굴을 내밀었다.

"이 아가씨 또 왔네."

집주인 여자가 신경질적으로 소리를 질렀다. 내가 쫓아온 여자는 배낭 어깨끈을 움켜잡으며 한 발짝 뒤로 물러났다.

"여기는 아가씨 집이 아니라니까. 얼른 4층으로 올라가요."

집주인이 손을 휘저었다.

여자는 아무런 대답도 변명도 없이 그저 우두커니 서 있을 뿐이었다. 현관문 안쪽에서 어린아이가 우는 소리가 들려왔다.

"간신히 재웠는데 또 깼네. 내가 정말 아가씨 때문에 미치겠다니까."

집주인 여자가 문을 세차게 닫고 들어갔다.

여자는 잠시 문 앞에 서 있더니 몸을 돌려 계단을 올라갔다. 나는 계단을 통해 울리는 소리에 귀를 기울였다. 빌라 위쪽 어딘가에서 현관문이 열렸다 닫히는 소리가 들렸다.

나는 B02호의 초인종을 눌렀다.

"아니, 정말 이 아가씨……."

집주인이 화를 내며 문을 열다가 나를 발견하고 멈칫했다. 여자의 품 안에는 잠투정으로 칭얼대는 통통한 사내아이가 안겨 있었다.

"누구세요?"

"어떤 여자분을 찾아왔는데요. 60대쯤 되시는 것으로 기억합니다만."

"잘 모르겠네요. 제가 이사 온 지 한 일 년 되었는데. 아마 전에 여기 사시던 분이신가 봐요."

"혹시 어디로 이사 가셨는지 아세요?"

"제가 알기로는 집에서 돌아가셨다고 들었어요. 덕분에 급매물로 나와서 싸게 구했어요. 요즘처럼 전세 대란인 때에 이것저것 따질 수가 있나요? 이것도 감지덕지 해야죠."

여자가 아이를 달래면서 빠른 속도로 말했다.

"그런데 무슨 일이세요?"

여자가 물었다.

"아, 예전에 그분께 신세진 일이 좀 있어서요. 기억을 더듬어 찾아왔는데 돌아가셨을 줄은 몰랐네요."

"그럼……."

여자가 현관문을 닫고 들어가려 했다.

"그런데 좀 전에 왔던 여자는 누군가요? 집을 잘못 찾은 건가요?"

내가 짐짓 아무렇지 않다는 듯 물었다.

"아유, 보셨어요? 여기 4층에 사는 아가씬데 자꾸 우리 집으로 찾아와서 미치겠다니까요."

"혼자 사나요?"

"나이 많은 오빠하고 둘이 살아요. 아가씨가 정신이 온전치 않아서 오빠 되시는 분이 고생이지요."

"겉으로 보기에는 멀쩡해 보이는데요."

"그러게 말이에요. 그런데……."

여자가 목소리를 낮추었다.

"아가씨가 저렇게 된 이유가 오빠 때문이래요. 저도 이 동네 오래 사신 할머니들한테 들은 이야긴데, 저 아가씨가 대학교 다닐 때까지만 해도 멀쩡했대요. 그러다가 어찌어찌 사귄 남자 친구하고 자취방에 같이 있는 것을 오빠가 발견하고 손찌검을 했는데 잘못 맞아서 여기가……."

여자의 검지가 관자놀이 옆을 빙빙 돌았다.

"남자 친구하고 무엇을 하고 있어서 오빠가 정신이 돌았었는지는 모르겠지만요."

속삭이듯 덧붙이는 여자의 입 끝이 살짝 올라가 있었다. 나는 여자에게 감사의 말을 덧붙이고 현관문을 닫아 주었다.

계단을 올라갔다.

빌라는 계단을 가운데 두고 양쪽으로 두 집이 나누어 사용하는 구조였다. 층계참에 있는 유리창에는 중국요리, 피자, 치킨, 빌라 청소업체의 전단지와 스티커가 다닥다닥 붙어 있었다.

4층에 올라 잠시 망설이던 나는 오른쪽을 택했다.

초인종을 눌렀다. 고장 난 초인종은 아무런 반응이 없었다. 안에서 희미하게 텔레비전 소리가 들려왔다.

나는 주먹으로 문을 두드렸다.

"누구요?"

늙수그레한 남자 목소리와 함께 문이 열렸다. 정돈되지 않은 곱슬머리에 희끗희끗한 수염이 듬성듬성한 남자가 의아한 표정으로 서 있었다. 식사 준비를 하고 있었는지 그에게는 희미하게 양념 냄새가 배어 있었다.

"지하에 살던 아주머니 아들입니다."

"애기 엄마?"

"아니오, 1년 전에 돌아가신 분 말입니다."

남자의 얼굴이 굳어졌다. 거실에서 내가 쫓아온 여자가 텔레비전 앞에 무릎을 괴고 앉아 오락프로그램 재방송을 보고 있었다.

"그런데 무슨 일로?"

"동생분께 잠시 물어보고 싶은 것이 있습니다."

"정상인이 아니오."

"잠깐이면 됩니다."

내가 들어가려 하자 남자가 문을 막아섰다. 나 역시 물러서고 싶은 생각이 없었다. 저지하는 남자의 손을 뿌리치고 현관문 안으로 밀고 들어갔다. 남자가 내 뒷덜미를 잡아챘다. 여자가 놀란 눈빛으로 나를 바라보았다.

"자꾸 이러면 경찰을 부르겠소."

남자가 나를 끌어당기면서 말했다.

나는 손에 들고 있던 어머니의 지갑을 여자를 향해 던졌다. 지갑은 여자의 발 앞에 떨어졌다.

"그 지갑이 어디에서 난 겁니까?"

내가 여자를 향해 있는 힘껏 소리쳤다.

여자가 바닥에 떨어진 지갑과 내 얼굴을 번갈아 가면서 바라보았다. 몇 번을 번갈아 바라보던 여자의 입이 커다랗게 벌어졌다. 잠시 후, 공간을 찢어발기는 비명 소리가 여자의 입에서 터져 나왔다. 여자는 자리에서 벌떡 일어나더니 손에 잡히는 대로 집어

던지기 시작했다. 잡지와 컵을 던지고, 텔레비전을 쓰러뜨리고, 소파를 뒤엎었다.

무엇인가가 내 머리를 때리고 현관문에 부딪혀 요란한 소리를 내며 복도로 날아갔다.

어머니의 지갑이었다.

"어서 꺼져."

남자가 나를 현관문 밖으로 확 밀쳐냈다.

철문 안쪽에서 스스로를 가두기 위해 철컥거리는 소리가 연이어 들려왔다. 그리고 무엇인가 철문에 부딪혀 깨지는 소리와 여자의 비명소리, 남자의 고함 소리가 들려왔다.

나는 어머니의 유실물을 주워 들고 계단을 내려오다가 층계참에 주저앉았다.

위층에서 무엇인가가 부서지고 깨지는 소리가 계속해서 들려왔다.

나는 층계참에 앉아 살수도 있었을 어머니의 죽음에 대해 생각했다. 사라졌던 어머니의 지갑에 대해 생각했고, 오빠에게 맞아 정신이 온전치 못한 여자에 대해 생각했고, 여동생을 위해 밥을 하는 늙은 남자를 생각했다.

기억도 나지 않는 이유로 저장해 두었던 휴대전화 알람이 주머니에서 계속해서 울리고 있었다.

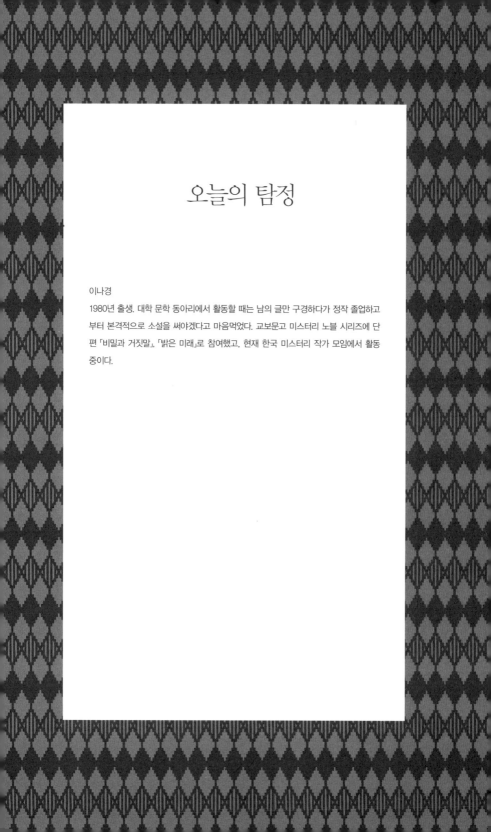

오늘의 탐정

이나경

1980년 출생. 대학 문학 동아리에서 활동할 때는 남의 글만 구경하다가 정작 졸업하고
부터 본격적으로 소설을 써야겠다고 마음먹었다. 교보문고 미스터리 노블 시리즈에 단
편 「비밀과 거짓말」, 「밝은 미래」로 참여했고, 현재 한국 미스터리 작가 모임에서 활동
중이다.

1. 소개

남자는 멜빵끈을 탁탁 튕겨 댔다.

"그러니까, 여러분들 가운데 범인이 있다는 건 이해하겠지요?"

서른 쌍의 시선이 어지러이 교차할 뿐 실내는 고요했다.

"어디 보자. 급식비라 액수가 좀 될 줄 알았더니 우유 급식비란 말이지. 급식비 봉투가 없어진 건 체육시간이고, 주번은 갑자기 코피가 나는 바람에 양호실에 다녀왔고……."

4분단 그늘진 곳에서 살짝 움츠러드는 아이가 있었다. 주번이었다.

"반장, 보통 주번은 두 명 아니니?"

"예. 그런데 다른 애는 어제 결석해서요."

반장은 굳이 자리에서 일어서서 대답했다.

"아, 그래."

생각에 잠긴 남자는 단상 위를 이리저리 거닐었다.

"저기……."

반장이었다. 아까부터 계속 일어선 채였다.

"응? 뭐 할 말 있니?"

"아저씨는 누구세요?"

그제야 남자는 자기소개를 하지 않았음을 깨달았다. 흠흠! 그는 마른기침을 두어 번 했다.

"나는 탐정입니다. 여러분 담임선생님과는 중학교 때부터 친구 사이지요. 그렇다고는 해도 무료로 사건을 해결해 줄 만큼 돈독한 사이는 아니에요. 그저 아쉬울 때만 연락하는, 뭐, 적당히 이해관계로 얽힌 사이라고 해 두지요. 아, 이해관계라는 말은 너희들한테 너무 어렵니? 쉽게 말하자면 여러분 선생님과 내가 뭔가를 주고받기로 했다는 거야. 아저씨는 없어진 급식비를 찾아 주고, 그 대신 선생님은 아저씨한테…… 어흠. 아무튼 듣자 하니 어제 담임선생님이 여러분을 책상 위에다 무릎 꿇리고 눈도 감기고 아주 그냥 청춘 드라마를 찍었다면서요? 그런 걸로 자백할 녀석이라면 애초에 돈 욕심을 내지도 않았겠죠. 그래요, 여러분 담임선생님은 중학교 때부터 물렁했답니다. 여자애가 저래 물렁해서야 커서 어찌 사누 했는데 초등학교를 다시 다니고 있더군요. 하지만 이 아저씨는 선생님이랑은 다를 거예요. 가져간 게 누구든 후회해도 늦었다고 미리 밝혀 두지요."

범인은 말할 것도 없이, 무고한 학생들마저도 침을 꿀꺽 삼켰다. 아이들로선 어제 찍은 건 청춘극이 아니라 혹독한 인질극이었던 것이다.

"엄마가 오늘도 학원 빠지면 안 된다고 했는데……."

3분단 첫째 줄에 앉은 여자아이는 숫제 울상이 되었다. 남자는 안심시키듯 손바닥을 활짝 폈다.

"아, 아, 염려 마세요. 금방 끝날 거예요. 아저씨도 바쁜 사람이에요. 몇 푼 되지도 않는 급식비 같은 걸로 시간을 빼앗기고 싶지 않다는 얘기예요. 이거 말고도 사건이 밀려 있거든. 그래서 말인데 아저씨는 여기 선생님들이 절대로 할 수 없는 방식으로 문제를 해결하려고 해요."

좌중이 낮게 술렁였다. 남자는 다시 조용해지기를 기다렸다가 말했다.

"이 반에서 가장, 음, 영향력이 있는 아이가 누구니?"

그러자 반장이 엉거주춤 일어서려 했다. 남자가 황급히 제지했다.

"아니, 내 말은…… 짱 말이야. 누가 이 반에서 짱이니?"

1분단 맨 뒷줄에서 의자를 까딱대며 내내 창밖을 응시하던 아이가 움찔 고개를 돌렸다.

"그래, 알겠다. 척 보기에도 네가 범인이구나."

"뭐라고요?"

덮어놓고 범인으로 몰린 아이가 분통을 터뜨렸다. 남자는 침착하게 설명을 시작했다.

"생각해 보렴. 물러터진 담임선생님을 너희가 얼마나 얕보고 있는지는 안 봐도 뻔하잖냐. 정말로 결백하다면 수업 끝나고 놀 시간을 빼앗은 선생님한테 볼멘소리라도 하지 않았겠니? 내가 보기에 너는 전형적인 반항아 타입이거든. 그런데 얌전히 있었단 말이지. 이건 이상하지 않니? 아마 네가 급식비를 가져갔기 때문에 돌출 행동을 삼가려 한 게 아닐까?"

"멀쩡한 사람을 왜 의심하고 그래요? 증거 있어요? 나는 체육 시간에 축구하고 있었다고요!"

흐음, 남자는 아이를 빤히 쳐다봤다.

"아저씨는 범인을 찾아 달라는 부탁만 받았어. 어떻게 훔쳤는지는 하나도 궁금하지가 않아요. 그러니 증거야 아무럼 어떠냐. 나는 너를 범인으로 지목할 수밖에 없구나. 억울하면 네가 진범을 찾아보렴. 5분 말미를 주마."

남자는 문을 열고 복도로 나갔다. 무심결에 주머니의 담배를 뒤지다가 금연 건물임을 깨닫고 혼자 머쓱해졌다. 그가 자리를 비운 교실에서 쿵 하고 책상 내리치는 소리와 분기를 머금은 고함 소리가 들렸고 이따금 '밟아 버리겠다'라든가 '죽을 줄 알아'라든가 하는 내용의 거친 음성도 들렸다. 남자가 10분간의 넉넉한 배회를 마치고 교실에 들어서자 한 녀석이 앞에 나와 울먹이고 있었다. 몇 대 쥐어 박혔는지 비슬비슬하며 눈알만 굴리고 있었다.

"잘못했어요. 다신 안 그럴게요."

"아니, 천만에."

탐정은 아이의 어깨에 무심히 손을 얹고는, 나직이 충고했다.

"너처럼 시침 뚝 떼는 사람들 덕분에 아저씨가 먹고 사는 거란다."

2. 거래

남자는 지금 상황이 마음에 들지 않았다.

"왜 여기서 이러시는 겁니까?"

맥주 캔을 막 딴 참이었다. 야구 또한 공수 교대를 막 끝내고 중계가 재개되려던 참이었다. 그때 현관 너머로 웅성대는 소리가 들리더니 일군의 중년 여성들이 쇄도했던 것이다. 흘러내리는 맥주 거품을 어찌해 볼 겨를도 없이 그들은 신속히 거실 바닥에 자리를 틀었다. 아비규환 속에서, 보름 내내 빌라 1층 유리문에 붙어 있던 종이가 남자의 뇌리를 스쳤다.

'다음 반상회 : 301호'

아뿔싸.

301호 거주자 신분으로서 오늘만큼은 멀리 피신해야 했으나 야구 중계에 정신이 팔려 그만 잊고 말았으니 누굴 탓하랴.

"8월 첫째 주 반상회를 시작하겠습니다."

반상회장을 겸하는 부녀회장의 선언 이래로 남자는 줄곧 우거지상이었다. 비좁은 틈새로 남자는 조용히 생강 과자를 씹어 댔다.

"오늘의 안건은…… 이게 정말 큰일입니다. 빌라 앞 전봇대에다 쓰레기를 무단으로 투기하는 인물이 있어요. 아주 상습범이에요. 분리수거는커녕 종량 봉투에 넣지도 않아서 여간 골치가 아냐. 마구잡이로 버려 대고 있거든. 이걸 적발해서 벌금을 왕창 물려야겠지만서도 도무지 꼬리를 밟을 수가 없어요."

"혹시 우리 중에 범인이……?"

"아니, 아니에요."

부녀회장이 검지를 까딱까딱 흔들었다. 그녀는 상황을 완전히 주도하고 있었다.

"그럴 이유가 없지. 우리끼리는 주차장 구석에다 버리니깐. 문 열면 바로 주차장이 나오는데 뭐 하러 멀리 전봇대까지 가겠수? 내 생각엔 아마 맞은편 연립에 사는 사람이 아닐까 싶어요. 거기 선 우리 전봇대가 더 가깝거든."

"CCTV를 설치하면 어때요?"

"그렇잖아도 알아봤는데 그게 비용이 만만치가 않더라고."

"범인 잡으면 그 사람더러 CCTV 설치비까지 물게 하면 어때 요?"

"그거 좋겠네."

까르르 웃음소리가 거실을 한바탕 휩쓸었다. 이로부터 한동안 거실에는 영양가 없는 수다와 폭소가 넘실거렸다. 남자는 야구 중계에 집중하고자 시선을 돌렸으나 화면은 드라마 채널로 넘어 간 지 오래였다. 결국 그는 견디다 못해 한 마디 거들고 나섰다.

"아까 무단 투기 말씀인데…… 혹시 쓰레기를 뒤지면 단서가 나오지 않을까요?"

부녀회장이 말했다.

"그렇잖아도 분리수거 때문에 번번이 풀어헤치고 있는데, 이렇 게 용의주도할 데가 없더구만요. 짐작할 빌미를 남겨 두질 않아."

휴, 아마추어들이란.

"그래도 샴푸통이라든가 하는 건 보통 쓰던 걸 쓰니까 냄새로 걸러 낼 수도 있겠고, 과자 봉지랄지 냉동식품이랄지가 유달리 많다면 애를 키우는 집으로 추릴 수도 있겠고, 하다못해 터럭 한 올에서도 정보를 얻을 수 있을 텐데 말입니다."

"글쎄 그럴 건덕지가 아예 없었다니깐…… 하루는 비니루 뭉치가 잔뜩 들어 있질 않나, 하루는 뭔 놈의 빨대 나부랭이만 들어 있질 않나."

"그럼 순번을 정해서 밤새 감시해야죠, 뭐."

"옴마, 이 총각. 빠릿빠릿한 게 형사인갑네."

사투리의 주인공은 아까부터 구석에서 주전부리에 탐닉하던 50대 추정 여성이었다. 계단에서 마주칠 때마다 눈을 가늘게 뜨고 남자의 위아래를 훑어보았었다.

"형사 맞제?"

"아, 아닙니다."

"그럼 뭐시냐, 검찰일랑가?"

"아닙니다. 그런 건 아니고,"

남자의 이마에 땀방울이 맺혔다. 자신의 직업에 늘 자부심을 갖고 살았지만 막상 이런 자리에서 공개하려니 어색함을 떨칠 수 없었다.

"타, 탐정입니다……."

잠깐의 적막 후에 야릇한 환호가 진동했다. 예상한 것과 다른 반응이 나오자 남자는 당황했다. 이런 환대를 받은 적이 있던가. 급기야 박수 소리까지 터져나왔고, 남자는 진땀을 흘리기 시작했다. 이대로라면 구세주 강림하셨네 찬송가라도 부를 기세였다.

"잘 됐네. 범인 좀 잡아 줘요."

이상하게 고양된 기대감과 더불어 빈틈을 놓치지 않는 부녀회장의 관록 있는 책임 전가에 남자는 휘청거렸다.

"저는 이걸로 먹고 사는 사람입니다. 거저 해 드릴 순 없어요."

"같은 빌라 주민으로서 이 정도는 해야 하는 거 아녜요?"

부녀회장이 언짢아했다. 언짢기는 남자도 마찬가지였다. 하지만 무슨 말을 해야 좋단 말인가. 그러다 문득 묘안이 떠올랐다.

"옳으신 말씀입니다. 같은 빌라 주민끼리 금전 거래를 할 수는 없죠. 근데 도의상 거저 해 드리는 것도 모양새가 안 좋고……. 아! 이런 건 어떻겠습니까? 범인을 잡으면 앞으로 모든 반상회에서 저를 제외해 주세요. 301호에서 반상회를 하지 않는 건 물론이고요. 이런 거라면 서로 부담도 없겠네요."

거의 공짜에 다름 아닌 달콤한 제안에 부녀회장은 잠시 뜸을 들였다. 지금이야말로 한 마디 더 보탤 타이밍.

"반상회라고는 해도 어차피 부녀회 야간반이나 마찬가지인데, 남자 하나 덜렁 껴 있으면 좀 그렇잖아요?"

부녀회장은 수긍하듯 고개를 주억거렸다. 좋아, 거의 넘어 왔어. 그러나 그녀에게 더 좋은 생각이 떠올랐다. 참신하다 못해 황당하기까지 한 그녀의 제안.

"이런 건 어떻수? 범인이 잡힐 때까지 앞으로 모든 반상회는 301호에서 할 거예요. 그게 싫으면 알아서 하시든가."

그렇게 된 일이다.

모두 해산한 후 남자는 조용히 베란다로 나갔다. 그는 팔짱을 낀 채 전봇대를 쏘아봤다. 고양이 한 마리가 어슬렁거릴 뿐 골목은 고요했다. 그는 관자놀이를 짚었다. 남자는 지금 상황이 정말

210

로, 정말로 마음에 들지 않았다.

3. 숙명

남자가 잠복을 한 지 벌써 몇 시간이 지났다. 쓰레기 무단 투기 범은 모습을 드러내지 않고 있었다. 맡은 일은 제대로 끝내야 직성이 풀리는 성미인지라 남자는 구시렁대면서도 눈을 번득였다.

깨죽거림이 과한 탓이었을까, 남자는 문득 허기를 느꼈다. 아까 먹다 남은 생강 과자가…… 없었다. 아무리 뒤져 봐도 먹을 게 없었다. 컴컴한 거실은 말끔히 치워져 있었다. 윗집 아랫집의 하이에 나들이 정리를 해 준답시고 주전부리를 모조리 회수해 간 것이었다. 그렇다고 굶을 수도 없는 노릇이었다. 언제 끝날지 모르는 잠복에 간식은 필수였다.

전봇대에서 눈을 떼지 않으면서 남자는 전화기를 가져왔다. 자정이 훌쩍 지난 만큼 선택의 폭은 넓지 않았다. 그는 야식집 전화번호를 꾹꾹 눌렀다.

"새싹빌라 301호로 새우 볶음밥 하나만 빨리 갖다 주세요."

그 후로 30분이 흘렀다. 범인은 나타나지 않았다. 음식도 여전히 오지 않고 있었다. 착실히 오고 있는 것은 새벽뿐이었다. 도대체가 되는 일이 없군, 남자는 중얼거렸다. 그는 더 기다려 보기로 했다. 그러나 30분이 더 지나고도 변동 사항이 없자 그는 재다이얼을 눌렀다. 심드렁한 목소리의 여자가 전화를 받았다.

"뽀미네 야식집입니다."

"새싹빌라 볶음밥 안 갖다 줘요? 배고파 죽겠는데."

"출발했는디요."

"언제요?"

"조금만 기다려 보서요."

전화는 그렇게 끊겼다. 뽀미든 뽀미 엄마든 간에 무례하기 짝이 없었다. 속은 부글부글 끓었지만 달리 도리가 없었다. 남자는 말없이 바깥을 응시했다. 언젠가부터 그는 범인보다 배달원을 더 애타게 기다렸다. 째깍째깍. 심야의 밀도는 낮의 그것에 비할 바가 아니다. 1분이 한 시간처럼 느껴졌다. 두어 모금 남아 있던 미지근한 맥주를 홀짝거리며 15분을 더 버티다가 다시 전화를 걸었다.

"새싹빌라! 볶음밥!"

"이상허네. 배달 나간 지 30분 넘었거들랑요. 근데 아까부텀 전화도 안 받고……. 좀만 더 기다려 주서요."

"아니, 거기서 여기까지 얼마나 된다고 30분이나 걸려요!"

"긍께 이상허지…… 사고라도 난 거 아닌가 몰러요. 착실한 청년이라 어디 딴 데 새진 않았을 건데……. 미안해요, 늦었으니까 돈은 안 받을게."

이번엔 남자가 먼저 끊었다. 어느새 3시가 거의 다 되었다. 마침 비까지 부슬부슬 내리기 시작했다. 새삼 범인이 나타날 것 같지는 않았다. 남자는 베란다에서 일어섰다. 무릇 프로라면 미련을 버릴 지점도 알아야 하노니, 잠복은 이것으로 끝이다.

미련은 버렸으되 식욕은 버릴 수 없었다. 잠복은 끝냈으되 공복은 끝낼 수 없었다. 라면이라도 끓여 먹을 것을 괜한 호사를 누리려다가 근심만 늘었다. 고양이 피하려다가 담벼락이라도 들이받은 게 아닐까? 기절한 배달원과 그 옆에 덩그러니 굴러다니는 볶음밥 그릇이 자꾸 어른거렸다. 사뿐히 다가와 코끝을 씰룩거리며 칵테일 새우에 관심을 보이는 고양이…… 돈도 안 되는 일을 하면서 라면을 축낼 순 없지. 무엇보다 공짜 볶음밥을 한갓 축생에게 빼앗기기 싫었다. 그는 초조하게 거실을 서성이다가 코트를 걸쳤다. 배달원을 직접 찾아 나서기로 마음먹은 것이다. 사람은 의외의 순간에 적극적이 된다.

서늘한 새벽 공기가 트렌치코트 사이로 파고들었다. 남자는 우산을 들지 않은 손을 주머니에 쿡 찔러 넣은 채로 빌라 앞 전봇대를 지나쳤다. 모르긴 몰라도 빌라에서 야식집을 잇는 최단 코스 어딘가에 배달원이 자빠져 있으렷다. 이는 즉 걷다 보면 볶음밥과 조우하게 된다는 얘기였다. 감격의 상봉에 앞서 남자는 삼거리 편의점에 잠시 들렀다. 대단한 용무가 있는 건 아니었다. 그저 담배 생각이 간절했을 뿐. 계산대 앞에서 양담배를 주문한 남자는 알뜰하게도 점원에게 질문을 던졌다.

"혹시 요 앞에서 오토바이 사고 나지 않았어요? 소리가 들렸다거나."

만성피로가 의심되는 파리한 용모의 점원이 고개를 가로저었다.

"아뇨, 어디 사고 났나요? 라디오에 정신 팔려서 아무 소리도 못 들었는데."

안 듣느니만 못한 대답이었다. 사고가 안 났다는 건지, 났는데 못 들었다는 건지, 이래서는 판단을 내릴 수가 없다. 하지만 길거리 탐문은 대개 이런 식이었기에 남자는 실망하지 않았다. 일상적인 일인 것이다. 계산을 치르려던 남자는 용건이 하나 더 생각났다.

"참. 로또 5000원어치도."

"자동으로 드릴까요?"

남자는 고개를 끄덕였다. 점원이 버튼을 누르자 기계는 숫자를 조합한 종이 쪼가리를 요란스레 뱉어 냈다. 그다지 진심으로 들리지 않는 덕담과 함께 점원은 남자에게 복권을 건넸다. 그가 산 복권의 가치는 며칠 후에 결정될 것이다.

"그럼 혹시 근방에서 쓰레기를 함부로 투기한다는 사람은 들어 본 적…… 없죠?"

"그것도 잘…….."

내 그럴 줄 알았지. 남자는 순순히 값을 치르고 나왔다. 점원은 도움이 못 되어 송구스러운 듯 난감한 표정을 지었으나 남자는 내심 기분이 좋았다. 남자의 질문 공세가 점원의 거스름돈 계산에 착오를 야기했고, 그 착오는 남자에게 로또를 거저 준 셈이 됐기 때문이었다. 담뱃값만 치르고 나온 남자는 뒤에서 부를세라 걸음을 서둘렀지만 복권 기금 착복은 다행히 발각되지 않았다. 이제 당첨만 된다면 그야말로 불로소득이도다. 남자는 이미 인생역전이라도 된 양 히죽거렸다.

희열은 오래지 않았다. 밤비 내리는 구불구불한 골목길을 걸으며 남자는 차츰 이성을 되찾았고, 급기야 자신이 무척 처량하다고 생각하기에 이르렀다.

"밤 깊은 마포종점 갈 곳 없는 밤 전차. 비에 젖어 너도 섰고 갈 곳 없는 나도 섰다……."

흘러간 유행가를 읊조리던 남자는 어느 모퉁이에서 우뚝 멈췄다. 길게 끌린 타이어 자국을 발견한 것이었다. 그는 코트가 땅에 닿지 않도록 추어올린 뒤 조심히 쭈그려 앉았다. 자국이 선명한 것으로 미루어 갓 생긴 듯했다. 이에 따라 일련의 장면이 연상되었으니, 한밤의 과속, 갑작스런 우회전, 기울어지는 오토바이, 땅에 끌리는 뒷바퀴, 배달통 안에서 출렁이는 콩나물국이 그것이었다.

이것만으로는 억측임을 남자도 물론 잘 알고 있었다. 남자가 병원으로 발길을 향한 데에는 결정적인 단서가 있었다. 현장에 이른바 다잉 메시지가 있었던 것이다. 빗물에 젖은 채 땅에 눌어붙어 있는 그것은 명함 크기의 야식집 전단. 오호라, 확실히 여기가 참극이 벌어진 곳이로군.

그렇다면 사람은?

병원에 있겠지.

그렇다면 볶음밥은?

역시 병원에 있겠지.

한달음에 달려간 성모병원에는 그러나 응급 환자가 없었다. 아니, 있긴 했다. 간호사는 분명히 이렇게 말했다.

"분만실로 가 보세요."

손톱을 손질하느라 건성으로 대답한 게 아니라면 응급 환자는 응급실 대신 곧장 분만실로 입장했다는 얘기였다. 그 말에 남자는 눈앞이 캄캄했다. 분만실은 금남의 구역 아니던가. 근처에 종합병원은 여기뿐이니 이 시간에 달리 갈 데도 없다. 잠깐, 그렇다면 혹시 영안실에……? 그때 누군가 뒤에서 그의 어깨를 톡톡 두드렸다.

"저기, 혹시 산모 찾아오신 분이세요?"

"아닙니다."

돌아보니 웬 청년이 서 있었다. 대학생? ……아니, 어깨에 힘이 들어간 걸 보니 갓 전역한 휴학생쯤 되겠군. 청년도 눈길을 피하지 않았으므로 둘은 한동안 서로의 얼굴을 빤히 바라보았다.

"혹시 뽀미네?"

기습적인 질문에 청년은 움찔 놀랐다.

"엇, 그걸 어떻게……?"

"볶음밥은?"

"네?"

"새싹빌라 301호 볶음밥."

"아, 새싹빌라! 근데 왜 여기서……."

"얼른 주쇼. 일단 먹고 얘기합시다."

"잠깐만요. 그거 새로 배달 안 갔어요?"

이건 또 무슨 소리인가. 남자는 재차 허기를 누르고 자초지종을 들어야 했다.

야식을 배달 중이던 착실한 청년은 어느 주택 골목에서 여인의 쥐어짜는 비명을 듣게 되었다. 강도? 강간? 그는 급히 멈추고는 소리의 근원을 찾고자 귀를 기울였다. 그러나 비명 대신 이번에는 산모가 튀어나온 것이었다. 여자는 청년의 눈앞에서 털썩 주저앉았다. 새로운 생명이 태어나려 하는데 그깟 배달이 문제가 아니었다. 본분을 망각한 채 청년은 뒷자리를 차지하던 배달통을 산모 집 대문 안에 밀어 넣었다. (남자는 이 대목이 특히 유감이었다.) 병원에 도착하고도 얼마간 더 혼란스런 시간을 보냈다. 그러다 모든 상황이 진정되고 야식집에 전화를 걸 정신이 돌아왔다. 주인에게 사정을 설명하니 보호자 올 때까지 기다리고 있으라나.

"그럼 밥은?"

"저도 그렇게 물었거든요. 그랬더니 하시는 말씀이……."

어차피 손님은 화가 많이 나셨고 밥은 이미 식었을 테니 새로 만들어 직접 배달할 거라고 주인은 말했다.

"직접 갖다 주신다고?"

"지금쯤 도착했을 텐데요."

남자는 말을 잇지 못했다. 파랑새는 가까운 곳에 있는 법이다. 얌전히 기다리고 있었다면 따끈한 야식은 벌써 뱃속에 들어왔을 게 아닌가. 탐정이랍시고 설치지만 않았더라면…… 아니, 쓰레기 무단 투기범만 아니었더라면…… 그렇게 생각해도 역시 탐정이 문제였다.

아, 이것이 탐정의 숙명인가. 병원을 나서며 남자는 코트 깃을 세웠다. 그렇게 끝까지 폼을 잡고 싶었으나 차마 걸어갈 엄두가 나지 않았다. 마침 헐레벌떡 병원에 들어서는 사람이 있었다. 보나마나 산모의 보호자일 터였다. 그 얘기는……. 남자는 청년을 향해 돌아섰다.

"어차피 가는 길이면 삼거리 입구까지만 데려다 주면 안 될까?"

청년은 새벽의 골목을 질주해 남자의 빌라 입구에 도착했다. 듣던 대로 착실한 청년이었다. 남자가 고마워하는 사이 그는 부릉 소리와 함께 야식집 방향으로 멀어져 갔다.

계단을 오르며 남자는 다시금 자신이 처량하다고 생각했다. 친구들은 하나둘씩 결혼해서 몇몇은 벌써 애까지 있는데, 자신의 곁에는 아무도 없는 것이다. 누군가 나를 기다린다는 건 어떤 기분일까. 언젠가 내가 그 기분을 느끼는 날이 올까.

심신 양면의 공허를 느끼며 텅 빈 집에 도착했을 때 누군가는 아니더라도 그를 기다리는 게 있긴 했다. 남자를 기다린 건 두 가지 소식이었다. 하나는 좋은 소식이요 또 하나는 나쁜 소식이었다.

우선 좋은 소식은, 목소리는 심드렁하되 인정은 푸짐한 뽀미 씨가 (혹은 뽀미 엄마가) 볶음밥을 현관 앞에 놔두고 갔다는 것. 이미 야식이라기보다는 조식에 더 가까웠지만, 어쨌거나 탄내 나는 푸석한 볶음밥을 목구멍으로 밀어 넣었다. 그래도 흡족한 식사였다. 그릇을 싹싹 비운 남자는 자연스레 담배를 입에 물었다.

베란다로 나가 연기를 뿜다가 그의 눈에 들어온 것이 있었으니, 이제부터 나쁜 소식에 관해 말해 보자. 남자가 자리를 비운 건 한 시간 남짓이었다. 길다면 길 수도 짧다면 짧을 수도 있는 한 시간. 그 사이에 누군가 범행을 저지른 것이었다. 전봇대 앞에는 묵직한 비닐봉지가 보란 듯이 자리하고 있었다. 보나마나 쓰레기로 가득 채워져 있을 시커먼 자루였다. 남자는 뭔가 불쾌한 것이 차오르는 걸 느꼈다. 그는 조용히 트림을 했다.

4. 구애

남자의 말에 여자는 입을 다물 줄 몰랐다.

"정말이에요? 정말로 한눈에 그런 걸 다 아신다고요?"

남자는 지금 막 당신의 직업은 미술학원 강사이고, 두 살 터울의 언니가 있으며, 아버님은 고등학교 교장일 테고, 어머님은 전업주부라고 말한 참이었다. 더불어 언니는 작년에 결혼하여 분가했고, 그 즈음 푸들 한 마리를 들였으며, 당신은 만두와 초밥을 좋

218

아하고 로맨틱 코미디보다는 액션 영화를 더 즐긴다고도 했다.

허나 그런 걸 무슨 수로 한눈에 안단 말인가. 점쟁이라도 그런 건 무리다.

"농담입니다. 우경이한테 들었어요."

"어머."

여자의 외경은 웃음으로 바뀌었고, 이마에 흥건한 땀을 티슈로 찍어대며 남자도 미소를 지었다.

"그렇잖아도 우경 언니한테 말씀 많이 들었어요. 요전번에 학교에서 사건 해결해 주셨다고 칭찬이 자자하던데요."

"그 대신이라고 하긴 뭣하지만 아무튼 그걸 계기로 연수 씨를 만났으니 기분이 좋네요."

빈말이 아니라 남자는 실제로 기분이 좋았다. 그와 마주 앉은 여인은 고전적인 미인이었던 것이다. 우경이 녀석, 섭섭지 않게 해 주겠다는 말을 들었을 때는 영 못 미더웠는데 이런 식으로 은혜를 갚을 줄이야.

"근데 역시 그런 건 소설에서나 가능하겠죠?"

"예…… 예? 뭐가요?"

"한눈에 어떤 사람인지 간파하는 거 말예요."

"아, 그거."

남자의 알량한 자존심이 고개를 들었다.

"아까는 농담이었지만 실제로 말투나 걸음걸이 같은 걸로 대강 파악할 수는 있습니다. 예를 들면, 연수 씨는 냅킨을 몇 번씩 반듯이 접어 쓰시지요? 꼼꼼한 성격이라는 얘기입니다."

"아녜요. 저 엄청 덜렁거리는데."

"그 말씀에서는 겸손함을 읽어 낼 수 있겠네요."

일련의 아부성 발언에서 여자가 느끼함을 읽어 내리라고는 상상도 못한 채, 남자는 또 말해 줄 것이 없을까 궁리하고 있었다.

문득 여자가 눈을 빛냈다.

"그렇담, 필체만 보여 드려도 어떤 사람인지 알 수 있을까요?"

"못할 것도 없죠."

남자가 호언장담한 것은 단순히 여자가 맞장구를 치는 거라 여겼기 때문이었다. 그러나 그녀가 핸드백에서 봉투 하나를 꺼냄으로써, 남자는 자신이 헤어날 수 없는 늪 한가운데에 들어와 있음을 깨달았다. 이윽고 그녀는 남자의 낭패감에 쐐기를 박았다.

"여기 이거 좀 봐 주실 수 있으시겠어요?"

"이, 이게 뭡니까?"

"누가 자꾸 편지를 보내는데, 누군지 알 방법이 없어요."

남자는 오늘 두 번째로 우경이 녀석을 생각했다. 그 자식, 여자를 소개해 달라니까 의뢰인을 물어 왔겠다. 그는 미간을 찌푸렸다. 그러거나 말거나 여자는 오늘 만남의 목적을 유감없이 드러냈으니, 지난봄부터 꾸준히 편지가 오고 있다는 것이었다. 남자는 편지를 건네받아 이리저리 살펴보았다. 하늘색 겉봉에는 권연수라는 이름 외에 아무것도 쓰여 있지 않았다. 우표조차 붙어 있지 않았다.

"우체국을 통해서 온 게 아니네요."

"네. 직접 저희 집 우편함에 넣어 둔 모양이에요. 대충 일주일에서 열흘 간격으로 와요."

남자가 조심스레 내용물을 꺼내자 희미하게 향기가 느껴졌다.

두 번 접힌 종이를 펼치니 퍽 단정한 글씨가 눈에 들어왔다. 그것은 연애편지였다. 연애편지가 으레 그렇듯 고심해서 쓴 티가 역력했다. 문체는 정중했으며 우려했던 만큼 광기 어린 표현은 없었다. 얇은 펜으로 깨알같이 쓰인 글자에서는 아무런 위협도 느껴지지 않았다. 다만 글쓴이의 감정만큼은 강렬하게 전달되었다. 연수 씨를 볼 때마다 가슴이 콩닥거리고 어쩌고, 노을 진 공원을 같이 거닐고 싶고 저쩌고.

"어때요? 역시 사이코패스일까요? 경찰서에 신고해야 할까요?"

남자는 얼른 대꾸하는 대신 편지를 차근차근 끝까지 읽었다.

"대충 읽어 보니 연수 씨 주변에서 맴도는 사람 같은데, 전혀 짐작 가는 사람이 없습니까?"

"네에."

"식구들은 뭐래요?"

"그게, 실은 우경 언니 말고는 아직 아무한테도 안 보여 줬어요. 보셨으니 아시겠지만 어쩐지 좀 부끄러워서……."

그 물렁한 녀석이 무슨 도움이 됐겠는가. 남자는 다시 편지를 향해 눈을 부라렸다. 혹시 어떤 음흉한 암호가 숨겨져 있을까 싶어 세로로도 읽어 보았으나 소득은 없었다. 이제 진단을 내릴 때였다.

"제 견해로는……."

여자가 침을 꿀꺽 삼켰다.

"누군지 몰라도 연수 씨를 연모하는 마음이 절절하네요. 붓을 쥔 손가락이라든가 앞치마의 물감 얼룩 같은 표현이 지속적으로 등장하는 걸 보면 낯가림 심한 학원 수강생이 아닐까 싶은데."

"저도 처음에는 그런 줄 알았는데요, 편지가 온 게 벌써 반년 째거든요. 그런데 저희 학원에 반년 넘게 다니고 있는 학생은 전 부……."

"전부?"

"전부 여자애들이라서요."

"호오."

남자는 무릎을 쳤다. 아까부터 느꼈던 위화감의 정체는 바로 그것이었다. 연애편지라고는 하나 지나치게 아기자기한 필체였던 것이다. 그림을 그리는 학생이라 명필이겠거니 하고 납득하려 했지만 아무래도 마음에 걸렸다. 필체에서 성격을 추출해 내는 경지에는 도달하지 못했을지언정 성별 정도는 가려 낼 수 있었다. 그렇게 퍼즐 하나를 채우니 다른 것들도 자리를 찾아갔다. 쉽게 모습을 드러내지 못한 것은 단지 수줍어서가 아니었다. 극복할 것은 나이 차뿐만이 아니었다. 그보다 더욱 높고 견고한 다른 장벽이 버티고 있었던 것이다.

"이건 여학생이 보낸 겁니다."

"네? 여학생이 저한테 왜요?"

그렇게 말하며 의뢰인은 더없이 순진무구한 표정으로 고개를 갸웃거렸으니 난처해진 것은 오히려 남자였다. 왜냐고 물으신다면 사람이 사람을 좋아한다는데 어찌 이유를 물으시냐고 할밖에.

"사람이 사람을 좋아한다는데 어찌 이유를 물으시……."

"엣! 아뇨, 그런 의미가 아니었어요. 학생을 지목하신 데 혹시 다른 이유가 있나 해서요."

"제 편협한 생각을 말씀드리자면, 앙증맞은 글씨체라든지 편지지에 향수를 뿌리는 고고한 취향에서 남성과는 다소 거리가 느껴집니다. 아무리 초식남이네 무슨 남이네 하는 것들이 유행한다 해도 성별 고유의 영역이라는 게 있는 법이니까요."

"그치만 학생들에 대해서는 저도 나름대로 조사를 좀 해 봤거든요."

"네?"

처음엔 대수롭지 않게 여겼으나 다섯 통째 익명의 연서를 받고부터는 연수도 진지하게 받아들이기 시작했다. 별다른 반응을 보이지 않는데도 줄기차게 보내온다는 것은 장난이 아니라는 얘기였다. 말했다시피 그녀는 학생들을 의심했다. 그리하여 설문 조사를 핑계로 수강생들의 글씨체를 확인했던 것이다.

"아무리 살펴봐도 일치하는 게 없더라고요. 필적이 달라요. 필적이란 건 쉽게 못 바꾸잖아요, 그쵸?"

남자는 얼핏 양손잡이 트릭을 떠올렸으나 입에 담지는 않았다. 양손을 동원할 정도로 구차한 연애편지라면 그야말로 전인미답의 경지, 전대미문이다.

"그 설문조사 하신 종이들, 지금 혹시 갖고 계십니까?"

"아뇨."

그렇다면 남자는 더 해 줄 말이 없었다. 이 여자는 정말로 편지 한 장만 가지고 발신인의 인적 사항을 줄줄 읊어 주기를 기대했을까?

"설문 조사에 불참한 학생은 없다고 하셨죠?"

"네. 몽땅 받아 냈어요."

"이제 여학생은 용의선상에서 지우기로 하지요. 그럼 남는 게 별로 없네요. 학원에 다른 선생님들도 계시겠죠?"

의뢰인은 고개를 설레설레 저었다.

"별로 큰 학원은 아니라 유부녀 원장님 한 분이랑, 애인 있는 언니, 이렇게 둘뿐이에요. 심지어 그분들한테도 설문을 받았어요. 역시나 편지 글씨와는 달랐고요."

"그거 보세요. 꼼꼼한 성격 맞네."

그녀에 대한 호감을 한시도 숨기지 않는 남자는 급기야 그녀에게 윙크를 슬쩍 날렸다. 여자는 크게 내색하진 않았으나 어쩐지 조금 불편한 눈치였다. 흠흠, 헛기침은 불편한 상황을 무마하는데 유용했고 남자는 이를 즐겨 사용했다.

"어지간히 궁금하신 모양이니 제가 방법 하나를 일러 드리겠습니다."

"좋아요. 그게 뭐죠?"

"어렵게 생각할 것 없이 답장을 하는 겁니다."

"하지만 주소를 모르는데요?"

"연수 씨 우편함에 넣어 두시면 범인이…… 아니, 그 사람이 알아볼 겁니다."

"그럴까요?"

"확실합니다. 연수 씨가 무슨 반응이라도 보이기를 애타게 기다리고 있을 거예요. 다만 여기에는 두 가지 선택지가 있지요. 만일 베일에 싸인 그 사람이 궁금할 뿐이고 편지 자체에는 크게 거부감이 없으시다면 한번 만나자는 내용으로 쓰시면 됩니다. 그런데 이건 일이 커질 여지가 있어요. 상대방 입장에서는 구애를 승낙한 것으로 여길 수 있으니까요. 그렇게 되면 더욱 매달릴 테고

연수 씨가 우려하던 스토커로 발전할 수도 있겠죠. 하지만 앞에 나서지 못하는 것부터가 영 께름칙하고, 여러모로 생각해 보았을 때 어차피 이루어지지 않을 인연이며, 고로 편지도 더 이상 받고 싶지 않다, 하신다면⋯⋯."

"하신다면⋯⋯?"

여자는 침을 꿀꺽 삼켰다.

"답장에 애인이 생겼다고 쓰십시오. 그 상대는, 음, 아쉬운 대로 일단 저로 하실까요?"

의뢰인의 안면 근육이 급격히 굳었기에, 남자는 이번에도 어쩔 수 없이 목청을 돋우었다. 흠흠!

5. 직감

남자는 이것이 살인 사건임을 직감했다.

"살인이에요."

그러나 애석하게도 그의 말에 귀 기울이는 사람이 없었다.

"제 말 좀 들어보세요. 사고가 아니었다니깐요."

간호사는 묵묵히 침대 시트를 갈았다.

"후아, 답답해. 살인이라고요! 살인! 살인!"

남자가 입원한 지 일주일이 되도록 다녀간 사람이라고는 형님뿐이었다. 바쁜 중에 문병씩이나⋯⋯. 남자는 다시금 감격했다. 형님은 하나 있는 소꿉친구의 오빠로, 남자가 유일하게 존경하는 사람이었다. 잘생긴 외모에 훤칠한 키, 명석한 두뇌, 하해와 같은 마음씨까지. 같은 남자가 봐도 어디 하나 흠잡을 구석이 없었다. 정작 소꿉친구라는 녀석은 코빼기도 내밀지 않았다. 이러면서 자기 아쉬울 때는 잘도 찾아오지.

"그쪽은 어쩌다 그렇게 되셨나?"

마침 무료하던 참에 옆 침대의 노인이 남자에게 불쑥 말을 걸었다. 그것이 인연의 시작이었다. 6인실이었으나 다른 침대는 늘 방문객으로 복작거렸다. 구석진 자리에서 외로운 섬 두 개가 서로를 알아보았던 것이다.

"보아하니 엉덩이 쪽인 것 같은데, 나야 늙어서 그렇다 해도 그쪽은 한창 나이일 텐데 어쩌다……?"

"급하게 내려오다가 계단에서 삐끗했습니다."

노인이 쇳소리를 내며 웃었다.

"계단이 죄지, 죄. 나도 계단에서 자빠졌어."

피차 문병인이 없었으므로 남자는 노인의 말상대가 되어 주곤 했다. 각자의 침대에 누운 채로 주거니 받거니 이야기꽃을 피웠다. 그렇게 보름이 지나 이틀 전의 일이다. 퇴원하던 날 노인은 계단에서 굴렀다. 즉사였다. 향년 81세.

"어휴, 조용히 좀 하세요. 다른 환자분들도 계시잖아요."

"그러니까 제 말을 좀…….."

"거기, 꼬마야! 병원에서 함부로 뛰어다니면 못 써. 얌전히 있어야지."

간호사는 남자에게 집중할 여유가 없어 보였다. 옆에 사람이 있건 말건 방방 뛰어 대는 소년에게 주의를 주고, 환자의 차트에

뭔가 끼적이고, 옆 침대의 시트를 정리하고야 비로소 남자에게 차
례가 돌아왔다.

"제 말 좀 들어 보세요."

"알아요. 들었어요. 사고가 아니었다고요."

남자가 뭐라 말하기 전에 간호사가 덧붙였다.

"근데 그건 사고였어요."

"살인이라니깐요!"

처음으로 간호사가 남자를 쳐다보았다. 강렬한 시선에 남자는
그만 위축되었다.

"병원에서 살인이네 뭐네 함부로 말씀하지 마세요."

"자꾸 덮어놓고 아니라고만 하시니깐 저도 발끈해서……."

"여기 오신 지 얼마나 되셨죠?"

"어, 한 달 돼 갑니다."

그녀는 차트를 확인했다.

"3주 되셨네. 그러니까 그런 말씀하시는 거예요. 사고 맞아요.
살인이라니, 어림도 없는 소리."

"예? 왜요?"

간호사는 힐끔 벽시계를 확인했다.

"바쁘니까 간단히 말씀드릴게요. 계단에서 미끄러지신 건 사고
가 아니었어요. 돌아가신 건 물론 안된 일이지만요."

"뭐라고요?"

처음엔 사고가 맞다더니 이제는 또 사고가 아니란다.

"일부러 넘어지셨다고요."

남자는 눈만 껌뻑였다. 지금 무슨 말을 하고 있는 거야.

"그분, 어차피 다시 입원하실 거였어요. 아무리 내보내도 며칠 지나면 어디 한 군데 부러져서 다시 찾아오셨다고요."

그제, 그러니까 노인이 죽기 전날, 남자의 유일한 문병인이 또 다녀갔다.
"언제 퇴원한댔지?"
"보름은 더 있어야 한대요."
"그럼 다음 주말쯤 한 번 더 들를게. 몸조리 잘하고."
형님은 읽을 잡지 몇 권과 함께 음료며 과일 통조림 따위를 잔뜩 가져다주었다. 남자는 그때 받은 음료를 노인에게 좀 나눠 주었다.
"영감님, 이것 좀 드세요. 매실이랑 알로에랑, 복숭아 넥타도."
"아이, 뭘 이런 걸……."
손사래를 치다가도 막상 건네주니 노인은 선뜻 손을 내밀었다.
"아는 형님이라고?"
"네. 친구 오빠인데, 친구는 안 오고 그 오빠만 오네요."
"사람 참 반듯해 보이던데."
남자는 마치 자신이 칭찬받은 듯 기분이 좋아졌다.

할 말을 마친 간호사는 뒤뚱거리며 병실 문으로 걸어갔다.
"잠깐만요!"
문이 닫히기 직전에 남자가 간곡히 외쳤다.
"간호사! 간호사!"
어쩔지 잠시 망설이던 문은 그러나 단호히 닫혔고 의심 많은 환자는 쓸쓸히 남겨졌다. 눈살을 찌푸리고 있는 네 명의 환자들과 함께.

아직도 남자는 의심을 거두지 않고 있었다. 그는 노인이 들려준 이야기를 차근차근 되새겼다. 사색할 시간은 충분했다.

노인은 그러니까 '나이롱환자'였다. 아무리 늙어서 뼈가 잘 붙지 않기로서니 병원에서 5년이나 입원해 있었다는 노인의 말이 이제야 이해가 되었다. 자식들과는 소원해진 지 오래, 이제는 집에 가도 반기는 사람이 없다고 했다. 노인의 말에 남자도 절절히 공감을 표했다. 아무도 없을 줄 뻔히 알면서도 현관을 열 때마다 '다녀왔습니다'라고 소리 내어 말해 보는 건 유난스러운 행동이 아니었던 것이다. 그런 면에서 둘은 연배 차이는 있을지언정 심정적으로 동지였다. 홀아비 냄새를 풍기며 그들은 낄낄댔다. 남자와 노인은 제법 죽이 잘 맞았다.

아무튼 그러다 보니 이곳에서의 환대에 취한 노인은 썰렁한 집으로 돌아가고 싶지 않았으리라. 삼 년 고개에서 구른 양반이 삼년 후에도 목숨을 부지하고자 그 고개에서 다시 굴렀듯, 노인은 계단에서 다시금 발을 헛디뎠다. 아물세라 뼈는 다시 분리되었다. 그런 식으로 입원 기간이 연장된 것이다.

그런데 퇴원하던 날 아침, 노인은 남자를 흔들어 깨웠다.

"젊은 양반. 젊은 양반. 자나?"

"에, 아뇨. 깼습니다."

"이거."

게슴츠레 눈을 떠 보니 노인이 쇼핑백을 내밀고 있는 게 아닌가.

"예? 이게 뭡니까?"

"이거 돌려주려고……."

쇼핑백 안에는 캔 음료가 들어 있었다. 매실과 알로에, 복숭아 넥타. 전부 남자가 나눠 준 것이었다. 보아하니 손도 안 댄 모양이었다.

"에이그, 저도 많아요. 가져가셔서 심심하실 때 드세요."

"그랬다가 괜히 병원 생각날까 봐……. 여기 너무 오래 있었어. 여러 사람한테 폐만 끼쳤네. 옆에 두고 가우."

"음, 건강하세요."

그렇게까지 말하고 떠난 사람이 몇 걸음 채 가지도 않아 일부러 계단에 넘어진다는 건 명백한 모순이다. 노인은 다시 돌아오지 않을 생각이었음에 틀림없었다.

결국 이건 살인이다.

병원에 누워 지내는 것은 그만큼의 고통을 담보해야 한다는 얘기다. 그러나 자해라는 건 말처럼 간단한 일이 아니다. 자신의 뼈를 부러뜨려야 한다는 말이다. 더구나 그 나이라면 목숨을 걸 만한 일이었을 게다. 그러니 이런 건 어떨까.

공범자가 있다.

그렇게 전제한 남자는 스스로 감탄했다. 나이롱환자가 한 명 더 있다. 그러면 아귀가 딱 맞았다. 그들은 목적 달성을 위해 서로의 자해를 도왔을 것이다. 먼저 사고를 당한 사람이 휠체어를 타거나 목발을 짚더라도 늙은이 하나 미는 것쯤은 어렵지 않다. 그러나 노인은 이 생활을 청산할 작정이었다. 이번에 퇴원하면 다시 돌아오지 않으려 했다. 자연히 그의 파트너와도 결별을 고했다. 오 년 동안 이어진 커넥션은 일방적으로 파기되었다. 상심한 파트너는 그를 배웅하는 척하며 그를 계단에서 밀어 버렸겠지. 애초에 죽일 생각이었는지는 알 수 없다. 단순히 노인이 침대에 누워 마음을 돌릴 시간을 주려고 했는지도 모른다. 어쨌거나 그가 노인을 죽였다는 사실에는 변함이 없다.

남자는 희열을 느꼈다. 호출 벨을 누르는 손이 덜덜 떨리고 있었다. 곧 간호사가 올 것이고 또 다른 나이롱환자만 찾는다면 사건은 해결될 것이었다.

그러한 기쁨의 순간에 지방방송이 끼어들었다.

"너! 병원에서는 사뿐사뿐 얌전히 다니랬지!"

해쓱한 중년 남자가 누워 있는 끄트머리 침대는 아이들로 둘러싸여 늘 소란스러웠다. 헌데 오늘은 평소와는 분위기가 사뭇 달랐다. 애들 엄마로 보이는 여자가 앙칼진 목소리로 다그친 것이었다. 병실의 모든 시선이 집중되었다.

"뛰지 말라고 엄마가 몇 번을 말해!"

대여섯 살 정도 돼 보이는 사내아이는 기가 팍 죽어 있었다. 고개를 수그린 채로 손만 쪼물거리고 있었다. 환자는 주변을 힐끔힐끔 돌아보며 아내의 팔을 잡았다.

"이봐, 목소리 좀 낮춰. 다른 환자들도 있는데."

그러나 여자는 오히려 병실의 모두에게 똑똑히 들으라는 듯이 크게 외쳤다.

"좋게 말하니깐 애가 말을 안 듣잖아! 어제도 복도에서 누구랑 부딪히고 와서 시퍼렇게 멍들더니 오늘 또 까불다 콜라 엎지르고! 회초리 어딨어. 손 이리 내!"

눈물을 글썽이던 소악마는 이제 두 손을 모아 싹싹 빌기 시작했다.

6. 복수

남자는 멜빵끈을 탁탁 튕겨댔다. 그는 자신의 귀를 의심하고 있었다. 지금 분명…….

"뭐? 억울하다고?"

"네."

이 파렴치한을 어찌하면 좋단 말인가. 남자의 입술이 파르르 떨렸다.

"너 이 새끼. 현장에서 딱 걸려 놓고 뭐가 억울해?"

청년은 입을 다물었다. 할 말 많은 기색이 역력했으나 상대방의 참을성이 이미 바닥났음을 간파한 것이다. 남자가 울화통을 터뜨렸다.

"진짜 억울한 게 뭔 줄 알아? 어휴, 내가 진짜……. 빌라 앞에 무단으로 쓰레기 버리는 놈이 있다고, 내가 탐정이니까 나더러 잡아 내라는 거야. 안 그러면 앞으로 반상회는 무조건 우리 집에서 한다고 으름장을 놓으면서 말이야. 누군 땅 파서 장사하나? 아니, 거기까진 좋다 이거야. 밤에 잠도 못 자고 베란다에 쭈그려 앉아서 감시한 것부터 슬슬 짜증이 나지. 그러다 마침 쓰레기 두고 가는 놈이 있길래 급하게 뛰어나가다가 계단에서 굴러서 엉치뼈가 깨지질 않나, 6주 진단 끊어서 밥줄 싹 끊기질 않나, 그래 그 고생을 해서 간신히 잡았더니, 뭐? 이건 뭐 뀐 놈이 성낸다더니 잡힌 주제에 도리어 억울해? 억울해?"

"……죄송합니다."

"됐어. 아무튼 난 내 할 일 했으니까. 그나저나 어디서 많이 본 얼굴인데……."

"요 앞 삼거리 편의점에서 일해요."

그러고 보니 담배 사러 나갔다가 본 기억이 났다. 범인을 코앞에 두고도 몰랐다니. 그는 새삼 화가 치밀어 주먹을 불끈 쥐었다.

"근데 이렇게 이른 새벽에 근무가 끝난다고? 교대하기엔 어정쩡한 시간 아닌가?"

"사장님이 밤잠이 없으셔서 일찍 나오세요. 보통 3시에서 4시 사이에 교대해요. 그보다 더 이를 때도 있고 늦을 때고 있고."

"아, 그래서……."

그래서 쓰레기 버리는 시간이 들쭉날쭉했던 것이다. 이해했다는 듯 남자는 고개를 끄덕였다.

"아무튼 난 이제 모르니깐 남은 이야기는 우리 부녀회장이랑 마저 하셔. 너 인마, 잘못 걸린 거야. 그 아줌마 기가 보통 센 게 아니더라고."

"알아요."

의외의 대답이었다. 남자가 비웃었다.

"허! 그걸 아는 놈이 그랬어?"

"그 아줌마 진짜 악질이에요. 그 아줌마에 비하면 제가 한 건 아무것도 아니라고요. 그래서 억울하다는 겁니다."

"그건 또 무슨……."

남자는 골치가 아파 오기 시작했다. 정녕코 깔끔하게 매듭지어지는 일이란 없는가. 사건은 꼬리에 꼬리를 무노니. 오늘 사건을 해치우는 것은 새로 불거질 사건의 스위치를 켜는 것과 같다. 그게 벌이로 이어지면 좋으련만 이렇게 번번이 자선 사업이라면 사절인데……. 그는 엄지손가락으로 관자놀이를 짚었다. 그러자 그것이 큐 사인이라도 되는 양 청년의 건조한 입술은 단장(斷腸)의 사연을 제멋대로 떠들기 시작했다.

"전에 영어 과외를 했었어요. 402호, 그 아줌마 집 딸 말이에요. 한 6개월 했나, 제 자랑은 아니지만 아이 성적이 눈에 띄게 올랐어요. 원래 40점 정도 나오던 게 88점까지 올랐으니깐요. 그런데 기말고사 때 아이 성적이 좀 떨어진 거예요. 많이도 아니었어요. 82점 나왔다고요. 수학은 그거보다 더 떨어졌어요. 근데 그날로 과외를 그만하겠다더군요. 물론 형편상 그럴 수도 있죠. 그런데 두 달치 밀린 과외비를 안 주시는 거예요. 어렵사리 말을 꺼냈더니 제 앞에서 쌍욕을 퍼붓더라고요. 무슨 염치로 돈을 달라느냐면서. 여기 애 성적 떨어진 거 안 보이냐고요. 아니, 제가 올려준 게 얼만데! 아무리 사정을 해도 매몰차게 쫓아 버리더군요. 하다못해 경찰에도 가 봤죠. 고소장 써서 아줌마한테 들이밀었더니 태도가 조금 바뀌긴 했어요. 그런데도 준다 준다 말만 하면서 벌써 몇 달째예요. 그뿐 아니라 동네에 무슨 이상한 소문을 냈는지 그 후론 과외 일이 딱 끊겼고요. 덕분에 저는 다음 학기 등록금을 마련 못해서 휴학해야 했죠."

남자는 애써 퉁명스레 말해 보았다.

"그래서 고작 분풀이한다는 게 집 앞에다 몰래 쓰레기 버리는 거라고?"

"그럼 제가 어쩌겠어요? 어떻게든 복수는 해야겠고……. 그때 머릿속에 떠오른 게 그거였어요. 예전에 누가 분리수거도 안 하고 쓰레기를 버렸다면서 열불을 낸 적이 있거든요. 그 아줌마, 무슨 결벽증 같은 게 있는지 쓰레기 문제는 아주 눈이 뒤집히더라고요."

그 일은 남자도 잘 안다. 실은 그건 남자의 소행이었다. 귀찮아서 대충 내놨다가 온 빌라가 들썩거렸었다. 그때 무사히 넘어갔으니 망정이지 들켰더라면…… 지금 생각해도 아찔하지만, 청년 앞에서 이런 사정을 군이 발설할 필요는 없을 터였다. 어쨌거나 그 난리를 겪은 후로는 남자도 분리수거만큼은 확실히 하고 있으니까.

"그래서 말인데, 이 일은 눈감아 주시면 안 될까요?"

남자는 쉽게 대답하지 못했다. 범행에 영감을 제공했다는 점에서 어찌 보면 자신에게도 책임이 있지 않은가. 남자는 지그시 눈을 감아 보았다. 눈감아 달라고 했다는 데서 말꼬투리를 잡아 어설픈 장난을 할 생각은 아니었다. 밤을 꼬박 새운 터라 몸도 마음도 고단했던 것이다. 남자가 눈을 떴을 때 청년은 어느샌가 무릎을 꿇고 판결을 기다리고 있었다.

"모름지기 탐정이란 말이지,"

남자가 차분히 입을 열었다.

"의뢰에 따라 움직이는 사람이야. 무작정 정의를 지키는 게 아니라고. 그런 면에서 경찰보다는 변호사 쪽에 더 가까우려나. 일을 할 때 의뢰인의 성품은 그다지 고려 사항이 아니니까. 보다시피 나는 프로 탐정이야. 그리고 내가 받은 의뢰는 나쁜 놈을 혼내 주는 게 아니라 쓰레기 무단 투기범을 잡는 거였고."

일말의 기대를 품었던 청년은 고개를 떨구었다. 남자의 말은 끝나지 않았다.

"너무 실망할 것 없어. 인생이라는 녀석은 정말이지 제멋대로라서, 불운이 밀물처럼 닥치다가도 어느샌가 저만치 멀어져 있지. 그러면 그 틈을 타고 행운이 성큼 다가오고. 그렇게 엎치락뒤치락하는 거야. 내 이야기를 해 볼까? 모처럼 마음에 드는 여자를 소개받았는데 영 마음처럼은 안 풀리더군. 나랑 사귈 바에야, 아니 나랑 사귀는 시늉이라도 할 바에야 차라리 잠재적 스토커를 양성하겠다잖아. 나에 대한 세간의 평가는 고작 그 정도밖에 안 되는 거야. 그런데 울적할 틈도 없이 공짜로 얻은 로또가 당첨금을 선사하지 않겠어? 뭐, 액수는 소박했어. 하지만 사건 하나의 사례비 정도는 됐으니 충분하지. 선수금 받았다고 생각하기로 했어. 인생은 제멋대로지만 그게 또 공정하기도 하니까."

인과를 파악할 수 없는 묘한 개똥철학을 읊으면서 남자는 흡족스러운 듯 입꼬리를 씰룩거렸다. 반면 청년은 남자의 말을 도통 알아들을 수가 없었다. 이 상황에 자기 신세 한탄은 왜 하지? 위로랍시고 하는 말인가? 언젠가 해 뜰 날이 오리라는 충고? 그러고 보니 어느덧 멀리 동이 터오고 있었다.

노도처럼 일설을 퍼부은 남자는 이제 하품을 늘어지게 하고는 무심히 몇 마디 덧붙였다.

"근데 말이야. 내 아무리 탐정으로서 자부심을 갖고 있다지만 허울이 좋아 탐정이지, 하는 일을 보면 심부름꾼하고 별반 다를 게 없다는 말씀이야. 죄 시답잖은 일만 들어온다니까. 우유 급식비나 연애편지의 출처를 찾아 달라는 경우는 아주 양반에 속하고, 가끔은 떼인 돈 받아 달라는 일도 있더라고. 그래, 떼인 돈 말이야. 아무리 의뢰인이 왕이라지만 도대체가 탐정을 뭘로 보는 건지."

은둔자(들)

전건우

남편과 아빠로, 그리고 직장인으로 살아가며 글을 쓰고 있다. 재미있고 감동적인 이야기를 만들기 위해 고군분투 중이다. 『한국 공포 문학 단편선』과 『한국 추리 스릴러 단편선』 시리즈에 작품을 실었으며 웹사이트에 작품을 발표하기도 했다. 매드클럽과 한국 미스터리 작가 모임의 회원이며 현재 장편소설을 준비 중이다.

1

잠시 몸을 숨길 곳이 필요했다.

화성(和成) 아파트는 한 동짜리 5층 복도식 건물이었다. 엘리베이터는 없다. 전기와 물도 들어오지 않는다. 재개발 구역으로 지정돼 사람들이 모두 떠난 지 1년이 넘었다. 그 사이 시공업체가 두어 번 바뀌면서 장밋빛으로 가득했던 재개발 계획은 공중에 떠 버렸다. 제때 보상을 받지 못한 원주민 중 한 명이 분신자살을 했다. 현재 화성 아파트는 쇠락한 놀이공원의 유령의 집처럼 아무도 찾지 않는 곳이 되었다.

내가 아는 정보는 거기까지였다. K는 화성 아파트가 찍힌 폴라로이드 사진을 건네며 말했다.

"한 달분의 음식과 물을 채워 넣었어. 초도 준비했지. 약속했던 돈도 마련했고."

"연락은 어떻게 하지?"

내가 물었다.

"우리 쪽에서 사람을 보낼 거야. 전화는 쓸 수 없어. 이해하지?"

고개를 끄덕였다.

"필요한 건 없어?"

"라디오와 한 달분의 건전지."

K는 고개를 저었다.

"라디오와 한 달분의 건전지."

K는 난처하다는 표정으로 턱을 쓰다듬었다.

"알았어. 내 선에서 어떻게 해 볼게. 보통은 안 되는 일이야."

나는 미소를 지었다. K는 자리에서 일어났다.

"작별 인사를 해야겠군. 푹 쉰다는 생각으로 딱 한 달만 버텨. 아니, 어쩌면 그만큼도 안 걸릴 거야. 좀 잠잠해지고 여권만 마련되면 바로 연락하지. 하와이에서도 잘 살라고."

고물 그랜저가 연기를 뿜으며 사라졌다. 내 손에는 회유어처럼 날렵하게 빠진 열쇠와 사진 한 장이 남았다. 해 질 무렵이었다. 한여름의 잘 익은 태양이 서쪽으로 기울고 있었다. 사진을 들여다보았다. 화성 아파트가 자리 잡은 곳은 잡초가 무성한 언덕배기였다. 고립된 섬 같았다. 들어가기도, 빠져나오기도 쉽지 않은 절해고도. 나는 은신처가 될 그곳을 오랫동안 바라봤다. 어느새 밤이 찾아왔다.

화성 아파트는 노인 전문 병원의 장기 입원 환자처럼 보였다. 외벽에는 자잘한 실금이 주름처럼 얽혀 있었다. 그 금을 따라 색바랜 페인트가 사납게 들고 일어났다. 녹슨 철제 난간은 빨간 속살을 드러냈다. 낮인데도 내부는 어두웠다. 부서지고 깨진 가구들이 습지 식물 같은 그림자를 드리웠다. 삭고 묵은 악취가 그 위를 맴돌았다. 층계참 곳곳에는 검은 비닐봉지가 버려져 있었다. 안에서 싸구려 오공본드 냄새가 났다. 벽에는 조악한 낙서가 가득했다.

내 은신처는 515호였다. 몇 안 되는 성한 집 중 하나였다. 바로옆 514호는 현관문이 통째로 뜯겨 나갔다. 창문이 깨지고 벽에 구멍이 뚫린 곳도 많았다. 붉은색 래커로 X자 문신이 새겨진 곳도.

나는 515호에 짐을 풀었다. 짐이라고 해 봐야 속옷 몇 벌과 정장 한 벌, 그리고 세면도구가 전부였다. 길어야 한 달, 은둔 생활의 끝에는 푸른 파도가 넘실대는 하와이가 기다리고 있었다. 작열하는 태양과 시원한 바람, 반짝이는 모래 해변과 늘씬한 비키니 아가씨들. 그곳에서 나는 들려오는 음악 소리에 몸을 맡긴 채 해먹에 누워 길고 달콤한 낮잠을 즐길 것이다. 촌스러운 색상의 하와이안 셔츠를 걸치고 큰 선글라스를 쓰고서.

515호는 내가 살아 본 집 중 가장 컸다. 거실 하나가 월세 60을 주고 지냈던 원룸 전체 크기만 했다. 화장실과 침대 사이가 채 2미터도 되지 않았던 그곳에 비하면 새로운 은신처는 대궐이었다. K가 정리를 한 건지 집 안도 깨끗했다. 거실 벽에는 부모와 세 자녀가 붕어빵처럼 닮은 가족사진이 걸려 있었다. 무슨 사연이 있기에 사진을 뗴 갈 여유도 없이 집을 비워야 했을까. 사진 속 가족들은 대답이 없었다. 그저 멀뚱히 바라볼 뿐이었다. 나는 등 뒤에서 느껴지는 시선이 싫어 그들의 눈을 도려냈다.

촛불은 하루에 한 번, 딱 한 시간만 켰다. 음식은 두 끼만 먹었다. 깡통 시장에서 파는 미제 전투식량이었다. 물은 2리터짜리 생수 한 병으로 이틀을 났다. 절반은 마시고 나머지는 씻는 데 썼다. 오줌은 하수구에 흘려보냈다. 똥은 되도록 참았다가 영역을 표시하는 들개처럼 빈 집을 돌아다니며 해결했다. 제일 고역은 더위와 모기였다. 낮 시간은 대부분 팬티 바람으로 보냈는데 땀으로 번들번들한 맨살은 모기떼의 좋은 표적이었다. 피할 방법이 없어 그냥 참기로 했다.

라디오에서는 매일 새 소식이 흘러나왔다. 소말리아 해적들이 또 한 번 배를 납치했고, 머리의 퓨즈가 나가 버린 남자는 버스 정류장으로 차를 몰았다. 더위는 촉망받는 육상 선수처럼 연일 기록을 경신했다. 전국 어딘가의 계곡에서는 하루도 빠짐없이 물놀이 사고가 일어났다. 항상 누군가가 죽어 나갔다. 좋은 소식은 별로 없었다. 싸구려 다방의 운세 상자처럼 라디오는 끊임없이 불행을 쏟아냈다.

내가 벌인 사건은 톱뉴스로 다뤄졌다. 살해당한 차기 대권 후보는 언론의 좋은 먹잇감인 모양이었다. 전대미문의, 끔찍한, 경악을 금치 못하는……. 사건 앞에는 요란한 수식어가 훈장처럼 따라 붙었다.

"정치 테러일까요, 단순한 강도일까요? 현직 국회의원이자 유력한 대권 후보가 대낮의 호텔 화장실에서 수십 차례 칼에 찔려 사망한 이 사건으로 대한민국이 들썩이고 있습니다."

아나운서는 며칠이 지나도 격양된 음성으로 사건을 소개했다.

뉴스에서는 중요한 사실 몇 가지가 빠져 있었다. 수십 차례가 아니라 목에 두 번 배에 다섯 번 칼침을 놓았다는 사실, 유력한 대권 후보라는 양반이 대낮 호텔에서 불륜 상대를 만나고 있었다는 사실.

감시 카메라를 피해 국회의원을 제거하는 일은 쉽지 않았다. 단서를 남겨서도, 꼬리를 잡혀서도 안 됐다.

"감쪽같이 사라져야 해. 카퍼필드처럼."

K가 말했다.

"왜 나지?"

"아무도 너라고 짐작하지 못할 테니까."

"맞아. 아무도 모르겠지."

"넌 아직 알려지지 않았으니까."

"그래. 아직 애송이지."

"게다가 넌 입이 무겁잖아."

"나에게 돌아오는 건 뭐지?"

"돈. 인생을 바꿀 만큼의."

"난 사라지기만 하면 되는 건가, 카퍼필드처럼?"

"그래. 카퍼필드처럼."

나는 제안을 받아들였다. 얼마나 어렵고, 얼마나 심각한 일인지는 고려 대상이 아니었다. 빌어먹을 인생을 바꿀 수만 있다면 비행기를 사라지게 만들 각오도 되어 있었다. 사기꾼 마술사처럼.

나는 하루에 한 번 돈 가방을 확인했다. 일종의 의식이었다. 대형 트렁크에 빼곡하게 들어찬 5만 원권 지폐들을 바라보면 잠시 더위를 잊을 수 있었다. 돈에서는 늙은 작부의 사타구니에서나

풍길 법한 비릿한 냄새가 났다. 돈과 맞바꾼 국회의원의 비대한 몸뚱이는 부검 후 땅 속에 묻혔다. 꼭 범인을 잡겠다는 경찰청장의 인터뷰가 라디오에서 하루 종일 흘러나왔다.

2

비가 내리기 시작했다. 공기가 습하고 후덥지근하다 했더니 어김없이 쏟아졌다. 늦은 장마였다. 국지성 호우를 동반했으니 비 피해에 각별히 조심하라고 아나운서가 말했다.

비가 오면서 화성 아파트는 앓는 소리를 냈다. 깨진 창문으로 날아든 빗줄기가 하수구로 흘러들었다. 묵은 빗물이 하수구를 돌며 아파트의 몸 구석구석을 짚어 대는 소리가 생생하게 들렸다.

더위는 한풀 꺾였지만 대신에 습기가 찾아왔다. 곰팡이가 피었다. 12라운드를 모두 뛰고 판정패한 늙은 복서처럼 515호 벽에는 푸르스름한 멍이 군데군데 자리 잡았다. 곰팡이는 날이 갈수록 영역을 넓혀갔다.

내가 벌인 사건은 여전히 톱뉴스였다. 하지만 3일 사이에 연이어 일어난 살인 사건도 화제를 모으고 있었다.

목 잘린 시체가 발견되었다. 모두 세 구였다. 수법은 동일했다. 시체의 가슴에는 맨살을 뚫고 노란색 스마일 배지가 달려 있었다. 범인은 남녀노소의 구분이 없었다. 공평하다면 공평하고, 변태라면 지독한 놈일 확률이 컸다. 나는 그 뉴스가 궁금해 라디오를 켰지만 잡음만 들려왔다. 하루 종일 미친 듯이 몰아치는 비바람 때문인 듯했다.

연쇄 살인은 나에게 작업을 의뢰한 조직에서 일부러 저지른 일일지도 모른다. K는 사건의 빠른 수습을 위해 가능한 한 모든 방법을 강구하겠다고 말했다.

"모든 방법을 동원할 거야. 가능한 한."

"예를 들면?"

"나도 몰라, 아직은. 아무튼 이 조직은 그럴 힘이 있어."

K 같은 브로커들은 사바나의 작고 예민한 초식동물처럼 위험을 쉽게 감지한다. 자신에게 불똥이 튈 일은 절대 만들지 않는다. K가 그럴 힘이 있는 조직이라 말한다면, 분명 그럴 힘이 있을 것이다. 더 크고 자극적인 뉴스를 터트리는 것도 가능하리라. 스마일 배지는 너무 작위적이다. 목을 자른다는 설정도. 화젯거리를 만들려고 일부러 작업한 티가 역력했다. 아마 며칠 후면 언론은 연쇄 살인 소식만 죽어라고 다룰 것이다.

간밤에 이상한 소리가 들렸다. 나는 꿈을 꾸고 있었다. 방 안에 빗물이 차올라 모든 것들이 떠내려갔다. 죽은 정치인이 나타났다. 목에 난 상처가 벌어지고 그 속에서 천둥 같은 웃음이 터져 나왔다. 눈에 구멍이 뻥 뚫린 화목한 가족들이 '자, 김치' 하고 환하게 웃고 있었다. 누군가 문을 두드렸다. 집요하고 성실하게. 나는 헤엄을 쳐 현관으로 갔다. 손잡이를 잡고 문을 열려는 찰나, 꿈에서 깨어났다.

나는 침대에서 일어나 칼을 꺼내들었다. 복도에서 누군가가 걷고 있었다. 빠르고, 가볍고, 그러면서도 신중한 발걸음이었다. 어둠 속에서 숨을 죽이고 귀만 열었다. 밤공기가 서늘했다. 칼자루를 세게 쥐었다. 마트에서 산 2만 원짜리 스테인리스 부엌칼이었다. 기술자용이 아닌 평범한 칼을 쓰고 현장에 버리자고 제안한 쪽은 K였다. 나도 그 편이 나아 보였다. 두 자루를 사서 하나는 정치인의 기름진 배때기에 박아 넣었다. 나머지 한 자루가 내 유일한 무기였다. 부엌칼은 살을 파고들 때마다 찌익 하는 거북한 소리를 냈다. 그 소리를 다시 듣지 않는 것, 병든 고양이처럼 조용히 은신하다가 하와이의 작열하는 태양 속으로 뛰어드는 것, 그것이 내 유일한 바람이었다.

소리는 사라졌다. 천천히, 사막의 신기루가 걷히듯. 빗소리만이 남았다. 한참 동안 어둠 속에 서 있었다. 살아남은 창문 몇 개가 바람이 불 때마다 비명을 질렀다. 발소리는 다시 들리지 않았다.

비를 피해 숨어든 개였을까. 아니면 떠돌이 노숙자였을까. 어느 쪽이 되었든 성가신 존재임에는 틀림없었다.

나는 침대에 누웠다. 잠은 쥐새끼처럼 달아나 버렸다. 불현듯 고기가 생각났다. 지글지글 불에 구운 돼지고기가 폭력적이라 할 만큼 갑작스레 떠올랐다.

"작업이 끝나면 꼭 돼지고기를 먹어야 해."

이제는 죽어 버린, 내 옛 스승이 말했다.

"그래야 몸속의 독이 빠지거든."

나는 매번 스승의 충고를 따랐다. 작업에 성공한 날이면 정육점에서 삼겹살 한 근을 사 와 불판에 올렸다. 이번에는 먹지 않았다. 급히 몸을 숨기느라 먹을 새가 없었다. 입술에 달라붙는 기름기와 혀를 자극하는 육즙이 못 견디게 그리웠다. 참을 수 없는 허기가 몰려왔다.

다시 일어나 전투식량 두 개를 해치웠다. 계획에 없던 일이었다. 그러고 보면, 지독한 장마도 계획에는 들어 있지 않았다. 어쩌면 비가 내리기 시작한 순간부터 무언가가 조금씩 어긋났는지도 모른다.

연쇄 살인범에게는 스마일맨이라는, 다소 촌스러운 별명이 붙었다. 벌써 여섯을 죽였고 단서는 발견되지 않았으며 시민들은 불안에 떨고 있다. 잡음 섞인 라디오에서 알아낸 소식은 그 정도였다.

"저는 이 사건을 접하면서 영화의 한 장면을 보는 것 같은 기시감을 느꼈습니다. 피해자의 목을 잘라 가는 잔혹함과 대낮에 범죄를 저지르는 대담함은 그 유래가 없을 정도입니다. 범인은 사이코패스일 가능성이 크며……."

심리 분석관이라는 사람은 격양된 목소리로 떠들어 댔다. 하지만 툭툭 끊어지는 라디오 전파 때문에 어딘가 박자가 맞지 않는 랩처럼 들렸다. 랩의 내용으로 짐작하자면, 그리고 내 예상이 정확하다면 조직에서는 꽤 괜찮은 놈을 쓴 모양이었다. 며칠 만에 나보다도 더 많은 사람을 죽였으니, 그것도 세상의 이목을 끄는 엽기적인 방법으로. 나는 스마일맨이 희생자의 목을 자르는 장면을 상상해 봤다. 잘라서, 어떻게 들고 갔을까? 들고 가서, 어디에 전시했을까? 어쩌면 스마일맨이야말로 마술사에 가까울지도 모르겠다. 세상을 상대로 깜짝 놀랄 만한 재주를 선보이고 있으니.

나는 베란다로 향했다. 라디오에서는 귀에 익은 노래가 나왔다. 김현식이 부른 「쓸쓸한 오후」였다. 사포로 문지른 듯 거친 음색이 짙어지는 어둠 속으로 녹아들었다. 내리는 비를 바라봤다. 치덕치덕 달라붙는 여자처럼, 끈질기게도 쏟아졌다. 세상은 모두 젖어 있었다. 아파트 옆에 쌓여 있던 어른 키 높이 정도의 흙이 모두 씻겨 내려갔고, 그 자리에는 물길이 생겨 누런 황토 물이 흐르고 있었다. 부연 물안개가 불길한 소식을 전하는 봉화처럼 피어올랐다. 개미 새끼 한 마리 돌아다니지 않았다. 새들은 빈집에 몸을 숨겼으리라. 화성 아파트에도 수백 마리의 비둘기가 살았다. 똥을 누러 다닐 때마다 비둘기와 마주쳤다. 그놈들은 아둔해 보이는 머리를 갸웃거리며 불청객을 바라봤다. 비둘기가 '구구' 소리를 내며 운다는 건 거짓말이었다. 녀석들은 사람처럼 쿡쿡거렸다.

"요즘 사회는 초유의 암살 사건과 연쇄 살인으로 그야말로 혼란에 빠져 있습니다. 두 사건의 범인이 빨리 잡혔으면 하는 바람입니다. 암살 사건의 경우 단서가 잡혔다고 하니 조금 더 지켜봐야겠습니다."

시사 프로그램 진행자의 말을 마지막으로 라디오는 혼수(昏睡)와도 같은 긴 잡음의 세계로 다시 빠져들었다.

3

보름이 지났지만 아무도 찾아오지 않았다. 여전히 비는 내렸다. 하늘은 늘 잿빛 구름에 덮여 있었다. 맑았던 날의 기억이 가물가물했다. 빗발을 뚫고 간신히 비쳐드는 몇 줄기의 햇살도 오후가 되면 슬그머니 사라졌다. 꾹꾹 눌러 담긴 습기가 숨을 쉴 때마다 콧속으로 파고들었다. 시퍼런 곰팡이는 벽에다가 기괴한 무늬를 그려 나갔다.

라디오는 치매 환자처럼 깜박깜박했다. 온종일 잡음을 중얼거리다가도 잠시 정신이 돌아올 때면 깜짝 놀랄 만큼 명징한 소리로 낯선 소식들을 토해 냈다.

홍수로 수백 명이 죽고 실종되었다. 집이 무너지고 도로가 끊겼다. 전국이 빗속에 갇혀 신음하고 있다는 뉴스 속에는 연쇄 살인도, 정치인의 살해 소식도 들어 있지 않았다. 마치 오랜 옛날인 것만 같았다. 내가 그 두툼한 목살에 칼을 찔러 넣었던 일이.

어쩌면 이 모든 것, 끈적끈적한 더위와 숨 막히는 장마가 죄다 꿈일지도 모른다고, 깨어나면 하와이의 눈부신 모래 해변일지도 모른다고 생각하며 눈을 떠 봐도 현실은 언제나 그대로였다.

끈적끈적한 더위와 숨 막히는 장마, 그리고 진동하는 악취.

발소리가 또 들렸다. 지난 밤, 모처럼 멀쩡해진 라디오에서 청승맞은 노래 한 곡이 막 흘러나오려던 찰나였다. 515호 바로 앞이었다. 나는 라디오를 끄고 현관문에 귀를 가져다 댔다. 차가운 감촉이 귀를 타고 발끝까지 퍼져 나가는 동안, 소리는 지난번처럼 서서히 멀어졌다. 30분 정도 같은 자세로 귀를 기울이다가 문을 열었다. 단단히 조여 놓은 어둠뿐, 복도는 텅 빈 채였다. 하지만 팔뚝에 소름이 돋았다. 누군가가 어둠 속에 옹송그리고 앉아 나를 지켜본다, 그런 느낌이 내리치는 빗발보다도 더 선명하게 머릿속을 적셨다.

날이 밝자마자 칼을 챙겨들고 515호를 나섰다. 문을 잠그려다가 현관문에 새겨진 낙서를 발견했다. 빨간색 매직으로 그린 동그라미 속에 곡선 몇 개가 들어 있었다. 그 누군가가 간밤에 남긴 작품이 분명했다.

　여기저기 고인 물웅덩이를 피해 4층으로 내려갔다. 5층을 벗어나는 것은 화성 아파트에 온 이후 처음이었다. 5층은 똥을 누면서 매일 둘러본다. 누군가가 드나든다면, 그리고 숨어 있다면 알아채지 못할 리가 없었다.

　나는 수색을 시작했다. 쓰레기 더미, 부서진 문, 깨진 창문, 내장처럼 터져 나온 집기들, 그리고 빌어먹을 습기와 곰팡이까지, 4층도 5층과 별반 다르지 않았다. 머리를 얼얼하게 만드는 악취도 마찬가지였다.

　401호로 들어가 각 방과 화장실을 살폈다. 물에 젖은 커튼이 거실 창문을 가로막고 있었다. 원래는 어땠는지 모르겠으나 지금은 검은색이었고 바람이 불 때마다 저수지 속의 수초처럼 흐늘거렸다. 401호를 나와 402호로 들어갔다. 그런 식으로 410호까지 계속 둘러봤다. 모두 빈집이었고 지겨운 곰팡이와 새똥 외에는 생명의 흔적은 어디에도 없었다.

　신라면 봉지를 발견한 것은 411호에서였다. 창문 바로 아래에 은색의 배를 뒤집고 찢어져 있었다. 잘게 부서진 면발과 덩어리진 스프도 함께였다. 봉지는 깨끗했다. 색이 변하지도 않았고, 물에 젖지도 않았다. 나는 누군가가 창문으로 바깥을 살피며 라면을 뜯는 모습을 상상했다. 면을 부순 후 스프를 뿌렸을까, 아니면 크게 자른 면을 스프에 찍어 먹었을까. 남자일까, 여자일까. 무슨 이유로 이곳까지 기어들었고, 지금은 어디에 있을까. 봉지에 남은 스프를 손가락으로 찍어 맛을 봤다. 잊고 있었던 강렬하고 날카로운 미각이 살아났다.

250

"이 호래자식. 도둑질을 해?"

라면 한 봉지를 훔치다 주인에게 걸렸다. 열 살 때였다.

"누가 애비 없는 새끼 아니랄까 봐."

운이 좋지 않았다. 엄마는 이틀 동안 집에 들어오지 않았고, 집에는 먹을 것이 떨어졌고, 나는 첫 도둑질이라 주변을 살필 정신이 없었고, 평소에도 미친놈이라 소문이 자자했던 슈퍼 주인은 푹푹 찌는 날씨에 잔뜩 독이 올라 있었다.

"거지새끼……."

주인은 한 시간이 지나서야 나를 놓아주었다. 놓아주며, 적선하듯 라면을 던져 주었다. 내 얼굴에는 시뻘건 손자국이 가득했다. 나는 그 라면을 집으로 가져가 끓여 먹었다. 그 맛을 아직도 기억한다. 반지하 방 창문으로 쏟아져 들어오던 시큼한 햇빛도, 치밀어 오르던 분노도, 간신히 참아 넘긴 울음도…….

유리가 깨지는 날카로운 소리가 들렸다. 나는 쉬어 빠진 과거에서 빠져나왔다. 다급한 발소리도 이어졌다. 복도로 뛰어나가 소리의 방향을 좇았다. 바로 아래, 3층이었다. 계단을 향해 달렸다. 누구인지는 몰라도 놈은 독 안에 든 쥐였다. 죽여야 할까, 아니면 겁만 주고 보내야 할까.

3층으로 내려섰다. 소리는 사라졌지만 산산조각 난 정적은 다시 돌아오지 않았다. 어색한 침묵을 채우려는 듯 빗줄기가 거칠어졌다. 숨을 고르고, 칼을 고쳐 쥔 다음 301호부터 차례로 훑었다. 긴장으로 등이 팽팽해졌다. 옷은 이미 땀에 젖어 축축했다. 어둠 속 어딘가에서 쿡쿡 하는 비웃음이 들렸다. 비둘기들이었다.

305호에서 깨진 사기그릇을 발견했다. 주방 찬장도 열려 있었다. 누가 밥을 해 먹으려던 게 아닐까, 먼지 쌓인 그릇과 곰팡이 핀 싱크대가 아니라면 그런 생각이 들 정도였다. 수확은 그뿐이었다. 소리의 정체가 사기그릇인지는 알 수 없었다. 화성 아파트에서는 깨지지 않은 것이 드물었다.

허옇게 질린 채로 나를 바라보는 파편을 뒤로하고 306호로 이동했다. 새로운 냄새가 코를 자극했다. 공기 중에, 아니 집 안 곳곳에 냄새가 달라붙어 있었다. 탄내. 지방질의 무언가가 불에 탄 냄새였다. 자기 몸에 불을 질러 자살했다는 사람 이야기가 생각났다. 그러고 보니, 집안 곳곳에 화마의 흔적이 낙인처럼 찍혀 있었다. 거실 벽에는 그을음이 가득했다. 쩍쩍 달라붙는 바닥에도. 소파도 불에 탄 채였다. 썩어 문드러진 사체 같았다.

"돈은 없지, 집에서는 강제로 쫓겨날 판이지. 어쩌겠어? 그냥 확."

K의 말이 떠올랐다. 탄 냄새가 아직도 남아 있다는 사실이 이상했다. 그것도 이토록 진하게. 구역질이 날 것만 같아 서둘러 복도로 나왔다.

도대체 어디로 사라진 것일까?

1층까지 샅샅이 뒤졌지만 비둘기와 쥐새끼들하고만 마주쳤을 뿐 발소리의 주인은 찾지 못했다. 나는 계단에 주저앉아 비 내리는 바깥을 바라봤다. 마치 다른 세상인 듯, 물의 장막으로 꽁꽁 둘러싸겠다는 듯, 비는 이를 악물고 퍼부어 댔다. 눈 밑이 떨렸다. 머리가 아팠다. 달군 쇠꼬챙이가 안구를 지나 뒤통수까지 꿰뚫는 것 같았다. '이웃에게 미소를.' 게시판에 적힌 식상한 문구 밑에 거울이 달려 있었다. 거미줄처럼 얼기설기 금이 간 그 속에서 낯선 남자가 나를 향해 히죽 웃었다.

끈적끈적하고 깊이를 알 수 없는 늪 속에 빠진 느낌이었다. 발버둥 칠수록 점점 더 가라앉는.

4

"나야."

K에게 전화를 걸었다.

"전화는 안 된다고 했잖아."

"걱정 마. 밤이고, 공중전화야."

"그래도."

"언제쯤 해결되지?"

"아마, 곧, 조금만 기다리면."

"확실히 말해 줘."

"상황이 안 좋아."

"여기도 상황이 안 좋아."

"무슨 일이 있는 거야?"

"누가 있어. 여기 화성 아파트에. 나 말고 누군가가. 혼자일 수도 있고 여럿일 수도 있어."

"말도 안 돼. 거긴 우리가 이미……."

"알잖아. 내가 허튼소리 하지 않는다는 걸."

K는 한동안 말이 없었다. 나도 귀를 기울이고만 있었다.

"어떻게 해 주면 돼?"

K가 물었다.

"최대한 서둘러서 처리해 줘. 쓸데없는 일이 생기기 전에."

"좋아. 3일만 기다려. 좀 골치 아프긴 해도 그때까지는 꼭 해결할 테니까."

"뭐가 골치 아프지?"

"경찰이 냄새를 맡은 모양이야. 아직은 꼬리 부분을 더듬는 수준이지만 언제 머리까지 올지 알 수 없는 상태야. 그것 때문에 높은 분들 심기가 불편해."

"어쨌든, 빨리 해결해 줘. 은둔자가 되기엔 이곳은 좀 시끄러워."

"은둔자라. 멋진 말인데?"

K가 싱거운 웃음을 흘렸다. 나는 수화기를 내려놓고 바로 옆 슈퍼로 들어갔다.

"어서 오세요."

자다가 일어난 중년 여자가 꺼끌꺼끌한 목소리로 맞이했다. 참치며 햄 같은 것들을 죄다 카운터로 가지고 갔다. 아직까지 식량은 충분했지만 나에게는 기름기가 필요했다.

"우산이 없으신가 봐요?"

여자가 내 몰골을 보고 물었다.

"이런 비에는 우산이 필요 없죠."

"근처 사세요?"

"아니요. 일이 있어서 며칠 머물고 있어요."

의심스럽다는 듯, 여자가 나를 아래위로 훑었다.

"무슨 일인지는 모르겠지만 이 비에 고생이네요."

"기자예요, 신문 기자. 잠복 취재 중이죠."

나는 준비한 대답을 들려주었다.

"아, 기자님이세요?"

"재개발의 문제점 같은 걸 취재하려고요."

여자의 얼굴이 풀어졌다.

"말도 마세요. 그것 때문에 온 동네가 뒤집혔다니까요.

"다른 분들도 그러더라고요. 힘들었다고."

"형 동생 하던 사람들끼리 서로 고소하고 싸우고. 난리도 그런 난리가 없었어요."

"화성 아파트는, 거기도 시끄러웠죠?"

"소문 들으셨어요? 그 왜 있잖아요, 거기서 아저씨 한 명이 분신인가 뭔가 했잖아요. 그 후로 정말 귀신이 나온대요. 거기 철거가 늦어지는 것도 그래서라는데. 하여튼 흉흉해요, 흉흉해. 어서 이사를 가든지 해야지."

"고생이 많으시네요. 그럼, 다음에 또 들르겠습니다."

나는 여자가 건네주는 봉투를 받아들었다. 순간 어떤 생각이 머릿속을 스치고 지나갔다.

"참, 그런데 좀도둑도 늘었겠어요?"

내가 물었다.

"아, 네. 그렇죠."

"라면 같은 것도 없어지고?"

"그렇긴 한데……."

여자가 의아한 얼굴로 나를 바라봤다.

"알겠습니다."

바퀴벌레의 더듬이처럼 길게 뻗은 여자의 의문과 의심을 뒤로

하고 가게를 나왔다. 세찬 빗줄기가 다시 달려들었다. 무심한 척 고개를 숙인 가로등이 한 줌도 안 되는 빛을 토해 냈다. 화성 아파트가 자리 잡은 언덕배기를 바라봤다. 어둠보다 더 짙은 검은색 윤곽은 사막의 신기루 같아 보였다. 여행자를 유혹해 끝내 쓰러지게 만드는 악마의 손짓. 화성 아파트에 보름이 넘게 처박혀 있었다는 사실이 믿기지 않았다. 다시 돌아가기가 싫었다. 역병처럼 창궐한 곰팡이 속으로, 뇌가 얼얼해질 정도의 악취 속으로, 더위와 습기와 어둠 속으로 돌아가야 한다고 생각하니 소름이 돋았다. 어쩌면 발을 돌렸을지도 모른다. 그 순간, 화성 아파트 5층 복도에서 반짝이는 불빛을 보지 않았더라면.

노르스름한 불빛이 나를 부르고 있었다. 여기 있어. 어서 와서 나를 찾아 봐, 라고.

나는 화성 아파트를 향해 달렸다. 봉투 속에 든 통조림 캔이 자기들끼리 부딪치며 요란한 소리를 냈다.

너는 누구냐?

봉투를 1층 현관 앞에 내려놓고 조용히 계단을 오르는 동안 계속 그 질문을 던졌다. 누구이기에 버려진 아파트를 맴돌고, 라면을 훔치고, 유령처럼 홀연히 사라지느냐. 몸에서 흘러내린 빗물이 내 발걸음 뒤로 긴 꼬리를 남겼다. 숨이 거칠어졌다. 칼은 뜨겁게 달아올랐다. 4층까지 거의 무호흡으로 올라갔다. 임계점을 돌파하기 직전의 심해 잠수부처럼 머릿속에서 폭죽이 펑펑 터졌다. 혈관을 타고 아드레날린이 솟구쳤다. 5층으로 올라가기 직전, 검은 그림자가 나를 덮쳤다. 칼을 휘둘렀다. 비둘기였다. 허공을 가른 칼날은 요란한 소리를 내며 벽을 때렸다. 다급한 발소리가 들렸다. 더 이상 조심할 필요가 없었다. 나는 몇 계단을 한 번에 뛰어올라 5층 복도로 들어섰다. 불빛은 자취를 감춘 채였다. 겹겹이 덧칠한 어둠만이 나를 맞이했다. 하지만 분명 누군가가 있었다. 라이터를 꺼냈다. 부싯돌이 젖었는지 몇 번이나 실패하고 나서야 간신히 불을 붙일 수 있었다.

"빨리 나와."

나는 소리쳤다. 비둘기들이 복도로 몰려나왔다.

"지금 나오면 살 수 있다."

싸구려 부엌칼은 벽에 부딪친 뒤 두 동강이 나 버렸다.

"열을 세겠다."

나올 생각이 없는 모양이었다. 나는 천천히 숫자를 세며 복도 중앙으로 걸어갔다. 짚이는 곳이 있었다. 집집마다 다니며 뒤져봐야 지난번처럼 아무것도 찾지 못할 것이다. 유령 같은 놈은 다른 곳에 몸을 숨겼으리라.

"아홉."

조용했다. 예상대로였다. 나는 숨을 가다듬고 반 토막밖에 남지 않은 칼을 비스듬히 벼렸다. 찌르기보다 베는 데 적합하도록.

"열."

소화전 문을 활짝 열었다. 죽은 짐승의 내장처럼 헝클어진 소방 호스 사이에 누군가 앉아 있었다. 나는 목덜미에 칼을 들이대려다가 멈칫했다. 아이였다. 열 살이나 됐을까, 깡마른 몸매에 눈은 왕방울만 한 아이가 손전등을 든 채로 나를 노려봤다. 라이터 불빛에 비친 아이의 모습이 이리저리 흔들렸다. 숨바꼭질은 끝났다.

"어서 안내해."

소년은 앞장서서 걸었다. 앙상한 체구였다. 헐렁한 러닝셔츠와
반바지 차림이었다. 머리카락은 덥수룩하게 자라 귀를 덮었다. 녀
석은 내 말에 순순히 따랐다. 보호자가 있느냐는 물음에 고개를
끄덕이더니 소화전에서 기어 나왔다.

"몇 살이냐. 열 살?"

소년이 고개를 저었다.

"그럼, 아홉 살?"

이번에는 고개를 끄덕였다.

"여기 살고 있는 거냐?"

끄덕.

"언제부터? 오래전부터?"

끄덕.

"부모님이랑 같이?"

끄덕.

소년은 말이 없었다. 마른 몸에 비해 지나치게 커 보이는 머리
를 가로로 흔들거나 세로로 끄덕일 뿐이었다. 단편적인 질문과 대
답으로 알아낸 사실은 많지 않았다. 소년은 나를 데리고 1층까지
내려갔다.

"뭐야, 1층에서 살고 있어?"

소년은 고개를 젓고는 한 계단 더 아래로 내려갔다. 그곳에는
기계실이 있었다. 처음 왔을 때 둘러보기는 했지만 커다란 자물

쇠가 채워져 있어 그냥 되돌아온 곳이었다. 소년은 문 앞에 서더니 능숙한 손놀림으로 자물쇠를 풀었다. 열쇠가 아니라 길쭉한 쇠꼬챙이를 사용했다. 차가운 금속음과 함께 앙다물고 있던 자물쇠의 입이 열리자 소년은 나를 돌아봤다. 그러고는 처음으로 한 마디를 했다.

"아저씨, 용역 직원 아니죠?"

무표정한 얼굴이었다.

"아니긴 한데, 맞다 하면 어떻게 할 거냐?"

일부러 놀리듯 물었다.

"죽여 버릴 거예요."

소년은 문을 열었다. 문 너머는 지금까지 경험해 보지 못한 어둠에 휩싸여 있었다. 한 치 앞도 보이지 않았다. 손전등 불빛은 그야말로 발밑만을 비출 뿐이었다. 소년은 익숙한 듯 거침이 없었다. 장님처럼 그 뒤를 더듬더듬 따랐다. 차가운 금속성의 기계를 좌우에 두고 몇 분쯤 방향을 바꿨을까, 소년이 걸음을 멈췄다.

"여기에요, 우리 엄마."

처음에는 낡아 빠진 헝겊 쪼가리라고 생각했다. 불빛 아래에서 한참을 들여다보고 나서야 살아 있는 사람, 끔찍한 몰골의 여자라는 사실을 깨달았다. 새까만 머리카락은 허리까지 길어 치렁치렁했고, 불에 탄 듯 짓무른 피부는 파충류의 그것처럼 번들거렸다. 여자는 자는 중이었다. 숨소리 끝에 걸쭉한 피로와 고통이 섞여 있었다.

"이제 우리를 죽일 건가요?"

등을 돌린 채 소년이 물었다.

"왜 그렇게 생각하지?"

"아니면 쫓아 낼 건가요?"

"말했잖아. 용역이 아니라고."

"전 상관없어요."

"뭐가?"

"죽어도요. 엄마도 그럴 거예요."

"아빠는?"

"죽었어요. 불타서."

"그럼, 엄마와 너 뿐이냐?"

"가끔 아빠가 찾아오기도 해요. 빨리 같이 가자고."

"마지막으로 뭘 먹은 게 언제지?"

"몰라요. 생각 안 나요."

"가자. 내가 먹을 걸 좀 줄게."

"아저씨는 누구죠?"

"은둔자."

"용역은 아니죠?"

"아니야."

나는 소년의 어깨를 잡았다. 녀석은 떨고 있었다.

5

비는 더 거세게 내렸다. 이틀이 지났다. K가 약속한 3일에서 하
루가 남았다. 나는 확신을 할 수가 없었다. 정말로 누군가가 올까.
위조 여권과 하와이행 티켓을 들고. 너무 간절하게 기다려서인지

260

오히려 비현실적인 일처럼 느껴졌다. 라디오에서는 내가 벌인 일 따위는 화제로 다뤄지지도 않았다. 스마일맨도 마찬가지였다. 또 다른 사건과 살인이 의욕에 넘치는 후보 선수처럼 그 자리를 대신했다. 어쨌든 나에게는 희소식이었다.

확신할 수 없는 또 한 가지는 소년이었다. 이틀 동안 소년은 매일 나를 찾아왔다. 나는 전투식량과 물을 나눠주었다. 녀석은 미친 듯이 먹어 댔다. 식량은 눈에 띄게 줄었다.

"아저씨는 뭐하는 사람이에요?"

소년이 물었다.

"그냥. 사정이 있어서 숨어 지내는 사람."

"나돈데."

"정말 갈 데가 없니?"

"엄마 말로는 그렇대요. 때려 죽여도 여기서 못 나간다고 용역한테 말했어요."

소년과 엄마는 거리로 나앉는 대신에 은둔을 택했다. 화성 아파트의 지하에서, 뒤틀리면서 자라는 버섯처럼. 두 사람의 은둔은 아무리 짧게 잡아도 1년이리라. 나는 칠흑 같은 어둠 속에서 하루하루를 버텼을 소년을 생각했다. 배고픔과 두려움, 죽어 가는 엄마, 그리고 이미 죽은 아빠가 소년을 키웠을 것이다.

"언제 용역들이 몰려올지 모르니까 숨어 있는 거예요. 밤에만 살짝 돌아다니고."

1년 동안 식량을 조달한 것은 소년이었다. 화성 아파트를 구석구석 훑으며 쓸 만한 물건을 모은 것도. 소년을 은신처로 데려온 것은 과연 잘한 일이었을까? 이 사실을 안다면 K는 뭐라고 할까?

내가 떠난 뒤에 소년은 어떻게 될까?

"앞으로 어떻게 할 거냐?"

내가 물었다.

"돈을 많이 벌 거예요."

"얼마나?"

"이런 맛있는 걸 실컷 먹을 만큼."

나는 웃었다. 이곳을 떠나기 전 소년에게 내 몫의 일부를 떼 준다면 어떨까?

짐을 챙겼다. 마지막 밤이라는 사실을 아는지 라디오도 정신이 돌아왔다. 장마에 더해 태풍까지 몰려오니 천둥 번개에 유의하라는 짧은 일기 예보 뒤에 유재하의 「우울한 편지」가 흘러나왔다. 돈이 든 가방을 다시 한 번 확인했다. 들고 다닐 수는 없으니 화성 아파트에서 빠져나간다면 제일 먼저 해야 할 일이 입금이었다. 나는 하와이의 짙푸른 바다를 떠올렸다. 어린 시절, 친구가 받아 보던 과학 잡지 속의 하와이는 천국 그 자체였다. 하루 종일 컴컴했던 반지하 셋방과는 비교할 수 없는. 언젠가 꼭 저곳에 가리라. 술주정뱅이 엄마도 없고, 눌어붙은 가난도 없고, 신물 나는 배고픔도 없는 하와이로.

문 두드리는 소리가 들렸다. 놀라서 멈칫했다. 문을 두드릴 사람은 소년밖에 없었다. 하지만 녀석은 몇 시간 전에 다녀갔다. 소리는 멈추지 않았고 갈수록 다급해졌다. 현관으로 다가갔다.

"너니?"

내가 물었다.

"네."

"무슨 일이냐?"

"이상한 걸 주웠어요."

"이상한 거라니?"

"보시면 알아요."

나는 문을 열었다. 검은색 상자를 들고 소년이 서 있었다.

"1층 현관에 이게 놓여 있었어요."

소년이 안으로 들어오며 말했다. 열십자로 리본이 묶인 상자는 소년의 머리통보다 컸다.

"왜 이걸 나한테……."

"아저씨 거래요. 여기에."

그렇게 말하며 소년이 건넨 것은 노란색 스티커였다. 천진난만한 웃음을 짓는 스마일 스티커. 눈과 입 사이에 '515호 주인에게'라고 적혀 있었다.

"열지 마!"

소리를 쳤지만 한 발 늦고 말았다. 소년은 분홍색 리본을 풀어 헤치고 상자 뚜껑을 연 뒤 그 안에 들어 있는 물건을 바라보며 꼼짝 않고 앉아 있었다. 나도 상자를 바라봤다. 그리고 상자 속의 그것도 나와 소년을 물끄러미 바라봤다.

"이거 머린가요?"

소년이 물었다. 나는 아무 대답도 하지 못했다. 촛불에 드러난 바싹 말라 버린 여자의 얼굴은 이상하리만치 환한 표정이었다. 노랗게 염색한 머리카락은 충격방지용 포장재처럼 얼굴을 감싸고 있었고 목 아래로 잘린 단면은 거무죽죽한 다른 부위와 달리 오금이 저릴 정도로 선명한 분홍빛이었다.

"언제 발견했니?"

소년은 초점 없는 눈으로 나를 돌아봤다. 녀석의 손에서 상자를 뺐었다. 핏기 없는 그 얼굴이 금방이라도 깔깔거리며 웃을 것만 같아 서둘러 뚜껑을 덮었다. 소년에게 다시 물었다.

"언제 발견했어?"

"그거 머리 맞죠?"

"잘 들어. 꼬마야. 묻는 말에 대답해. 언제 발견했니?"

나는 소년의 양어깨를 꽉 눌렀다.

"아까, 조금 전에, 누가 기계실 문을 두드려서, 아저씨라 생각하고 나가 보니까."

"왜 나라고 생각했지?"

"용역들은 노크를 안 해요."

"다른 건 없었니?"

"네."

"혹시 나 말고 이 아파트에서 본 사람 없니?"

"없어요. 아저씨도 며칠 전에야 알았어요. 그때 낮에, 그릇 깼을 때."

"그럼 이 집에 온 것도 이번이 처음이니? 문에 낙서를 한 적도 없고?"

소년은 고개를 끄덕였다. 머리를 한 대 얻어맞은 것 같았다. 소년의 말이 사실이라면 문에 낙서를 한 것은 다른 사람이었다. 스마일맨. 조직의 사주를 받은 연쇄 살인범, 악취미로 똘똘 뭉친 변태, 그리고 내 목숨을 노리고 화성 아파트에 잠입한 자객. K가 꾸민 일일까, 아니면 가능한 한 모든 방법을 동원할 수 있다는 조직의 소행일까? 가능이라는 범위 내에 '나의 제거'라는 변수를 계산에 넣지 못한 스스로가 한심했다.

"일단 여길 피하자."

거실로 뛰어 올라가 정리하고 있던 짐을 헤집었다. 무기가 필요했다. 부러진 부엌칼로는 역부족이었다. 가방을 탈탈 털었지만, 이미 알고 있는 대로 쓸 만한 건 아무것도 없었다. 봉선화 다방의 일회용 라이터와 다 젖어서 쓸모없어진 초 몇 자루, 썩어 문드러진 빨래, 빈 통조림 캔이 전부였다. 나는 캔 뚜껑을 챙기고 아직 뜯지 않은 참치 통조림 하나를 주머니에 넣었다.

"혹시 칼 같은 거 없을까?"

내 옆으로 다가와 있던 소년에게 물었다.

"있어요. 305호에 가면 그릇도 있고 칼도 있어요."

나는 돈 가방의 지퍼를 닫고 작은 자물쇠를 채웠다. 열쇠도 바지 주머니에 넣었다. 소년이 나를 바라봤다. 나도 녀석의 크고 맑은 눈을 들여다봤다. 짧은 순간, 마음을 가다듬고 결단을 내렸다.

"넌 여기에 있어."

"싫어요."

"지금 밖에 나가는 건 위험해. 문을 잠그고 침대 밑에라도 숨어 있어."

스마일맨은 이 아파트 어딘가에서 호시탐탐 기회를 노리고 있을 것이다. 왜 쓸데없는 선물을 줬는지는 모르겠지만 나를 죽이겠다는 메시지로는 충분해 보였다. 탈출은 불가능했다. 휴가철 해외 여행객처럼 커다란 트렁크를 끌고 화성 아파트를 거닐다가는 내

목도 순식간에 달아나리라. 방법은 한 가지뿐이었다. 스마일맨을 제거하는 것. 그러자면 소년과 떨어져 있어야 했다.

"엄마는요?"

"네 엄마는 괜찮을 거야."

모르는 일이었다.

"무슨 일이 생긴 거죠?"

"그냥 좀 골치 아프게 됐어."

"아저씨는 괜찮은 거예요?"

"그럼."

또 거짓말을 했다. 나는 다리가 떨리는 걸 억지로 참았다. 지체할 시간이 없었다. 스마일맨이 쥐를 가지고 노는 고양이처럼 여유를 부릴 때가 나에게는 기회였다. 가르쳐 줄 필요가 있었다. 스마일맨에게도, K에게도, 그리고 조직의 윗대가리들에게도 나는 쓰고 버리는 물건이 아니라는 걸, 하물며 쥐새끼도 아니라는 걸 가르쳐 줄 필요가 있었다.

"나중에 보자. 절대 아무한테도 문을 열어 주면 안 돼."

소년의 머리를 쓰다듬고 복도로 나갔다. 어두웠다. 아무것도 보이지 않았다. 먼 하늘이 울었다. 천둥이었다. 길 잃은 빗방울이 깨진 창문으로 날아들어 얼굴에 튀었다. 계단은 복도의 반대편 끝에 있었다. 스마일맨이 5층에 있을 확률은 반반이었다. 5층에 있었다면 문 바로 옆에 숨었다가 불시에 일격을 가했을 것이다. 하지만 확실하지는 않았다. 스마일맨에 대한 정보가 턱없이 부족했다. 살인을 즐기고 고약한 취향을 가진 데다가 지금 이 상황을 즐기고 있는 변태 사이코라는 사실 외에는.

266

나는 도박을 해보기로 했다. 스마일맨은 5층에 없다. 그 확률에 전 재산과 목숨을 걸고 복도를 빠른 속도로 뛰었다. 정말로 고양이가 아니고서야 어둠 속에서 잘 보이지 않기는 스마일맨도 마찬가지였다.

503호를 지났다. 계단은 몇 미터 앞이었다. 502호에서 시커먼 그림자가 튀어나왔다. 순간 번개가 하늘을 갈랐다. 도박에 실패했다는 사실을 깨닫는 것과 동시에 칼이 날아들었다. 노란색 스마일 가면을 뒤집어쓴 놈이었다. 반사적으로 몸을 구부렸다. 칼날이 귀 끝을 스치고 지나갔다. 몸을 돌릴 새가 없었다. 달리는 힘 그대로 앞으로 굴렀다. 사정권을 벗어났다고 생각한 찰나 옆구리에서 폭약이 터졌다. 냉정하면서도 확실한 통증이었다. 쓰러진 자세 그대로 몸을 돌렸다. 스마일맨이 바로 앞에 서 있었다. 다시 번개가 쳤다. 체구는 크지 않았지만 팔이 길었다. 들고 있는 칼은 매드독이었다. 솜처럼 가볍고 뼈를 자를 정도로 단단하며 흔적 없이 베어 버리는 칼. 미친개한테 물어 뜯긴 옆구리에서는 피가 쏟아졌다. 스마일맨은 고개를 쭉 빼고 나를 바라봤다. 가면을 뒤집어 쓴 그 얼굴을 향해 참치 캔을 던졌다. 픽, 하는 둔탁한 소리를 들으며 계단을 향해 뛰었다. 옆구리 통증은 끔찍했다. 하지만 더 끔찍한 건 아래에서 올라오는 한 줄기 손전등 불빛이었다.

"독 안에 든 쥐구만."

불빛 너머에서 K가 말했다.

"비겁한 새끼."

"어쩔 수 없었어. 일이니까."

"죽여 버리겠어."

"얼마든지."

당장 뛰어 내려가 K의 목에다가 반만 남은 부엌칼을 박아 넣고 싶었지만 시간이 없었다. 뒤에서 미친개의 거친 발소리가 들렸다.

"여기서 새로운 친구도 사귀었던데, 걔는 어디 있지?"

K의 질문에 대답하는 대신, 나는 계단 아래로 뛰어내렸다.

6

난간에 머리를 부딪치며 아래로 떨어졌다. 4층 계단참이 순식간에 지나갔다. 들고 있던 부엌칼을 버리고 두 팔을 뻗었다. 기회는 한 번이었다. 3층 계단이 나타났다. 난간을 힘껏 부여잡았다. 양팔에 하중이 실리며 팔꿈치에서 무언가가 뒤틀리는 기분 나쁜 소리가 났다. 옆구리가 비명을 질렀다. 오른손이 미끄러졌다. 재빨리 팔을 올려 난간에 매달렸다. 허공에서 몇 번 퍼덕거린 후 왼쪽 다리를 계단에 걸쳤다. 숨을 고른 다음 무거운 몸을 끌어올렸다. 위에서 쏟아져 내려온 손전등 불빛이 내 그림자를 움켜쥐었다.

3층 복도로 들어섰다. 스마일맨과 K가 3층까지 내려오는 데는 시간이 얼마나 걸릴까? 고작해야 1분 남짓일 것이다. 그 전에 서둘러 무기를 찾아야 했다. 움직일 때마다 옆구리에서 바람 빠지는 소리가 났다. 비바람이 화성 아파트를 두드려 댔다. 번개가 연달아 하늘을 내달렸고 뒤를 이어 천둥이 울부짖었다.

305호는 어둠에 휩싸여 있었다. 안으로 들어가 라이터를 켰다. 길 잃은 비둘기 한 마리가 거실을 가로질러 문짝이 떨어져 나간 화장실로 도망쳤다. 나는 라이터 불빛과 번개에 의지해 주방을 뒤지다가 일제 세라믹 칼을 발견했다. 몇 년 전부터 주부들 사이에서 인기를 끌었던 놈으로 가벼워서 손목에 무리가 없고 부드럽게 잘리며 허연색 외관과 달리 꽤 단단한 칼이었다. 물론 스마일맨의 매드독에 비하면 장난감 수준이었지만 대안이 없었다. 나는 칼을 집어 들었다. 그 순간 복도에서 K의 목소리가 들렸다.

"넌 저쪽 끝에서부터 찾아 봐. 난 301호부터 뒤질 테니까."

라이터를 끄고 화장실에 숨었다. 비둘기가 불쾌한 듯 날개를 퍼덕거렸다. K 혼자라면 승산이 있었다. 뒤에서 몰래 덮쳐 신장에다가 칼침을 한 대 놓은 뒤 재빨리 도망친다. 아래층이나 위층으로. 똑같은 방법으로 스마일맨도 해치운다. 머릿속으로 동선을 그려봤다. 비둘기가 쿡쿡 웃었다. 날카로운 불빛이 눈앞으로 쏟아졌다. 반사적으로 눈을 가렸다. 그 동작이 나를 살렸다. 왼팔을 들면서 무너진 자세 때문에 심장으로 뻗어 오던 사시미가 허공을 갈랐다. K는 어깨로 밀고 들어왔다. 초보자의 몸짓이었지만 효과는 충분했다. 나는 욕조에 발이 걸리며 그대로 넘어지고 말았다. K가 칼을 든 내 손을 누르며 자신의 사시미를 휘둘렀다. 왼손으로 간신히 막아 냈다. 하지만 내가 불리하다는 사실은 변하지 않았다. 넘어지면서 놓쳐버린 세라믹 칼은 욕조 밖에 떨어졌다.

"나를 호구로 봤지?"

K가 물었다. 어둠 속에서 두 눈이 번뜩였다.

"핏자국을 따라 왔거든. 어때, 꽤 쓸 만하지?"

언젠가 자신이 진짜 되고 싶었던 건 킬러였다는 K의 말이 떠올랐다. 하지만 소질이 없어서 브로커가 되었다고, 그는 아쉬운 듯 털어놓았다.

"미친놈."

"미친놈은 스마일맨이지."

"네 생각인 거야?"

"아니. 조직의 지시야. 너를 제거하는 게 더 안전하다는 결론을 내린 거지."

"개새끼들."

"알아, 나도. 개인적으로 너한텐 미안해."

K가 칼을 쥔 팔에 힘을 주었다. 더 버틸 자신이 없었다. 나는 오른손으로 욕조 안을 더듬었다. 라이터가 만져졌다.

"그래도 이제 죽어 줘야겠어."

K의 얼굴에 대고 라이터를 당겼다. 푸른 불빛 아래 고통으로 일그러진 표정이 드러났다. 나는 발로 K의 가슴팍을 걷어찼다. 뒤로 나동그라지며 K가 소리를 질렀다.

"도망친다."

나는 욕조를 빠져나와 칼을 주웠다. 일어나려는 K의 얼굴에 발차기를 한 번 더 먹여 준 후 거실을 지나 복도를 향해 달렸다. 심장이 고장 난 펌프처럼 제멋대로 쿵쾅거렸다. 다리가 휘청거리고 숨쉬기가 힘들었다. 305호 현관에 버려진 신문 뭉치를 집어들었다. 대충 구겨서 옆구리 상처에 밀어 넣은 다음 꾹 눌렀다.

복도로 나왔다. 밤하늘이 번쩍였고, 복도 끝에 선 스마일맨을 확인할 수 있었다. 나는 계단으로 뛰어 올라갔다. 목표는 5층이었다. 그곳에는 절대 포기할 수 없는 돈 가방이 있었다. 그걸 빼면 도망가 봐야 아무런 의미가 없었다. 5층에서 결판을 내자. 5층은 매일 같이 똥을 싸지르며 표시해 둔 내 영역이다. 아무리 미친개가 덤빈다 해도 내 영역 안에서는 내가 왕이다. 나는 그렇게 생각하며 발걸음을 옮겼다. 하지만 정말로 중요한 이유는, 1층으로 내달려 그대로 줄행랑을 놓지 않는 진짜 이유는 소년 때문이라는 사실이, 내 마음 한구석에서 빠른 속도로 퍼져나갔다.

그야말로 완전한 암흑이었다. 화성 아파트에 깃든 모든 어둠이 단단하게 응집된 곳, 그곳이 바로 소화전 안이었다. 나는 비좁은 공간에 몸을 구겨 넣었다. 소방 호스가 교미하는 뱀처럼 엉겨 붙었다.

나는 어둠이 싫었다. 지긋지긋하고 무서웠다. 어린 시절부터 시작해서 내 인생 전체에 짙고 차가운 그림자를 드리운 반지하방에서의 기억은 온통 어둠으로 시작해 어둠으로 끝났다. 반지하는 낮이라도 늘 어두컴컴했고, 밤이면 그 농도와 깊이가 더해졌다. 어둠은 나에게 달라붙어 있던 가난의 흔적처럼 내 곁을 떠날 줄 몰랐다. 소년에게 유독 마음이 쓰이는 것도 그 때문일 것이다. 소년의 내면에서 흘러나오는 축축한 어둠이 내 마음을 움직였다. 할수만 있다면 살아 나가고 싶고, 할 수만 있다면 소년을 행복하게 해 주고 싶었다. 나는 칼을 쥔 손에 힘을 주었다.

이따금 천둥소리가 들릴 뿐 주위는 조용했다. 놈들은 어디에 있을까? 내 예상이 맞는다면 아직까지도 4층을 뒤지고 있으리라. 5층으로 올라온다고 해도, 내가 소화전에 숨어 있으리라고는 상상도 하지 못할 것이다. 혼란에 빠져 허둥대고 당황하는 동안 한 명씩 처리한다. 자신은 없었지만 지금으로서는 그 방법밖에 없었다. 그때, 소리가 들렸다.

"아저씨."

소년이었다.

"아저씨."

심장이 내려앉았다.

"빨리 나와. 네 친구가 부르잖아."

K가 말했다.

"아저씨. 살려 주세요."

나는 문을 열었다. 세 명이 소화전 앞에 서 있었다. K가 들이 댄 손전등 불빛이 내 얼굴을 비쳤다. 눈부신 빛줄기 사이로도 소 년이 무사하다는 건 확인할 수가 있었다. 녀석은 K의 바지춤을 잡고 꼭 매달려 있었다.

다시 515호로 들어갔다. 내가 앞장섰고 칼을 들이댄 스마일맨 과 손전등을 쥔 K, 그리고 소년이 따라 들어왔다. 거실은 내가 나 왔을 때 그대로였다. 한 가지 다른 것은 구석으로 치워 놓은 돈 가방이 나와 있다는 점이었다. 나는 소년을 돌아봤다.

"가서 앉아."

K가 손전등 불빛으로 소파를 가리켰다. 나는 그곳으로 가서 앉았다. 스마일맨이 칼을 겨눈 채 내 앞에 섰다. 미친개라기보다 는 먹이에 환장하는 충직한 강아지 같았다.

"궁금하지? 어떻게 된 건지."

궁금했지만, 고개를 끄덕이지는 않았다.

"넌 참 좋은 친구를 뒀더군."

K는 천장에 대고 빙글빙글 불빛을 돌렸다.

"별말을 하지도 않았는데 이 꼬마가 술술 털어놓던데."

나는 다시 한 번 소년을 돌아봤다. 녀석은 돈 가방 앞에 앉아 있었다.

"네가 소화전 안에 숨었을 거라고. 대신에 부탁을 들어 달라고."

"부탁?"

"그래. 돈을 달라고 하더군."

"그만 죽여 버리죠."

스마일맨이 끼어들었다. 가늘고 새된 목소리였다. 초조한 듯 칼을 쥔 손을 연신 까딱거렸다. 목줄 풀린 미친개, 딱 그대로였다.

"이런 놈은 어디서 구했어?"

내가 K에게 물었다.

"길에서 주웠지."

"그 일, 이놈이 있는데 왜 나에게 의뢰했지?"

"쟨 킬러 타입이 아니야. 그냥 사이코지."

"빨리 목을 따고 싶어요."

스마일맨이 아이처럼 졸라 댔다. 싱그러운 노란색 가면이 나를 향해 활짝 웃었다.

"언제부터 나를 감시했지?"

이번에는 스마일맨에게 물었다.

"처음부터. 매일매일 계속."

"도대체 이 썩어 빠진 아파트에 몇 명이나 숨어 있었던 거야?"

"너, 내가 그린 스마일 봤어? 널 죽이고 싶어서 참을 수가 없었거든. 그래서 그렸지."

"그럼 실력은 형편없군."

내가 말했다. 매드독이 내 목을 향해 반 뼘쯤 더 다가왔다.

"잡담은 그만하고, 이야기를 계속하지. 약속은 지켜야 하니까."

K가 시커먼 입을 드러내며 벙긋 웃었다. 소년이 고개를 들고 나를 바라봤다. 삶에 지치고 겁에 질린, 무표정한 얼굴이었다.

"돈 가방 열쇠 내놔."

나는 소년과 K, 스마일맨을 차례로 바라봤다.

"어서."

고개를 끄덕이고 바지 주머니에 손을 넣었다. 번개가 쳤다. 천둥이 우악스러운 손길로 하늘을 훑고 지나갔다. 스마일맨의 시선이 아주 잠깐 창밖으로 향했고, 나는 그 순간을 놓치지 않았다. 주머니에서 꺼낸 캔 뚜껑으로 스마일맨의 손목을 그었다. 주머니에서 빠져나온 돈 가방 열쇠가 바닥을 굴렀다. 피가 사방으로 튀었다. 스마일맨을 어깨로 들이박고 단숨에 K 앞까지 굴러 발밑에 떨어져 있던 세라믹 칼을 집어 들었다.

"이 새끼가!"

사시미가 어깨에 박혔다. 동시에 세라믹 칼이 K의 배를 뚫었다. 나는 칼날을 돌려서 K의 뱃속을 헤집었다. K는 소리도 지르지 못하고 앞으로 고꾸라졌다. 스마일맨의 매드독이 끝내 내 오른쪽 귀를 날려 버렸다. 날선 통증이 분수처럼 솟구치는 피보다도 빨리 온몸을 휘돌았다. 나는 K를 방패 삼아 스마일맨과 대치했다.

"역시 재미있는 놈이었어."

스마일맨이 말했다.

"넌 미친 개새끼고."

"죽여 줄게. 목은 마지막에 자를 거야."

"가면 좀 벗어 볼래? 면상이 어떤지 궁금해."

"오케이."

스마일맨이 스마일 가면을 벗었다. 나둥그러진 손전등 불빛이 벽에 반사되어 싸구려 연극에서나 쓰일 법한 조명을 던졌다. 스마일맨의 얼굴은 의외로 평범했다. 어디에나 있는, 언제나 길에서 마주칠 것 같은 얼굴. 바로 나처럼.

"더럽게 못생겼네."

"이제 깜짝 놀랄 무기는 없겠지? 그럼, 끝내자. 아니, 시작하자."

스마일맨이 성큼 뛰어오르며 매드독을 휘둘렀다. 나는 세라믹 칼로 받아 냈다. 둔탁한 소리와 함께 칼날 끝이 부러졌다. 팔이 찌릿찌릿했다. 사시미에 꿰뚫린 다른 쪽 팔은 아예 움직일 수가 없었다. 옆구리 상처도 다시 피를 쏟아 냈다. 두 번째 공격이 날아들었다. 목이 타깃이었다. 상체를 젖혀 피한 뒤에 나도 세라믹 칼을 내질렀다. 매드독의 날카로운 엄니가 칼을 쥔 내 손을 물고 지나갔다. 칼을 떨어뜨렸다. 검지와 중지도 함께. 나는 신음을 뱉으며 쓰러졌다. 사신은 의외의 모습으로 의외의 순간에 다가온다던 스승의 말이 떠올랐다. 전설적인 킬러였던 스승은 중국집 배달 오토바이에 치여 개죽음을 당했다. 스승에게는 염색 머리의 배달원이 사신이었고, 나에게는 노란색 스마일 마크가 사신이었다.

"이제 시작이야, 이제 시작."

스마일맨이 칼로 허공을 휘휘 저으며 나를 내려다봤다. 양쪽 입술을 활처럼 당긴 흡족한 미소를 지었다. 하지만 그 미소는 오래가지 못했다. 스마일맨의 눈이 커졌다. 그리고 곧 고통으로 표정이 일그러졌다.

"이런, 젠장."

스마일맨이 고개를 돌려 멍한 얼굴로 서 있는 소년을 바라봤다. 소년의 얼굴은 피투성이었다. 소년의 손에서 출발한 길쭉한 사시미가 스마일맨의 배를 뚫고 어둠 속으로 비죽이 나와 있었다. 나는 성한 손가락 세 개로 세라믹 칼을 잡고 스마일맨의 옆구리에 찔러 넣었다. 미친개가 무너져 내렸다. 나도 같이 쓰러졌다. 소년이 주춤주춤 뒷걸음질을 쳤다.

"가지 마."

내가 말했다. 그때, 전신을 관통하는 뜨거운 통증이 등을 뚫고 지나갔다.

"ㅎㅎㅎ."

K였다. 숨겨 놓은 칼이 있었는지 내 뒤에 거머리처럼 달라붙어 척추를 잘근잘근 끊어 냈다. 나는 온 힘을 짜내 K를 떨쳐 내고는 목에 칼을 박아 넣었다. K가 생의 마지막 숨을 거칠게 내뱉었다. 내 무릎이 꺾였다. 한계였다. 베이고 잘리고 찔린 상처들 사이로 생명의 기운이 빠져나갔다. 눈앞이 흐려졌다. 그 눈에 소년의 모습이 보였다. 소년은 정신을 차린 듯 주위를 둘러보더니 돈 가방 열쇠를 주워들었다. 그러고는 자기 키만 한 돈 가방을 끌고는 비틀거리며 현관으로 걸어갔다.

"조심해."

소년에게 말했다. 목소리가 잘 나오지 않았다.

"조심해."

소년은 고개를 끄덕였다. 처음으로 겁에 질린 표정을 지어 보였다. 녀석은 오랫동안 나를 바라보더니 현관문을 열고 사라졌다. K가 죽음 직전의 메마른 목소리로 낄낄거렸다.

"바보새끼들."

나는 기침을 했다. 새까만 핏덩이가 올라왔다. 빗줄기가 더 거세졌다. 아니, 하와이의 파도 소리인지도 모르겠다. 휴양지에서의 신나는 파티처럼 번개가 조명을 밝히고 천둥이 음악을 대신했다. 눈을 감았다. 앞이 보이지 않을 정도로 어두웠고, 눈을 뜨더라도 별반 다르지 않으리라는 사실을 나는 깨달았다.

"저거, 다 가짜야. 가방 가득 위조지폐라고."

K는 그 말을 남기고는 미련이 남는 듯 몸을 한 번 부르르 떤 후 곧 잠잠해졌다. 나는 꿈속으로 빠져들었다. 햇빛 찬란한 하와이의 해변으로, 시원한 바람과 반짝이는 모래, 늘씬한 비키니 아가씨들 속으로. 환청인지 아니면 라디오가 정신을 차린 건지 귓가에 노래가 들렸다. 아련하면서도 슬픈 멜로디.

나는 마지막 숨을 내쉬었다. 뜨거운 눈물 한 줄기가 흘러내렸다.

물뱀

이작

전자책 미스터리 노블 시리즈의 하나로, 수산 시장의 살인 사건을 얘기한 「명태」를 썼
고, 네이버 창작 커뮤니티 '유령의 공포소설'과 '김종일의 경계소설'에서 활동 중이며,
한국 미스터리 작가 모임 회원이다. 평범한 학술 연구원으로 지금 쓰는 논문을 완성하
고 나면, 장편에 도전해 보고픈 꿈이 있다.

흐린 날씨 탓인 줄 알았는데, 벌써 해가 기운 모양이었다. 열댓 개의 창이 어지럽게 떠 있는 모니터만이 컴컴한 서재를 겨우 밝히고 있다는 사실을, 나는 정욱과의 통화가 한참 이어진 후에야 깨달았다.

네가 오케이해서 일단 이름을 올리긴 했는데…… 성근아, 나는 좀 그렇다. 괜찮겠냐?

전화기 너머 정욱이 걱정스레 물었다. 얼마 전 검사로서 그가 부탁했던 검찰의료자문 얘기였다.

막역한 지기의 염려를 뻔히 알면서도 나는 그저 안경을 벗어 모니터 앞에 내려놓았다. 뭐라고 대답을 해야 할까. 실은 오래전부터 괜찮은지, 괜찮지 않은지, 혹은 괜찮은 게 무엇인지조차 분명하지가 않다.

제수씨는?

정욱이 재차 물었다.

신 눈에 열기가 느껴졌다. 아내와 대화다운 대화를 나눠 본 건
또 언제였더라. 퀭한 눈으로 거실 소파에 앉아 있는 아내가 떠올
랐다. 인혜가 따뜻하고 잘 웃는 여자였던 시절의 기억을 거슬러
오르다 행여 긴 침묵에 약한 모습이 드러날까 조급하게 입을 열
었다.

"더 나빠진 않다. 그건 그렇고, 정욱아. 기왕 의료자문 얘기가
나왔으니 말인데, 나 제천에 좀 보내 주라."

딴에 아무렇지 않은 척 무거운 본론을 툭 꺼내놓고, 어쩌면 큰
소리가 돌아올지 모른다는 염려가 들었다. 그러나 정욱은 꾸짖거
나 나무라는 대신 전화기 이쪽에서도 선명하게 들릴 만큼 깊은
한숨만 쉬었다.

*벌써 1년이야. 잊지는 못해도 묻으려고 노력은 해야지. 이제 가
서 뭘 어쩌려고?*

어차피 의심과 억측, 그 가운데 기생하는 이 어렴풋한 예감을
설명할 길은 없었다. 모니터 화면을 메운 창들, 그 안에 비슷비슷
한 내용으로 적힌 기사들만이 어떤 질문을 던지고 있을 따름이다.

"사흘 전에 딸애 약혼자였던 청년한테서 연락이 왔어. 수현
이 그렇게 보내고, 장례식 내내 모질게 굴었던 게 마음에 걸렸는
데…… 뜻밖에 제천이라더군. 술을 마셨는지 횡설수설하는 바람
에 정확히 듣지 못했지만, 뭘 알아냈다고 했던 것 같아."

*그 청년도 힘들어 그러겠지. 이제껏 잘 버텨 놓고 괜히 흔들리
지 마라.*

"그래, 무슨 말인지 안다. 그런데 정욱아, 그 청년이 죽었단다. 마지막으로 통화한 사람이 나라고 경찰이 연락을 했어. 우연으로 보기에 너무 이상하고, 내가 가 봐야겠다."

정욱은 조금 놀란 듯 더 이상 토를 달지 않았다. 깊은 한숨만 한 번 더 내쉰 뒤, "기어이 그래야 마음이 편해지겠다면 다녀와." 하고 말할 뿐이었다.

통화를 마치고 거실로 나갔다. 인혜가 문소리에 조건 반사를 일으킨 것처럼 들고 있던 찻잔을 입으로 가져갔다. 방금 전까지 눈이 머물렀던 곳을 따라가 보니, 유리 액자 속에 나와 인혜, 그리고 고등학교 교복을 입은 10대의 수현이 행복하게 웃고 있었다.

10여 년 전 국내에서 누구도 해낸 적이 없던 수술을 성공적으로 마치고, 의료잡지 기자와 인터뷰를 하며 찍은 사진이었다. 그 사진을 유난히 마음에 들어 했던 인혜는 종종 메마른 어조로 '그때가 행복한 최후의 날'이라는 표현을 쓰곤 했다. 그 표현에 동의하진 않아도, 지닌 의미만큼은 수긍이 갔다.

경력에 기폭제가 되었던 그 수술의 성공 이후 찾아온 변화는 예상보다 컸다. 몇 차례 유사한 수술을 더 해내고, 신경외과 과장 자리에 오르고, 연구 규모를 키웠다. 한편으론 더 많은 재원을 확보하기 위해 처세에도 신경을 쏟았다. 이름이 알려지는 만큼 높은 사람을 위한 진료, 높은 사람과의 식사와 술자리 횟수가 늘었고, 주변 사람들이 보내는 경외의 눈빛도 싫지 않았다.

시나브로 그런 생활에 중독이 되었다. 집에 다녀가는 시간이 현격히 줄어들고, 다정한 남편과 자상한 아버지 역할까지 해내기가 버거웠다. 당연스럽게 가정과 하나밖에 없는 딸의 교육을 아내에게 전적으로 미뤘다. 이 정도 사회적 지위를 이루기 위해선 미안하지만 가족의 희생이 따르는 게 당연하지 않느냐고 뻔뻔하게 굴기도 했다. 그래도 마냥 막무가내는 아니었다고 여겼다. 조금만 더 그럴듯한 지위에 오르면, 조금만 더 중요한 사람이 되면, 모든 영광을 가족과 함께 나누고 보상할 계획이었으니까.

오만한 착각이었다. 아름다운 꽃이라도 돌보지 않으면 말라 죽는 게 이치다. 자연의 섭리가 그럴진대, 하물며 남편과 아내, 아버지와 딸의 관계가 멀쩡할 리 없었다. 보듬지 않는 가족과의 관계는 자연히 틀어지고, 유대가 희미해졌다. 인혜와 수현에게 나는 어느새 이방인이 되어 있었던 것이다.

'저…… 친구랑 바람 쐬러가기로 했는데요……'

사고 전날 수현이 늘 그랬듯 어려워하며 말을 꺼냈다.

'같이 가는 친구는 누구니?', '어디로 가니?', '용돈은 부족하지 않니?' 그때 할 수 있었던 얘기는 무궁무진했다. 그러나 고개만 두어 번 끄덕이고 곧장 서재로 향했었다. 성인이 된 지 한참이나 지난 딸이 어련히 알아서 하지 않을까, 사생활에 간섭하는 아버지로 보이기 싫어서였다고 치부했는데, 정말 그런 이유였나 돌이켜보면, 나는 딸에게 말 붙이는 방법조차 제대로 모르는 한심한 아버지였다.

이틀이 지났다. 그 저녁, 나는 국내외 인사들이 모인 포럼의 기조 연설에 들어가기 직전이었다. 인혜에게서 전화가 걸려 왔으나 받기를 미루었더니, 아랫사람이 대신 받아 수현이 실종되었다고 했다. 위급 상황을 인지하지 못하는 태만한 경찰처럼, 나는 '험한 일이 아무에게나 일어나지 않으니 제발 호들갑 부리지 말라'라는 말만 전하라고 지시했다. 기껏해야 휴대전화 배터리가 문제이겠거니 짐작했었다.

하루가 더 지나고 사고 소식을 접했다. 그제야 황망한 정신으로 제천성모병원까지 차를 몰고 내려갔다. 도착해 보니 사흘 전까지 건강하기 이를 데 없던 딸은 영안실로 옮겨진 뒤였다.

이성을 잃었던 것 같다. 강물에 젖은 옷도 갈아입지 못한 청년에게 달려들어 마구 주먹을 휘두르는데, 말리던 인혜가 저만치 나동그라지며 비명을 질렀다. 다가가 부축했어야 마땅했다. 그러나 그러지 못했다.

"감히 아버지한테 거짓말을 하고 남자랑 여행을 가?! 저 자식 뭐야! 당신은 뭘 했어!"

무슨 소리를 하는지도 모르고 분노를 쏟아 냈다. 그러자 인혜가 독기를 품은 어조로 말했다.

"뚫린 입이라고 함부로 지껄이지 마. 당신은 비난할 자격 없으니까. 한 달이면 사흘 보기도 힘든 당신이 왜 수현이 아빠야? 딸이 제 또래한테 따돌림을 당하는지, 우울증 약으로 하루하루 버티고 사는지도 모르는 당신이 어째서 수현이 아빠야? 당신은 아빠 아니야, 개새끼지."

말문이 콱 막혔다.

단지 딸이 지나치게 소심해졌다고만 여겼다. 어떤 땐 늘 겁에 질린 듯한 모습이 지겨워 언제 철들어 사람 구실을 하려나 답답해하기도 했었다. 그런데 내가 예전에 알던 딸의 모습은 없다고 했다. 책들과 서류 더미 사이에 뜨거운 커피 잔을 내려놓고 수줍게 웃던 모습, 교복 바람으로 떡볶이를 사 먹던 모습, 아장아장 걸어와 내 품에 안기던 모습이 생생한데, 벌써 오래전에 사라져 버렸다고 했다.

그러고 보니 몇 년 전, 대화 좀 하자며 붙잡는 인혜를 몇 번이고 '다음에'라는 말로 떼어 냈던 기억이, 뜬금없이 병원으로 찾아와 머뭇거리는 수현을 집으로 돌려보냈던 기억이 선명해졌다. 수현은 내가 그렇게 방치한 새 점점 웃음을 잃었다.

여행을 함께 갔던 석영은 딸에게 간신히 싹튼 희망 같은 존재라고 했다. 마침내 만나 서로 마음을 열고 기대기 전까지, 수현은 수년간이나 홀로 상처를 삭이며 지옥을 겪었다고 했다. 그런 얘기를 그 지경이 되어서야 듣다니 스스로가 무서울 정도였다. 얼마나 원망했을까. 돌아서는 딸의 얼굴을 본 적도 없는데, 선잠에라도 들라치면 흐느끼는 뒷모습이 자꾸만 꿈속에 나타났다.

반쯤 미친 상태로 겨우 장례식을 치르고, 병원에 사표를 냈다. 하루에도 몇 번씩 생사의 기로에 선 사람들을 돌보면서, 정작 내 딸은 손쓸 도리도 없이 허망하게 보내 버렸다는 사실이 아파서 견딜 수가 없었다. 인혜는 그런 나를 말없이 비웃었다.

"어디 좀 다녀올게. 며칠 걸릴 거야."

내 말에 인혜가 슬쩍 고개를 들었다. 내리깐 눈에 경멸이 묻어났다. 모르는 척 현관문을 나서는 발걸음이 납덩이를 단 것처럼 무거웠다.

바로 차를 몰고 아파트 지하 주차장을 벗어났다. 석영의 사인이 익수 자살이라고 공식적인 결론이 났으므로, 다음 날 아침 가족들에게 인계되기 전에 시신을 살펴보려면 한밤의 몇 시간 정도밖에 시간이 남지 않은 때문이었다.

어두운 하늘에서 기척도 없던 빗방울이 후드득 떨어졌다. 운전 대 옆 레버를 조작하자, 와이퍼가 유리창을 훑었다. 비이걱 비이 걱 규칙적으로 흐르는 소리를 따라 최면에 걸린 듯 운전했다. 무 의식적으로 움직이는 몸과 달리, 의식은 자꾸만 하나의 의문으로 향했다.

수현은 어떻게 죽은 걸까.

사고를 당한 제천의 강변은 이전부터 매년 익사자가 많이 나오 기로 유명한 곳이라고 그 지역 경찰이 말했었다. 여름날 조용하고 아름다운 경치에 반해 무턱대고 텐트를 친 야영객뿐 아니라 베테 랑 낚시꾼이나 근처 주민들조차도 잊어먹을 만하면 사고를 당하 는 장소라고, '진짜 물귀신이라도 붙었나?'라는 말을 지나치듯 중 얼거렸다.

검시관의 소견도 실족으로 인한 익사가 분명하다고 했다. 그래 서 수현의 시신은 부검을 거치지 않았다. 소견서 상에서 특기할 만한 사항을 굳이 하나 들자면 양쪽 고막이 손상되었다는 정도 였는데, 익사체에 따라 더러 일어나기도 하는 일이었으므로 민감 하게 볼 부분은 아니었다.

그런데 발인하던 날, 석영은 수현의 죽음을 도저히 이해할 수 없다고 호소했었다. 그가 마지막으로 보았을 때 수현은 무릎 정 도 깊이의 강물에 서있었다고 했다. 민박집에서 돗자리와 간단한 요깃거리를 들고 온 그 10분 사이 수현이 감쪽같이 사라졌기에 장난을 치는 줄 알았다고도 했다.

목격자는 없었다. 경찰이 파악한 정황대로라면, 수현은 제 발 로 잔잔한 강변에서 물살이 거센 강의 중심부로 걸어가 살려달라는 비명 한 번 지르지 못하고 12킬로미터나 떠내려간 후에야 발견된 셈이었다.

시간이 갈수록 기분이 찜찜했다. 단순히 딸의 죽음이라서가 아니었다. 병원 일에서 완전히 손을 떼고 시간적인 여유가 생기자, 집안 서재에 틀어박혀 제천 강변의 익사 사고 정보를 최대한 긁어모았다. 의심스런 이야기는 거기에 있었다.

신문사가 디지털화된 기사를 대량으로 발행하기 시작한 시점이 1995년쯤이라고 한다면, 이후 수현이 사고를 당한 근교 지역과 관련해 신문 기사에서 추려낸 익사 사건은 거의 매년 한두 건씩으로, 최근까지 서른 명이 넘는 희생자를 냈다. 그 가운데 몇은 가족 또는 연인의 사고를 비관해 동일한 장소에 찾아왔다가 실족하거나 자살한 사건으로 추정되었다. 그런데 어째서 익사의 위기에서 구조되었다는 사람의 기사는 단 한 줄도 나지 않았을까?

아빠!

불현듯 수현의 목소리가 들린다고 생각한 순간 눈앞에 깊은 구덩이가 보였다. 급히 핸들을 꺾었지만 울컹 차가 튀어 올랐다.

빠아아앙!

마주오던 빛이 하얗게 유리창을 덮쳤다. 브레이크 파열음과 굵은 경적소리가 귀청을 때리고, 자동차는 한 바퀴를 빙글 돌아 도로 가에 멈춰 섰다.

비이걱. 비이걱.

와이퍼가 규칙적으로 빗물을 닦았다. 순탄치 않은 전조가 보이는 것만 같았다. 그러나 입술을 깨물었다. 아버지라면, 한심해도 내가 아버지라면 이제야 할 수 있는 일이라도 해야만 했다. 한 치

288

의 의심도 없도록. 그래서 수현을 고이 보내 줄 수 있도록.

세차게 뛰던 심장 박동이 잦아들자 액셀러레이터를 밟았다. 자동차가 깜깜한 밤거리로 쏜살같이 튀어나갔다.

"저기 저분이세요."

안내를 해주던 인턴이 철제문을 닫고 나오는 남자를 가리켰다. 파란 수술복에 흰 가운을 걸친 그가 서류철 서너 개를 추슬러 옆구리에 끼더니, 시선을 느끼고 이쪽을 바라보았다.

인턴이 달려가 "서울서 오신 검찰의료자문이라는데요." 하고 고했다. 남자는 "아, 그래." 하고 시큰둥하게 대꾸했다. 그가 성큼 다가와 손을 내밀었다.

"연락받았습니다. 이석영 씨를 좀 보겠다고 하셨다지요?"

"예, 협조해 주셔서 감사합니다. 류성근입니다."

부드러운 말씨에도 불구하고 악수를 나누는 남자의 눈빛엔 귀찮은 기색이 역력했다. 주눅이 들지 않으려고 애쓰는 사이, 그가 철제문을 열었다.

냉기에 섞인 미미한 시취(屍臭)가 콧속을 파고들었다. 차가운 부검대에 발가벗겨진 청년이 흰 천을 덮고 누워 있었다. 남자는 들고 있던 서류철 중 하나를 빼어 건네며 흰 천을 슬쩍 들었다.

"최근에 자살을 기도했던 흔적이 있고……."

핏기를 잃은 시신의 손목 위로 여러 줄의 흉터가 나 있다. 자석에 이끌리듯 부검대 곁으로 다가가 석영의 얼굴을 마주했다. 가슴속에 싸한 파도가 일었다.

"다리 피부에 난 열상과 머리에 든 멍은 강물을 따라 떠내려오면서 생긴 듯하고, 그 외 신체는 깨끗합니다. 혈액에서 알코올 수치가 높게 나온 데다가, 죽기 전날 밤에 강가를 서성거렸다는 목격담도 있고, 이전에 약혼자가 그 근처에서 익사했다는 경찰 보고도 있어서, 전형적인 익수 자살의 사례로 판단했습니다."

"죄송합니다만, 제가 천천히 좀 봐도 되겠습니까."

나는 산란한 마음을 가다듬고 석영의 몸을 꼼꼼히 살피기 시작했다.

살았을 때 제법 준수했을 시신의 얼굴은 부패가 진행되어 조금 부풀어 있었다. 코와 입가에 희미하게 하얀 거품 자국이 아직 남아 있는 점으로 미루어, 발견된 지 오래 지나지 않은 데다 보관이 잘 되었다고 볼 수 있었다.

이마와 오른쪽 눈 위에 든 멍은 옅고 넓게 퍼진 점으로 보아, 타격을 당했다기보다는 남자가 말한 대로 강을 떠내려오면서 생긴 흔적 같았고, 팽만해진 목에는 손으로 조른 듯한 자국이 나 있었으나, 타인이 목을 졸랐다면 당연히 생겼을 울혈이 없었다. 서류철에 끼워진 예비 부검서에 따르면, 발견 당시 입고 있던 셔츠에 옷깃이 있었으므로, 부패가 진행되면서 부풀어 오른 피부에 옷깃이 파고들었을 가능성이 높았다.

기도 안쪽에서는 끈끈한 거품과 진흙 모래가 나왔다고 적혀 있고, 살아 있을 때 물에 들어갔음을 시사하는 긴장성 사후 강직의 소견도 보였다. 전후 사정을 따져 보건대, 남자의 말마따나 전형적인 익수 자살의 소견이 옳았다. 그런데 빤한 결론에 맥이 풀릴 무렵, 예비 부검서의 한 구절이 눈에 탁 띄었다.

"양쪽 고막이 터졌군요."

내 말에 남자가 "예." 하고 서류 한 귀퉁이를 가리켰다.

"계속 보시다시피 중이에 물이 차 있고, 출혈도 좀 있었어요. 드물지만 있을 수 있는 경우죠."

병리학을 제대로 공부한 건 꽤 오래전의 일이지만, 익사체의 고막이 터지는 경우가 왕왕 있다는 사실 정도는 알고 있었다. 그렇지만 어디까지나 드문 현상인 데다, 수현과 석영이 같은 손상을 입었다는 사실이 결코 순수한 우연처럼 여겨지지가 않았다.

다시 시신으로 눈길을 돌렸다. 팔과 다리 피부에는 닭살이 돋아 있었다. 손바닥과 발바닥, 손가락 끝과 팔꿈치는 허옇고 쪼글쪼글했다. 차가운 물에 잠겼던 흔적이었다. 무릎도 같은 형태였는데, 그 아래 왼쪽 종아리에는 나뭇가지에 스쳐 난 열상이 있었다.

열상을 입은 부위보다 좀 더 아래쪽엔 주변 피부와 거의 구분하기 힘들 만큼 희미한 적색의 부위가 보였다. 시신의 무릎을 구푸려 들어올렸다. 대퇴부 뒤쪽에서 종아리까지 이어 나타난 무늬는 시반이었다. 발목에 이르러서는 손가락만큼 얇은 줄이 여러 겹 겹친 모양으로, 흡사 띠처럼 보였는데, 오히려 조금 거리를 두고 보니 띠 같은 정도가 아니라 정말 사람의 손자국처럼 생겼다.

등줄기가 서늘해졌다. 보통 익사체는 물속에서 여러 방향으로 움직이므로, 시반이 형성되는 경우가 자주 발생하진 않는다. 만약 시반이 생긴다 하더라도 중력의 법칙에 따라 지면과 가까운 부위에 나타난다고 하는 것이 상식이다. 그렇다면 종아리와 발목에 집중된 이 밝은 적색의 시반은 어떤 자세에서 생겼겠는가. 아무리 세상에 불가능한 일은 없다지만, 시신이 죽은 후 꼿꼿이 선 자세였다는 말이 된다. 그것도 유속이 빠른 강물 속에서.

"부검에 가족 동의가 있군요."

부검 동의서를 내밀었더니 남자가 고개를 설레설레 흔들었다.

"구태여 열어 볼 필요가 있겠습니까. 가족들 마음이나 더 아프지."

"확실히 해 두고 싶어 그러니 열어 봅시다."

"쯧, 꼭 하시겠다면야 뭐, 직접 하시겠어요?"

남자가 필요한 장비를 끌어왔다.

그가 시신의 머리 쪽에 받침을 고이자 다물려 있던 입이 잠든 사람의 것처럼 살짝 벌어졌다.

뜨끔.

뜻하지 않게 날카로운 감정이 가슴을 스쳤다. 시신이 되어 누워 있는 저 사람은 내가 아는 사람, 더구나 사흘 전까지 살아 있었으며, 어쩌면 사위가 되었을 뻔한 사람이라는 사실이 떠올랐다. 나는 의식적으로 석영의 얼굴을 외면했다.

복장과 장비의 준비를 마치고, 메스를 들었다. 시신의 가슴을 V자로 절개하자 고여 있던 검은 피가 어깨 위로 조용히 흘러내리고, 피부 밑으로 노란 지방층과 하얀 진피가 드러났다. 중앙에 일직선을 한 번 더 그어 치골 부근까지 절개했다. 라텍스 장갑 밑으로 차갑고 축축한 느낌이 전해졌다.

목은 내부 기관이 드러나도록 피부를 턱 위로 들어올렸다. 복부의 피부를 바깥쪽으로 갈라 넘기자 체강 안에 장기들이 드러났다. 이어 커다란 집게처럼 생긴 립 커터로 갈비뼈를 우득우득 부러뜨려 드러냈다. 갈비뼈 아래 자리한 좌우 두 개의 폐와 그 사이 더 깊은 안쪽으로 얇은 막에 싸인 심장이 보였다.

폐를 절제해 내기 전에 모양부터 자세히 살폈다. 익사라면 들이마신 물로 팽창이 되어 있기 마련이다. 그러나 어두운 갈색을 띤 폐는 신체에 알맞은 크기보다 약간 부풀어 있을 뿐 익사를 단정 짓기 애매할 정도로 커 보이지도 무거워 보이지도 않았다.

"좀 늘어났죠?"

등 뒤에서 사진을 찍던 남자가 물었다. 별로 그렇지 않다고 답하려다, 눈이 기분에 속았나 싶어 말을 아꼈다.

다음으로 변연부를 살폈다. 적긴 했지만 폐 안의 공기가 밀려나와 수종이 생긴 데다, 폐 표면에 폐포벽이 터지면서 생긴 출혈로 알록달록한 반점이 찍혀 있었다. 말할 나위 없이 익사의 증거였다.

묵묵히 폐를 절제해 저울 위에 올려놓았다.

"물을 그다지 안 먹었나 보네요. 익사폐로는 평범한 수준이긴 한데."

눈금을 읽은 남자가 사족을 붙였다.

평범이라. 새삼 거부감이 몰려왔다. 살아 있는 사람의 장기와는 색도, 냄새도, 온도도 다르다. 곧 죽은 신체는 썩고 문드러져 자연의 일부가 되고, 영원히 사라져 남은 사람들의 기억에서 멀어질 것이다. 수현도 이렇게 죽은 것일까. 조금 슬퍼지려는 기분을 지우고, 부검에 집중하려 노력했다.

다른 쪽 폐를 처리한 후 위를 절제할 차례였다. 내용물이 흘러내리지 않도록 주의하며 전자저울 위에 내려놓는 찰나였다.

딸깍.

스테인리스 접시에 딱딱한 물체 떨어지는 소리가 들렸다. 나는 잠깐 얼어 동작을 멈췄다. 남자 역시 의심 어린 눈빛이 되었다.

얼른 저울에서 접시를 분리해 내용물을 휘저었다. 위에서 흘러나온 내용물 중에 반짝이는 물체가 있었다. 손가락으로 집어 체액을 닦아 내자, 은색 구슬이 밝은 조명에 빛을 반사했다.

"뭡니까?"

남자가 물었다.

구슬을 들어 가만히 살폈다. 크기가 아직 여물지 않은 콩알만 했다. 양쪽으로 뚫린 작은 구멍을 보니, 목걸이나 팔찌 같은 장신구에서 빠져나온 모양이었다.

"자살할 사람이 일부러 먹었을 가능성은 희박한 것 같고, 익사 시점에 들이켰나? 물속에 별 게 다 떠다니니까요."

남자는 어깨를 한 번 으쓱하더니, 금속 구슬의 중앙을 가리켰다.

"별이네."

질척이는 체액을 다시 한 번 닦아 내자, 금속 표면에 삼각형 두 개를 반대 방향으로 포개놓은 별 모양이 선명해졌다. 수현이 유난히 질문을 해 대던 일곱 살 무렵, 이스라엘 국기 중앙에 있는 그 별 모양의 이름을 물은 적이 있었다.

'헥사그램. 그런데 이스라엘 사람들은 다윗의 별이라고 부른대.'

수현은 그렇게 대답했었다.

"알 크기가…… 열쇠고리? 팔찌 같은 데서 나왔나? 이리 주세요. 보고는 해야 하니까."

남자는 금속 구슬을 받아 수술포 위에 올렸다. 이상하지 않느냐는 말을 꺼내려다 그만두었다. 어쨌거나 현재로선 자살을 뒤집을 만한 증거는 아니라는 판단이 들어서였다.

하지만 아무리 작더라도 비중이 큰 금속이 가라앉지 않고 물속을 떠다닌다는 남자의 말은 옳지 않았다. 이 금속 구슬은 하필이면 왜 위 속에, 그것도 하필이면 왜 석영의 위 속에 들어가 있는 것일까. 하필이면 왜.

다음 날은 몇 가지 서류를 작성하러 들른 지방 검찰청에서 오전과 오후를 모두 보내야 했다. 정욱이 시키는 대로 사람을 만나고 행정적인 절차를 마무리하니, 건물을 나섰을 때는 이미 저녁에 가까운 시각이었다. 늦었지만 애초에 마음먹었던 바와 같이 중전리 방향으로 차를 달렸다. 수현과 석영이 실종되었으리라 추정되는 지점이 그 근방을 지나는 두 하천의 상류, 무자천이라 부르는 곳에 있었다.

거리에 내리던 빗줄기는 멎었지만, 더운 습기로 공기가 여전히 무거웠다. 한 시간쯤 마주 오는 차도 없이 외진 길을 굽이굽이 따라가려니 피로가 몰려왔다. 산세가 누그러질 즈음, 찾던 마을의 어귀를 알리는 작은 표지와 을씨년스런 장승이 나타났다. 계곡에 걸친 다리 아래 경사가 상당했다.

검은색 유화 물감처럼 눅진한 어둠 사이로 불빛이 드러났다. 버려져 잡풀이 우거진 집이 몇 채, 그리고 인적이 드문 버스 정류장이 나타나더니, 100여 미터 떨어진 곳에 누추한 구멍가게가 불을 밝히고 있었다.

음식점 따위를 기대하기가 힘든 판국이라 간단한 먹을거리를 살 요량으로 공터에 차를 세웠다. 운전석 문을 열기 무섭게 빽 지르는 목소리가 귓가를 스쳤다.

"여까지 기끈 채려 왔더만, 이런 미시리를 보았나. 아, 내중에 후회 말고 싸게 받으라!"

가게 입구에 놓인 평상에선 세 사람의 실랑이가 한창이었다. 까랑까랑한 목소리의 노인이 목에 핏대가 서도록 고함을 질렀다. 알전구에서 쏟아지는 빛이 아니었더라면, 새까맣고 주름진 얼굴에 서글서글 맺힌 미소를 보지 못하고 오해를 했을지 몰랐다.

"아유! 제가 마실 수만 있다면야 형님 잔을 마다하겠습니까. 오래 살고 싶어 이럽니다. 한 번만 봐주세요."

맞은편 남자가 손사래를 쳤다. 그에 불구하고 노인은 연신 사발을 들이밀며 "지럴헌다. 저다 내꼰지기 전에 얼렁!"하고 재촉했다.

곁에 앉은 덩치 큰 촌부는 30대 후반 혹은 40대 초반처럼 보였는데, 어딘지 모르게 행동이 부자연스러웠다. 순진한 얼굴에 벙긋벙긋 함박웃음을 웃는 그는 푸지게 부쳐 온 전을 손으로 찢어 맞은편 남자의 코앞에 숫제 들이밀고 있었다.

정겨운 광경에 나도 슬쩍 웃어 버렸다. 아무리 시골 인심이 예전 같지 않다고는 해도, 이 정도로 후한 마을에 무턱대고 선입견을 가졌던 마음이 부끄럽기도 했다.

그런데 돌연 술잔을 만류하던 남자가 "형님, 잠깐만, 잠깐만요!"라더니 뒤를 따라 가게 안으로 들어왔다. 내가 음료수 한 병과 비닐 포장된 빵을 집어들 겨를에 그는 "아주머니, 담배 한 갑이요." 하고 말했다. 계산을 기다리며 자연히 남자의 모습을 살피게 되었다.

부스스한 머리 모양에 드문드문 흰 가닥이 섞인 그에게선 독한 담배 냄새가 났다. 사투리가 섞이지 않은 말씨며 옷차림으로 보아서 한눈에도 외지인이 분명한데, "잔돈이 없네. 돈 내일 줘도 되지요?" 하는 폼이 뻔뻔스러운 건지, 넉살이 좋은 건지 알 수가 없었다.

남자가 바지 뒷주머니에 지갑을 도로 넣으며, 손에 돌돌 말아 들고 있던 종이 뭉치를 계산대에 올려놓았다. 부지불식간에 심장이 덜컥 내려앉았다. 펼쳐진 종이 뭉치 안에 그려진 문양은 헥사그램이었다.

마치 마음을 읽은 듯 남자가 뒤를 돌아보았다. 짧은 시간, 그의 불쾌한 눈빛이 뱀의 혀처럼 내 구석구석을 훑어 갔다. 경계심이 바짝 들어 그를 노려보자, 남자는 약간 불량해 보이는 미소를 지으며 창밖의 차를 향해 고개를 까딱 기울였다.

"서울서 제천성모병원에 검찰의료자문이 내려왔다더니, 어제 오전에 난 익사 사고에 특이 소견이라도 있나 보지요?"

허를 찔리고 보니, 병원에 끄나풀이라도 심어 놓았나 의심이 들었다.

"이런 동네에 중년 남자 혼자 저런 고급 승용차를 몰고 들어오는 일은 흔하지 않으니까. 더구나 차창에 거대 대학병원 주차 스티커가 붙어 있는 차라면 말입니다. 평범한 익수 자살이 아니라고 판단하셨으니 여기까지 오셨겠지요?

뭐, 제가 일부 도와 드릴 수 있겠네요. 무자천 특집 기사를 맡고 있는 월간 《미스터리월드》의 박용혁입니다."

왠지 남자가 일부러 그림이 보이도록 종이를 올려놓았다는 느낌이 들었다. 가십거리나 싣는 싸구려 잡지의 이름이나 니코틴이 누렇게 착색된 남자의 손가락에 전혀 신뢰가 가지 않은 탓도 있었다. 그러나 동시에 '저 사람은 익사 사고에 대해 얼마나 알고 있을까' 하는 호기심이 경계심을 압도했다.

"류성근입니다."

이름을 말하자마자 별안간에 박용혁이 밖을 향해 소리쳤다.

"형님! 아, 우연찮게 여기서 아는 형님을 다 만났네. 술 못 먹는 저 대신 술 한 잔 돌려유우!"

술 권하던 노인의 얼굴이 대번에 난처해졌다.

"몇 가구 남지 않은 이 동네 터줏대감들인데, 배타심이 아주 강해요. 열과 성을 다해 구워삶아 놓았더니 술을 다 마시자네. 우선 저 좀 구해 주셔야겠습니다."

용혁은 재빨리 소곤거리듯 말하고, 밖으로 뛰쳐나가 술잔을 집어 들었다. 돌발적으로 휩쓸린 상황이 못마땅했지만, 어떤 단서를 얻을지도 모르겠다는 희망에 우선 합류하기로 결심했다.

"이 형님네 주조장서 직접 담근 귀한 술이랍니다. 아는 사람들끼리만 찾지, 팔지도 않아요."

용혁이 어거지로 건네는 탁주를 마지못해 입안에 털어 넣자, 식도를 타고 뜨거운 기운이 퍼졌다. 황당한 기색의 노인과 덩치 큰 남자를 보고 멋쩍게 웃는데, 용혁이 "형님, 마신 건 마신 거니까, 봐주십쇼. 먼저 갑니다!" 하고 자리를 털었다. 나도 그를 따라 일어섰다.

"본래 필요하면 방금 만난 사람도 이렇게 이용합니까?"

노인과 덩치 큰 촌부가 보이지 않을 즈음, 따라 길을 걸으며 성을 냈다. 용혁은 아랑곳없이 담뱃불을 붙였다.

"의사가 더 마시면 죽는다고 하기에 부득불 실례했습니다. 간이 엉망이거든요. 선생님도 의사니까 사람 살리는 일 한 번 하셨다 치십쇼."

그는 드문드문 집들이 모인 골목 안쪽으로 길을 잡았다. 담도 없이 야트막한 벽에 청색 기와를 올린 살림집을 끼고 왼편으로 돌자 누군가 지켜보는 느낌이 들었다. 인기척을 기대하고 뒤를 돌아보았으나 칠이 벗겨진 개집에서 백구 한 마리만 머리를 내밀고 으르렁댔다.

몇 걸음 더 가지 않아 자갈과 굵은 모래 섞인 흙길이 도드라져 나타났다. 멀고 어두운 저편에선 많은 물이 흐르는 소리도 들렸다.

"무자천에서 익사 사고가 꾸준히 일어나기 시작한 때가 1994년 이후입니다."

풀냄새가 진한 길을 지나며 용혁이 입을 열었다. 산비탈에 술독을 쌓아 놓은 마당과 집이 보였다. 아는 사람들끼리만 찾고 팔지도 않는다는 노인의 술이 저곳에서 만들어지는 듯했다.

"최초 경찰 기록에는 그해 9월에 야영을 하던 대학생들이 하류에서 익사체로 발견되었다는데, 그 이래로 1년이면 한두 건씩 꼭 익사 사고가 났거든요. 낮에 보면 평화롭기 그지없는 강변인데, 아무리 안전 불감증이니 뭐니 해도 귀신이 붙지 않고선 어떻게 한 해를 거르지 않나 싶더란 말입니다.

그래, 내가 특집으로 기사를 하나 써 보자 내려왔는데, 아까 그 노인네랑 얘기를 나누어 보니까 알려진 게 다가 아니었어요."

흙길 끝에 다다라 작은 언덕이 나왔다. 오르막이 계속 이어지는 통에 숨이 차는데, 용혁의 발걸음은 조금도 느려지지 않았다.

"실은 그 이전에도 종종 익사 사고가 터졌답니다. 여기 무자천에 얽힌 민담이 있어서 흥밋거리가 됐는지 방송국에서 무속인들을 데리고 촬영을 왔었다는데, 그게 86년도이더군요. 촬영 중에 일어난 사고 때문에 실제로 방영이 되지는 않았지만, 3부작짜리 다큐멘터리로 찍는다고 무속인들이 접신하는 장면이며 살풀이하는 장면을 아주 자세히 찍어 두었다고 하더라고요. 막판엔 사흘에 걸쳐 크게 굿을 벌였답니다. 그러고는 몸주들이 급살을 맞았다나 봐요. 무속인 넷 중에 둘은 마지막 날 강에서 익사체로 발견이 되었고, 나머지 둘도 굿판을 벌이고 얼마 지나지 않아 갑자기 죽었어요. 교통사고와 강도였죠."

용혁의 말을 들으면서 가게 앞 평상에 놓고 온 먹을거리가 떠올랐다. 무척 피곤한 데다 빈속에 독한 술을 부어서인지 정신이 얼떨떨했다.

"그러니까 말하자면, 굿이 성공했는지 실패했는지 딱 잘라 말할 수는 없지만, 적어도 8년간은 사고가 일어나지 않았다는 거죠. 그러다가 94년도에 집중 호우로 범람한 강물이 온 동네를 쓸어가 버린 적이 있답니다. 복구가 된 후에 익사 사고가 또 발생하기 시작했다는데, 그러면 언제가 진짜 익사 사고의 시초냐. 하, 이거 케케묵은 일제강점기, 무자천의 민담이 생긴 그 시대까지 올라가더란 말입니다. 저길 보십시오."

용혁이 꽁초를 튕겨 내고 지척에 있는 건물을 가리켰다.

"지금은 쓰지 않는 마을 공동 창고 중 하납니다."

녹슨 철문이 우리를 맞이했다. 육중한 이중문을 궤도를 따라 밀자 쇠와 쇠가 마찰하는 소리가 귀를 괴롭혔다.

"아까 그 노인네 말에 따르면, 원래 있는 창고는 집중 호우로 유실되고, 그해 겨울 호밀 벨 때쯤 이 창고를 다시 지었답니다. 유실된 창고는 이보다 좀 더 작았는데, 86년도에 무속인들이 뭔 까닭이었는지 이 자리에 굿판을 벌였대요."

용혁이 스위치를 찾아 불을 켰다.

창고 안에는 너무 낡아서 버려 둔 탈곡기 두 대와 빈 마대자루 더미를 제외하곤 아무것도 없었다. 휑한 주변을 둘러보다 슬슬 짜증이 났다. 줄곧 참고 있었지만, 굿 얘기나 하는 상황을 보자니, 억지로 근거를 갖다 붙여 초자연적 원인이 익사 사고를 일으켰다는 결론을 내고 싶은 모양이었다. 기가 찼지만, 그래도 용혁의 기분을 살펴 조심스레 말을 꺼냈다.

"나는 그냥 그 헥사그램의 의미만 좀 알고 싶습니다만……."

용혁이 씩 웃더니 발밑을 가리켰다. 반사적으로 아래를 보았다가 그만 소름이 돋았다.

"아……."

바닥에 박혀 있는 커다란 돌에 여섯 꼭지가 달린 별모양이 뚜렷하게 새겨져 있었다.

"유태인의 상징인 다윗의 별이라고도 하지요. 힌두교의 얀트라나 도교의 태극도처럼 한국의 고대 무속에서도 쓰이는 기본 문양인데, 우리가 주목해야 하는 의미는 좀 다릅니다."

용혁은 옆구리에 꼈던 종이 뭉치를 뒤적여 그중 한 장을 뽑았다.

"헤르메스의 『에메랄드 타블렛』이라는 서적에 언급된 내용을 보면, 이 헥사그램은 유태인들이 사용하기 훨씬 전부터 의식에 이용되었습니다. 삼각형 두 개가 반대 방향으로 포개진 모양은, 위에 있는 것은 아래와 같고, 아래에 있는 것은 위와 같다는 의미를 지니고 있습니다. 그러면서 양과 음, 즉 대립적 구조에 있는 것들을 가리키지요. 이를테면 불과 물, 남자와 여자 같은 구조 말입니다. 또한 두 삼각형의 합체는 그 대립적 구조에 있는 것들이 서로 결합하는 것을 의미합니다. 형이상학과 형이하학, 진리의 통합, 그런 의미인 겁니다, 헥사그램은."

얼결에 받아 든 종이를 보았다. 용혁의 설명이 이어졌다.

"언젠가부터 헥사그램은 알 수 없는 힘을 사용하기 위한 도구가 되었습니다. 그중 잘 알려진 것이, 성경에 등장하는 다윗과 밧세바의 아들, 솔로몬의 헥사그램입니다.

혹시 유태교 신비주의 전통인 '카발라'를 아십니까? 카발라에서는 신을 상징하는 네 개의 글자를 테트라그라마톤이라고 하는데, 이는 또한 신이 가진 일흔두 가지 위대한 힘을 나타냅니다. 솔로몬은 헥사그램과 테트라그라마톤을 조합해서 악령을 가두거나부렸다고 합니다. 그가 엄청난 부를 쌓을 수 있었던 데에는 그런내막이 있었던 겁니다."

그는 바닥에 쭈그려 앉아 헥사그램을 더듬었다. 성긴 모래가돌 위에 아로새긴 금 사이로 스르르 흘렀다.

"죽은 무속인들은 굿과 같은 방식 외에도 여러 가지 방법을 동원해 한 인물을 이 안에 가두려고 시도한 것 같습니다."

흙모래를 어지간히 털어내자 헥사그램의 중앙에 생소한 한자가 보였다.

"물 이름 동, 신령스러운 뱀 려. 동려. 무자천에 얽힌 민담에 나오는 인물이에요. 들어 보셨습니까?"

용혁이 물었다. 고개를 가로젓자, 그럴 줄 알았다는 듯 그가 말을 이었다.

"구전에 따르면 동려는 일제강점기 시절에 이 동네 살던 여인이었습니다. 어미가 흰 뱀이 강을 거슬러 오르는 태몽을 꿨다 해서 동려란 이름을 붙였다는데, 얼굴이 반반하고 「사의 찬미」 같은 당시 유행가를 아름답게 불러 여러 남자를 홀렸답니다. 실제론 성정이 포악하고 탐이 많은 계집이었지만, 신분 고하를 막론하고 남자들 각자는 줄곧 자신의 이상형이라고 착각을 했다니 꾀도 보통이 넘었나 봅니다.

헌데 이 동려가 어느 날 임자를 만납니다. 도시에서 유학을 하다 돌아온 어느 도련님이 그 주인공이었는데, 그가 돌아간다는 소리를 듣곤 쫓아갈 계획을 세우죠. 며칠인가 둘이 은밀한 밤을 보내고 보따리를 쌌습니다. 떠나기로 한 전날 밤, 도련님이 강에 배를 띄우고 달마중을 하러 가자 할 때까지도 행복에 겨웠죠.

하지만 밤중에 나가 보니, 기다리는 사람은 도련님이 아니라 그동안 그녀가 후리고 다녔던 남자들이었습니다. 그들은 도련님을 먼저 죽이고 자기들끼리 싸우다, 혼자 차지하지 못할 바에 동려를 다 같이 죽여 버리자고 모의를 했지요.

동려는 사지가 잘려 무자천에 수장되었습니다. 물에 던져지고 나서도 한동안 살아 제 어미의 꿈처럼 강물을 거슬러 올랐다지요.

이후 무자천에선 익사하는 사람이 끊이지 않는다고 합니다. 죽은 동려가 무자천의 물뱀 귀신이 되어 강 가까이 오는 사람들을 홀린다는 소문이 오늘날까지 전해지는데, 흥미롭게도 70~80년대 초만 해도 물뱀에 물려 죽는 사람이 종종 나왔답니다. 물뱀은 독이 없다고 밝혀졌는데도 말이죠."

"그러니까 말인즉슨 익사 사고의 원인이 저주란 말입니까?"

어이가 없어 질문을 던지곤, 눈을 꾹 감았다 떴다. 슬슬 어지러운 것이 아무래도 술 기운보단 몸살 기운이 들려는 것 같았다.

"제가 아무리 미스터리한 이야기로 밥 벌어 먹고 산다지만, 이런 민담 따위가 남들에게 어떻게 들릴지 모르지 않습니다. 하지만 말입니다……."

용혁은 무릎을 짚고 일어서며, 예의 그 불량스런 미소로 씩 웃었다.

"저는 굿이 성공을 했든 쇼에 불과했든 무속인들이 어느 정도 진실에 접근하지 않았을까 추측합니다. 저주에 제대로 접근하지 않고서야 굿에 참여했던 무속인 넷이 며칠 간격으로 모두 죽을 확률이 얼마나 되겠습니까?

어제 시신에서 뭐가 나왔는지 병원에 있는 지인으로부터 들었습니다. 선생님께서 도와주시면 그 금속 구슬과 헥사그램의 단서를 이용해 저주의 실체를 밝힐 수 있을 겁니다. 시신에 나타난 징후를 좀 설명해 주시지요."

처음 짐작한 바가 맞았다. 병원 관계자에게 며칠 더 머물겠다는 말을 해 두었으니, 내가 조만간 마을에 들릴 가능성도 계산했을 테고, 자동차에 붙여 놓은 주차 스티커를 통해 쉽게 알아볼 수 있었을 것이다. 장황한 말로 여기까지 끌고 왔지만, 결국 삼류 잡지 기사에 쓰일 글감이 필요하다는 말이 아닌가.

화를 억누르기 힘들었다. 쓸모 있는 얘기를 기대한 내 잘못이 크지만, 상식적으로 따져보더라도 용혁의 말은 비약이 심했다. 동려가 등장하는 민담이 어떤 연유로 생겼는지 알 바 아니나, 하천이 제대로 관리되지 않던 그 옛날에 물에 빠져 죽은 이가 한둘이었겠는가. 더구나 전쟁이나 홍수로 급작스럽게 많은 사람들이 죽은 때도 있었으니, 정확한 자료 없이 입으로 전해져 내려오는 얘기 전부를 신뢰할 수는 없다.

창고 바닥의 헥사그램만 해도 그러하다. 방송국에서 촬영을 나왔다면, 시청률을 높이기 위해 무슨 짓인들 못했을까. 돌바닥에 그럴 듯한 무늬를 일부러 새겨 넣었을 수도 있고, 타지에서 온 무속인들이 숨졌다는 말이야 다시 볼 일 없으니 얼마든지 꾸며 냈을 수 있다. 그러니 그 모든 익사 사고가 저주에 관련되었다고 단정 짓기는 어불성설이다.

"미안합니다. 그런 일이라면, 내가 박용혁 씨를 도와야 할 이유를 모르겠군요."

손을 내젓자, 용혁의 표정이 빈정거리는 투로 변했다.

"이해합니다, 선생님. 겪어 보지 않은 사람들은 절대 알 수 없는 게 이쪽 분야지요. 그래도 한 번 생각이나 해 보시죠. 희생자 가족들이 한풀이라도 제대로 할 수 있게 도와주는 셈치고."

차라리 끝까지 저주 탓이라고 우겼으면 좋았다. '희생자 가족들의 한풀이'라는 말이 비수같이 가슴에 꽂혔다. 따지고 보면 내 행동도 아무 소용없는 한풀이에 지나지 않는 것 아닌가. 인정하기 싫은 그 사실이 눌러 놓은 울화를 터뜨려 버렸다.

"그만하세요."

"우리 잡지에 이름이 인용되는 게 싫으시다면, 그냥 검찰의료자문 L씨 정도로 해 두죠. 하기야 경력이 있는데, 기사에 이름이 실리면 꺼림칙하실 테죠."

"그런 말이 아니잖습니까."

"당장 결정을 못 하시겠으면 제 명함이라도 가져가십시오. 1년을 별러 왔던 기획인데, 사나흘 더 못 기다리겠습니까. 박봉인 제가 풀코스로 한번 거하게 쏘겠습니다. 쭉쭉한 미녀가 있는 집이 좋으시다면, 그도 좋고요."

"그만!"

용혁이 쥐어 주던 명함을 뿌리쳤다. 격분을 참으려니 눈앞에 별이 튀었다.

"뭐야, 당신? 당신 뭔데 남의 죽음을 그딴 싸구려 잡지에 재미로 실어? 이런 식으로 죽은 사람들 얘기 팔아 먹고 대체 얼마나 버나? 그렇게 벌어서 풀코스도 쏘고, 술집도 가고 그래? 그래?! 부끄러운 줄 알아!"

용혁을 뒤로 하고 창고를 뛰쳐나왔다.

보이지도 않는 길을 따라 한참을 씩씩거리며 걸었다. 비가 내려 물러진 진흙길이 구둣발에 퍽퍽 패였다. 검은 바짓단에 흙탕물이 튀어 흉한 얼룩이 진대도 자꾸만 퍽퍽 패며 걸었다. 걸음을 옮길수록 내 자신이 바보같이 느껴져 견딜 수가 없었다.

처음부터 좀 다정한 아빠였더라면.

손으로 이마와 콧잔등에 솟은 땀을 닦아 냈다. 참았던 눈물이 주르륵 쏟아졌다. 소매에 아무렇게나 얼굴을 문질러 닦았다. 무작정 수풀을 헤치고 물소리가 나는 쪽으로 걸었다. 캄캄한 어둠이 길과 뒤섞여 있는 그곳에 산기슭까지 가득 메운 검은 물이 천둥 같은 소리를 내며 흐르고 있었다.

흐윽.

흐느낌이 터져 나왔다. 수현이 미치도록 보고 싶었다. 칼 방석이든 펄펄 끓는 쇳물이든 지옥에 떨어져서라도 시간을 거꾸로 돌릴 수만 있다면, 얼마든지 내 영혼을 가져가시라 신께 빌고 또 빌었다. 딸의 눈을 마주보고 얘기한 적이 언제였더라. 생일에 축하 메시지를 남긴 게 언제였더라. 아무짝에 쓸모없는 후회가 심장을 옥죄었다.

신을 원망했다. 경고를 줄 수도 있지 않았나. 다치더라도 곁에서 돌볼 수 있게 한 번쯤은 경고를 줄 수도 있지 않았나. 데려가기 전에 조금만 시간을 줄 수도 있지 않았나. 사랑한다 한 마디쯤은 할 수 있도록, 미안했다 한 마디쯤은 할 수 있도록.

아니, 부질없다. 모두 내 잘못이다. 떠나보낸 후에야 가슴을 치는 나는 한심한 아버지다.

아빠!

수현의 목소리가 들렸다. 귀를 의심했다. 고개를 들어 수풀을 살폈다. 씨근거리는 내 숨소리가 아니었다.

눈앞에 어렴풋이 그림자가 드러났다. 자세히 보니 그는 마을 입구 가게에서 보았던 촌부였다. 큰 덩치를 쇠약한 환자처럼 구푸리고 서서, 숱 적은 머리를 부자연스레 긁적이다 뭐라고 웅얼댔다.

좌우로 흔들리는 눈빛이 불안했다. 저를 걱정하는지, 나를 걱정하는지 반복해서 같은 말을 웅얼거렸다.

귀를 기울였다. 촌부는 나에게 무슨 말을 하려는 걸까. 저 사람은 수현을 알까. 혹시 수현이 물에 휩쓸려 갈 때 목격을 하진 않았을까. 귀를 더 기울였다.

"……배앰…… 무울…… 뱀."

촌부가 손가락으로 내가 선 밑을 가리켰다.

발치에 똬리를 튼 물뱀의 비늘이 서늘하게 반짝였다. 신비하게 하얀 뱀이었다. 조그만 대가리를 세우고, 유난히 빛나는 빨간 눈이 날 응시했다. 스르르 움직인 물뱀이 아가리를 벌리고 말했다.

"아빠."

놀라 눈을 번쩍 떴다.

눈부신 햇빛이 쏟아져 눈살이 찌푸려졌다.

매애앰 맴맴.

나무마다 매미가 목숨을 불태울 기세로 울어 댔다. 물방울이 날아와 "웃!" 하고 바라보니, 물을 튀기고 키득거리는 얼굴은 다시 못 볼 줄 알았던 수현이었다. 눈을 깜빡이고 다시 보았다. 하얗고 맑은 얼굴에 연둣빛 원피스를 입은 여자는 정말 수현이다.

"아빠, 엄마가 모자 쓰시래요."

수현이 찰박찰박 물을 밟고 건너와 창이 넓은 밀짚모자를 건넸다.

"그런데 이런 데서 정말 물고기가 잡혀요? 이렇게 얕은데?"

묻는 말에 비로소 손에 들려 있는 낚싯대를 내려다보았다. 흐르는 강물을 등지고 낚싯줄을 풀어내는 중이었나 보다. 강물을 따라 뻗어 나간 찌가 저만치에 흘러가고 있었다.

꿈인지 생시인지 분간이 가지 않았다. 저주라도 좋았다. 얼른 모자를 덮어쓰고 릴을 감기 시작했다. 절반쯤 감았을까, 낚싯대가 둥글게 휘었다. 단단히 감겨 오는 손맛이 낚싯줄 저 끝에 제법 무게가 나가는 물고기가 사투를 벌이고 있음이 확실했다.

"어어! 물었어요?"

수현이 탄성을 질렀다.

하하, 요것 봐라.

웃음이 절로 나왔다. 조심조심 힘을 조절해 가며 릴을 감아올렸다. 놈은 힘이 좋았다. 펄쩍 뛰어오르는 것을 언뜻 보니 팔뚝만 한 잉어 같았다.

"아빠! 아빠!"

수현이 흥분해 소리쳤다.

관자놀이를 흐른 땀이 목에 두른 수건에 스며들었다. 낚싯대가 꺾어질 듯 팽팽하게 휘었다. 거의 다 왔다.

허리춤을 더듬어 뜰채를 찾았다. 허전했다. 급히 주변을 둘러보았더니, 물가에 덩그러니 놓인 뜰채가 보였다. 놈이 물속에서 몸부림을 쳤다. 자잘한 물보라가 사방으로 튀었다.

툭.

낚싯대가 총알처럼 뒤로 튀어 나갔다 돌아왔다. 놈은 기어이 낚싯줄을 끊고 도망을 가 버렸다.

"에이……."

수현은 아쉬워하다 깔깔 웃었다.

"와아아. 진짜 물고기가 잡히는구나. 아빠, 다음번엔 꼭 성공하세요!"

목청껏 웃는 수현이 연둣빛 풋사과처럼, 이제 막 피기 시작한 살구꽃처럼 싱그러웠다.

나는 하하 웃으며 새 낚싯바늘을 매달았다. 수현이 어린아이처럼 주위를 맴맴 돌며 콧노래를 불렀다. 익숙한 가락이기에 가사를 붙여 따라 불렀다.

> 광막한 광야를 달리는 인생아
>
> 너의 가는 곳 그 어데이냐
>
> 쓸쓸한 세상 험악한 고해에
>
> 너는 무엇을 찾으러 가느냐
>
> 눈물로 된 이 세상에
>
> 나 죽으면 그만일까
>
> 행복 찾는 인생들아
>
> 너 찾는 것 설움

"어? 이거 연주곡인데, 가사가 있어요?"

수현이 눈을 동그랗게 뜨고 물었다. 그 모양이 너무 그립고 귀여워 콧등이 시큰해졌다.

"응, 옛날에 어떤 여가수가 그 곡에 가사를 붙여 불렀거든. 아빠도 할아버지가 물려주신 레코드판이 있어. 집에 가면 찾아서 들려줄게."

흐뭇하게 말하는데, 멀리서 "여보오!" 하고 부르는 소리가 들렸다. 인혜가 찾는 모양이었다.

"못 들어요, 아빠."

수현이 정색을 했다.

"여보오!" 하고 부르는 소리가 또 들렸다. 비명에 가까운 걸 보니 커다란 벌레라도 등장한 모양이었다.

"왜 못 들어? 창고에서 LP플레이어 꺼내면 돼."

못 듣는다는 수현의 말에 영문을 몰랐다.

"성근아아!"

멀리서 들리는 목소리는 정욱이었다. 정욱도 같이 왔던가? 의문이 들었을 때 수현이 입을 열었다.

"고막이 터져서 못 들어요, 아빠."

다시 눈을 떴다. 사방이 캄캄했다. 눈부신 햇빛도, 낚싯대도 사라졌다. 수현의 모습은 온데간데없고, 거센 압력과 싸늘한 기운이 밀려왔다. 내 몸은 무서운 속도로 흐르는 강물에 코 밑까지 잠긴 상태였다.

소스라쳐 간신히 중심을 잡았다. 힘들게 발을 옮기려 했지만 강한 물살에 휘청거리기 일쑤였다. 엎친 데 덮친 격으로 딛고 선 지반이 푹푹 꺼졌다. 달걀 껍질처럼 퍼석거리는 점토가 물살에 뜯겨 나가는 모양이었다.

"여보오!"

"성근아아!"

강가에 어른거리던 빛이 이쪽을 향했다. 어떻게 찾았는지 강변에서 인혜와 정욱이 발을 동동 구르며 소리를 지르고 있었다.

기다려! 금방 나갈게!

소리치고 싶었지만, 입으로 밀려드는 물을 삼키느라 말이 나오질 않았다.

한 사람이 쏜살같이 달려와 강물로 뛰어들었다. 또 다시 몸이 휘청할 적에 그 남자가 용혁이라는 사실을 알아챘다. 이번엔 중심을 잡지 못하고 물살에 휩쓸려 버렸다. 미끄러지듯 휘말려 곧장 가라앉는데, 내 몸에 부딪힌 나뭇조각들이 반대 방향으로 멀어졌 다 돌아오는 광경을 보았다.

와류구나!

거친 소용돌이였다. 주변의 물을 무섭게 빨아들여 바닥으로 내꽂는 급류가 허우적대는 발 지척에 있었다.

있는 힘을 다해 물을 박찼다. 그러나 강물을 흠뻑 먹은 옷 때 문에 역부족이었다. 가까스로 고개만 내밀어 숨을 들이쉬자마자 물의 흐름에 빨려들었다.

꾸룩 꾸르륵 숨을 뱉어내는 소리가 귀를 메웠다. 강철도 우그 러뜨릴 것 같은 압력이 정신없이 몰아쳤다. 그 와중에 다리에 무 엇이 얽혔다. 새까맣고 긴 실타래처럼 생긴 촉수가 발목과 다리를 거미줄처럼 감아 얽더니 소용돌이의 중심으로 무섭게 끌어당겼다.

이대로 죽겠구나.

살아생전 처음으로 두려웠다. 숨 쉴 수 없다는 공포와 기이한 정체의 촉수가 정신을 공황으로 몰아갔다. 발버둥을 쳤다. 머리 위로 수면은 점점 멀어지는데, 폐에 남은 공기는 몇 초도 버티지 못할 만큼이었다.

그때 희한한 착각이 들었다. 귀가 먹먹해짐과 동시에 가는 노 랫가락이 들렸다. 꿈인지 생시인지 수현의 콧노래에 맞춰 불렀던 그 노래였다.

덥석.

차가운 기운이 왼 발목을 감쌌다.

촉수인줄 알았던 새까만 머리카락 사이로 수현의 얼굴이 보였다. 딸은 웃고 있었다. 풋사과 같던 수현의 얼굴이 삽시간에 부풀어 오르더니 피부가 뜯겨 나가기 시작했다. 시시각각 무너져 너덜너덜해진 얼굴에 뻥 뚫린 콧구멍이 드러나고, 손과 발의 살점이 뚝뚝 떨어져 물살에 섞였다. 비명을 질렀다. 죽음을 선사하러 수현이 내게 다가오고 있었다.

꾸르르르르⋯⋯.

마지막 숨까지 뱉어내자 겁에 질린 신체가 최후의 반응을 보였다. 기도가 조여들고, 팔다리의 근육이 뻣뻣해졌다. 이상하게도 한순간 체념이 되었다. 차라리 수현을 따라가자. 차가운 물에 홀로 잠들어 얼마나 외로웠을까. 딸이 원하면 이제라도 함께 있어 줘야겠지. 차츰 두려움이 사라졌다.

나는 수현을 감싸 안았다. 수현도 살점이 다 떨어져 나간 팔로 나의 목을 둘렀다.

아빠가 미안해.

수현의 귀에 속삭였다. 수현은 이해했다는 듯이 나를 꼭 끌어안았다. 급류가 끝나는 강바닥에 물이 빠져나가는 동굴이 있었다. 얼마나 길지, 끝이 어디인지 알 수 없으나, 혼령이 된 수현이 나를 데려갈 곳이었다.

그런데 난데없이 불쑥 얼굴이 보였다. 용혁의 얼굴이었다. 그가 갑자기 내 목덜미를 낚아채는 바람에 수현을 놓쳐버렸다. 내버려 두라고 소리치려했는데, 미친 듯이 뒤섞이는 흐름에 용혁과 내 몸이 휩쓸렸다. 허우적대는 용혁의 모습을 보던 나는 그만 정신을 놓아 버렸다.

숨 쉬어!

숨 쉬라고!

가슴이 답답했다. 한기가 몰려와 속이 좋지 않다.

"숨 쉬어!"

정욱이 있는 대로 소리를 지르는 통에 귀가 찢어질 듯 아팠다. 컥컥거리며 물을 토해 내자 눈앞에 눈물을 글썽이고 있는 인혜의 얼굴이 보였다.

턱이 덜덜 떨렸다. 정욱이 서둘러 윗옷을 벗어 덮어 주었다.

"여, 여기 어, 어떻게……."

"당신 혼자 제천에 갔다고 해서!"

날 포기한 줄 알았던 인혜가 울고 있었다. 가슴이 미어졌다. 곁에 있던 정욱이 "진정하세요. 성근이 살았잖아요." 하고 인혜를 달래더니, 화를 꾹 참은 목소리로 입을 열었다.

"너만 보내 놓고 영 안심이 안 돼서 뒤따라 왔어. 동네 어귀에 차는 있는데, 보이질 않아서 한참 찾아 헤맸다. 너 여기서 뭐했어? 이 바보 같은 자식이 설마 수현이 따라 죽어 버릴 마음으로 온 거야?"

대답할 힘이 없어 고개만 겨우 흔들었다. 겪은 일을 설명해 봤자 쉽게 믿어 줄 리도 없었다. 눈으로 용혁을 찾았다. 그는 정욱의 뒤에 널브러져 있다 무릎을 세우고 앉았다. 물에 쫄딱 젖어 아직도 숨을 헐떡이는 그는 눈을 마주치자 허탈한 한숨을 지었다.

"검찰의료자문인 줄만 알았지, 유족인 줄은 몰랐습니다. 그러면 그렇다고 말이라도 하지, 다짜고짜 그리 화를 내고 가면 어쩝니까?"

"미, 미안…… 합니다……."

기침이 터졌다. 등을 두드려주던 정욱이 "병원부터 가자." 하며 부축했다.

나는 패잔병처럼 만신창이가 되어 정욱과 인혜에게 의지했다. 정욱은 줄곧 침묵을 지켰고, 인혜는 흐느끼며 연신 눈가를 닦아냈다. 대화는 없었지만 말보다 훨씬 많은 감정들이 오갔다. 늦게나마 인혜에게 큰 죄를 지었다는 각성도 들었다. 어째서 수현이 동려의 모습으로 내 앞에 나타났는지 혼란스럽지만, 하마터면 인혜마저 홀로 남게 만들 뻔했다.

비척걸음으로 마침내 용혁을 처음 만났던 가게 앞에 이르렀다. 길가에 유일하게 불을 밝혔던 가게마저 문을 닫고, 사뭇 스산한 공터에 자동차 두 대만이 덩그러니 서 있었다.

"함께 가시죠."

정욱이 용혁에게 차문을 열어 주었다. 그쳤던 빗방울이 도로 부슬부슬 흩뿌렸다.

"아닙니다. 다친 데도 없으니 굳이 병원에 갈 일은 아니고, 민박집에서 씻고 잠이나 잘랍니다."

용혁은 껄렁하게 대꾸하면서도 다가와 내 손을 꽉 잡았다.

"연락주십쇼."

특집 기사를 포기할 생각은 전혀 없어 보였다. 그렇지만 잡은 손에서 위로가 전해졌다.

다시 연락하마 약속을 하고 차에 올라탔다. 길 위에 내린 밤은 눈치도 없이 깊어지기만 했다. 앞서 가는 정욱의 차가 어둠을 향해 빛을 비추고, 인혜가 그 뒤를 따라 내 차를 몰았다. 지나는 풍경만 바라보다 뒤로 뉘였던 조수석 의자를 바로 세웠다. 피곤에

절어 금세 곯아떨어질 줄 알았는데, 도리어 의식이 명료해졌다.

잔잔한지 알았던 강물의 위력은 대단했다. 이렇게나 지독한 소용돌이라면, 꼿꼿이 선 상태에서나 생길 수 있는 시반이 그 때문이라는 증명은 좀 어려울지 몰라도, 터진 고막 같은 징후들이 아주 이해가 가지 않는 건 아니었다. 휘말렸다 살아났다는 사람이 없었으니, 강바닥에 소용돌이의 원인이자 배수구의 역할을 하는 수중 동굴이 있다는 사실도 아는 이가 거의 없었을 것이다.

그러다 문득 궁금해졌다.

석영은 수현을 따라갔을까.

"자?"

운전하던 인혜가 참으로 오랜만에 먼저 말을 붙였다.

"아니."

"……무섭지 않았어?"

"……무서웠어."

"그런데 왜 그랬어? 나 때문에 그랬어?"

"아니, 아니야. 죽으려고 물에 들어간 게 아니야. 그냥 기억이……."

기억이 나지 않는다?

머릿속에 플래시가 터졌다. 물에 들어가기 직전, 그림자를 만났다. 불안한 눈빛과 지속적인 웅얼거림, 손발을 부자연스럽게 놀리는 행동. 마치 약물 중독의 부작용으로 중추신경계 이상을 앓는 환자처럼 보인 그는, 술 권하던 노인과 함께 있던 촌부였다.

다음 플래시가 터졌다. 발치에서 물뱀을 보았다. 은빛으로 빛나는 비늘과 유난히 빨간 눈이 희귀한 돌연변이 같았다. 뱀이 입을 열어 말했다. '아빠'라고. 그러고 눈을 감았다 뜨자 다른 차원에 뚝 떨어진 듯 낚시질하는 내 곁에 수현이 맑게 웃고 있었다.

환각이다. 어디서부터였는지 헷갈리지만, 환각 상태에서 '물뱀'과 같은 특정 단어의 암시에 빠지기란 그리 어려운 일이 아니다. 존재하지 않는 허상에서 깨어났을 때, 제어가 불가능한 몸은 강물에 잠겨 있었다. 상황을 깨닫기도 전에 곧바로 소용돌이에 휘말렸다. 그러자 두 번째 환각이 찾아왔다. 무자천에 얽힌 잔인한 민담의 희생자, 동려의 모습으로 수현이 나타났다.

무자천의 민담은 용혁이 해 주었다. 용혁은 같은 얘기를 술 권하던 노인에게서 들었다고 했다. 술. 석영이 마지막으로 전화했을 때도 횡설수설하는 말투에 술을 마셨다고 추측했었다. 그리고 나도 술을 마셨다. 가게에서 산 음료수와 빵은 평상에 그대로 두었고, 오후 들어 먹은 음식이라곤 노인의 주조장에서 직접 담갔다는 독한 술 한 잔 뿐이었다.

모든 정황이 노인과 촌부를 가리킨다. 저주는 용혁이 여기는 대로 단순한 심령 현상이 아닐지도 모른다. 급히 인혜의 휴대전화로 용혁에게 전화를 걸었다. 두 번이나 음성 사서함으로 넘어가도록 응답이 없다.

"여보, 차 돌려."

"응?"

"박용혁 씨가 위험에 처한 것 같아."

"갑자기 무슨 소리야?"

"어서. 괜찮은지 확인부터 해야겠어."

인혜는 앞서 가는 정욱에게 들리도록 경적을 크게 울리고, 급히 핸들을 꺾었다. 나는 머릿속에 용혁이 했던 말을 차근차근 상기했다.

'그해 겨울 호밀 벨 때쯤 이 창고를 다시 지었답니다.'

공동 창고의 문을 열고, 용혁이 말했었다.

호밀은 겨울에 자라는 작물이다. 그러니 경찰도 여름철에 일어난 익사 사고와 마을에서 경작하는 작물을 쉽사리 연관 지을 수 없었을 것이다. 그러나 호밀은 맥각균이 기생하기 쉬운 대표적인 작물이고, 번식한 균사에서 알칼로이드를 분리해 낼 기술만 있다면 강력한 환각 물질을 얻을 수 있다.

'흥미롭게도 70~80년대 초만 해도 물뱀에 물려 죽는 사람이 종종 나왔답니다. 물뱀은 독이 없다고 밝혀졌는데도 이 마을 사람들은 그렇게 믿었다는 거죠.'

용혁의 말이 마음에 걸렸다. 추리가 옳다면, 익사한 사람들의 부류는 셋이다. 환각제의 조악한 품질에 목숨을 잃은 사람, 환각 상태에서 사고를 당해 죽은 사람, 그리고 환각제의 비밀을 세상에 폭로하려는 사람이다.

용혁은 단연 마지막 부류다. 환각 물질에 대해 전혀 몰랐으니 처음부터 염두에 두지도 않았겠지만, 일단 의심하면 바로 답이 나올 정도로 정보를 캐냈을 확률이 상당하다.

그에게 부어 준 술을 우연히 나타난 내가 대신 마셨을 때, 황당해하던 노인의 표정이 떠올랐다. 해치려는 수작을 비껴간 결정적인 순간이었을 것이다. 하지만 노인의 불운은 이제 시작이었다. 수상한 낌새를 눈치 챈 사람은 더 이상 용혁만이 아니니까.

"어디로 가?"

마을 앞 불 꺼진 가게가 보이자 인혜가 물었다.

용혁이 머무는 민박집 위치를 모르는 만큼, 우선 확인해야 할 곳이 있었다. 흙길에서 보았던 주조장이었다. 좁은 비포장 도로를 덜컹거리며 지나는 차 안에서 용혁이 무사하기만을 기도했다.

술독 쌓은 마당이 보일만큼 주조장에 접근하자 차가 다니기 어려울 정도로 길이 좁아졌다. 인혜에게 차문을 잠그라 이르고 뛰쳐나갔다. 뒤따라온 정욱도 차를 버려두고 쫓아왔다.

조용히 대문을 열었다. 소리가 나지 않도록 조심했는데도 끼긱거리는 잡음이 고요한 마당에 유별나게 울렸다. 불 켜진 마루와 방, 퀴퀴하니 누룩을 넣어 놓은 간이 작업장에는 인기척이 없었다.

정욱이 눈치를 주며 집 뒤편을 가리켰다. 너덧 평쯤 되는 목조 창고가 있었다. 불이 켜져 있진 않았으나, 노인이 숨죽여 밖을 살핀다면 그처럼 적당한 장소가 없어 보였다. 정욱이 조용히 하라는 뜻으로 입술에 손가락을 붙였다. 문고리를 향해 가만가만 손을 뻗는데, 갑자기 벌컥 문이 열렸다.

"으어! 으어어억!"

정욱이 튀어나오는 그림자를 재빨리 덮쳤다.

"놔아! 놔아악!"

더플백을 끌어안고 격렬히 저항하는 그는 덩치 큰 촌부였다.

"살려 주세요! 살려 주세요오!"

기다릴 틈이 없었다. 창고 안에서 도움을 청하는 목소리가 들렸다. 안으로 뛰어들자 포박당한 채 머리에서 피를 흘리는 용혁이 보였다. 바닥에 엎드린 그 앞에 도끼눈을 뜬 노인이 버티고 있었다.

"흥! 내 잡으러 왔나?"

노인은 손에 집히는 대로 신칼을 집어 휘둘렀다.

맙소사.

노인의 칼보다 위압적인 광경은 창고라고 생각한 목조 건물의 내부였다. 벽에 칠성신을 그린 알록달록한 탱화가 천지였다. 뿐만 아니라 제단에 쌓아 놓은 제물들, 산신다리로 쓰는 긴 무명천, 갖가지 굿에 쓰이는 도구들이 즐비했다. 특히 향로 옆에 꼬아 둔 금속 사슬이 눈에 띄었다. 알알이 별모양이 새겨진 사슬이었다.

"영감님, 다 끝났어요. 칼 내려놓으세요."

"빙신, 육갑을 떨라. 순순히 그래 해 줄 것 같나?"

칼날을 휘두르는 기세가 매서웠다. 그러나 대치 상황이 오래가진 않았다. 어느새 일어난 용혁이 노인의 뒤를 몸으로 들이받은 덕분이었다. 우당탕 쓰러진 노인의 몸 위에서 용혁이 씩씩대며 말했다.

"다 죽었다더니……. 헉헉, 하나는 살아 있었어. 헉헉."

정욱도 촌부를 제압해 끌고 왔다. 그가 "경찰 불렀으니 곧 올 거다."라며 빼앗은 더플백을 열자 아무렇게나 마구 욱여넣은 지폐와 환각제를 묻혔으리라 추정되는 압지가 낙엽처럼 우수수 쏟아졌다.

노인은 고개를 떨궜다. 나와 정욱, 포박에서 벗은 용혁에게서 달아날 길은 없었다. 익사 사고에 얽힌 모든 전말이 드러나는 최초의 순간이었다.

서울로 돌아간 지 일주일쯤 지나 인혜와 함께 무자천을 다시 찾았다. 그 밤에 본 모습과는 전혀 딴판으로 강은 조용하고 평화롭게 흘렀다. 인혜가 강물에 꽃 두 송이를 띄웠다. 하얀 꽃송이들이 여울목에 한참 머물다 멀어져갔다.

전날 정욱에게서 안부 전화가 걸려온 참이었다. 정욱은 경찰 조사가 마무리되어 사건이 검찰에 송치되었다며, 범인들이 대부분의 사실을 자백했다고 일러 주었다.

어이없게도 노인은 86년도에 다큐멘터리를 촬영하러 왔던 무속인 중 한 사람이었다고 했다. 촬영 당시 무속인들은 마을을 샅샅이 뒤지고 다니다가 창고 바닥에 깔린 돌 아래에서 따로 저장해 놓은 호밀 깜부기를 발견했고, 쓸데없이 먹을 수도 없는 깜부기를 뭐하러 모아 놓았나 캐고 다니는 과정에서 마을의 대표격이던 촌부의 아버지가 불법 환각제를 제조한다는 사실도 알게 되었다고 했다.

처음엔 경찰에 알리기로 했지만, 실제로 신고가 이루어지지는 않았다. 그중 한 사람이 우선 자수하도록 설득해 보는 게 인지상정 아니겠느냐고 끈질기게 주장했기 때문이었다.

그렇게 주장한 한 사람은 모두를 배신하고 촌부 아버지의 유일한 동업자가 되었다. 마을 창고에서 큰 굿이 벌어지던 날 다른 무속인들의 술잔에 환각제를 탄 사람이 그였고, 거기서도 살아남은 한 사람을 끝까지 강도로 위장해 죽인 이가 촌부의 아버지였다.

촌부는 생명이 얼마 남지 않았다는 진단을 받고 보호 시설에 감치되었다고 했다. 필연이 부른 비극이었을까. 노인들이 자주 찾는 다방과 유흥업소에 환각제를 유통시키다 자신마저 환각제 남용으로 심신을 잃고 말았다.

노인과 촌부는 입막음과 이권 다툼을 살해의 이유로 들었다고 했다. 환각 상태로 만들어 강에 버리는 사람의 수가 늘어나면서 죄책감도 점점 무감각해졌다고 진술했다.

그 피해자에 수현과 석영도 포함되어 있었다. 주변을 맴돌며 수현의 죽음을 집요하게 캤던 석영은 작정하고 살해했지만, 수현은 운이 나빴다고 했다. 강가에서 뒹굴던 촌부가 압지를 뜯어먹고 환각에 빠지는 장면을 목격한 것이다. 수현이 환각 물질에 대해 얼마나 아느냐는 중요하지 않았다. 아픈 사람인 줄 알고 도와주러 왔다가, 수상한 압지의 냄새를 맡아 본 사실만으로도 살해의 동기는 성립되었다.

용혁은 끝내 무자천에 관한 특집 기사를 냈다. 다행히도 재미보다는 희생자를 애도하는 측면을 부각시켰는데, 노인과 촌부가 검거되면서 그가 기사를 낸 잡지 《미스터리월드》는 창간 최초로 적자를 면했다고 했다.

"좋은 데 갔겠지?"

인혜가 울먹한 소리로 말했다.

많은 것이 변했다. 딸의 모습을 절대로 잊지는 못해도, 이제는 조금씩 슬픔을 극복할 수 있을 것 같았다. 예쁘고 사랑스러웠던 수현의 모습을 강물 위에 수없이 새기며 인혜의 어깨를 감쌌다.

"그럼."

마음속에 아주 조금 평안이 찾아들었다.

M병원의 기적

이대환

1980년 출생. 현재 만화 출판사에서 만화 편집자로 일하고 있다. 2007년 《계간 미스터리》 신인상에 「술 취한 오토바이」로 당선돼 작품 활동을 시작했다. 단편 추리소설 「알리바바의 알리바이와 불가사의한 불가사리」, 「보물섬 스트라이크 볼링게임」, 「그때 그 만화가는 거기 없었다」, 「한밤의 대청소」, 「처녀작 공포증」, 「유희교실 — 0교시의 살의」, 「유희교실 — 1교시의 함수F」 등을 발표했으며, 한국 추리 작가 협회와 한국 미스터리 작가 모임에서 활동하고 있다.

쪽지 #1

선생님, 당신께서 이 보잘것없는 인간에게 보인 깊은 인간애에 나는 탄복했습니다.

그래서 감히 이렇게까지 용기를 내보게 되었습니다.

선생님 말이 맞습니다. 나는 지금 무척 외롭고, 또 무섭습니다. 나는 지난 10년간 정신의 끈을 놓은 채 정처 없는 노숙 생활을 했습니다. 오히려 그때는 두려운 것도, 외로운 것도 모르는 들개처럼 지냈습니다. 하지만 이곳에서 선생님과 같은 따뜻한 사람을 만나고 보니, 나 스스로가 사람이었다는 것을 깨달았습니다. 그리고 동시에 그 인간이라는 존재의 허점을 파고들며 무서운 기억들이 몰려왔습니다.

과연 이 얘기를 선생님께 털어놓아도 되는 것일지, 이렇게 무시

무시한 내 고통의 절반을 선생님께 전가한다는 것이 너무나도 죄책감을 갖게 했습니다. 그러나 어제 내 손을 꼭 잡고, 눈물을 글썽이던 선생님의 진심, 그 미치도록 아름다운 진심에 한번 매달려 보기로 했습니다. 그 아름다움이 모든 것을 구원해 줄 것을 믿습니다.

나는 그곳을 아주 잘 알고 있습니다.

마치 지금도 눈앞에서 보는 것처럼 선명하게 그릴 수 있습니다.

흔하다면 흔한 5층짜리 시골 병원이죠. 건물은 M시의 작은 시내에서도 구석에서 구석으로 몰려 있습니다. 덕분에 자기보다 조금 높은 산을 바짝 업고 있죠. 지은 지는 한 20년쯤 됐을까요. 아마 지금쯤은 험악한 산 기운에 완전히 눌려 끔직한 몰골을 하고 있을 겁니다. 제가 마지막으로 봤을 때만 해도 산에서 뻗어 내려온 관목들이나 넝쿨 식물들이 건물 안으로 침입할 기회만을 엿보던 형세였으니까요. 그래서 이런 생각도 듭니다. 그 거대한 풀 덩어리들이야말로 M병원에서 벌어진 온갖 비극의 시작이 아니었을까, 하고 말입니다. 주인 없는 무덤이 많았던 산, 그곳으로부터 쏟아져 내려온 풀 덩어리들, 혹시 거기에 섞여 음지에 서식하는 온갖 징그러운 것들이 병원으로 퍼져 나가진 않았을까요. 꼬물거리는 벌레들, 세균, 바이러스, 역한 습기, 기름진 촉감, 불행과 죽음을 암시하는 어떤 기운들까지…… 하지만 확실히 그 이전부터 M병원에 관해선 끔직한 소문들이 있어 왔습니다.

그 소문들은 하나 같이 M병원을 저주 받은 곳으로 지목하고 있습니다. 그곳에서는 사람들이 쉽게 정신이 나가고, 살인을 저지르며, 죽어 있는 것이 어두운 생명을 얻는다고 합니다. 그것은 마치 우리가 흔히 알고 있는 '피라미드의 저주' 같은 것들처럼 지나치게 와전되고, 흥미를 위해 짜 맞춰진 느낌을 지울 수 없습니다. 그렇지만 여기에 단 한 가지의 사실도 없는 것은 아닐 겁니다.

아, 혹시 이런 얘기들을 좋아하십니까?

제가 하고자 하는 얘기는 바로 제가 M병원에 대해 알고 있는 이런 종류의 한 가지 사실이랍니다. 그리고 10년 전 제가 직접 겪었던 일이기도 합니다.

쪽지 #2

그가 이런 M병원에 오게 된 것은 기묘한 우연의 일치가 아니고서는 이해하기 힘든 부분이 있었습니다. 물론 이것은 내 생각일 뿐입니다.

선생님, 나는 그를 잘 몰랐습니다.

정수민이라고 하는 자는 범죄자였습니다. 그것도 복역 중, 말기 암 진단을 받고 형 집행 정지를 받은 특이한 케이스였죠. 보통 치명적인 질병으로 형 집행 정지를 당하는 경우, 거의 자유의 몸이 되는데 정수민은 그렇지 않았습니다. 왜냐하면 그 근래 들어서 형 집행 정지 중 발생한 사고들이 몇 건 있어서 경찰들을 아주 곤란하게 했기 때문입니다.

그런데 재수 없게도 이놈이 M병원으로 오게 된 겁니다. 그래서 경찰인 저는 놈을 감시하게 되었습니다. 생각해 보면 이게 엄청난 불행의 씨앗이었습니다.

정수민을 M병원에서 처음 봤을 때, 내가 형사로서 느낀 것은 다른 사람들의 시각과는 조금 달랐습니다. 나는 대번에 그 녀석이 떠벌리기 좋아하고, 그로 인해 시선을 모으고 싶어 안달이 난, 정신 빠진 허풍쟁이라고 판단했습니다. 일단 별다른 전과도 없었고, 죄명이 살인 미수이긴 했지만 정수민 본인이 말한 (남녀노소를 가리지 않는) 스무 명 이상의 살해라는 어마어마한 쪽으로 확대시켜 보기엔 너무 비약이 심했으니까요. 또 증거도 마땅치 않았고, 따라서 이들 가상의 피살자들에 대한 '식인 행위' 역시 전혀 고려의 대상이 아니었습니다.

나는 이런 녀석들을 대하는 방법을 잘 알고 있었습니다. 극도로 관심을 절제하고, 제풀에 지치게 만들어야 했습니다. 그래서 나는 놈의 말을 철저하게 무시하기로 했습니다. 언론과의 직접적인 접촉 또한 철저하게 통제해 정수민은 당시 전혀 주목을 받지 못했습니다. 이 때문에 녀석은 무척 불쾌해하며, 나를 보는 족족 심한 욕설을 내뱉곤 했습니다. 그런데 욕을 먹으면서도 오히려 좋았습니다. 내심 내가 이번에도 범죄자 놈들과의 심리 대결에서 이겼다며 쾌재를 부르고 있었습니다.

그러나 며칠을 M병원으로 출퇴근 하다가 녀석의 병명이 다른 것도 아닌 위암이라는 것을 알았을 때는 나도 모르게 섬뜩한 느낌을 받았습니다. 거짓임이 분명한, 녀석의 식인 행위(자기는 '그 고기'를 먹지 않으면 죽는다고도 했습니다. 또 자기가 위암에 걸린 것도 오히려 그 고기를 먹지 않아서 생긴 병이라는 궤변을 늘어놓기도 했습니다.)에 대한 진술이 가장 먼저 떠올랐습니다. 그 먹는다는 행위와 위장의 밀접한 관련성이 위암이라는 진단으로 인해 너무도 무섭게 느껴졌습니다. 부끄러운 얘기지만 그 말라비틀어진 말기 암 환자에게 덜컥 겁을 집어먹은 것이죠.

게다가 이게 다가 아니었습니다.

초반에 진료를 봐 주던 늙은 담당의가 어디론가 가고, 새 의사가 왔습니다.

'내과 부장 염상훈'

가슴팍의 그 명찰을 보는 순간 나는 무거운 추가 코끝에 걸리는 지독한 느낌이 들었습니다. 명찰이 있는 가슴팍을 넘어 좀 더 위쪽에는 아주 잘난 남자의 얼굴이 있었습니다.

염상훈은 M시에서 국민학교와 중학교를 같이 다닌 동네 친구였습니다. 공부를 곧잘 해 의대에 진학했고, 이후 서울에서 꽤 잘나간다는 소문이었는데 어느 날 갑자기 M병원으로 옮겨 온 것입니다.

이를 두고 여론이 분분했지만 내가 알아본 바로는 여자 문제였습니다. 환자를 잘못 건드려 서울 병원에서 쫓겨났다고, 전 병원에서 확인도 했습니다.

상훈은 원체 잘생기고, 똑똑하고, 집안도 좋다보니 어렸을 때부터 여자 문제에 대해서는 남달랐습니다. 웬만한 여자들 치고는 인근 동네들까지 상훈이 한 번쯤 안 건드려 본 여자들이 없었습니다. 물론 고향으로 돌아와서도 엄청나게 많은 여자들을 타고 놀았습니다. 염상훈이라는 인간을 알게 된 이래로 이건 뭐 원래 그래 왔던 것이기 때문에 자연스러운 현상으로 받아들였어야 했는데…… 헌데 그게 이번만큼은 쉽게 넘어갈 수 없었습니다.

내 아내가, 별거 중인 그 사람이 상훈이 타고 노는 그런 여자

중의 한 명이 되어 버린 건 좀 다른 얘기였으니까요.

쪽지 #3

지난 쪽지에서 정수민이 M병원으로 오게 된 일에 대해 저는 '우연'이라는 진단을 내렸습니다. 그것도 모자라 '기묘한'이라는 말까지 더했습니다.

하지만 기왕 이렇게 된 거, 이 우연이라는 것에 대해 좀 더 다각도로 점검해 볼 필요가 있습니다. 오늘따라 왜 이렇게 회고적이 되는지 모르겠지만 이제 숨길 이유도 없고, 숨기고 있을 시간도 얼마 남지 않았다고 생각합니다. 앞으로 남은 시간 동안 제가 아는 모든 과거를 털어놓을 수 있었으면 좋겠습니다.

어쨌든, 우연이라는 표현은 당시를 회상할 때면 나오는 습관적인 표현입니다. 사실 그렇게 드라마틱한 상황을 우연 말고 설명할 수 있는 말이 없기도 합니다.

위암 말기로 형이 집행 정지된 정수민이 내 고향 M시의 M병원으로 오게 되고, 그의 주치의를 염상훈이 맡게 되고, 염상훈은 고향까지 돌아와서 친구 마누라를 가로채고, 정수민을 감시해야 하는 나는 덕분에 상훈을 매일 만나게 되고, 그렇게 되면서 상훈을 통해 내게서 도망간 수희 년을 떠올리며 매일매일 끔찍한 고통을 받아야 하는…… 이런 우연.

선생님 같으면 이 노골적인 불행을 그저 우연으로만 치부해 버릴 겁니까? 그저 몇 번이건 운이 좋지 않다거나 하는 식으로? 그런데 생각해 보면 어려운 확률의 일이 연달아서 일어났을 때, 그것은 오히려 '필연'이라 불러야 맞지 않습니까?

어차피 볼 장 다 본 입장에서 내가 확실하게 말할 수 있는 건, 정수민, 나, 염상훈, 김수희가 그 썩을 놈의 병원에서 만나게 된 것은 피할 수 없는 일이었다는 겁니다.

말로 표현할 수만 없었을 뿐이지, 당시의 나도 이러한 분위기를 어렴풋이 느끼고는 있었습니다. 그리고 필연이라는 도도하고 거센 흐름은 내게 어떤 행동을 촉구하고 있었습니다.

이 세 번째 쪽지 위에서 기묘하다고 다시 언급한 부분은 아마 여기쯤에 해당될 것 같습니다.

이런 우연, 아니 필연의 상황 속에서 나는 정확히 10년 전, 돌이킬 수 없는 일들을 저질러 버렸습니다. 이제 와서 고백하건대 내가 생각할 수 있는 가장 잔인한 방법으로 나쁜 사람들에게 응징을 가했습니다. 그들은 무서운 비명을 질렀으며, 결국 망가진 수도꼭지처럼 피를 질질 흘리며 죽어 버렸습니다.

그러나 나는 너무나 통쾌했고, 피의 굶주림으로부터 터질 듯한 포만감을 얻었습니다.

그렇지만 사실 나는 10년 전, 아무도 응징하지 않았습니다.

이것이 기묘한 우연의 진실입니다.

쪽지 #4

잔인한 의도를 가진 사람들은 흔히 완전범죄를 꿈꿉니다. 범인이 잡히지 않는 것 또한 잔인한 의도를 완성하는 한 부분이라고 생각하기 때문입니다.

나 역시 범인으로 지목되고 싶은 마음은 털끝만큼도 없었습니다. 그래서 이때 내가 제일 먼저 떠올린 게 정수민이었습니다.

그러자면 이 사실을 먼저 얘기해야 합니다.

어느 날 회진을 나온 상훈이 이상한 점을 발견했습니다. 그렇게 말이 많던 정수민이 잠잠한 게 이상하다는 얘기였습니다. 나와 상훈은 우리 쪽으로 등을 돌리고 있는 녀석의 몸을 돌아 눕혔습니다. 그러자 입가에 흘러내린 선명한 핏자국이 눈에 들어왔습니다. 그리고 계속 오물거리고 있는 입. 그때 만족스러운 표정을 짓고 있던 입가의 미소와는 달리 눈동자는 반쯤 돌아가 있었습니다.

그 역겨운 자식은 자기 혀를 깨물었습니다. 병원의 사람들은 모두 자살 소동으로 이해를 했지만 나는 여기서도 좀 달랐습니다. 오물거리던 입, 그 녀석은 진정 자신의 혀를 깨물어 씹어 먹고 있었습니다. 자기는 '그 고기'를 먹지 않으면 죽는다는 놈의 말이 순간 떠올랐습니다.

이후로 다행히도 놈의 쫑알거리는 말소리를 듣게 되지 않아서 좋은 점도 있었지만 왠지 병실을 감도는 초조하고 불안한 분위기가 계속 신경이 쓰였습니다. M병원의 저주라고 할까요. 밤만 되면, 온갖 악령들의 후원으로 죽은 이에게 어두운 생명이 흘러 들어가는 것 같은 끔찍한 위화감이 느껴졌습니다. 그 덕분인지 정수민은 며칠 만에 금방 회복을 했고, 그의 눈빛은 전과는 완전히 달라졌습니다. 암의 진행도 그를 더 이상 아프게 하지는 못했습니다. 어쩐지 전보다 더 강해진 그 모습이 주위를 놀라게 했습니다.

그러나 이것도 주치의인 상훈을 비롯한 간호사들은 말기 암 환자의 일시적인 분위기 전환으로 여겼지만 난 또 달랐습니다. 난 분명히 이렇게 생각했습니다.

이거야말로 우연이 아닌 어떤 필연의 흐름이다! 그리고 저 도도한 흐름이 나를 강력하게 생애의 절벽 끝으로 몰아붙이고 있다. 그곳은 깎아지른 듯한 선택의 절벽. 내가 죽든지, 그게 아니라면 다른 사람을 대신 밀어뜨려야 하는 곳이다. 그렇다면 내가 해야 할 일은 오직 하나, 저 정수민이란 괴물을 이용한 기묘한 완전 범죄뿐이다!

나는 상훈이 없을 때 몰래 놈에게 말했습니다.
곧 신선한 고기를 마음껏 먹게 해주겠다고 말입니다.

쪽지 #5

며칠 후, 아내 수희가 사라졌습니다. 핸드폰도 꺼져 있고, 도무지 행방을 알 수가 없었습니다.

상훈은 아픈 마음을 드러내지도 못하고, 끙끙대기만 할 뿐이었습니다. 그 옆에서 나는 무심히 상훈의 그런 모습을 훔쳐보며 아주 뜨거운 통쾌함을 느꼈습니다.

내가 수희의 죽음을 결정적으로 확신하게 된 증거는 정수민의 침대 위에 붙어 있던 머리카락 몇 점이었습니다. 부드럽게 컬이 들어간 긴 여자 머리카락이었습니다. 수민이 있는 병실은 꼭대기인 5층의 가장 안쪽에 있는 6인실입니다. 5층은 원래 비어 있던 층으로 수민을 위해 특별히 부탁한 것이어서 그 층 전체뿐만 아니라 6인실인 병실 내부에도 아예 다른 환자들이라고는 없었습니다. 게다가 간호사들은 머리카락이 모두 짧고 단정한 스타일이었습니다. 그 머리카락은 아내 김수희의 것이 분명했습니다.

정수민으로 하여금 수희를 죽이게 하는 방법은 간단했습니다. 간호원들의 움직임이 뜸한 밤 시간에 수민의 감시역인 제가 그 저 몇 시간 동안 녀석을 자유롭게 해 주면 되는 것이었습니다. 그 러면 놈은 자기가 알아서 수희를 찾아가는 것입니다. 여기엔 어 떤 지시나 정보 제공의 뉘앙스가 전혀 없었습니다. 나는 그저 놈 에게 맛있는 고기를 마음껏 먹게 해 주겠다는 얘기만 했고, 내가 지금 처한 엿 같은 상황에 대해 혼자 넋두리를 조금 했을 뿐입니 다. 또한 놈이 어떻게 그 고기를 먹고, 어디에 저장하는지 따위는 전혀 아는 바도 아니었고, 신경 쓸 필요도 없었습니다. 사냥을 하 는 육식 동물들은 그런 것들을 아주 태생적으로, 그리고 아주 비 밀스럽게 하기 마련이니까요.

왜, 이해가 안 되신다고요? 왜 하필 정수민이 내 편을 들어 줬 냐는 얘기시군요. 그 당시 모든 일들이 아주 자연스러운 흐름 선 상에 있었고, 그 밑바탕에는 피에 대한 강렬한 열망이 있었습니 다. 정수민이 원하는 만큼 나 역시도 원했습니다. 정확하게 표현 할 수는 없지만 일종의 동질감이 아니었을까 생각할 뿐입니다. 내 가 제일 궁금했던 게 그 '맛'이었으니까요.

어떤 맛이었을까? 조금 살집이 있는 편이었으니 부드러운 맛이 었을까…… 담백한 맛일까, 아니면 독특한 향을 가진 복잡한 맛 이었을까. 나는 그 생각만 하면 위아래 어금니가 뿌드득 소리를 내며 입안에 단맛이 돌 정도로 격한 허기를 느끼곤 했습니다. 그 렇지만 아주 기분이 좋아지는 배고픔이었습니다.

이쯤 되면 선생님께서 나를 미친 살인마라고 손가락질해도 좋 습니다. 나는 분명 인간으로서 하면 안 될 상상을 했고, 그것을 즐기기도 했습니다. 하지만 단 한 가지, 그것은 나쁜 의도와 상상만 있었던 것이지 내가 용기를 가지고 실제 행한 것들이 아닙니다. 물론 비겁한 변명인 것을 압니다! 그 정도밖에는 나도 설명을 할 수가 없습니다. 정말 기묘할 정도로 내 의식을 조종하며, 피 구덩이 속으로 끌고 갔던 M병원의 기적적인 분위기밖에 탓할 수 있는 게 없다, 이 말입니다. 나 역시 피 구덩이 속에서 피를 흠뻑 뒤집어썼습니다. 그래도 난 이렇게 뉘우치고 있습니다.

피할 수 없는 살인의 충동을 느낄 때, 슬그머니 날카로운 흉기를 내미는 그런 악마들을 저주합니다. 그들과 계약을 맺을 때, 난 제정신이 아니었던 게 분명합니다. 부디 이 참혹하고, 불행한 얘기를 끝까지 들어 주시되 나에 대한 사랑까지 거둬 가지는 말아 주십시오.

쪽지 #6

아내 수희의 죽음을 확신한 이후로 나는 조금 석연찮은 기분도 있었습니다. 아내의 살해 장면을 내가 직접 눈으로 본 것이 아니기 때문에 두 번째 대상인 염상훈의 것은 제대로 보고 싶었습니다. 그러자면 무대는 내가 거의 24시간 붙어 있는 곳이며, 그리고 괴물이 숨 쉬는 곳인 정수민의 병실이 되어야 했습니다.

나는 꽤 늦은 시각에 상훈에게 연락을 했습니다. 수희 건으로 병원에서 잠깐 보자고 말입니다. 그는 처음엔 의아해했지만 정수민 때문에 자리를 비울 수 없다고 하니 30분 뒤에 직접 차를 몰고 M병원 지상 주차장으로 들어왔습니다. 밖에 나와서 이를 확인하고 있던 나는 상훈이 그대로 수민이 있는 병실로 들어가기를 기다렸습니다. 그리고 5분 정도 후엔 상훈이 정수민의 병실 바로 앞에까지 온 상황을 지켜봤습니다.

그러다가 병실에 멋도 모르고 들어오게 된 염상훈은 정수민과 한 병실에 갇혀 버렸습니다. 나는 막대형 손잡이가 돌아가지 않게 단단하게 고정을 시켰습니다. 그리고는 이 복도 쪽에서 출입문에 난 작은 유리창을 통해 병실 안 광경을 하나도 빠짐없이 지켜보기로 했습니다. 6인용 병실의 오른쪽 창가 자리에 있던 수민은 병상에 없었습니다. 상훈은 내 이름을 작게 불렀습니다. 그리고는 뭔가 잘못됐다고 판단했는지 병실 한가운데서 고개를 이리저리 돌리며, 당황하기 시작했습니다. 그때 나는 보았습니다. 좌우를 재빠르게 돌아보는 상훈의 시야가 미치지 않는 곳만을 따라 등 뒤에서 다가가고 있는 납작한 그림자가 있었습니다. 바로 발뒤꿈치까지 그림자가 다가갔을 때야 상훈은 이상한 낌새를 눈치 챘습니다. 창문 쪽을 향해 있던 상훈이 깜짝 놀라 뒤를 돌아 돌아보려 했지만 그때는 이미 정수민의 이빨이 상훈의 왼쪽 목을 깊게 파고든 후였습니다. 부들부들 떨면서 안간힘을 썼지만 상훈의 잘 생긴 얼굴은 끝내 내가 보고 있던 등 뒤쪽을 향할 수 없었습니다.

말기 암 환자라고는 도저히 믿어지지 않는 근력과 속도였습니다. 정수민은 게걸스럽게 연약한 목 부위를 탐식했습니다. 상훈은 얼굴 근육에 힘이 쭉 빠져 늘어진 표정을 한 채 쓰러져 갔습니다. 상훈의 왼쪽 목에서는 검붉은 피가 콸콸 샘솟듯이 쏟아져 나왔습니다.

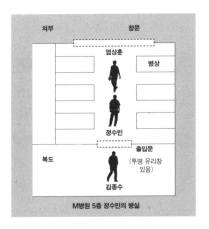

외부 창문
염상훈
병상
정수민
복도 출입문
(투명 유리창 있음)
김종수

M병원 5층 정수민의 병실

　나는 더 이상 볼 필요도 없다 생각이 들어 병실을 나섰습니다. 애초에 내가 확인하고자 한 건 염상훈의 죽음과 나의 완전범죄이지 도륙당하는 장면 그 자체는 아니었으니까요.

　달빛이 만든 아주 하얗고 좁은 복도 길을 걸어가며, 나는 화장실에서 천천히 용변을 보는 시간을 체크해 면책 특권을 위한 나만의 알리바이를 구상했습니다.

　그리고 5층에서 4층으로 내려가는 계단 문은 두 곳 중 한 곳이 무슨 이유에서인지 열려 있었고, 이후로는 1층 로비까지 누구든 아무 저항 없이 도달할 수 있었습니다. 그러나 중요한 것은 그곳을 통해 바람이 지나가든, 날벌레가 지나가든 나는 아는 바가 없다는 것입니다.

　너무나 고맙습니다. 내가 선생님에게 고백하고 싶었던 10년 전의 얘기는 이게 전부입니다.

* * *

"쪽지에 적은 내용이 모두 사실인가요?"

투명하게 반짝이는 입술이 파르르 떨렸다. 더듬는 기색이 전달되지는 않았지만 유 간호사는 병실에 들어선 이래로 숨 막히는 압박을 계속 느끼고 있었다.

"맞습니다. 선생님."

담담하게 대답을 전하는 김종수의 표정은 어딘지 홀가분해 보였다.

"저는 정말 큰 죄를 저질렀습니다. 정신병자가 되어 노숙 생활을 하며 도피했던 10년을 더해 죗값을 달게 받겠습니다.

유 간호사는 얼굴이 붉게 상기된 그의 얼굴을 유심히 쳐다봤다. 어느 모로 보나 진실만을 말하고 있는 표정이었다.

"선생님이 안 계셨다면, 그리고 선생님이 따뜻한 격려와 가르침으로 저를 구원으로 인도해 주시지 않았다면 전 아직도 정신병자로서 아무 의미 없는 도피 인생을 계속하고 있을 것입니다. 너무 감사합니다, 선생님."

종수는 마침내 그 아름답고 빛나는 두 손을 덥석 쥐었다. 한없이 따뜻하고 고운 손을 기대했지만 의외로 손은 차가웠다.

손을 급히 뺀 유 간호사는 더 이상 참지 못하겠다는 표정으로 커튼 밖을 쳐다봤다. 바깥에 있는 사람들은 이런 고생을 알아줄까?

"죄, 죄송해요. 제가 손이 좀 찬 편이라서."

"그랬군요. 선생님을 놀라게 해서 죄송합니다."

종수는 환자복을 입고 병상 위에 새카맣게 변색된 얼굴을 하고 앉아 있었다. 그 바로 옆에 유 간호사가 요 일주일 동안 종수로부터 받은 여섯 장의 쪽지와 차트를 들고 서 있었다. 병상 주위엔 암막처럼 커튼이 쳐져 둘만의 성스러운 만남을 비밀스럽게 하고 있었다. 이 둘이 이런 은밀한 만남을 갖게 된 계기는 유 간호사의 정성 어린 병간호 덕분이었다. 이에 감화된 종수가 죽기 전 자신의 잘못을 털어놓기 위해 쪽지를 쓰기 시작한 것이다.

유 간호사는 용기를 쥐어 짜내 다시 남자를 쳐다보며 얘기를 이어가기 시작했다.

"전 쪽지로 이야기를 전해 주신 데서 벌써 큰 용기를 얻으셨다고 생각해요. 그리고 이야기가 절대 거짓이 아니라고도 믿어요. 그런데 한 가지 의문점이……."

유 간호사는 자기도 모르게 얼굴이 빨갛게 번지며 물었다.

"그러고 나서 정수민은 어떻게 됐나요?"

한참을 말이 없던 종수는 몸짓을 써 가며 열심히 말했다.

"지금에 와서 하는 얘기지만 일이 다 끝나면 범죄의 비밀 유지를 위해 결국 죽으려고도 했습니다. 하지만 그럴 수 없었습니다. 내가 복도에서 다시 병실로 들어와 보니깐 병실엔 아무도 없었습니다. 어차피 도망갈 길을 열어 둔 상태였으니, 제 솔직한 마음으로는 놈과 다시 마주치지 않기를 바랐던 것도 같습니다. 아마도 정수민은 깔끔하게 현장을 치우고, 시체를 어떤 목적으로 가지고 나가지 않았나 생각해 볼 뿐입니다."

"정말요? 일종의 공범인 정수민을 풀어 준 거나 다름없네요."

"네, 그렇습니다. 하지만 조금만 더 생각해 보면 됩니다. 정말 심한 말기 암이라 얼마 못 가 죽었을 테니까요. 나는 처음부터 이 점을 염두에 두고 있었습니다. 게다가 원래 맹수 등은 남의 눈에 띄지 않는 곳에서 죽음을 선택하는 습성이 있으니 말이죠."

유 간호사는 정수민이 말기 암이라 얼마 못 가 죽었을 거라는, 그리고 그 바로 전에 정수민이 현장을 깔끔하게 치우고 시체까지 가지고 갔을 거라고 한 김종수의 말에서 심각한 모순을 느꼈다. 고개를 갸우뚱하며 다시 커튼 밖을 떠올렸지만 아직은 때가 아니었다. 유 간호사가 조마조마한 마음을 겨우 가라앉히고 말했다.

"근데, 엉뚱한 질문일 수도 있는데요. 혹시 염상훈, 김수희 이 두 사람이 살아 있을 거라고 생각해 본 적은 없으신가요?"

종수는 얼굴을 검붉게 찌푸리며, 유 간호사의 얼굴을 차갑게 쏘아보았다.

"그게 무슨 말입니까?"

"아니, 그렇게 역정 내시지 마시구요. 잘 생각해 보세요. 사실 두 사람의 숨이 끊어진 것을 확인하지도 않으셨고, 김수희 같으면 더 확실하지 않은 상황에 속하니까 드린 말씀이에요."

종수는 대화의 방향이 애시 당초 고민과 고통을 나누겠다는 의도와 조금씩 멀어져 가고 있는 걸 느꼈다. 무슨 의도인지 자신에게는 유일한 희망과도 같았던 유 간호사가 자신을 마치 심문하고 있는 것 같았다.

"이런 식으로도 생각해 볼 수 있을 거 같더라고요. 이를테면 다른 쪽의 가능성에 대해서도 생각해 보면 어떨까 하는 거예요. 환자분께서 정수민을 이용해 염상훈 박사와 아내 김수희를 죽이려고 했던 것처럼, 어쩜 역으로 염상훈 박사 역시 정수민을 이용하려고 하지 않았을까, 라는 점 말이에요."

종수는 너무 어이가 없어 할 말을 잃었다.

"정수민이라는 사람은 김종수 씨가 처음 봤던 대로 정말 형편

없는 사람이 아니었을까요? 누군가를 죽일 만한 용기도 없었고요. 그 살인 미수라는 범행도 정말 꾀죄죄한 수준의 범죄였을 거 같아요. 하지만 말기 암 환자가 돼서까지 병원에 갇힌 채로 재미있는 일도 없이 죽음을 기다린다는 건 정말 끔찍한 일이지 않을까요? 한번 생각해 보세요. 그때 바로 염상훈 박사가 조용히 접근했다면, 그래서 이 허영심 많고, 어떻게든 죽기 전에 살아 있다는 재미를 보고 싶어 하는 사람을 꼬드겨 일급 식인 살해범으로 연기를 시킨 거예요. 경찰 나리를 골탕 먹이는, 생애 마지막 연극이었던 거죠. 당신은 거기에 넘어가서 춤을 춘 거고."

"너무 엉터리야. 무조건 추측만 있잖아! 증거를 대 봐!"

종수는 입맛이 쓴 표정을 짓고 유 간호사로부터 시선을 거뒀다.

"정수민이야 벌써 죽었겠지만, 아까 말한 대로 염상훈 박사가 정수민과 먼저 짜고 자신들의 목숨을 빼돌리는 경우 말이에요. 그렇게 되었다면 염상훈 박사와 김수희 씨는 필리핀 무슨 섬에라도 숨어서 잘 지내고 있을 지도 모르는 일이에요."

이렇게 말을 마치고 난 유 간호사는 당장이라도 도망치고 싶은 기분이었다. 커튼 뒤에 있는 경찰들의 요청으로 이렇게까지 하기는 했는데, 시시각각 어두워져 가는 김종수의 표정이 20대 중반의 처녀로서는 감당하기 힘들었다. 경찰이 써 준 각본대로 남자에게 이런저런 얘기를 시켜 감정 상태를 흔들어 보려고 했지만 생각보다 녹록치 않은 일이었다.

어느새인지 서로에게는 선생님이라는 호칭이 어울리지 않게 되었다.

"당신이 지금 얼마나 엉터리 소설을 쓰고 있는지 알기나 해?"

금방이라도 달려들 것 같은 종수의 과격한 제스처에 유 간호사는 조금 기를 죽여 가며 얘기했다.

"마, 맞아요. 당신 말이 다 맞아요. 제가 왜 이렇게 길게 쓸데없는 얘기를 했는지 모르겠어요. 여기 확실한 증거가 있거든요."

유 간호사는 인터넷 신문을 인쇄한 종이를 차트 사이에서 빼냈다. 거기에는 두 구의 시체 사진이 모자이크 처리된 채로 작게 삽입되어 있었다.

"이건 일주일 전의 인터넷 신문이에요. 혹시 이 두 사람 알아보시겠어요?"

종수는 이번엔 아예 대답을 않고, 아예 유 간호사를 등진 채 누워 버렸다. 하지만 다리는 작게 떨리고 있었다.

"기사에서는 잘 안 보이지만 이 시체는 염상훈, 김수희로 밝혀졌어요. 염상훈 박사의 사인도 목 부분에 물어 뜯긴 상처 때문인 게 밝혀졌고요. 모든 게 당신의 말과 맞아떨어지더라고요."

떨고 있던 다리가 뚝 멈췄다. 유 간호사는 이 반응에 왠지 힘을 얻어 계속 말을 이어 나갔다.

"그렇다면 정수민은 어디 갔을까? 이게 관건이지요? 정수민 시체만 나온다면 당신 얘기는 모두 맞게 되니까요. 그게 참, 어려운 문제예요. 어디에도 정수민 시체가 발견됐다는 얘기가 없으니. 근데 역시 정수민 말고는 다른 살해범을 생각할 수 없는 걸까요?"

"무슨 소리야, 당신! 내가 이 두 눈으로 똑똑히 봤는데. 시체가 발견된 마당에도 아직 내 말을 못 믿겠단 거야!"

종수는 정말 화가 난다는 듯이 뒤돌아 말했다. 몸을 잔뜩 웅크린 종수는 유 간호사에게 당장이라도 뛰어들 기세였다. 유 간호사는 순간 놀라 꼼작도 못하고, 몸을 뒤로 젖히며 뒷걸음질 칠 수밖에 없었다.

"이, 이제 진짜 더 이상 못 하겠어요! 도, 도와주세요, 형사님!"

유 간호사가 병실이 떠나갈 듯한 목소리로 비명을 질렀다. 이때 종수와 유 간호사를 둘러싸고 있던 병상의 커튼이 열리고, 경찰 신분증을 앞세운 형사가 두 명 나타났다.

경찰 신분증을 본 종수는 표정이 복잡해졌다. '경찰이 왜 여기에?'라는 표정이었다.

"김종수 씨, 바로 일주일 전 M병원 지하실에서 남녀 한 쌍의 유골이 발견됐어. 아까 유 간호사가 보여 그 사건이지. 이 시체들 정말 다행히도 시랍화가 진행돼서 사망 원인에 대해서 많은 단서를 남겨 주고 갔거든. 정말 다행이었지. 이들이 직접 자기 모습을 드러내지 않았으면 이 사건은 진실을 밝혀내지 못했을 테니깐."

경찰 중 키가 큰 쪽이 말하고, 작은 쪽은 종수의 어깨를 양쪽에서 누르듯이 잡았다.

"방금 전 당신은 사건의 과정을 당신의 두 눈으로 똑똑히 봤다고 말했지? 당신이 적어서 유 간호사에게 보낸 쪽지, 여기에 설명된 내용하고 맞춰 보면 큰 오류가 있어. 바로 여기서 당신은 이미 자기 함정을 파고 만 거야!"

"무, 무슨 말이야? 난 정말 복도에서 병실 안에서 일어난 일들을 다 지켜봤다고. 본 대로 말했을 뿐이야!"

종수는 유 간호사를 쳐다보며 소리쳤다.

"당신의 말대로라면 당신은 염상훈과 정수민의 뒤통수만 볼 수가 있어. 당신이 마지막 쪽지에서 말했던 것처럼 염상훈의 표정을 보는 것은 불가능하다고. 게다가 이것만이 아니야! 가장 큰 잘못은 정수민이 염상훈의 왼쪽 목을 물었다고 한 점이었어. 시랍화 덕분에 목의 상처 위치도 확실하게 파악할 수 있었거든!"

작은 경찰은 김종수를 잡은 팔에 더 힘이 들어가는 게 느껴졌다. 그것은 김종수 자신이 온몸을 단단하게 경직시키고 있기 때문이었다.

"염상훈이 물린 쪽은 그 반대인 오른쪽이었다고!"

"그게 무슨 소리야?"

"아직도 모르겠어? 당신이 설명하고 있는 장면은 복도 쪽 출입문 유리창에서 본 장면이 아니라 병실 창문을 통해 비친 모습이란 말야! 다시 말하면 당신은 복도에서 병실 안을 본 게 아니라 직접 염상훈을 살해하면서 그 모습을 창문에 비춰서 봤던 거라고!"

창문에 비친 모습

출입문 유리창을 통해 본 사건 당시 병실 내부
오른쪽 목을 문 모습을 창문에 비친
것으로 보면 왼쪽 목을 문 것으로 보인다

입을 굳게 다물고 있던 작은 경찰이 참다못해 거칠게 숨을 내쉬며 소리쳤다.

"당신 말이야, 경찰 선후배들 얼굴에 먹칠을 한 게 이만저만이 아니야. 도대체 무엇 때문에 그렇게 사람들을 죽이고, 욕보인 거야?"

"이건 정말 뭔가 착오가 있나 본데, 나는 아까 얘기한 거처럼 누구 하나 털끝도 건드려 본 적이 없어. 모든 건 그 살인마 정수민이가……."

그러자 기가 차다는 표정으로 큰 남자가 김종수의 이마를 세게 들이받았다. 김종수의 코에서 가는 핏줄기가 흘러나왔다.

"이봐! 정신차려! 정수민이란 사람 자체가 존재하지 않는다고!"

"그럴 리가. 그건 말도 안 돼."

"말기 암 환자로 형 집행 정지를 받은 사람 중에 정수민이란 사람은 눈을 씻고 봐도 없었어. 이젠 좀 정신을 차리시지. 당신이 우리에게 설명해야 할 일들이 너무 많으니까. 우리들은 정수민이라는 사람이 바로 당신이 만들어 낸 가상 인격이라고 보고 있어. 그 말은 정수민은 바로 당신이기도 하단 말이야."

마침내 종수는 경찰 둘을 달고도 병상 위에서 몸을 무섭게 일으키며 얘기했다.

"내가 정수민이라고? 그럼 그 증거를 한번 대 보시지!"

종수는 필사적이었다.

두 형사는 종수가 있는 침대 양쪽에서부터 종수를 다시 잡아내렸다. 그리고 매섭게 몸부림치는 종수의 얼굴 앞에 거울을 내밀었다. 남자의 입안에 퉁퉁한 손가락을 집어넣은 작은 경찰은 한

참 실랑이를 하고 나서야 입안에서 뭔가를 잡아냈다.

"봐! 똑똑히 보라고! 이게 당신의 혓바닥이야!"

종수는 입에서 침을 질질 흘리며 그 흔적만 남은 것을 보게 됐다. 그러자 놀란 표정을 감추지 못했다.

"당신은 혀가 이만큼이나 잘려 있기 때문에 듣기는 문제가 없지만 말을 제대로 하지 못해. 우리가 저 유 간호사를 왜 당신한테 붙였는지 알아? 그건 바로 당신이 음성으로 말을 전달할 수 없고, 오로지 수화밖에 할 수 없기 때문이었어. 지금까지 당신이 한 말은 모두 유 간호사를 통해 통역된 말이었다고."

종수는 뭉툭하게 잘려 나간 자신의 혀를 거울 속에서 다시 보았고, 손깍지를 끼고 긴장한 채 서 있는 유 간호사를 보았다.

"도대체 10년 전에 어떤 일이 있었기에 경찰인 당신이 이렇게 비참한 지옥의 길을 걷게 된 거야?"

종수는 정확하게 대답할 수 없었다. 그건 자신도 정확하게 모르는 일이었다. 모든 일은 우연을 가장한 필연들이 만들어 주는 것인데, 그리고 거기에 기묘한 현상들이 합쳐졌던 것뿐인데.

"마지막으로 하나만 물어볼게. 당신 여기가 어딘지 알아?"

키가 큰 쪽의 형사가 부어오른 이마를 쓰다듬으며 말했다.

"여기가 바로 M병원이잖아. 이제는 봐도 모르겠어?"

형사가 멱살을 쥐고 끌고 간 창문 밖에는 M병원 로고가 붙은 앰뷸런스가 한 대 서 있었다.

'이곳이 그 M병원이었어?'

종수는 갑자기 말을 할 수 없게 된 걸 느꼈다. 자신의 손짓을 통역해 줄 사람은 저렇게 멀리 떨어져 있었다. 자기가 여태껏 목소리가 나오지 않고 있었다니, 도저히 믿을 수 없다. 그러면서 자신의 두 손을 내려다보니 종수는 왠지 그제서야 알 것 같았다. 이 손으로 많은 모양들을 열심히 만들어 왔다는 사실을. 손바닥에 맺힌 촉촉한 땀은 진짜였다.

"지금 또 정신이 오락가락 하는 거 같은데, 전직 경찰 김종수 씨! 당신은 염상훈, 김수희 살인 용의자로 지명 수배 받다가 10년 만에 검거됐어. 근데 떠돌이 노숙 생활을 하면서 정신까지 완전히 나가 버렸더군. 백지 상태로 그렇게 우리를 힘들게 하더니, 이번엔 말기 위암 판정을 받고 형 집행 정지까지……그래서 여기 임검 받으러 온 거잖아! 바로 며칠 전인데 이것도 기억을 못 해? 김종수 씨! 아무리 몸 곳곳에 암세포들이 퍼졌다지만, 제발 이딴 연극은 집어치우고, 처벌은 불가능한 상태지만 우리에게 다만 진실이라도 남겨 줄 수는 없겠어?"

진짜 정수민이 되어 버렸구나. 종수는 순간 눈을 번쩍 치켜뜨며, 무서운 쇳소리를 냈다.

충격에 빠진 종수는 손에 쥐어진 거울을 멍하니 보다가 반쪽밖에 남지 않은 자신의 혀를 깨물어 먹기 시작했다. 입가에 피가 흘러내리고, 그의 눈은 하얗게 뒤집혀졌다. 자기에 대해 믿어 왔던 게 모두 거짓이라고 판명된 지금, 그가 하려고 하는 것은 자신의 본모습을 되찾는 것일지도 모른다. 10년 전에 자신의 혀를 처음 먹었던 그때처럼.

다만 그것이 정말 본모습이라고 한다면 말이다.

"어어…… 조 형사, 저거 지금 또 무슨 짓 하는 거야?"

10년 전의 언젠가처럼 M병원은 또 한 번의 기묘한 우연으로
기적을 일으켜 줄 것인가…….

협찬은 아무나 받나

윤해환

글 쓰는 바리스타. 한국 미스터리 작가 모임 회원. 2002년 경인방송 미스터리 극장 크리스마스 특집극 「주사위」 방영, 교보문고 미스터리 노블 시리즈 「대관절 러브가 뭣이던가」, 「龍, 잡을 수 없게」, 「사신의 카운슬러―아르키메데스의 점」 등 출간. 2011년 추리소설가 아인 김내성을 주인공으로 한 장편 「홈즈가 보낸 편지」로 제6회 디지털작가상 우수상 수상 및 2012년 11월 출간. 현재는 셜록 홈즈 전 시리즈를 재구성하는 『트위터 탐정 설록수』 집필 및 2013년 상반기 출간 예정. 네이버 닉네임 특급변소, 블로그 명탐정 카메라이언(http://cameraian.blog.me) 및 트위터 (@cameraian_kr) 운영 중.

2012년 9월 21일 수요일 오후 10시 10분

    나는 군대를 제대하자마자 새로 편입하게 된 삼청동 충선대학교 후문 근처 하숙집에 들어갔다. 삼청동 221번지에 위치한 이 하숙집은 충선대학교를 설립한 베이커 선교사의 후손인 허드슨 부인이 살고 있어서 베이커 가라고 불렸는데, 여러모로 유명했다.

    이 집에 사는 설록수라는 인물 때문이었다. 그는 나를 만나자마자 내가 왜 삼청동 충선대학교에 편입을 하였는지, 또 왜 내가 운전면허가 없는지 귀신 같이 알아냈다. 이후로도 설록수는 놀라운 추리력을 자랑해서 나를 깜짝 놀래켰다. 그렇게 어언 한 달, 어느덧 설록수의 우쿨렐레 연주에 익숙해지는 만큼 그와 가까워져 설록수에게 들어오는 여러 의뢰에 관여하게 되었다.

하지만 설록수와 친해지면 친해질수록 불안해졌다.

설록수의 탐정업은 불법이기 때문이다. 우리나라엔 탐정이 존재하지 않는다. 신용 조사법이 탐정 행위와 탐정 호칭을 금지한다. 비슷한 호칭도 법에 저촉된다. 때문에 설록수는 탐정인데도 이 나라에서 탐정으로 존재할 수 없다. 실제로 검색 엔진에서 '탐정 설록수'를 검색하면 어디에도 뜨지 않는다. 게다가 난 그 존재하지 않는 탐정 설록수의 조수 노릇을 하고 있다. 탐정을 법적으로 인정하지 않는 이 나라에서 설록수를 도와 탐정 조수로 활약했다. 취업에 불이익을 당하는 것은 아닐까?

때문에 나는 오랜 시간 고민 끝에 한 가지 작정을 했다. 내 취업을 위해서라도 설록수를 세상에 알리겠다! 우리나라에 탐정이 있어야만 하는 이유를 만천하에 고해 탐정 제도를 부활시키는 운동을 촉발시켜…… 지금 내가 뭐라는 거지?

설록수를 만난 이후 이런 일이 종종 생겼다. 나도 모르게 흥분하고, 화를 내거나 하여 주변 사람들을 당황시켰다. 근묵자흑이라더니, 자꾸 설록수를 닮아 가는 것 같았다. 그러고 보니 요즘 이상하게 자꾸 우쿨렐레를 보면 튕기고 싶단 말이지.

하지만 설록수를 알리고 싶다는 마음은 사실이다. 탐정으로 살아가고 싶은데 인정받지 못해서 공부방 선생을 하다니, 쪽집게 과외로 밥벌이를 하다니, 그렇게 번 돈이 1년에 1억이 넘는다니, 그래서 취미로 탐정을…… **재수 없잖아!**

아차, 진정하자. 또 흥분했다.

어쨌든! 내 미래를 위해 설록수를 알리려는 첫 번째 시도로 트위터 계정을 생각했다. 설록수와 만나자마자 처음으로 얽혔던 사건 '@타임라인연구'는 트위터와 밀접한 관련이 있었고, 때문에 설록수는 '@DRWATSON'이라는 계정을 만들었다. 처음엔 사건을 해결하기 위한 계정이었으나, 사건을 해결하고 나자 차츰 계정을 통해 의뢰가 들어왔고, 나는 이 계정에 설록수의 평소 모습을 올리고자 마음먹었다.

하지만 트위터는 한계가 있었다. 설록수는 지나치게 수다스러운 남자라서 140자로 그의 모든 이야기를 옮길 수 없었다. 두 번째로 블로그를 생각했으나, 방문객 수를 늘릴 방법과, 내 글솜씨가 부족하지 않은가 싶은 고민이 생겨 시도도 안 하고 접었고, 다음이 '팟캐스트'였다.

팟캐스트는 안성맞춤이었다. 나는 설록수가 말을 쏟아 낼 때마다 슬그머니 아이폰을 들이대고 녹음해 하루에 한 번씩 팟캐스트엔 올린 후, 트위터로 링크를 걸었다. 처음엔 거의 청취자가 없었으나 슬슬 늘어났다. 덧글도 늘어나더니 좀 더 많은 설록수의 이야기를 '있는 그대로' 올려 주길 바라는 사람들이 생겼다. 나는 의욕에 불타올라 설록수의 일거수일투족을 녹음하겠다고 결심했는데, 그때부터 묘하게 설록수가 조용해졌다. 동시에 내 팟캐스트 계정이 해킹당했다! 지금까지 올렸던 방송이 모두 사라졌다! 나는 당연히 설록수를 의심했다. 거실에 길게 누워 한 손에 우쿨렐레를 든 설록수에게 물었다.

"저기, 설록수 씨. 혹시……."

"김영진 군, 자네의 팟캐스트 아이디는 drwatson, 비밀번호는 penguin07(penguin07은 트위터 탐정 설록수의 첫 번째 사건 '@타임라인연구'에서 김영진이 잠시 홀딱 반했던 트위터러 '펭귄녀'의 트위터 계정이다.), 너무 단순해서 해킹할 맛도 나지 않았어."

"왜 그런 행동을 하셨습니까? 저는 설록수 씨의 뛰어난 활약상을 사람들에게 알리고 싶은 일념뿐이었는데요."

"아, 그래서 추석 때 내가 뱀을 잡다 지레 겁을 먹어서 오줌을 지렸다고 올렸나? 아니면 내 방에 들어가면 각종 걸 그룹 관련 레어 아이템이 깔려 있다는 거? 아니면 외국 아이돌에게 팬레터를 보내기 위해 그 나라 언어를 공부했다는 유언비어? 혹은 내가 집에서 두문불출하는 이유는 한쪽 벽을 가득 채운 수많은 야동을 밤새 보느라 바빠서라고? 도대체 그게 어디가 활약상인가!"

"그럼 말을 하지 말든가."

"뭐라?"

"아니, 전 설록수 씨가 말한 걸 그대로 올렸……."

"다시는 팟캐스트 계정을 만들지 못하도록 내 팟캐스트 운영자에게 신신당부를 해 놓았네! 만약 다시 한 번 둘리를 닮은 김영진에게 팟캐스트 계정을 허락한다면 팟캐스트 운영자의 은밀한 사생활을 담은 감시 카메라 영상을 만천하에 폭로하겠다고!"

"……또 CCTV를 다신 겁니까!"

"못할 건 또 뭔가!"

"범죄라고요!"

"자네가 한 짓도 범죄야! 날 중상모략했잖아!"

"설록수 씨가 말한 거잖아요!"

"못 들은 걸로 쳐!"

이리하여 나는 팟캐스트를 그만뒀고, 결국 다음으로 선택한 것이 이 '싸이월드' 일기장이었다. 다행히 싸이월드 일기장은 설록수 씨에게 들키지 않은 것 같았다. 때문에 설록수의 일거수일투족을 다시 조용히 관찰하였는데, 설록수가 이상해졌다. 정확히 말하자면 언제나 이상했지만, 조금 '더' 이상해졌다. 뭔가에 홀린 사람처럼 넋이 나가 집 안을 배회했다. 설록수뿐만이 아니었다. 허드슨 부인도 이상했다. 설록수의 표정이나 행동을 살살 살피다 짐을 쌌다.

"김영진 학생, 귀마개 있어?"

"아뇨?"

"사 두는 게 좋을 거야."

"왜요?"

허드슨 부인은 대답대신 곤란하다는 표정을 짓더니,

"나, 조카 만나러 잠시 영국 다녀올 테니 찾지 말고."

허드슨 부인은 새파랗게 질려 후다닥 도망쳤다. 고개를 갸우뚱하며 별채로 돌아왔다. 마침 마루에 설록수가 우쿨렐레를 들고 앉아 있기에 물었다.

"허드슨 부인, 어디 가신대요?"

설록수는 대답하지 않았다. 눈을 감고 우쿨렐레로 캐논을 연주하느라 바빴다.

2012년 9월 25일 일요일 오전 5시 32분

갑자기 사건이 터져 며칠간 컴퓨터를 켜지 못했다. 사건에 휘말려 여기저기 돌아다니다 이제 집에 돌아왔다. 뒤죽박죽이 된 사건만큼이나 엉망진창이 된 내 머릿속을 가까스로 정리하자면, 사건의 시작은 최한호의 방문으로? 아니, 그보다는 아라난이의 이야기부터?

아라난이는 두말할 필요 없는 대한민국 최고의 걸 그룹 '머메이드 세븐'의 주요 멤버. 아라와 난이 두 명의 이름을 붙여 아라난이, 아라난이는 순우리말로 '바다의 공주'다.

이 아라난이에게 의뢰가 들어왔다.

어떻게든 팟캐스트에 업데이트를 하려 설록수 주변을 배회할 무렵이자 설록수의 캐논이 끊임없이 격해져 우쿨렐레의 줄이 끊어졌을 때, 최한호가 나타났다.

최한호는 종로경찰서 형사이자 설록수의 초·중·고등학교 동창이다. 설록수에게 여러 수사 자문을 받아 현재는 꽤 인정을 받고 있다. 최한호는 평소처럼 흥분해서 "너 이 자식 왜 전화를 안 받······."까지 말하며 들어오다 설록수의 우쿨렐레 줄이 끊어지는 장면을 목격했다. 최한호는 새파랗게 질려서 "이, 이건 아니야."라고 말하며 뒷걸음질 쳤고, 나는 확신했다.

최한호는 설록수가 왜 저러는지 알고 있다!

뒤를 쫓았다. 대문 앞에서 겨우 따라잡아 양복 뒷덜미를 잡아당겼더니 최한호가 비명을 지르며 손을 번쩍 들었다.

"내가 다 잘못했어! 잘못했다고! 때리지만 마!"

"최 형사님?"

"아, 김영진 군!"

최한호는 내가 뒤에 서 있는 것을 보고 안심했다. 헛기침을 하더니 줄 끊긴 우쿨렐레를 치는 설록수를 가리키며 물었다.

"몇 시간째야?"

"제가 본 것만 세 시간 십오 분요. 아, 지금 막 십육 분."

"나 간다."

최한호는 다시 뒷덜미를 잡아당겼다.

"왜 저러는 건데요?"

"사건이 없어서 그래."

"사건? 유튜브 사건이랑 뱀 사건 난 지 며칠이나 됐다고요? 그 외에도 의뢰도 있었는데요?"

"자잘한 의뢰, 뭐?"

"고양이 찾기, 남편의 불륜 확인, 돈 들고 간 놈 잡기?"

"그런 건 록수에겐 사건도 아니야. 농담거리도 못 돼."

최한호가 고개를 저었다.

"어렸을 때부터 저랬어. 심심한 걸 못 참아. 뭐든지 파고들지 못하면 어쩔 줄 몰라 해. 사람도 마찬가지라서, 마음에 드는 사람이 생기면 그 사람하고만 계속 붙어 다니다가 어느 순간 상대방은 전혀 생각지도 못했던 부분에 홱 틀어져서는 일방적으로 연락을 끊어. 그나저나 어쩌지. 사건이 하나 들어오긴 했는데…… 김영진 군, 자네라도 함께 가 보겠나?"

"사건이라뇨? 뭔데요?"

"혹시 머메이드 세븐이라고 아나?"

"네."

"아라난이는?"

"알죠."

"그 아라난이를 만나러……."

"**우리** 아라난이를 만난다고요! 어디서요!"

나도 모르게 소리쳤다. 동시에 기묘하게 일그러진 캐논도 멎었다. 설록수가 맨발로 뛰어와 소리쳤다.

"**우리** 아라난이가 뭘 어쨌다고!"

최한호는 다시 한 번 움찔거리며 양팔로 얼굴을 가렸다. 새파랗게 질려서는 말까지 더듬으며 "아, 아라난이에게 문제가 좀 생겼어."라고 대답했고, 설록수와 나는 흥분해서 합창했다.

"어떤 자식이 **우리** 아라난이를 괴롭혀!"

설록수가 최한호의 먹살을 잡았고, 다시 한 번 최한호는 "잘못했어요! 때리지만 마세요!"라고 소리쳤으며, 나는 최한호가 어린 시절 설록수에게 많이 맞았으리라고 추측했다.

바다의 공주에게 문제가 생겼다는데, 가만히 있을 수 없었다! 바로 방안으로 뛰어 들어가 머메이드 세븐의 CD를 찾았다. 당연히 나는 머메이드 세븐의 CD 다섯 장을 모두 갖고 있었다. 안타깝게도 데뷔 CD와 아라난이의 싱글 앨범 두 장은 모으지 못했다. 이것만이라도 사인을 받아야지 생각하며 문을 열고 나오는데, 반대편 방문이 열렸다.

"오빠가 간다!"

설록수가 아라난이로 온몸을 도배했다!

머리에 아라난이의 얼굴이 그려진 야구 모자를 쓰고, 양손엔 머메이드 세븐의 CD 다섯 장은 물론 데뷔 앨범과 싱글 앨범 두 장을 모두 들었다! 게다가 등 뒤에 맨 화통에서 나온 것은 머메이드 세븐의 데뷔 CD 한정 브로마이드가 아닌가! 이래 놓고 어디가 중상모략이냐!

"**사인을 반드시 쟁취하겠다**, 가 아니라! 어서 가세! 우리 공주님들에게!"

설록수는 씩씩거리며 소리쳤고, 최한호는 우리 둘을 아래위로 훑다가 고래를 절레절레 저으며 앞장섰다.

소속사는 우리의 상상과 달랐다. KBS 방송국 본관 바로 옆에 위치한 건물 한 층 전부를 사용해 관록은 있었지만, 화려하거나 연예인이 득실거리지는 않았다. 오히려 전체적으로 어두웠다. 기본 사나흘은 밤을 샌 듯 하나같이 눈 밑이 어둡고, 기운 없는 인간들이 머메이드 세븐, 게토, 진남의 포스터 밑을 좀비처럼 걸어 다녔다. 좀비들을 몇 명이고 스쳐 지나 회의실에 들어섰다. 양복을 빼입은 30대 중반의 남자와 야구 모자를 푹 눌러쓴 긴 머리 여자를 만났다.

"실례하겠습니다, 김영훈이라고 합니다."

30대 중반의 남자는 자신을 머메이드 세븐의 매니저라고 소개했다. 짙은 눈썹에 뚜렷한 이목구비가 몇 번 본 듯 낯이 익다 했더니, 실제로 몇 년 전까지만 해도 텔레비전에 준 주역으로 자주 출연했던 탤런트였다.

"만나서 반갑습니다. 설록수입니다. 그런데 머메이드 세븐은…… 없나요?"

설록수가 상기된 목소리로 말했고, 김영훈은 기가 막힌다는 듯 설록수가 머리에 쓴 아라난이의 얼굴이 그려진 야구 모자만 바라보았다.

"그 모자는 대체 어디서……."

"자체 제작했습니다. 아! 물론, 걱정하지 마십시오. 저와 몇몇

친구들만 쓰고 다니니까요. 절대로 판매는 안 하고요."

"그러셨군요……."

김영훈은 묘하게 꼬리를 늘이다 말했다.

"이 아이가 난이입니다."

그럴 리가!

나도 모르게 소리를 지를 뻔했다.

티비에서 본 난이는 인어공주의 현신이라고 믿어도 좋을 만큼 아름답고 신비로웠다. 하지만 지금 눈앞의 여자는! 옷차림만큼은 금세라도 무대에 올라가도 될 정도로 완벽했지만, 얼굴은 영 아니었다. 야구 모자를 푹 눌러쓰고 두 눈이 퉁퉁 부은 데다, 양 눈이 충혈되었다.

설록수 역시 상당히 충격을 받았다. 생글생글 웃던 표정 그대로 굳어서는 눈앞의 여자만 바라보았고, 김영훈은 영 못미덥다는 듯 설록수를 바라보다 최한호를 보고 물었다.

"대체 저분은 왜 데리고 오신 겁니까?"

"아니, 그게…… 대단한 지원군이라서……."

"어디가 지원군입니까?"

최한호는 무슨 말을 해야 할지 몰라 나를 바라보았고, 나 역시 어찌해야 할 바를 모르기는 마찬가지였다. 눈에 띄게 분위기가 무거워졌다. 의심이 가득한 김영훈의 얼굴을 보며 생각했다.

평소의 설록수라면 이때 어떻게 할까, 무슨 말을 할까?

설록수라면 지금 이 순간, 신뢰를 얻기 위해 의뢰인을 살핀다. 의뢰인의 동작, 옷차림 등을 샅샅이 훑어본 후 왜 찾아왔는가, 그 사람이 어떤 감정 상태인가를 맞춘다.

내가 해볼까.

일단 난이를 관찰하자.

야구 모자를 푹 눌러쓴 얼굴은 화장기가 없었지만, 트레이드마크인 금발은 잘 가다듬었다. 옷차림 역시 완벽했다. 조금만 가다듬으면 금방이라도 출연 중인 드라마 현장에 달려갈 수 있으리라. 하지만 그러려면 **그것**이 있어야 하는데……?

"귀고리는요?"

내 말에 김영훈과 난이가 동시에 얼굴이 굳었다.

귀고리와 관련이 있다? 분명 그 귀고리는 협찬받은 거였지. 어마어마한 가격에 상당히 유명한 명품 회사에서…… 설마, 잃어버렸다?

"난이 씨, 이번에 '피파니' 모델이 되셨다고 들었습니다. 게다가 새로 나온 주얼리 라인의 4억 5000만 원짜리 에메랄드 귀고리를 협찬 받으셨죠. 드라마 매회 차고 나오시던데, 오늘은 안 보이네요."

난이는 내 말에 양손으로 얼굴을 가렸다. 어린아이처럼 큰 소리로 울음을 터뜨렸다. 정답이로군, 하고 생각하며 혀를 찼다. 다 큰 어른이 아무리 놀라도 저렇게 우나……. 중얼거리다 깨달았다. 난이는 이제 겨우 열일곱이다. 열일곱이라면 고등학교 1학년이다. 내가 고등학교 1학년 때 4억 5000만 원짜리 귀고리를 잃어버렸다면 어떤 기분일까? 아니, 실수로 심부름 돈을 잃어버렸다면…… 엄마한테 맞았겠지. 생각만 해도 무서웠다.

"갑자기 들이닥치시더니 이러시깁니까?"

김영훈이 최한호를 노려보며 말했다.

"다 아시면서 캐물어보시는 건 예의가 아니지 않습니까?"

"최 형사는 아무것도 말하지 않았습니다."

설록수가 끼어들었다. 난이를 한 번 보고 한숨을 쉬더니 머리에 쓴 모자를 벗었다. 한 손으로 머리카락을 헝클어뜨린 후 상체를 소파에 묻었다.

"모든 것은 지극히 논리적인 추리일 따름입니다."

가늘고 긴 눈으로 김영훈을 내려다보며 덧붙였다.

"난이 양은 얼굴을 못 알아보게 될 정도로 심하게 울었습니다. 게다가 이 시각이라면 원래 난이 양은 주연을 맡은 드라마 「공주의 남편」 촬영장에 가 있어야 하죠. 그런데 가지 않고 이곳에 있다니.

무슨 일이 난 겁니다. 촬영에 지장이 생길 만한 큰 사건이.

최근 피파니가 에메랄드 주얼리 라인을 런칭하고 4억 5000만 원짜리 귀고리를 난이 양에게 협찬했습니다. 이후 난이 양은 그 것을 늘 드라마에 하고 나오지요. 헌데 그 목숨처럼 소중히 여기던 귀고리를 하지 않았다. 드라마 촬영장도 나가지 않고 눈이 통통 부을 정도로 울었다. 어찌 귀고리로 생각이 미치지 않을까! 때문에 김영진 군은 난이 양에게 귀고리를 잃어버렸냐고 물어본 겁니다.

덧붙여 말씀드리자면, 귀고리는 잃어버린 게 아닙니다. 누군가 **가져갔을지도 모르는** 상황입니다. 난이와 가장 가까운 사람, '머메이드 세븐'의 멤버 중 한 명일 수도 있기에 여러분은 저를 찾은 것입니다. 이론 있으십니까? 제 추리에 무언가 이론이 있으시면, 당장이라도 이 자리를 뜨겠습니다, 물론! 사인은 해 주셔야 합니다."

김영훈은 놀라 설록수만 바라보았고, 난이는 자리에서 벌떡 일어났다. 설록수를 바라보며 팅팅 부은 얼굴에 어울리지 않게 낭랑한 목소리로 말했다.

"모두 맞아요. 맞는 말씀이에요."

그 말이 끝나기 무섭게 난이는 바로 무너졌다. 주인 잃은 강아지처럼 설록수의 무릎을 꽉 끌어안고 소리쳤다.

"제발, 도와주세요! 그 귀고리를 찾아주세요!"

설록수가 난이와 눈을 마주쳤다. 자신의 무릎에 몸을 바싹 붙인 난이를 바라보다 상체를 앞으로 당겼다. 가늘고 긴 검지로 난이의 눈가에 맺힌 눈물을 닦으며 말했다.

"인어공주의 울음이 아름다운 보석이라지만, 이런 보석은 받고 싶지 않군요."

그러고는 자신의 양손으로 난이의 양손을 꽉 잡았다.

"울음을 그쳐요. 이 탐정 **오빠**가 도와줄게."

설록수는 특히 오빠에 힘을 주어 말했다.

"고마워요, 오빠."

난이는 설록수의 양손을 설록수의 '오빠'만큼 힘주어 잡으며 대답했다.

설록수는 흡족한 듯 싱글벙글 웃었고, 나는 비웃었다. 김영훈이 난이를 다독여 옆에 앉히고는 강아지를 어르듯 그녀의 머리카락을 연신 쓰다듬으며 설록수에게 물었다.

"어떻게 훔친 사람이 다른 머메이드 세븐일지도 모른다는 사실을 아셨습니까?"

"'귀고리를 잃어버렸다'만큼 간단한 추론에 불과합니다."

설록수는 여전히 난이만 바라보며 말했다.

"머메이드 세븐은 사이가 좋은 걸 그룹으로 유명합니다. 그런데 **우리** 난이가 이렇게 웁니다. 다른 멤버들은 당연히 위로하고 싶어 함께 있으려 들 겁니다. 안 되면 전화라도 올 겁니다. 하지만 전화는 단 한 번도 울리지 않았다. 근처에 보이지도 않는다. 그렇다면 무언가 이유가 있지 않을까? 어쩌면 그 귀고리 때문에, 정확히 말하자면 그 귀고리가 사라졌기 때문에 껄끄러워졌을 수도 있다는 얘깁니다."

"말씀하시는 대로입니다. 난이는 귀고리를 잃어버렸습니다. 그리고 용의자는, 머메이드 세븐 전원입니다."

"아라가 훔친 게 분명해요!"

난이가 소리쳤다.

"아라라면, 아라난이의 아라?"

내가 말했다.

"네, 그 아라요!"

난이가 다시 한 번 소리쳤다.

"걘 절 싫어해요! 언제나 자기보다 눈길을 끌면 심통을 부린다고요! 이번 드라마도 그래요. 저한테는 주연 자리가 들어오고, 자기는 조연 자리 들어오니까 안 한다고 했다니까요? 게다가 피파니 협찬까지 들어오니까 아주 게거품을 물더라고요!"

"흥미롭군요."

설록수가 소파 끝에 걸터앉았다. 양 무릎 위에 양 팔꿈치를 세우고, 삼각형으로 만든 양 손가락 끝에 날카로운 턱을 갖다 댔다. 그러고는 난이의 눈을 똑바로 바라보며 말했다.

"계속, 합시다."

"톡 까놓고 말하면 말이죠, 아라 걔 수술 엄청 했잖아요. 만날 서클렌즈 끼고 나오고요. 전 이거 자랑 아닌데요, 수술 한 군데도 안 했거든요. 그래서 무슨 모델 자리 들어오면 저부터 들어오거든요. 그래서 그년이 그런 거예요."

"자, 잠깐만! 잠깐! 치, 친해서 그러는 겁니다! 이해하시죠? 친하면 우리끼리도 새끼, 놈 그러잖아요! 하하하! 결코 악감정 있는 거 아닙니다!"

"악감정 있는 거 맞는데."

난이가 작게 중얼거렸다.

"난아!"

김영훈이 진땀을 흘렸고, 그만큼 나도 당황했다. 아라와 난이는 '아라난이', 바다의 공주라는 애칭이 있을 정도로 세간에 사이가 좋은 미소녀 콤비로 알려져 있다. 그런데 지금 눈앞의 난이는 아라를 욕한다?

"제발 못 들은 걸로."

"예. 못 들었습니다."

"아주 잘 들었습니다만."

"설록수 씨!"

나와 최형사가 동시에 소리쳤지만, 설록수는 들은 티를 내며 답했다.

"들리는 건 들리는 거야."

"정신 연령이 고딩이냐."

최한호가 중얼거렸고, 나 역시 고개를 끄덕였다.

"것도 들었다."

설록수가 노려보았지만 우리는 못 들은 체했다.

"자꾸 팬들이 아라가 낫다, 난이가 낫다 비교를 하니까 얘들이 예민해져서요. 떼어 놓으려 해도 팬들은 둘의 투 샷을 좋아하니 붙여 놓을 수밖에 없고, 감정만 쌓이는 겁니다. 일이 이렇게까지 되고 나니 저도 머리가 아픕니다. 정말 아라가 훔쳤다면, 상상하고 싶지도 않지만 이걸 어떻게 설명해야 하나. 이대로라면 그룹 해산입니다!"

눈앞이 캄캄해졌다. 걸 그룹 머메이드 세븐이 사라진다면, 나의 긴긴밤을 대체 어떻게 지새워야 한단 말인가!

"머메이드 세븐이 해산이라니, 그런 일은 있을 수 없고, 일어나서도 안 됩니다."

설록수 역시 진지했다. 지금까지 단 한 번도 보지 못한 진지한 표정이었다.

"난이 양, 사건이 일어났던 당시의 이야기를 들려주시겠습니까. 될 수 있는 한 자세하게요."

"아라는 저 때문에 피파니를 뺏겼다고 생각했어요. 드라마를 통해 들어온 협찬이라고 몇 번이나 말했지만 이해를 하지 못했죠. 자기도 피파니 못지않은 명품 모델을 하게 해 달라고 난리였어요. 그렇게 말하니까 저도 뭐, 마음이 쓰이더라고요. 딱히 아라가 불쌍해서 그런 건 아니고 팀 내 화목이나 뭐 그런 거 있으니까. 그래서 피파니를 직접 찾아갔어요. 아라도 같이 써 달라고요. 하지만 피파니는 아라는 절대로 안 된다고 하더라고요. 얼굴에 너무 손을 많이 대서 피파니의 이미지와 맞지 않다고요. 그러면서 저보고 혼자서도 괜찮은데 아이돌을 왜 하냐고, 세계를 무대로 놀고 싶지 않냐고, 독립하라고, 밀어주겠다고 하더라고요.

혹했죠.

명품 브랜드가 절 밀어 준다잖아요. 영훈 오빠도 같이 듣고 좋은 기회라고 말했고요. 이번 앨범 내고 솔로 데뷔할까 이야기까지 했어요. 그 상황에서 피파니가 4억 5000만 원짜리 에메랄드 귀고리를 보냈어요! 제가 OK하면 귀고리 이름을 '난이'라고 짓겠다고 했어요! 처음엔 아무한테도 말 안 하려고 했지만 매스컴이 가만있겠어요? 난리가 났죠. 그리고…… 애들이 변했어요.

입은 웃어도, 눈은 웃지 않았어요.

그때 숙소를 나왔어야 했어요.

저희는 숙소에서 합숙 생활을 해요. 장충동에 있는 펜트하우스예요. 대략 60평정도 되는데 거실은 안무를 맞출 때 쓰고요, 방 다섯 개는 적당히 나눠 써요. 저와 아라는 당연히 하나씩 쓰고요, 나머지 방 세 개를 다섯 명이서 나눠 써요.

……네? 뭐가요? 왜 저랑 난이가 방을 하나씩 쓰는 게 불공평해요?

개네들은 인기가 없어요. 저하고 아라 말고는 제대로 돈을 못 번다고요. 저랑 아라가 다 먹여 살리는 거예요. **성아** 뮤지컬요? 그거 차기작 제가 출연하기로 약속한 덕에 잡은 거예요. **레이랑 이지** 시트콤 나오는 거? 회사에서 둘 다 안 나가니까, 한 명 출연료로 둘 쓰라고 억지로 끼워 넣은 거예요. 발연기라 둘 중 한 명 곧 잘릴걸요. **킴요?** 서바이벌 나가는 거 봤다고요? **케이블이잖아요.** 시청률 2프로도 안 나와요. **타마**는 다르지 않냐고요? '별의별퀴즈' 나오니까? 아라 별책부록이에요. 처음 섭외 들어왔을 때, 아라가 타마도 같이 안 나가면 안 된다고 딱 잘라서 얻어 낸 자리예요.”

평평 울던 난이는 어디로 갔을까, 코웃음을 치며 다리를 꼬고 앉아 되는 대로 다른 멤버의 욕을 하는 난이는 내가 아는 브라운관 속의 천사가 아니었다. 세상에서 자기가 제일 잘난 줄 아는 철없는 고등학생일 따름이었다.

싫다.

철없음이, 예쁘다고 잘난 체하는 게, 세상을 모른다고 막말을 하는 건방짐이 싫다, 재수 없다. 머메이드 세븐의 다른 멤버들도 나와 같은 생각을 하지 않았을까. 때문에 눈이 웃지 않았던 것은 아닐까.

설록수는 달랐다. 이야기가 계속될수록 입가에 미소를 띠었다. 난이가 모두를 헐뜯는 이 상황이 참을 수 없이 즐겁다는 표정을 지었다.

“난이 양의 이야기는 들으면 들을수록 흥미롭군요. 더 길게 듣고 싶지만, 잠시 뒤로 미루기로 하죠. 이런 이야기를 할 동안에도 난이 양의 귀고리는 어디론가 사라지고 있을 테니까. 자, 사건 당일로 돌아갑시다. 무슨 일이 있었나요. 어디에서 귀고리가 사라졌나요.”

“**오빠**가 그렇게 말씀하시니 이야기할게요.”

“그렇지, **오빠**지!”

“오늘도 새벽 1시 30분에야 집에 들어왔어요. 보컬 트레이닝하고 드라마 촬영하면 금세 시간이 가거든요. 귀고리는 바로 빼서 보석함에 넣었어요. 처음 받았을 때엔 가격이 두려워서 화장실에도 들고 들어갔는데, 이제는 그만큼 걱정이 안 되더라고요. 오히려 화장실에 들고 들어갔다가 수증기에 색이 변하거나 했다가는 큰일이잖아요? 때문에 보석함에 넣어서 장롱에 숨겼어요. 그렇게 해 두면 아무도 못 찾을 거라고 생각했거든요. 그런데 귀고리가 없어졌어요."

"화장실엔 얼마나 있었는데?"

"한 시간, 한 시간 반?"

"무슨 화장실에 그렇게 오래 있나."

내가 말했다.

"아저씨도 참."

설록수는 오빠고, 난 아저씨냐? 내가 설록수보다 열 살은 어리거든?

"그러니까 여자친구가 없죠."

그러니까는 뭐냐. 내 여자친구가 없다고 왜 네가 단정 짓는데!

"여자는요, 화장실에서 여러 가지를 한다고요. 또, 제 방은 화장실이랑 방이랑 붙어 있어서 가까워요. 누가 왔다 갔다 하면 바로 알아요."

"하지만 없어졌지."

"귀고리가 없어진 건가요? 아니면 보석함이 없어졌나요?"

설록수가 끼어들었다.

"보석함째로 없어졌어요. 그리고 그 보석함은……."

"난아!"

김영훈이 난이의 말을 끊었다. 난이는 김영훈의 눈치를 보더니 입을 앙다물었고, 설록수는 둘을 번갈아 보다 물었다.

"그래서 어떻게 했죠?"

"가장 처음엔 '제가 뭔가 착각했나?' 하고 생각했어요. 보석함을 딴 데다 뒀다고 생각해 방 안을 샅샅이 뒤졌어요. 하지만 나오지 않았죠. 방 밖으로 뛰쳐나갔어요. 도둑이 들었나 주변을 둘러보았지만, 들어왔을 때와 달라진 건 없었어요. 거실은 어두웠고, 발에는 애들 옷이 마구 채였죠. 일단 애들 방부터 들어갔어요. 아라는 그럴 리 없다고 생각했으니까. 걔네들을 깨워서 내 귀고리 못 봤냐고 물었어요. 그랬더니 다들 뭔 소리 하냐고 잠이나 자라고 짜증을 냈어요. 그래서 아라 방에 들어갔다가…… 난 **봤어요!**"

"난이야! 네가 착각한 거라니까!"

김영훈이 또 한 번 난이의 말을 막았다.

"오빠 왜 그래요! 내가 봤다는데 왜 자꾸 말 못하게 해요!"

"난이 양, 무엇을 보셨습니까?"

설록수가 말했다.

"보석함요."

"보석함?"

난이가 고개를 끄덕였다.

"귀고리랑 함께 사라진 보석함이 아라의 방에 있었어요. 아라가 그 보석함을 들고 있다가 내가 들어오자 놀라서 뒤로 감췄어요! 이게 그 보석함이에요!"

난이가 가방에서 보석함을 꺼냈다. 철제 보석함의 뚜껑과 몸통이 뜯어져 있었다. 연결 부분이 되는 쇠판이 반쯤 너덜너덜했다.

이 보석함을 아라가 들고 있었다면, 역시 범인은 아라인가. 하지만 아라는 머메이드 세븐인데, 아라난이의 아라인데, 그 아라의 손에 수갑을 채우라고?

난감한 마음에 최한호를 바라보았다. 최한호 역시 난감하긴 마찬가지인 모양이었다. 자연스레 우리의 시선은 설록수로 향했다. 설록수 역시 인상을 쓰긴 매한가지였다. 억지로 뜯겨 보기 흉해진 보석함의 뚜껑 이음새를 자세히 살피며 말했다.

"상당히 단단하군요."

"그러니까요! 아라가 그걸 들고 있었다니까요? 한 손엔 뚜껑을, 다른 한 손엔 통을 들고 있다 제가 들어오니까 놀라서 숨겼어요! 제가 그걸 왜 네가 갖고 있냐니까 다시 붙이려고 했다고 말했어요! 기가 막혀서 정말!"

설록수가 인상을 썼다. 양손을 모아 끝을 세워 마주쳐 허공에 삼각형 모양을 만들고는 중얼거렸다.

"이상한데."

"그쵸! 아라가 범인이죠!"

"그만해, 난이야!"

김영훈이 당황해 끼어들었다.

"난이 말을 너무 곧이곧대로 듣지 마세요. 지금 흥분해서 되는 대로 말하는 겁니다. 일단 아라와 연락이 닿아 이야기를 다르면 뭔가 다를 겁니다. 분명, 사정이 있었을 거예요."

"확실히 뭔가 사정이 있어 보이는군요."

설록수는 잠시 생각하는 듯 한손으로 입을 가리더니,

"두 분은 '아라가 범인이다'라고 단정 짓고 있지만, 정말 그럴까요? 아라 양이 귀고리를 훔쳤다고 가정하자면, 아라 양은 난이 양이 샤워를 하는 중간에 살금살금 들어간 후, 장롱에 숨겨 놓은 보석함을 훔쳐, 뚜껑을 뜯어 귀고리를 어디엔가 숨긴 후, 망가진 보석함을 고치려고 했다는 말이 됩니다."

"네!"

"왜 그걸 고치려 들었을까요?"

"네?"

"왜 보석함을 숨기지 않고 굳이 고치려 들었을까요? 귀고리를 숨길 때 같이 숨기면 되었을 것을? 무엇보다 샤워하는 중간이 아니라, 잠든 사이에 훔치는 편이 훨씬 나을 텐데?"

난이의 말문이 막혔다. 다른 사람들도 마찬가지였다. 설록수를 가만히 바라보았다.

"정말 복잡합니다."

설록수가 말했다.

"다른 사람들 눈에는 아주 간단해 보일지 몰라도, 제 눈에는 아주 복잡한 사건으로 보입니다."

2012년 9월 25일 일요일 오전 7시 55분

전날 일기를 쓰느라 밤을 꼬박 샜다. 새벽 2시 30분에 쓰기 시작한 일기는 4시 30분이 되어서야 끝이 났고, 저도 모르게 맞춤법에 비문을 정리하고 나니 5시 30분, 뒤척거리다 잠이 들었을 때엔 이미 날이 밝았다. 그래도 다시 일어났다. 이대로 잠들었다가는 저녁이다. 내일은 일어나자마자 학교에 가야 한다. 그랬다간 어제 있었던 일을 모두 까먹을지도 모른다. 컴퓨터 앞에 앉았다. 부팅시키고, 싸이월드에 접속했다. 여전히 텅 빈 미니룸, 헐벗은 미니미를 가만히 바라보다 일기장을 폈다.

설록수가 말했다.

"두 분이 지금 원하시는 것은 무엇입니까? 범인을 잡는 겁니까, 아니면 그 물건을 되찾는 겁니까?"

"물건을 되찾는 것입니다. 이 일로 인해 아라난이가, 머메이드 세븐이 없어지는 것은 바라지 않으니까요."

김영훈이 대답했다.

설록수는 고개를 끄덕였고, 이번엔 최한호 형사를 바라보았다.

"가세, 최 형사."

"어딜?"

설록수는 대답하지 않고 성큼성큼 걸어 나갔고, 우리는 더 이상 질문을 던지지 않았다. 설록수가 말을 참는다면 충분히 그럴 만한 이유가 있는 것이니까.

"일단 장충동으로."

최형사가 운전대를 잡자 설록수가 목적지를 말했다. 덧붙여, 예상치 못한 이야기도.

"그래서 자네가 보호하고 있는 또 한 명의 공주님은 무어라 말했지?"

"내가 아라를 데리고 있다고 말했던가!"

최한호가 놀라 소리쳤다.

"자네가 아니면 누구겠나."

설록수가 웃었다.

"김영훈은 우리를 경계했어. 어떻게 이 사건을 알고 왔냐고 말했지. 말 그대로야. 최한호 자네는 김영훈이 말하지도 않았는데, 경찰에 신고도 안 들어왔는데 어떻게 이 사건을 알았을까? 사건

관계자들 중 누군가가 말했을 것 아니겠어? 그렇다면 머메이드 세븐 중 한 명일 테지. 나는 김영훈과 난이 양의 이야기를 들으며 머메이드 세븐 중 연락이 안 되며 동시에 누군가의 도움을 구할 사람을 추렸고, 김영훈의 말을 통해 그런 사람은 아라 양밖에 없다는 사실을 깨달았지. 아라 양이 사람만 좋은 바보 형사에게 연락을 취했다는 사실을 말이야."

"바보란 말은 마음에 들지 않지만, 맞아. 우리 집에 데려다 놨어."

"진영신 여사께서 뭐라시던가."

"우리 마누라야 좋아 죽지, 그냥. 애들도 난리가 났어."

"아라 양도 좋아 죽던가?"

"아내랑, 아이들이랑은 잘 놀더라고. 아이돌이라서 도도할까 봐 조금 경계했는데 뜻밖이야. 그리고 그렇게까지 수술한 티 안 나."

최한호가 아라를 옹호하듯 말했다.

"사건에 대해서는?"

"아무 말도 안 해."

"아무 말도 안 한다라."

설록수가 양손을 세워 삼각형을 만들었고, 나는 그에게 앉은뱅이 의자를 갖다 주고 싶은 충동을 느꼈다.

그 후로 침묵, 장충동에 도착할 때까지 차 안은 조용했다.

머메이드 세븐의 숙소가 있다는 펜트하우스는 장충동 족발집 바로 뒤여서, 건물 입구까지 바람결에 족발 냄새가 솔솔 스며들었다. 나는 코를 벌름거리며 안에 들어섰고, 최한호 역시 마찬가지였다. 우리는 족발에 소주 한 잔 생각이 굴뚝같아 마른침을 몇 번이나 삼켰지만, 설록수는 달랐다. 현관문을 뚫어져라 바라볼 뿐이었다.

최한호가 김영훈에게 받은 열쇠로 문을 열었다. 9층, 텅 빈 펜트하우스가 우리를 맞았다. 머메이드 세븐은 아무도 없었다. 우리가 온다는 말에 자리를 비켰나 생각했지만, 아니었다. 거실에 붙은 화이트보드를 보니 9월 24일은 모두들 스케줄이 가득 차 바빴다. 아라와 난이는 아니었다. 둘의 이름 위에 빨간색으로 붉은 X가 쳐져 있었다. 스케줄이 취소되었다는 뜻인가 생각하며 화이트보드를 훑어보니, 가끔 다른 멤버들의 이름 위로 X자가 쳐져 있었다.

설록수 역시 화이트보드 위에서 시선이 멎었다. 한참 동안 붉은 X를 바라본 후, 난이의 방으로 향했다. 중앙의 침대를 중심으로 왼쪽에 장롱과 화장대, 그 바로 옆에 방에 딸린 화장실이 있었고, 오른쪽은 바깥 베란다로 향하는 통유리문으로 지금은 커튼이 쳐져 밖이 보이지 않았다. 커튼을 걷고 밖으로 나갔다. 베란다를 둘러보았다. 텅 빈 빨래 건조대와 다 죽어 말라비틀어진 화단이 머메이드 세븐의 불화를 상징하는 듯하여 마음이 편치 않았다.

반대편으로 보이는 붉은 빌딩 옥상 때문에 더욱 그런 생각이 들었다. 반대편 옥상은 코스모스가 만발한 화단에 파라솔이 꽂힌 테이블, 개, 고양이 소리도 정답건만, 인어공주들이 사는 바다 속 용궁은 어찌하여 이리도 싸늘하단 말인가. 어쩌면 그 때문에 난이라는 인어공주는 뭍을 동경하여 피파니라는 마녀의 도움을 받아 홀로 뭍으로 도망치려 한 것은 아니었을까.

무언가 복슬복슬한 털 뭉치가 내 발을 감쌌다. 고양이였다. 빨간 목걸이를 찬 새하얀 고양이가 내 가랑이 사이를 돌아다녔다. 나는 딱히 반응을 보이지 않았고, 고양이는 이내 싫증을 냈다. '야옹' 소리를 한 번 내며 베란다 난간 위로 풀쩍 올라가더니, 반대편 건물 옥상으로 날아갔다.

"하늘은 나는 날다람쥐도 잡을 고양이로군."

최한호의 감탄을 들은 듯, 고양이가 반대편 옥상에서 털복숭이 꼬리를 흔들었다.

"누구 방인가?"

설록수가 난이의 방과 맞붙은 방, 베란다를 같이 쓰는 커텐 쳐진 방으로 다가가며 말했다. 최한호는 대답하기 곤란하다는 듯 한참 뜸을 들이다 작은 소리로 대답했다.

"아라의 방이래."

설록수도, 나도, 입을 다물었다. 같은 생각을 하는 것 같았다. 방이 바로 옆이니 훔치고 도망치기 딱 좋겠다는 생각.

역시 아라가 범인인가.

다시 난이의 방 안으로 들어갔다.

화장실을 살폈다. 세면대와 변기 옆에 바로 샤워 부스가 있었다.

"문을 닫으면, 방에 누가 들어와도 잘 모르겠는데요."

설록수는 내 말에 가타부타 대답하지 않고 세면대 주변을 살피다, 무언가 생각났다는 듯 다시 밖으로 나왔다. 화장대 주변을 살피더니 서랍을 차례차례 열어 본 후, 침대 주변도, 장롱 근처도 모두 뒤지더니 무엇이 그리 짜증이 났는지 제자리에서 뱅뱅 돌며

376

긴 팔을 아래위로 흔들어 댔다.

"어째서지? 왜? 어째서?"

"왜 그러세요, 설록수 씨?"

"없네, 없어! 화장실에 휴지와 칫솔이 없었네. 또 변기 안장도 올라갔어! 다른 방들은 모두 휴지와 칫솔이 있고, 변기 안장도 내려와 있었는데, 이게 어찌된 일이지?"

한참을 그렇게 흥분해 소리치던 설록수가 문득 걸음을 멈췄다. 갑자기 방을 뛰쳐나가 거실을 한 바퀴 돌아보고 다시 방으로 들어왔다. 베란다로 성큼성큼 나가 반대편 옥상을 바라보더니 크게 웃었다.

"그런 거였군, 그런 거였어!"

뭐가 그렇다는 걸까?

설록수의 행동엔 늘 의미가 있었고, 나는 그 의미를 알고 싶어 그대로 따라했다. 거실에 나가 한 바퀴를 돌아본 후, 베란다로 나갔다. 반대편 옥상을 바라보았다. 그러고 보니 반대편 옥상은 고양이가 여유롭게 돌아다닐 만큼 가까웠다. 게다가 화장실의 변기 안장이 올라가 있었다면 혹시⋯⋯.

"베란다를 통해 도둑이 든 거군요!"

내가 소리쳤다.

"반대편 옥상에서 도둑이 뛰어내려 침입한 겁니다! 범인은 남자! 변기 안장이 올라가 있었으니까요!"

설록수는 내 말에 아까보다 더 크게 웃었다. 나는 그 웃음이 내가 맞았다고 말하는 것 같아 기분이 좋아 함께 크게 웃었더니 설록수가 말했다.

"김영진 군, 사건 당시 난이가 어디에 있었는가를 우선 떠올려 주겠나?"

"화장실에 있었죠!"

"그런데 화장실에 도둑이 들어갔다?"

"들어갔다!"

"무엇보다 자네 같으면, 도둑질하러 간 집의 화장실을 느긋하게 쓰고 싶겠나?"

"못 쓰죠!"

호기롭게 대답하고는 깨달았다, 내가 바보라는 사실을. 거울을 보지 않아도 알 수 있었다. 지금 내 얼굴은 설록수가 평소에 그토록 둘리를 닮았다고 하는 그 모습 그대로, 붉게 달아올랐으리라.

"하지만 자네의 저렴한 시도는 좋았어. 그 시도에 내 브랜드를 입혀, 명품으로 만들어 주겠네."

뜻밖에 설록수는 날 칭찬했…… 아냐, 칭찬이 아닌가?

"중국산 김영진을 핸드메이드 바이 설록수로 바꿀 단서는 아라 양의 방에 있을 것이야. 내 추리가 옳다면 아라 양의 방 화장실에도 휴지와 칫솔이 없고, 변기 안장이 올라가 있을 테지."

설록수의 말은 옳았다. 아라의 방 역시 휴지와 칫솔이 없고, 변기 안장이 올라가 있었다.

그런데 왜?

설록수가 이것을 짚은 이상, 사건과 관련이 있는 것은 분명했다. 하지만 나는 알 수 없었고, 설록수 역시 알려 주지 않았다.

내 저렴한 두뇌는 아무리 전개해도 명품이 될 리 없으니 그만 생각하고 포기한 채 나온 시각이 오후 6시 45분, 나와 최 형사는

378

설록수와 헤어졌다. 설록수는 어딘가를 다녀오겠다며 진지한 표정으로 사라졌다. 밤 10시가 넘도록 설록수는 돌아오지 않았다. 도대체 그는 어디서 뭘 하며 돌아다니는 걸ㄲㄲㄲㄲㄲㄲㄲㄲㄲㄲ

2012년 9월 26일 월요일 오전 6시 20분

어제 새벽에 쓴 일기를 다시 보니 가관이다. 마지막 문장을 쓰다 정말 잠이 들었다. 덕분에 앞의 일기 끝에 'ㄲ'을 몇 개나 찍어버렸다! 지워 버릴까 하다가 귀찮아서 관뒀다.

게다가 또 하나 신기한 사실.

싸이월드 방문객 숫자가 두 자리가 되었다.

드디어 내 싸이월드에 누군가 왔…… 다! 트위터를 통해서 왔나? 아니다, 난 아직 트위터와 연동을 시키지 않았다. ……설마 설록수인가? 설록수라면 충분히 내 미니홈피를 찾아내리라. 불안하니까 일단 비밀번호를 바꾸자. 생각해 보니 싸이월드 역시 비밀번호가 penguin07이다. 그렇다면 이번 비밀번호는…….

비밀번호를 바꾸고 재접속했다. 조금 안심이 된다. 다시 글을 쓰자.

어쨌든, 나는 저렇게 글 쓰다 졸만큼 잠이 부족했다. 한참 컴퓨터 앞에서 머리를 꾸벅꾸벅 숙이다 모가지가 아파 깼다. 버릇처럼 핸드폰의 시각을 확인하니 아침 9시 25분, 마루에서 인기척이 났다. 나가 보니, 설록수가 앉은뱅이 의자에 앉아 줄이 끊어진 우쿨렐레를 뚫어져라 바라보고 있었다.

"김영진 군! 나는 집으로 돌아오자마자 새로운 미스터리를 발견

협찬은 아무나 받나 379

했다네!. 내 우쿨렐레 줄이 몽땅 끊어졌어! 이게 왜 이렇게 됐을까!"

"기억 안 나세요? 캐논만 치다 끊어 잡수셨잖아요."

"설마 그럴 리가!"

"지나치게 열심히 치셨잖아요. 쉼 없이, 지치지도 않고 세 시간 넘게."

"자네, 농담도! 어떻게 사람이 우쿨렐레를 세 시간 동안 쉼 없이 친단 말인가!"

설록수는 내 말이 어처구니없다고 웃었고, 나는 설록수의 말이 어처구니없어 웃었다.

설록수 씨, 자기 자신을 좀 보세요! 손가락이 시뻘겋게 붓다 못해 중간 중간 피 났잖아요! 그게 왜 그렇다고 생각해! 왜 그건 애써 추리하지 않는데!

"거실에서 본 화이트보드의 스케줄 장소로 머메이드 세븐을 만나고 왔다네."

"예쁘던가요!"

머메이드 세븐을 만났다는 말에 따지는 걸 잊었다.

"예쁘더구만, 무지하게 예뻐! 미니어처 피규어로 만들어서 집에 장식하고 싶을 정도로!"

설록수는 먼 과거를 회상하듯 흐뭇한 미소를 지었다. 무언가 이야기가 더 나올 것이라 생각했지만, 더 이상 이어지지 않았다. 나는 참지 못하고 입을 열었다.

"그게 답니까? 뭔가 더 없어요?"

"아!"

설록수는 정말 생각이 났다는 듯 품에 손을 집어넣어 CD 두

장을 꺼냈다.

"사인 받았어!"

"사, 사인?"

"자네 것도 받아 왔다네! 다섯 개나 모았으니, 아라난이의 사인만 받으면 완벽한 머메이드 세븐이라고!"

"아니 저기 사건을……"

"그럼 다시 다녀오겠네!"

설록수는 CD를 들고 신이 나서 나갔고, 나는 한숨을 쉬며 고개를 절레절레 저었다. 잠이나 더 자려고 방에 들어갔다. 다시 일어났을 때는 오후 2시 무렵이었다. 마루에 나가 보니 설록수가 어느새 돌아와 있었다. 이번에도 양손에 CD를 들고 있다가, 내가 방에서 나오자마자 큰 소리로 외쳤다.

"이것 보게나, 김영진 군! 머메이드 세븐의 사인을 모두 모았다네! 물론 자네 것도 챙겼지!"

설록수는 싱글벙글 웃으며 내게 CD를 건넸고, 나는 CD가 이상하게 무겁다고 생각했다.

그러고 보니, CD가 완전히 닫혀 있지 않았다.

그러고 보니, CD 안이 조금 푸르게 보였다.

이 안에 CD가 아닌 무언가가 있다?

가슴이 두근거렸다.

덜덜 떨며 CD 케이스를 열었고, 발견했다.

머메이드 세븐을 해체 위기에 몰아 넣은 4억 5000만 원짜리 에메랄드 귀고리를!

두 짝의 보석을 넋을 놓고 바라보았다. TV로 보았을 때에도 이 보석에, 난이의 얼굴에 감탄했지만, 양손에 들고 보니 혼이 쏙 빠질 정도로 아름다웠다.

이 푸름은 어디서 왔을까.

깊고도 깊은 푸른 끄트머리에 보이는 잔인할 만치 아름다운 핏빛은 누구의 솜씨일까.

"여자도 아닌 자네가 그토록 매혹되는데, 여자들은 어떻겠나!"

설록수의 말에 그제야 정신을 차렸다. 설록수는 앉은뱅이 의자에 무릎을 세우고 앉아 싱글벙글 웃었다.

"어, 어떻게 된 거예요? 왜 이 귀고리가 이 CD 안에 들었죠? 아니, 그보다 왜 설록수 씨가 이 귀고리를?"

"의뢰를 받았거든."

"무슨 의뢰요?"

"피파니에 그 귀고리를 돌려주라는 의뢰!"

설록수가 신이 나서 말했다.

"자네와 헤어진 후, 기자를 가장하여 차례로 머메이드 세븐을 만났다네. 딱히 대단한 이야기를 나눈 건 아니야. 멤버들 사이는 어떻냐, 향후 계획은 어떻게 진행 중이냐 등 기자라면 던질 만한 가십에 대한 질문만 계속하다 마지막에 일침을 가했지.

아라난이가 이번에 싱글을 내고 독립한다는 이야기가 있던데 사실이냐고.

하나같이 얼굴이 굳더군. 모두들 내 말에 잠시 놀란 표정을 지는가 싶더니, 바로 표정을 바꿨어.

'글쎄요, 잘 모르겠는데요.'

'독립한다면 응원해 줘야죠.'

'아라난이로 독립해도, 저희는 언제까지나 머메이드 세븐인걸요.'

어려도 연예인은 연예인이더군. 적당히 인터뷰를 마무리 지으며, 마지막으로 더 큰 질문을 던졌다네.

'피파니의 지원을 받아 난이 양이 혼자 독립한다는 이야기가 있던데 사실인가요?'

이 질문을 던진 후, 인어공주들의 행동을 관찰했지. 하나같이 팔짱을 끼고, 다리를 꼬더군. 턱은 쳐들고 나를 내려다보더군. 인간이 흔히 상대방의 말에 부정적이거나 적대적인 감정을 느낄 때 보이는 자세였네.

흥미로웠네. 제대로 이야기를 나눌 필요를 느꼈지.

머메이드 세븐의 합숙소로 찾아갔네. 아까 취재에서 부족한 게 있어서, 머메이드 세븐 전원과 이야기를 하고 싶어 들렀다고.

잠깐 사이에 청소를 했더군. 바닥에 쓸리던 옷들도, 스케줄이 잔뜩 적힌 화이트보드도 모두 깨끗했어. 아니, 텅 비었다는 말이 더 어울리려나.

나는 물었네.

'모두와 함께 인터뷰하고 싶었는데, 아라난이는 보이지 않네요?'

모두들 당황해서 서로를 바라보다, 성아가 대답했다네. 뮤지컬에 출연중이라는 멤버 말이야.

'스케줄이 많아서, 아직 귀가 전이에요. 아시잖아요. 난이는 드라마, 아라는 영화 출연 중이니까요.'

'그런가요? 그런데 스케줄 보드는 깨끗한데요.'

'지웠죠. 기자님께 저희 스케줄을 보여 드릴 수는 없잖아요.'

이번엔 타마가 말하더군. '별의별퀴즈'에 출연 중이라는 인어공주.

'그것만은 아니지 않나.'

내가 말했네.

'이름 위에 붉은 X를 칠해서, 아닌가요?'

내 말에 인어공주들의 표정이 동시에 굳더니, 서로를 흘끔거리더군.

나는 그 표정에서 어린 조카들을 떠올렸네. 우리 조카들이 잘못을 해서 형이나, 나에게 혼이 날 때면 그런 표정을 지으며 서로를 바라보곤 했거든.

내게 형과 조카가 있냐고? 있지. 아주 잘난 형과, 그 형에게서 나왔다고는 생각할 수 없는 사랑스러운 조카들이.

'서로를 탓할 필요 없어요. 아무도 그 화이트보드 이야기를 한 사람은 없으니까요. 저는 다만 추리를 했을 따름이에요.'

'아저씨, 누구예요? 기자 아니죠?'

'정식으로 소개드리지요. 전 머메이드 세븐의 열렬한 팬인 동시에 탐정인 설록수입니다. 오늘 이 곳엔, 난이 양의 에메랄드 귀고리를 찾으러 왔지요.'

인어공주들이 웅성거렸네. 나의 당당함에 놀란 모양이었어. 나는 신경 쓰지 않았네. 지금은 그 웅성거림을 잦아들게 하기 위해 나의 추리를 풀 차례였으니까.

'저에겐 오래된 좌우명이 하나 있습니다. 아무리 믿을 수 없다 하더라도 모든 불가능을 배제하고도 남았다면, 그것이야말로 진실이다. 이번 사건에서 가장 제가 믿고 싶지 않고, 믿을 수 없었던 것은 여러분 머메이드 세븐의 본심이었습니다.

아름다운 일곱 인어공주들, 우애가 깊기로 유명하다지만 실제로는 어떨까요.

사실은 저 화이트보드의 이름 위에 칠한 붉은 X 같지는 않았을까.

여러분은 아라난이가 독립할 예정이라는 소문을 들었어요. 때문에 잔뜩 신경이 예민해져 둘을 괴롭혔습니다. 악의는 없었어요. 여러분의 나이는 이제 겨우 열여섯, 열일곱, 그 나이 또래에 어울리는 행동이에요. 휴지와 칫솔을 없애고 변기 안장을 올려놓는 유치한 장난을 치고는 반응을 기다렸어요. 하지만 아라난이는 무시했죠. 때문에 여러분은 더더욱 화가 났어요. 솔직하게 말했으면 좋겠는데, 화를 낸다면, 싸운다면, 이 분이 풀릴 텐데, 라고 생각하며 아라난이의 이름에 붉은 X를 칠했어요.

그렇습니다. 붉은 X는 여러분의 작품입니다.

스케줄이 없다는 뜻이 아니라, 따돌림의 표시였죠.

하지만 아라난이는 신경 쓰지 않았다. 그러던 중에 난이의 독립이야기까지 나왔다. 피파니에서 난이에게 독립하지 않겠냐고 제안하며, 4억 5000만 원짜리 귀고리까지 줬다.

여러분은 불안해졌어요. 난이가 독립해서 머메이드 세븐이 해체된다면 어떻게 하지, 그럼 우리는 어떻게 되는 거지, 지금도 아라난이의 인기에 얹혀 가는 신세인데 이대로라면 모두 끝장이 아닐까.

때문에 난이의 방에서 보석함을 훔쳤다.

어떻게 이 사실을 알았냐고요?

반 동강이 난 보석함 때문입니다.

보석함은 단단합니다. 아라 양 혼자 힘으로 보석함을 망가뜨리긴 힘들지요. 이음새가 철이니까요. 여러 명이 달려들어야 겨우 가능합니다.

그렇다면 여러분이 보석함을 훔치는 모습을 아라 양이 목격했다면 어떨까요?

아라 양은 화를 냈을 겁니다. 이건 정도가 지나치다고 실랑이가 붙었고, 보석함을 뺏겠다고 서로 잡아당기다가 반 동강이 났을 겁니다. 여러분은 짜증이 나서 아라 양에게 보석함을 던져버리고, 사실대로 말하든 말든 네 멋대로 하라고 하고는 방에서 나가 버렸을 겁니다. 아라 양은 난이 양이 샤워를 끝내고 화장실에서 나오려는 기척을 느꼈다. 부서진 보석함이 보인다면 큰일이라고 생각해 그것을 들고 베란다를 통해 자신의 방으로 갔다. 어떻게든 다시 붙여보겠다고 생각하고 끙끙거릴 때, 난이 양이 들어왔다. 난이 양은 대체 뭐가 어떻게 된 거냐고 따졌지만, 아라 양은 아무 말도 할 수 없었다. 다른 인어공주들이 작당하여 귀고리를 훔쳤다고 말한다면 난이 성격에 그냥 넘어갈 리 없으니까, 아라양은 입을 다물었다. 소중한 단 하나, 자신의 팀, '머메이드 세븐'을 지키기 위하여.

안데르센의 인어공주는 판본에 미묘하게 따릅니다만 일곱 명의 인어공주가 있었다고 합니다. 일곱 명의 인어공주 중 막내 인어공주는 사랑 때문에 목소리와 머리카락을 마녀에게 팔아 뭍으로 올라갑니다. 하지만 왕자의 사랑을 얻지 못해 거품으로 사라질 운명이 처하죠. 여섯 언니들은 이런 막내가 안타까웠습니다. 막내를 살리기 위해 직접 마녀를 찾아가 자신들의 머리카락을 바치고, 대신 단검을 받습니다. 왕자의 심장을 찌르고 바다로 돌아오라고 합니다.

여러분도 그랬던 것 아닙니까.

인어공주들은 난이가 자신들을 떠나 모든 것이 물거품이 될까 두려웠다. 때문에 귀고리란 이름의 단검을 들었다. 것밖에 선택지가 없었다. 난이가 떠난다면, 난이뿐만 아니라 모든 인어공주들이 거품으로 돌아가니까. 한 명이라도 인어공주가 사라진다면, 머메이드 세븐은 평범한 사람에 불과하기에, 여러분은 귀고리를 훔쳤다.'

긴 이야기를 끝마치고 다섯 인어공주를 바라보았네. 다들 고개를 푹 숙이고 아무 말도 못했지. 한참을 그러하다 킴이 입을 열었네.

'하지만 이젠 화해할 수도 없어요.'

'귀고리를…… 잃어버렸어요.'

타마가 말했네.

'어디로 갔는지 모르겠어요. 정말 사라져 버렸어요.'

이번엔 성아.

'어떻게 하면 좋아요. 이제 아라난이를 볼 수가 없어요!'

레이는 울먹이더군.

머메이드 세븐이 동시에 울음을 터뜨렸고, 나는 가슴이 찢어질 듯 아팠네. 때문에 어서 사건을 끝내고 싶었어. 한시라도 빨리 끝내고, 모두를 범죄라는 마녀의 주술에서 구해내야 했네. 때문에 나는 말했지. 그 귀고리는 지금, 반대편 건물 옥상에 있습니다, 라고.”

“반대편 옥상에 귀고리가 있었다고요!”

나는 놀라 소리쳤다.

"4억 5000만 원이 반대편 옥상 위에 무방비하게!"

"영진 군, 자네 발에 엉겨 붙었던 털뭉치를 기억하는가? 그 고양이, 반대편 건물에서 키우는 녀석인데, 자주 공중을 날아 머메이드 세븐에게 놀러 왔던 모양이야. 머메이드 세븐 중 한 명이 그 고양이의 목에 귀고리를 걸어 반대편 옥상으로 내보냈지. 나는 최한호 형사에게 반대편 옥상에 올라가 고양이를 잡으라고 시켰고, 최한호 형사는 양팔의 생채기를 보석 값으로 치렀다네. 나는 귀고리를 보였고, 아이들은 안도의 한숨을 쉬었네. 아이들에게 말했지.

아라난이를 부르라고. 불러서 지금까지 한 이야기를 그대로 들려주자고. 솔직하게 말하라고. 너희가 좋다고. 너희가 우리를 떠나는 게 너무너무 싫어서 이런 바보 같은 짓을 했다고 솔직하게 말하라고.

아이들이란! 다시 한 번 울음을 터뜨리더군. 고개를 끄덕이며 그러겠다고 말했다네.

나는 당장 아라난이를 소집했지. 콧방귀를 뀌며 계속 짜증만 내던 난이도, 입을 꽉 다문 아라도, 다섯 인어공주의 눈물에 입이 열리더군.

'내가 그랬어!'

아라가 소리 질렀네.

'난이 너 바쁘다고 나랑 안 놀아 주고! 여기저기 혼자 다니니까 속상했다고! 그래서 피파니 모델 같이 하려고 한 거란 말이야! 그런데 너는 나 성형수술 많이 했다고 짜증이나 내고…… 그래서 고양이 목에 귀고리 걸어서 내보냈다고! 이 바보야! 누군 수술 하

고 싶어서 했어! **못생긴 걸 어떻게 하라고!** 그래도 네가 좋은 걸 어떻게 해!'

'그럼 그렇다고 말해야지!'

난이도 지지 않고 소리 지르더군.

'내가 정말 독립하고 싶었는 줄 알아! 난 네가 나 싫어하는 줄 알았다고! 너네도 막 나 왕따 시키고! 그래서 너네가 나 쫓아낼까 봐 무서워서, 나 혼자 독립하려고 그랬다고!'

두 인어공주마저 울어 버린 그 순간, 나는 인어공주의 눈물은 참으로 귀중한 보석이라는 중국 설화의 한 구절을 떠올렸네.

아아, 그 말은 사실이었어.

정말 아름다웠어. 일곱 인어공주의 눈물은 4억 5000만 원짜리 에메랄드 귀고리보다 훨씬 찬란했네. 자네가 방금 전 그 귀고리를 넋을 놓고 바라본 것처럼, 그렇게 한참 동안 인어공주들을 바라보았다네.

한바탕 눈물 잔치가 끝나고, 모두가 환상에서 깨어났네. 헛소동은 끝났고, 남은 것은 눈앞의 현실이었네.

어쨌든 사건은 일어났어. 불화의 원인은 피파니였지. 이 원인이 있는 이상, 또 언제 사건이 터질지 몰라. 그렇기에 인어공주들은 이 원인을 어떻게든 없애고 싶어 했네. 유능한 탐정 **오빠**에게 조언을 구했지. 나는 흔쾌히 받아들이며, 앞으로의 머메이드 세븐을 위한 세 가지 조항을 제안했네.

첫째, 일주일에 한 번은 꼭 다 함께 모여 밥을 먹을 것. 둘째, 속상한 일은 그때그때 이야기할 것. 셋째, 설록수를 언제나 오빠라고 부를 것."

"설록수 씨, 마지막 조항은 이상한데요."

"내 말에 모두들 동의했네."

설록수는 쿨하게 내 말을 무시했다.

"난이는 피파니에 귀고리를 돌려주며 독립 제안을 거절하는 원만한 방법을 의뢰했고, 나는 받아들였네. 이렇게 하여 우리에겐 머메이드 세븐 일곱 명의 사인 CD와 4억 5000만 원짜리 에메랄드 귀고리가 들어오게 된 거라네!"

설록수는 신이 나서 말하며 자리에서 벌떡 일어났다. 그러고는 내 손의 귀고리 한 쌍을 낚아채며 소리쳤다.

"김영진 군, 시간은 우리를 기다려 주지 않네! 의뢰받은 사건을 완벽하게 마무리 지으러 가세!"

나와 설록수는 피파니를 찾아가 난이의 귀고리를 돌려주었고, 피파니 협찬 담당자는 매우 화를 냈다. 고작 아이돌이 자신들의 협찬을 거부하는 게 기분이 나쁘다고 말하자 설록수는 귓속말을 했고, 피파니 협찬 담당자는 금세 환하게 웃으며 "꼭 좀 부탁드립니다."라며 연신 고개를 숙였다. 설록수는 고개를 끄덕였다.

이렇게 사건은 끝이 났다.

일기를 모두 적고 나니 새벽 6시 25분이었다. 나는 기지개를 길게 한 번 펴고 자리에서 일어나려다 우뚝 멈췄다. 방문객 숫자가 또 늘었다! 이번엔 세 자리! 역시 설록수인가? 하지만 그렇다고 하여 세 자리로 늘어나는 건 이상하잖아? 해킹해 들어와서 게시물을 지우는 편이 설록수답지!

의아했지만 깊이 생각할 틈이 없었다. 월요일이었다. 세수하고 나면 바로 수업에 가야 했다. 그때, 방명록에 반짝이는 불빛을 발견했다.

혹시 이 세 자리 카운터의 주인공이 왔다갔을까 싶어 클릭했고, 나는 생각도 못했던 방문객의 이름을 발견했다.

　설록수

　지
　켜
　보
　고

　있
　다
　一一+

　설록수 씨!

깜짝 놀라 벌떡 일어났다. 급히 밖에 나가 반대편 방을 바라보았지만, 불은 꺼져 있었다. 방명록을 남긴 시각을 확인해 보니 6시 25분 32초, 방금 전이었다.

한 번 봐줬다는 건가.

자기 욕 쓰면 가만 안 두겠다는!

팟캐스트 사건이 떠오르며 등에 식은땀이 흘렀다. 수업이 문제가 아니었다. 방금 전 적은 일기에 실수로라도 설록수를 욕한 건 없을까 싶어 급히 다시 창을 열었다.

눈에 불을 켜고 수정을 시작했다.

한국 추리 스릴러 단편선 4

1판 1쇄 찍음 2012년 11월 5일
1판 1쇄 펴냄 2012년 11월 12일

지은이 | 정명섭 외
발행인 | 김세희
편집인 | 김준혁
책임 편집 | 장은진
펴낸곳 | 황금가지

출판등록 | 2009. 10. 8 (제2009-000273호)
주소 | 135-887 서울 강남구 신사동 506 강남출판문화센터 5층
전화 | 영업부 515-2000 **편집부** 3446-8774 **팩시밀리** 515-2007
홈페이지 | www.goldenbough.co.kr

© ㈜민음인, 2012. Printed in Seoul, Korea

ISBN 978-89-6017-428-3 03810

㈜민음인은 민음사 출판 그룹의 자회사입니다.
황금가지는 ㈜민음인의 픽션 전문 출간 브랜드입니다.

추리 · 호러 · 스릴러
밀리언셀러 클럽